Bibliothek der
phantastischen Abenteuer
Herausgegeben von
V. C. Harksen

Über dieses Buch Auf einer Forschungsreise im Südpazifik stößt der Botaniker Dr. Goodwin überraschend auf einen alten Freund, den Wissenschaftler Dr. Throckmartin, der ihm eine äußerst merkwürdige Geschichte erzählt. In den zyklopischen Ruinen der vorzeitlichen Ponape-Kultur auf einer der Karolineninseln verschwanden Throckmartins junge Frau und zwei weitere Expeditionsteilnehmer, entführt von einem rätselhaften, körperlosen, schimmernden Lichtwesen. Goodwin lauscht diesem Bericht zunächst recht skeptisch, muß sich aber eines Besseren belehren lassen, als er kurz darauf Zeuge wird, wie das geheimnisvolle Wesen auch Dr. Throckmartin zu sich holt. Er beschließt, der Sache selbst auf den Grund zu gehen und, wenn möglich, seinen Freund und die anderen zu befreien. Der norwegische Kapitän Olaf Huldricksson, dessen Frau und Tochter ebenfalls dem Glänzenden zum Opfer gefallen sind, schließt sich ihm an. Ein dritter Begleiter ist der junge irisch-amerikanische Abenteurer Larry O'Keefe, der an Banshees glaubt und ein erstklassiger Schütze ist. Nach den Beschreibungen Throckmartins finden die drei tatsächlich auf der abgelegenen Insel Tau die gewaltigen Mauern einer uralten Festung und darin eine gigantische Steintür, die sich nur in einem bestimmten Mondlicht öffnet und dann einen Gang tief ins Erdinnere freigibt. Mutig treten sie ein und finden unter der Erde zu ihrer größten Verblüffung den russischen Forscher und Agenten Marakinow, der ebenfalls dem Geheimnis des Glänzenden auf der Spur ist. Sie setzen den Weg gemeinsam fort und entdecken den Mondteich, in dem das Lichtwesen lebt, entgehen mit knapper Not seinem hypnotischen Zauber und gelangen flüchtend in das unterirdische Land Muria. Dort wohnt ein seltsames Volk: eine silberhaarige Herrenrasse und eine schwarzbraune Krieger- und Bauernkaste, beide mit dem Merkmal hochgewachsener, schlanker Frauen und breitschultriger, zwergenhafter Männer. In einer Vision aber erscheint ihnen ein ganz anders aussehendes Mädchen, das rotbronzene Haare und goldene Augen hat, begleitet von einem riesigen Geschöpf, das halb Frosch, halb Mensch ist.

Über den Autor Abraham Merritt wurde 1884 in Beverly/USA geboren und starb 1943 in Indian Rock Beach/USA. Neben ›Lost-Race‹-Geschichten – seine Romane, in denen von verschollenen Völkern erzählt wird, sind unter dem Titel »Das Volk der Fata Morgana« (Bd. 2703) und »Das Gesicht im Abgrund« (Bd. 2727) in der Bibliothek der phantastischen Abenteuer erschienen –, faszinierte ihn das Phänomen des auch in unserer aufgeklärten Gesellschaft leibhaftigen Satans.

Abraham Merritt
Der Mondteich

Roman

Aus dem Amerikanischen
von Marcel Bieger

Fischer Taschenbuch Verlag

Neuübersetzung
Veröffentlicht im Fischer Taschenbuch Verlag GmbH,
Frankfurt am Main, März 1988

Die amerikanische Originalausgabe erschien 1919
unter dem Titel ›The Moon Pool‹ bei Collier Books, New York

Umschlaggestaltung: Die Titelillustration von Claus-Dietrich Hentschel, Konstanz,
zeigt einen Ausschnitt seines Acrylbildes
»Nachzeitliche Landschaft« (1973; 62 × 80 cm);
die Typographie besorgte Manfred Walch, Frankfurt am Main
Gesamtherstellung: Clausen & Bosse, Leck
Printed in Germany
ISBN 3-596-22735-6

Die Hauptpersonen

Dr. Walter Goodwin	amerikanischer Naturforscher, der in fernen Ländern seltene Pflanzen sucht und phantastische Abenteuer findet
Dr. David Throckmartin	Wissenschaftler, ein Freund Goodwins, der mitten im Meer ein rätselhaftes Ende findet
Larry O'Keefe	ein junger irisch-amerikanischer Abenteurer, der an die Banshee der O'Keefes glaubt und sich Goodwin anschließt
Olaf Huldricksson	ein norwegischer Kapitän, ebenfalls Goodwins Begleiter
Marakinow	ein russischer Forscher und Geheimagent
Der Glänzende	ein unheimliches Wesen, Bewohner des Mondteichs, mit Zauberkräften begabt
Rador	ein Krieger im unterirdischen Land Muria
Lakla	das goldene Mädchen, Radors Nichte und Dienerin der Schweigenden Götter
Yolara	die verführerische, korrupte Priesterin des Glänzenden
Lugur	ihr Geliebter, Heerführer von Muria

Für
ROBERT H. DAVIS

In Anerkennung, neben vielem anderen,
für Larry O'Keefes Vertrauen
in die Märchen.

Vorwort

Die Veröffentlichung der folgenden Erzählung von Dr. Walter T. Goodwin wurde vom Exekutivrat des Internationalen Wissenschaftsverbands autorisiert.
Erstens: Um offiziell den Spekulationen den Boden zu entziehen, die sich um das sogenannte Throckmartin-Rätsel ranken, und um die versteckten wie offenen, skandalösen Verdächtigungen zu beenden, die bereits jetzt das Ansehen von Dr. David Throckmartin, seiner jungen Frau und seines ebenso jungen Mitarbeiters, Dr. Charles Stanton, beflecken. Diese Gerüchte kamen durch ein verspätetes Telegramm aus Melbourne, Australien, in Umlauf, das über das Verschwinden des Obengenannten von Bord eines Schiffes mit Kurs auf selbigen Hafen berichtete; zusätzliche Nahrung erhielten diese Gerüchte durch die anschließenden Nachrichten vom Verschwinden seiner Frau und seines Mitarbeiters aus dem Lager, das ihre Expedition auf einer der Inseln der Karolinen aufgeschlagen hatte.
Zweitens: Der Exekutivrat ist zu der Ansicht gelangt, daß Dr. Goodwins Erfahrungen bei seinen heroischen Bemühungen, die drei zu retten, und der Wissensschatz und die Warnungen aus diesen Erfahrungen für die Menschheit als Ganzes zu wichtig sind, um in wissenschaftlichen Periodika versteckt zu werden, wo sie nur einer kleinen Gruppe einschlägig Vorgebildeter zugänglich werden. Auch soll Dr. Goodwins Bericht nicht in den Tageszeitungen abgedruckt werden; denn angesichts der in diesen Medien vorherrschenden Platznot könnte er nur stark gekürzt und fragmentarisch erscheinen.
Aus diesen Gründen hat der Exekutivrat Mr. A. Merritt beauftragt, die stenographischen Aufzeichnungen von Dr. Goodwin, die

er dem Rat vorlegte, in eine auch dem Laien verständliche Form zu übertragen. Diese Notizen wurden von mündlichen Zusätzen und Kommentaren Dr. Goodwins ergänzt und erweitert. Diese Übertragung nun bildet, nachdem sie vom Exekutivrat durchgesehen und streng geprüft wurde, den Inhalt des vorliegenden Werks.
Dr. Walter T. Goodwin, selbst Mitglied des Exekutivrats, Dr. phil., Mitglied der Königlichen Geographischen Gesellschaft etc., ist ohne jeden Zweifel der führende amerikanische Botaniker, ein Forscher von höchstem internationalem Ansehen und der Autor verschiedener epochaler Abhandlungen aus dem von ihm gewählten Zweig der Naturwissenschaften. Seine Geschichte, verblüffend im wahrsten und eigentlichsten Sinn des Wortes, wird von mehr als ausreichenden Beweisstücken gestützt, die er uns höchstpersönlich vorlegte und die von der Organisation, der ich als Präsident vorzusitzen die Ehre habe, vollständig und ohne Bedenken akzeptiert wurden. Was auch immer aus dieser populären Darstellung gestrichen wurde – aus Gründen der äußerst bedrohlichen Möglichkeiten, die darin enthalten sind, oder die sich, sollten sie in falsche oder unachtsame Hände geraten, zu einer schweren Gefahr entwickeln könnten –, soll in reinen Wissenschaftsorganen abgehandelt und nur einem sorgfältig ausgesuchten Kreis zugänglich gemacht werden.

Für den
Internationalen Wissenschaftsverband
J.W.K.
Der Präsident

I

Das Ding auf dem Mondpfad

Zwei Monate hatte ich auf den D'Entrecasteaux-Inseln * verbracht, um dort Proben und Daten für die abschließenden Kapitel meines Werks über die Flora der vulkanischen Inseln im Südpazifik zu sammeln. Tags zuvor hatte ich Port Moresby ** erreicht und die sichere Verladung meiner Proben an Bord der *Southern Queen* überwacht. Als ich dann später auf dem Oberdeck saß, dachte ich voller Heimweh an die vielen Seemeilen, die mich von Melbourne trennten, und an die noch viel längere Strecke zwischen Melbourne und New York.

Es war einer jener gelben Morgen auf Papua, an denen sich die Insel von ihrer düstersten und unheilvollsten Seite zeigt. Der Himmel schwelte in ockerfarbenen Tönen. Über dem Land lag eine dumpfe, eigentümliche und Unheil verkündende Stimmung, in der die Bedrohung von geheimnisvollen, bösartigen Mächten mitschwang, die nur darauf zu warten schienen, freigelassen zu werden. Diese Stimmung schien aus dem ungezähmten, wilden Herzen Papuas selbst zu strömen; eine Insel, die selbst noch in ihrem Lächeln unheilbringend wirkt. Hin und wieder kam wie ein Hauch aus den unberührten Dschungeln ein Windstoß, beladen mit unbekannten Düften, die geheimnisvolle Feindseligkeit verhießen.

An solchen Morgen flüstert Papua seinen Besuchern zu, wie unvorstellbar alt das Land ist und welche Macht ihm innewohnt. Und so, wie es jedem Weißen ergeht, kämpfte ich gegen den Bann an, unter den ich zu geraten drohte. Während ich noch rang, bemerkte

* Der Küste von Papua (Neuguinea) vorgelagerte Inselgruppe
** Hauptstadt von Papua

ich einen hoch aufgerichteten Mann, der den Pier heraufmarschierte. Ihm folgte ein junger Kapa-Kapa, der einen neuen Koffer trug. Irgend etwas an dem Mann kam mir bekannt vor. Als er die Laufplanke erreichte, sah er mir direkt in die Augen, starrte mich einen Moment lang an und winkte dann mit der Hand.

Jetzt erkannte ich ihn. Es war Dr. David Throckmartin. Für mich war er immer nur »Throck« gewesen, einer meiner ältesten Freunde und dazu eine Geisteskapazität ersten Ranges, dessen Charakter und Leistungen für mich – wie für etliche andere – eine stete Quelle der Inspiration waren.

Gleichzeitig mit meinem Wiedererkennen traf mich ein überraschender und ganz sicher unerfreulicher Schock. Sicher, es war Throckmartin, aber von ihm ging etwas Beunruhigendes aus, wie ich es von dem Mann nicht kannte, mit dem ich nun schon so lange und so gut bekannt war und dem ich mit seiner kleinen Gesellschaft vor kaum einem Monat Lebewohl gewünscht hatte, bevor ich in See gestochen war. Throckmartin war damals erst ein paar Wochen verheiratet gewesen, mit Edith, der Tochter von Professor William Frazier. Sie war mindestens zehn Jahre jünger als er, aber eins mit seinen Idealen und genauso, wenn das überhaupt möglich war, in Throckmartin verliebt wie er in sie. Dank der Ausbildung durch ihren Vater war sie eine ideale Assistentin, und dank ihres süßen und ehrlichen Herzens war sie – und ich benutze das Wort hier im altertümlichen Sinne – eine vollkommene Geliebte. Mit dem ebenfalls noch recht jungen Mitarbeiter, Dr. Charles Stanton, und der Schwedin Thora Halversen, die seit Ediths Geburt ihr Kindermädchen war, hatten sie sich nach Nan-Matal aufgemacht, jener bemerkenswerten Gruppe von Inseltrümmern, die sich vor der Ostküste der Karolineninsel Ponape erstrecken.

Ich wußte, daß Throckmartin mindestens ein Jahr auf diesen Inseln verbringen wollte, zwischen Ponape und Lele – dem Zwillingsrätsel einer bis heute nicht entschlüsselten Zivilisation, die Äonen vor dem Beginn der alten ägyptischen Kultur geblüht hatte. Von ihren Künsten wußten wir nur wenig und von ihrem Wissen rein gar nichts. Throckmartin hatte eine ungewöhnlich

große Ausrüstung für die Arbeit mitgeführt, die ihn dort erwartete... und von der er hoffte, daß sie ihm ein Denkmal setzen würde.
Was um alles in der Welt hatte Throckmartin heute nach Port Moresby geführt? Und was war das für eine seltsame Veränderung, die ich an ihm wahrgenommen hatte?
Ich eilte zum tiefer gelegenen Deck hinunter und entdeckte ihn dort beim Zahlmeister. Als ich ihn anrief, drehte er sich um und streckte mir hastig eine Hand entgegen. Da erkannte ich, was sich an ihm so verändert hatte, daß es mir einen Schauer über den Rücken jagte. Natürlich begriff er, daß mein plötzliches Schweigen und Zurückweichen auf den Schock zurückzuführen waren, den sein Anblick bei mir ausgelöst hatte. Tränen schossen in seine Augen. Er wandte sich brüsk vom Zahlmeister ab, zögerte noch einen Moment und eilte dann in seine Luxuskabine.
»Ein seltsamer Kauz, nicht wahr?« brummte der Zahlmeister. »Kennen Sie ihn, Sir? Er scheint Ihnen ja einen gehörigen Schrekken eingejagt zu haben.«
Ich gab ihm etwas Belangloses zur Antwort und kehrte langsam zu meinem Sonnenstuhl zurück. Da saß ich dann, bemühte mich, meine Gedanken zu ordnen, und versuchte herauszufinden, was mich so in Unruhe versetzt hatte. Dann kam mir die Erleuchtung. Der Throckmartin, wie ich ihn gekannt hatte, war am Vorabend seines Aufbruchs ein kräftiger, durchtrainierter und blühender Vierziger gewesen. Sein Herz war erfüllt von Enthusiasmus, und sein Geist war voller Frische und wissenschaftlicher Neugier – oder sollte ich besser sagen: voller Erwartung – gewesen. Sein ständig fragender Geist hatte seinem Gesicht den Stempel aufgedrückt.
Aber der Throckmartin, dem ich gerade eben begegnet war, sah aus wie ein Mann, der einen gehörigen Schock in einer Mischung aus Taumel und Entsetzen erlebt hatte. Eine verheerende Sintflut in seiner Seele, die auf ihrem Höhepunkt den Ausdruck seines Gesichts tiefgreifend umgestaltet hatte, die seinen Zügen statt Begeisterung Ekstase und Verzweiflung aufgedrückt hatte. So als

seien diese beiden Regungen Hand in Hand und ungehindert hochgekommen, hätten Besitz von ihm ergriffen und dann beim Davongehen unauslöschlich ihren Schatten hinterlassen.

Ja, genau das war das Entsetzliche an ihm. Wie konnten zwei so gegensätzliche Regungen wie Ekstase und Verzweiflung – ein Paar wie Katz' und Hund – sich miteinander verbrüdern, einander an der Hand fassen, sich umarmen?

Aber in Throckmartins Gesicht waren sie einander wie Busenfreunde nahe gewesen!

Tief in Gedanken – und unterbewußt mit Erleichterung – beobachtete ich, wie die Küstenlinie hinter uns immer kleiner wurde. Ich hieß die frische Brise des offenen Meeres willkommen. Ich hoffte, und in dieser Hoffnung lag gleichzeitig eine unerklärliche Angst, Throckmartin beim Lunch zu begegnen. Aber er kam nicht in die Messe, und in meiner Enttäuschung spürte ich tief in mir auch Erleichterung. Den ganzen Nachmittag schlenderte ich unstet umher, aber er blieb in seiner Kabine. Und mir fehlte die Kraft oder der Mut, ihn dort aufzusuchen. Throckmartin ließ sich auch beim Dinner nicht blicken.

Die Dämmerung war nur kurz, und die Nacht brach rasch herein. Die Luft war warm, und so setzte ich mich wieder in meinen Deckstuhl. Die *Southern Queen* stampfte durch eine unruhige Dünung, und ich war ganz allein auf dem Deck.

Am Himmel breitete sich ein Wolkenbaldachin aus, der mit schwachem Leuchten vom Mond dahinter kündete. Überall funkelte Meeresleuchten. Ungleichmäßig stiegen am Bug und an den Seiten des Schiffes die kleinen Gischtnebel hoch, die typisch sind für die Südsee und an den Atem von Meeresungeheuern erinnern, nur kurz brodeln und dann eilig wieder verschwinden.

Unerwartet öffnete sich die Decktür, und Throckmartin trat heraus. Er blieb unsicher stehen, sah mit einem sonderbar begierigen und intensiven Blick in den Himmel und schloß dann langsam die Tür hinter sich.

»Throck!« rief ich. »Komm her, ich bin's, Goodwin.«

Er kam zu mir.

»Throck«, sagte ich geradeheraus, um keine Zeit mit Vorreden zu verlieren, »was fehlt dir? Kann ich dir irgendwie helfen?«
Mir fiel sofort auf, wie sein Körper sich versteifte.
»Ich fahre nach Melbourne, Goodwin«, antwortete er. »Muß da ein paar Dinge besorgen, die ich dringend benötige. Und neue Männer anwerben... weiße Männer...«
Er hielt abrupt inne, sprang aus seinem Stuhl und starrte angespannt nach Norden. Ich folgte seinem Blick. Weit, weit fort war der Mond durch die Wolken gebrochen. Unweit des Horizonts war sein schwaches Leuchten auf der glatten See zu erkennen. Der weit entfernte Lichtfleck zitterte und schwankte. Die Wolken wurden wieder dichter, und damit verschwanden Mond und Licht. Das Schiff stampfte rasch, aber stetig nach Süden.
Throckmartin ließ sich in seinen Stuhl fallen. Als er sich eine Zigarette anzündete, zitterte seine Hand. Plötzlich wandte er sich mir zu, so als sei er zu einem Entschluß gekommen.
»Goodwin«, sagte er, »ich brauche wirklich Hilfe. Wenn jemals ein Mensch Hilfe gebraucht hat, dann ich. Goodwin, kannst du dich in einer anderen Welt vorstellen... eine fremde, unbekannte Welt voller Schrecknisse, deren einziger Daseinszweck zu sein scheint, die furchterregendsten Dinge auszubreiten? Du ganz allein in einer solchen Welt, ein Fremder, der sich nicht auskennt? Wenn man einem solchen Mann Hilfe zugestehen will, dann muß man mir Hilfe gewähren...«
Wieder hielt er von einem Moment auf den anderen inne und sprang auf. Die Zigarette fiel ihm aus den Fingern. Der Mond war nochmals durch die Wolken gebrochen, doch jetzt viel näher als vorhin. Kaum anderthalb Kilometer war der Lichtfleck entfernt, den er auf die Wellen warf. Dahinter glitt eine Straße aus Mondlicht bis fast an den Horizont entlang. Eine gigantische glitzernde Schlange, die über den Rand der Welt direkt aufs Schiff zuzurasen schien.
Throckmartin erstarrte davor wie ein Jagdhund, der einen Bau ausgemacht hat. Mir schien es so, als würde von meinem Freund eine Woge des Schreckens ausgehen... jedoch Schrecken, in dem

eine unbekannte, unmenschliche Freude mitschwang. Die Woge streifte mich und war fort... ließ mich zitternd unter dem Eindruck ihrer bitteren Süße zurück.
Throck beugte sich vor, und seine Seele lag offen in seinen Augen. Die Mondstraße kam näher, immer näher. Sie war nun kaum noch einen Kilometer von uns entfernt. Und vor ihr floh das Schiff... gerade so, als fühlte es sich verfolgt. Rasch und bestimmt wie ein strahlender Regenguß, der durch die Wellen pflügte, raste die Mondschlange heran.
»Großer Gott!« keuchte Throckmartin, und wenn je Worte wie ein Gebet und eine Beschwörung zugleich geklungen hatten, dann in diesem Augenblick.
Dann, zum erstenmal... sah ich... *es*!
Die Mondstraße reichte bis zum Horizont und wurde zu beiden Seiten von der Dunkelheit der Nacht begrenzt. Es schien so, als seien die Wolken am Himmel so geteilt worden, daß sie einen Pfad offenließen. Wie Vorhänge waren sie beiseite gezogen... oder geteilt wie das Rote Meer, um die Israeliten hindurchzulassen und hinter ihnen ihre Feinde zu zerschmettern. Zu beiden Seiten des Stroms hingen die schwarzen, von den Zusammenballungen der Wolken am Himmel geworfenen Schatten. Und gerade wie eine Straße glänzten, schimmerten und tanzten zwischen den dunklen Wänden die rasenden Strahlen des Mondlichts.
Weit, unmeßbar weit auf diesem Strom von silbernem Feuer spürte ich eher, als daß ich es sah, wie etwas heranpreschte. Als es zum erstenmal sichtbar wurde, präsentierte es sich als tiefes Glühen inmitten des Lichts. Unbeirrbar näherte es sich uns, ein dunkler Nebel, der beim Heransausen an ein geflügeltes Wesen erinnerte. Dunkel kam mir die Legende der Dajak von einem geflügelten Boten Buddhas ins Bewußtsein: der Vogel Akla, dessen Federn aus Mondstrahlen gewebt sind, dessen Herz aus einem lebendigen Opal besteht und dessen Schwingen im Flug das Echo der kristallklaren Musik der weißen Sterne widerhallen lassen; dessen Schnabel aber aus gefrorenen Flammen gemacht ist, und mit diesem zerstückelt er die Seelen der Ungläubigen.

Noch näher kam der Nebel heran, und nun erreichte auch ein süßes, anregendes Klingeln mein Ohr; wie Pizzicati auf gläsernen Violinen gespielt. Kristallklare Klänge wie Diamanten, die in Töne zerschmelzen.
Nun hatte dieses Ding fast das Ende des Mondlichtpfads erreicht und war der Barriere aus Schwärze ganz nahe, die sich zwischen dem Schiff und dem glitzernden Kopf des leuchtenden Stroms erstreckte. Jetzt schlug es gegen die schwarze Mauer an wie ein Vogel, der gegen die Stangen seines Käfigs anstürmt. Das Ding wirbelte wie mit schimmernden Federn, wie mit lichternen Schwingen, wie mit Spiralen von lebenden Nebeln. In seinem Innern aber waren sonderbare, fremde Lichter, die vage an in Unruhe versetztes Perlmutt erinnerten. Blitze und glitzernde Atome strömten hindurch, so als würden sie aus den Strahlen gesaugt, in denen das Ding gebadet wurde.
Noch näher rauschte es heran, getragen von den funkelnden Wogen, und schmaler und schmaler schrumpfte die schützende Wand aus Dunkelheit zwischen ihm und uns zusammen. In dem Nebel befand sich ein Kern, ein Nucleus aus intensiverem Licht... ein geäderter, opalisierender, strahlender und unzweifelhaft lebendiger Kern. Und über ihm hingen in dem Gefieder und den Spiralen, die zuckten und wirbelten und pulsierten, sieben glühende Lichter.
Durch all diese unaufhörliche, aber geordnete Bewegung des... *Dings*... blieben diese Lichter fest an ihrem Platz. Sieben Lichter wie sieben kleine Monde. Einer war von einem perlfarbenen Rosa, einer von einem perlmuttartigen, zarten Blau, einer von einem funkelnden Saffrangelb, einer von dem Smaragdgrün, wie man es in den seichten Küstenwassern tropischer Inseln sieht, einer von einem tödlichen Weiß, einer von einem geisterhaften Amethyst und der letzte von dem Silber, wie man es nur auf den Schuppen fliegender Fische sieht, die im Mondlicht über das Wasser springen.
Die glockenhafte Musik wurde lauter. Sie durchbohrte die Ohren wie mit einem Schauer von winzigen Lanzen, daß einem das Herz

vor Freude immer wilder schlug...und gleichzeitig brachte sie das Herz ruckartig zum Stehen. Sie schnürte einem die Kehle mit dem Pulsschlag des Entzückens zu und drosselte sie zugleich mit der Hand unendlicher Trauer.

Dann hörte ich einen gemurmelten Schrei, der die Klingeln und Glocken verstummen ließ. Unzweifelhaft ein Schrei, aber ausgestoßen von einem Wesen, das in dieser Welt ganz und gar fremd war. Das Ohr nahm den Schrei auf und bemühte sich angestrengt, ihn in einen irdischen Klang zu übertragen. Und während dieser Arbeit zuckte das Gehirn unwillkürlich vor diesem Laut zurück, während es gleichzeitig mit aller Macht zurückdrängte, hin zu dem Schrei.

Throckmartin marschierte zur Reling, direkt auf den Nebel zu, den nun nur noch wenige Meter vom Schiff trennten. Alles Menschliche war aus dem Gesicht meines Freundes gewichen. Reine Agonie und pure Ekstase ruhten Seite an Seite auf seinen Zügen, so als bestünde keine Widersprüchlichkeit zwischen ihnen. Unheimliche, unmenschliche Gefährten, die sich zu einem Ganzen vereinten, wie es für keine von Gottes Kreaturen vorgesehen ist. Und tief und intensiv waren diese Regungen, so daß sie nur aus der Seele selbst kommen konnten. Ein Gott und ein Dämon wohnten Throck in höchster Harmonie inne! So muß Satan erschienen sein, als er gerade fiel und immer noch göttlich war, als seine Gedanken noch im Himmel waren und er gleichzeitig schon die Hölle erwartete.

Doch dann verging übergangslos die Straße aus Mondlicht! Die Wolken waren wieder zusammengezogen, so als habe eine Riesenhand den Vorhang geschlossen. Vom Süden wehte ein kreischender Windstoß heran. Als der Mond hinter den Wolken verschwand, verschwand mit ihm das, was ich zu sehen geglaubt hatte... ausgelöscht wie das Abbild auf einer Laterna magica. Das Klingeln setzte mittendrin aus und hinterließ ein Schweigen, wie es nach einem plötzlichen, heftigen Donnerschlag zu vernehmen ist. Nichts mehr umgab uns außer Stille und Schwärze.

Ein Schaudern durchfuhr mich, und ich kam mir vor wie jemand, der am äußersten Rand des Abgrunds gestanden hat, in dem, wie die Bewohner der Louisaden sich erzählen, der Fischer haust, der nach den Seelen der Menschen angelt.

Throckmartin legte einen Arm um mich.

»Es ist so, wie ich es erwartet habe«, erklärte er. Ein neuer Ton war in seiner Stimme. Eine Ruhe und Sicherheit, die alle lauernden Schrecken des Unbekannten fortgewischt hat. »Nun weiß ich es. Begleite mich in meine Kabine, alter Freund. Denn nun, da auch du es gesehen hast, kann ich dir alles erzählen...« er zögerte... »erzählen, was das war, das du gesehen hast.«

Als wir durch die Decktür schritten, begegneten wir dem Ersten Offizier des Schiffs. Throckmartin gelang es, seine Miene so normal wie möglich aussehen zu lassen.

»Steht uns ein größerer Sturm bevor?« fragte er.

»Ja«, bestätigte der Offizier, »wahrscheinlich die ganze Fahrt über bis nach Melbourne.«

Throckmartin richtete sich gerade auf, so als sei ihm etwas klargeworden. Unbeherrscht zog er den Mann am Ärmel.

»Heißt das, der Himmel ist bewölkt...« wieder hielt er inne... »für die nächsten drei Nächte?«

»Höchstwahrscheinlich für die nächsten sechs Nächte«, antwortete der Offizier.

»Gott sei Dank!« entfuhr es Throck, und ich habe wohl nie so viel Erleichterung und Hoffnung in einer menschlichen Stimme vernommen.

Der Seemann sah ihn verblüfft an. »Gott sei Dank?« wiederholte er verständnislos. »Was meinen Sie denn damit?«

Aber Throck war schon auf dem Weg zu seiner Kabine. Ich beeilte mich, ihm zu folgen. Aber der Erste Offizier hielt mich zurück.

»Fehlt Ihrem Freund etwas?« wollte er von mir wissen.

»Die See!« antwortete ich hastig. »Das Schlingern, er ist nicht daran gewöhnt. Ich werde mich um ihn kümmern.«

Zweifel und Ungläubigkeit standen deutlich in den Augen des Mannes zu lesen, aber ich wollte mich nicht mehr mit ihm befassen. Denn mir war nun klar, daß meinem Freund wirklich etwas fehlte... aber diese Krankheit konnte weder der Schiffsarzt noch sonst jemand heilen.

II

»Tot! Alle tot!«

Er hockte auf dem Rand seiner Koje und hielt die Hände vors Gesicht. Den Mantel hatte er bereits abgenommen.
»Throck!« rief ich beim Eintreten. »Was um alles in der Welt war das? Wovor fliehst du, Freund? Wo ist deine Frau... und wo ist Stanton?«
»Tot!« antwortete er tonlos. »Tot! Alle sind tot!« Als ich entsetzt zurückfuhr, sagte er wieder: »Tot! Alle tot! Edith, Stanton, Thora... tot... oder sogar noch Schlimmeres! Edith im Mondsee... bei ihnen... angezogen von dem, das du auf dem Mondlichtpfad gesehen hast... das mir sein Mal aufgedrückt hat... das mir seither unbarmherzig folgt...«
Er riß sich das Hemd auf.
»Sieh dir das an«, sagte er. Auf seiner Brust rund um das Herz war die Haut perlweiß. Ein Weiß, das sich scharf von der gesunden Bräune des restlichen Körpers abhob. Ein Kreis von etwa fünf Zentimetern Durchmesser.
»Drück sie darauf aus!« sagte er und hielt mir seine Zigarette entgegen. Ich schrak zurück. Er drängte mir die Zigarette auf. Ich drückte das glühende Ende in den weißen Kranz. Throck zuckte nicht im mindesten zusammen, und es roch auch nicht nach verbranntem Fleisch. Als ich die Zigarette fortzog, war auf dem weißen Fleck keinerlei Veränderung zu erkennen.
»Fahr mal mit den Fingern darüber«, forderte er mich auf. Ich betastete den Kranz mit den Fingerspitzen. Er fühlte sich kalt an, kalt wie Marmor.
Throck knüpfte sich das Hemd wieder zu.
»Zwei Dinge hast du nun gesehen«, sagte er. »Das Ding und das Mal. Diese beiden Belege müssen dir ausreichen, meiner Ge-

»Ja«, erklärte ich.
»Unter diesen Wällen«, fuhr er fort, »liegen der Mondsee und die sieben glühenden Lichter, die den Bewohner des Sees heraufholen; und der Altar und der Schrein des Bewohners. Und mit ihm im Mondsee liegen Edith, Stanton und Thora.«
»Der Bewohner des Mondsees?« wiederholte ich ungläubig.
»Das Ding oder das Wesen, das du heute nacht gesehen hast«, antwortete Throckmartin düster.
Ein heftiger Regenguß prasselte an die Schiffsseite, und die *Southern Queen* fing in dem unruhiger werdenden Seegang an zu schlingern. Throckmartin atmete tief erleichtert aus, zog den Vorhang beiseite und starrte hinaus in die Nacht. Die Dunkelheit schien ihm Sicherheit zu geben. Als er sich wieder auf die Koje setzte, war er ruhig und gelassen.
»Auf der ganzen Welt finden sich keine wunderbareren Ruinen«, erklärte er fast schon beiläufig. »Sie breiten sich über gut fünfzig Inseln und Inselchen aus und bedecken mit ihren Verbindungskanälen und Lagunen eine Fläche von etwa zwanzig Quadratkilometern. Wer das erbaut hat, ist uns leider nicht bekannt. Auch nicht, wann dieses Gebilde angelegt wurde. Wohl Äonen vor der Bewußtseinswerdung des Menschen. Vor zehn-, zwanzig- oder hunderttausend Jahren...mir scheint das letzte am wahrscheinlichsten zu sein.
Alle diese Eilande, Walter, sind viereckig, und ihre Küsten bestehen aus gigantischen Basaltblöcken, die bearbeitet und von den damaligen Menschen an ihren Platz gebracht worden sind. Titanische Dämme, Walter, an deren Binnenseiten Terrassen aus Basaltblöcken angebracht sind, die zwei Meter über den seichten Kanälen hinausragen, die sich zwischen den Steinen hindurchschlängeln. Landeinwärts stehen Festungen, an denen der Zahn der Zeit nicht spurlos vorübergegangen ist. Forts mit Palästen, Terrassen und Pyramiden. Gewaltige Parks und Gärten, die mit Ruinen übersät sind. Und alles ist so uralt, daß es den Blick des Betrachters welk macht.
Irgendwann hat eine größere Bodensenkung stattgefunden. Man

kann fünf Kilometer entfernt am Metalanim-Hafen stehen und auf die Spitzen ähnlicher monolithischer Strukturen und Wände hinaussehen, die zum Teil mehrere Meter tief unter der Wasseroberfläche liegen.
Und überall wie Perlen an einer Kette liegen entlang den Kanälen die befestigten Inselchen und starren mit ihren rätselhaften Mauern aus den dichten Mangrovendschungeln. Tot und verlassen seit undenklicher Zeit und gemieden von denen, die hier leben.
Du als Botaniker bist mit der Theorie vertraut, daß einst im Pazifik ein großer, geheimnisvoller Kontinent existiert haben muß. Ein Erdteil, der nicht wie das legendäre Atlantis im Atlantik durch vulkanische Gewalt unterging. Meine Arbeiten auf Java, Papua und den Ladronen haben mein Augenmerk auf diesen untergegangenen Pazifik-Kontinent gelenkt. Man nimmt ja allgemein an, daß die Azoren die letzten hohen Gipfel von Atlantis sind. Und ähnlich dem erhielt ich ständig Hinweise dafür, daß Ponape und Lele mit ihren basaltbefestigten Inselchen die letzten Punkte des langsam versunkenen Kontinents gewesen sein müssen. Der letzte Ort, der sich ans Sonnenlicht klammerte, der letzte Fluchtpunkt und der heilige Ort der Herrscher jener Rasse, die ihr Reich unter dem ansteigenden Wasser des Pazifiks verloren hatten.
Wie dem auch sei, ich war fest entschlossen, unter diesen Ruinen die Beweise für meine Theorie zu finden.
Meine... meine Frau und ich hatten vor unserer Hochzeit lange und ausführlich über dieses gewaltige Vorhaben diskutiert. Nach den Flitterwochen stellten wir alles für die Expedition zusammen. Stanton war davon nicht minder begeistert als wir. Und wie du weißt, segelten wir im letzten Mai los, um meinen Traum wahr werden zu lassen.
Auf Ponape haben wir – nicht ohne Schwierigkeiten – Männer für die Grabungsarbeiten angeworben. Ich mußte außerordentliche Belohnungen in Aussicht stellen, bis ich meine Truppe zusammen hatte. Diese Ponapeer sind reichlich abergläubisch. Ihre Sümpfe, Wälder, Berge und Küsten sind mit bösen Geistern übervölkert...

sie nennen sie *Ani*. Aber noch größere Angst haben sie vor den Ruineninseln und vor allem vor denen, die nach ihrem Glauben dort hausen. Und seit meinen dortigen Erlebnissen kann ich darüber nicht mehr lachen!
Als die Arbeiter hörten, wohin die Reise gehen sollte und wie lange wir dort bleiben wollten, fingen sie an zu murren. Diejenigen, die ich dann doch noch gewinnen konnte, machten das von einer Bedingung abhängig, die ich damals für puren Aberglauben hielt: Sie bestanden darauf, uns in den drei Nächten des Vollmonds verlassen zu dürfen. Walte Gott, wir hätten besser auf sie gehört und wären mit ihnen gegangen!
Bald danach liefen wir in den Hafen Metalanim ein. Zu unserer Linken erhob sich anderthalb Kilometer entfernt ein massives Viereck. Seine Mauern waren zwölf Meter hoch und fünfzig oder sechzig Meter lang. Als wir das Gebilde passierten, wurden unsere Eingeborenen sehr still. Verstohlen und furchtsam starrten sie auf die Mauern. Ich kannte diesen Ort als die Ruine der Anlage, die man Nan-Tauach nennt, die ›Stätte der drohenden Mauern‹. Durch das Schweigen meiner Arbeiter fiel mir wieder ein, was Christian über diese Anlage schreibt; wie er auf sie gestoßen war, ihre ›uralten Hochebenen und vierkantigen Einfassungen aus Mauerwerk‹ entdeckt hatte; wie er das Wunder ihrer kurvenreichen Straßen und des Labyrinths ihrer flachen Kanäle betrachtet hatte; die drohenden Massen aus behauenem Stein, die aus grünen Wänden herausragten; die zyklopenhaften Barrikaden; und auch, wie er sich umwandte und in ›geisterhafte Schatten‹ starrte. Im Nu sei alle Fröhlichkeit seiner Führer wie fortgeweht gewesen, und man habe sich nur noch im Flüsterton unterhalten.«
Er schwieg einige Sekunden lang.
»Selbstverständlich hatte ich vor, genau dort mein Lager aufzuschlagen«, fuhr er dann leise fort. »Aber ich gab diesen Plan bald wieder auf. Die Eingeborenen hatten eine Angst, die man nur noch mit Panik umschreiben konnte. Sie drohten gar, auf der Stelle umzukehren. ›Nein‹, riefen sie, ›Große *Ani* seien dort. Wir an jeden anderen Ort gehen, aber nicht hier‹.«

Er schüttelte nachdenklich den Kopf.
»Wir entschieden uns schließlich für ein Inselchen namens Uschen-Tau. Es lag nicht allzu weit von meinem ursprünglichen Standort entfernt, war aber weit genug davon entfernt, um meine Arbeiter wieder zur Ruhe kommen zu lassen. Wir fanden dort einen vorzüglichen Lagerplatz mit einer frischen Wasserquelle. Die Männer schlugen die Zelte auf, und nach ein paar Tagen war unsere Arbeit in vollem Gange.«

III

Der Mondstein

»Ich habe im Moment nicht vor«, erklärte Throckmartin, »dir von den Ergebnissen der beiden ersten Wochen zu berichten und auch nicht davon, was wir in dieser Zeit gefunden haben. Später will ich, insofern es mir möglich ist, das alles nachholen. Es mag an dieser Stelle ausreichen zu erwähnen, daß ich nach diesen vierzehn Tagen etliche Bestätigungen für meine Theorien aufgespürt hatte.

Der Ort hatte uns trotz all seines Verfalls und all seiner Trostlosigkeit nicht morbide machen können, weder Edith noch Stanton noch mich. Nur Thora war etwas unglücklich. Wie du weißt, ist sie Schwedin, und die Sagen und Mythen, den ganzen Aberglauben ihrer Heimat hat sie quasi mit der Muttermilch aufgesogen. Und sonderbarerweise wirken einige der nordischen Legenden auf ungeheuerliche Weise denen hier im Südpazifik verwandt. Der Glaube an Berg- und Waldgeister zum Beispiel, oder die Vorstellung von Werwölfen und anderen unangenehmen Wesen. Von Anfang an zeigte Thora eine seltsame Empfänglichkeit für den, wie ich ihn vielleicht nennen sollte, ›Einfluß‹, der von diesem Ort ausging. Die Schwedin behauptete, es ›rieche‹ nach Geistern, nach Zauberei...

Zuerst lachte ich sie aus...

Zwei Wochen vergingen, und dann kam der Sprecher der Eingeborenen zu uns. Er erklärte, in der nächsten Nacht sei Vollmond, und erinnerte uns an unser Versprechen. Am Morgen wollten die Arbeiter in ihr Dorf gehen und erst nach drei Nächten, wenn der Mond wieder abnahm, zu uns zurückkehren. Der Sprecher gab uns allerlei Amulette zu unserem ›Schutz‹ und gab uns die eindringliche Warnung, uns während ihrer Abwesenheit so weit wie

möglich vom Nan-Tauach fernzuhalten. Leicht verblüfft und noch mehr amüsiert sah ich ihrem Abzug nach.
Natürlich kam unsere Arbeit ohne die Eingeborenen zum Erliegen. Daher beschlossen wir, die Tage ihrer Abwesenheit mit einer Spritztour über die südlichen Inselchen der Gruppe zu verbringen. Wir markierten verschiedene Punkte für spätere weitergehende Untersuchungen. Am Morgen des dritten Tages zogen wir dann an der östlichen Küste entlang zu unserem Lager auf Uschen-Tau, um alles für die Rückkehr unserer Arbeiter vorzubereiten.
Wir landeten dort kurz vor Einbruch der Dämmerung, waren hundemüde und sehnten uns nur noch nach unseren Feldbetten. Es war kurz nach zehn, als Edith mich weckte.
›Hör doch!‹ sagte sie. ›Leg dein Ohr dicht an den Boden.‹
Ich kam ihrer Aufforderung nach und glaubte, tief, tief unten schwach einen Gesang zu hören, der langsam höher stieg. Er nahm an Intensität zu, wurde schwächer und endete schließlich; setzte wieder ein, wurde kräftiger und dann leiser, bis nichts mehr zu vernehmen war.
›Wahrscheinlich kommt dieses Geräusch nur von Wellen, die irgendwo draußen gegen Klippen anrennen‹, erklärte ich. ›Offensichtlich befinden wir uns über einem Felsenriff, das den Schall weiterleitet...‹
›Aber wie kommt es dann, daß wir dieses Geräusch heute zum erstenmal hören?‹ entgegnete meine Frau voller Zweifel. Wir horchten noch einmal auf dem Boden. Plötzlich ertönte durch den dumpfen Rhythmus tief unten ein neues Geräusch. Es schien durch die Lagune zu schweben, die zwischen uns und Nan-Tauach lag; eine Art Musik, die sich in kleinen, klingenden Wellen bewegte. Ich kann die merkwürdige Wirkung, die diese Töne auf mich ausübten, gar nicht in Worte fassen. Hast du es nicht auch gespürt...«
»Meinst du eben auf dem Deck?« fragte ich. Throckmartin nickte.
»Ich trat in jener Nacht zum Zeltausgang und spähte nach draußen«, fuhr er fort. »Kaum stand ich dort, erschien Stanton vor

seinem Zelt, trat heraus und marschierte im Mondlicht herum. Er starrte auf eines der Inselchen und lauschte angespannt. Ich rief ihn an.
›Was für ein sonderbares Geräusch!‹ rief er und lauschte weiter. ›Kristallklar! Als wenn jemand eine Milchglasscheibe bearbeiten würde, und zwar sehr vorsichtig... Wie die Kristallglöckchen am Sistrum von Isis im Dandarah-Tempel‹, murmelte er wie im Traum. Nun starrten wir beide auf das Inselchen. Plötzlich bemerkten wir auf dem Damm eine Gruppe von Lichtern, die sich langsam und rhythmisch bewegte. Stanton lachte.
›Diese Halunken!‹ rief er. »Deshalb wollten sie also fort von uns. Siehst du es, Dave, da wird irgendein Fest gefeiert. Irgendein Ritus, den sie bei Vollmond vollführen. Deshalb waren sie auch so wild darauf, uns von dort fernzuhalten!‹
Seine Erklärung erschien einleuchtend. Ich fühlte mich erleichtert, obwohl mir vorher gar nicht bewußt geworden war, wie nervös mich das sonderbare Geräusch gemacht hatte.
›Komm, wir schleichen uns hin‹, schlug Stanton vor, aber ich wollte nicht.
›Sie sind ein fremdartiger Menschenschlag‹, antwortete ich. ›Wenn wir sie bei einer ihrer religiösen Zeremonien stören, werden sie uns das sicher nicht verzeihen. Laß uns lieber darauf verzichten, zu einer Feier im intimen Kreise zu gehen, zu der man uns nicht eingeladen hat.‹
›Da hast du sicher recht‹, stimmte Stanton zu.
Der merkwürdige Rhythmus schwoll an und ab, an und ab...
›Etwas... etwas Beunruhigendes geht davon aus‹, meinte Edith schließlich besorgt. ›Ich frage mich, wie sie diese Töne erzeugen. Einerseits erschrecken sie mich halb zu Tode, und andererseits erzeugen sie in mir das Gefühl, als ob sich etwas unbeschreiblich Schönes ganz in der Nähe befinde.‹
›Verdammt unheimlich!‹ entfuhr es Stanton.
Bei seinen Worten wurde Thoras Zelt aufgerissen, und die alte Schwedin trat ins Mondlicht. Thora war unleugbar ein nordischer Typ: hoch gewachsen, mit schweren Brüsten und von der Statur

der alten Wikinger. In jenem Augenblick waren ihr ihre sechzig Jahre nicht anzusehen. Sie wirkte vielmehr wie die Inkarnation einer Odin-Priesterin.
Mit weit aufgerissenen, funkelnden Augen stand sie da und sah zur Insel hinüber. Ihr Kopf bewegte sich ruckartig in Richtung von Nan-Tauach. Sie beobachtete die tanzenden Lichter und lauschte. Plötzlich riß sie die Arme hoch und vollführte eine seltsame Geste zum Mond. Eine Bewegung von archaischem Ursprung, die sie aus fernster Vergangenheit kennen mußte. Macht und eine unerklärliche Kraft gingen von dieser Bewegung aus. Zweimal wiederholte sie diese Geste... und dann verstummten die fremdartigen, klingelnden Töne! Thora drehte sich zu uns um.
›Geht!‹ sagte sie in einem ungewohnten Befehlston, und ihre Stimme schien von weit her zu ertönen. ›Verlaßt diesen Ort... und beeilt euch dabei! Geht, solange ihr das noch könnt. Es hat gerufen...‹ Sie zeigte auf die kleine Insel. ›Es weiß, daß ihr hier seid. Und Es wartet!‹ Thora begann zu wimmern. ›Es lockt... die... die...‹
Sie fiel Edith vor die Füße, und nun wehten über die Lagune wieder die sonderbaren Töne heran, klangen schneller und jubelnder... fast wie im Triumph.
Die ganze Nacht hindurch wachten wir bei Thora. Die Töne von Nan-Tauach hielten an bis etwa eine Stunde vor Monduntergang. Erst am Morgen erwachte Thora. Offensichtlich war sie wieder ganz die alte. Sie erklärte, schlecht geträumt zu haben, konnte sich aber an den Inhalt der Träume nicht mehr erinnern, nur daß sie vor Gefahren gewarnt worden war. Die Schwedin wirkte den ganzen Tag über bedrückt, und immer wieder wanderte ihr Blick halb fasziniert und halb verwirrt zu der benachbarten Insel hinüber.
Am Nachmittag kehrten die Arbeiter zurück. Und in der folgenden Nacht ertönte kein Geräusch von Nan-Tauach, und kein Licht und auch kein sonstiges Lebenszeichen ließen sich ausmachen.

Du kannst sicher nachvollziehen, Goodwin, wie diese Vorfälle unsere wissenschaftliche Neugier erregten. Natürlich wiesen wir bei der Suche nach einer Erklärung alles weit fort, was auch nur den Ruch des Übernatürlichen an sich hatte.

Die... die Symptome, wie ich sie hier nennen möchte, ließen sich allesamt sehr leicht erklären. Es steht außer Frage, daß Vibrationen, die von bestimmten Musikinstrumenten erzeugt werden, nicht ohne manchmal sogar außergewöhnliche Auswirkung auf das menschliche Nervensystem bleiben. Dies war eine einleuchtende Erklärung für die Reaktionen, die wir beim ersten Hören der ungewohnten Klänge gezeigt hatten. Thoras Nervosität verbunden mit ihrem starken Hang zum Aberglauben hatten sich so sehr gesteigert, daß sie in einen Zustand semisomnambulistischer Hysterie verfallen war. Die moderne Wissenschaft hatte keinerlei Mühe, Thoras Verhalten in der vergangenen Nacht zu erklären.

Wir kamen auch zu dem Schluß, daß die Eingeborenen einen uns verborgen gebliebenen Verbindungsweg zwischen Ponape und Nan-Tauach kennen mußten. Über den gelangten sie an den heiligen Ort, an dem sie ihre Riten abhielten. Wir nahmen uns vor, beim nächsten Auszug unserer Arbeiter nach Nan-Tauach überzusetzen. Dort wollten wir dann tagsüber Nachforschungen anstellen, während nachts Thora und Edith zum Lager zurückkehren sollten. Stanton und ich würden dann auf dem Inselchen bleiben und von einem sicheren Versteck aus das beobachten, was sich dort abspielen mochte.

Der Mond nahm immer weiter ab, war bald nur noch eine schmale Sichel am westlichen Nachthimmel und nahm wieder zu, bis er ein weiteres Mal rund und voll war. Bevor die Eingeborenen uns verließen, baten sie uns buchstäblich auf Knien, mit ihnen zu gehen. Aber ihr Flehen machte uns nur noch versessener darauf, nachzusehen, was sich auf Nan-Tauach tat. Und mittlerweile waren wir fest davon überzeugt, daß sie dort etwas vor uns verborgen halten wollten. Zumindest gab es für Stanton und mich keinen Zweifel mehr an unserem Plan. Anders hingegen Edith. Sie gab sich nachdenklich und widerstrebend.

Als die Arbeiter den Hafen verlassen hatten und außerhalb der Sichtweite waren, holten wir unser Boot heraus und fuhren auf geradem Wege zur Nachbarinsel. Bald schon ragte der gewaltige Damm vor uns auf. Wir passierten die Einfahrt mit ihren gigantischen behauenen Prismen aus Basalt und landeten neben einer halb überschwemmten Mole. Vor uns erhob sich eine Treppe mit riesigen Stufen, die direkt in einen Hof führte, der mit den Fragmenten umgestürzter Säulen übersät war. Im Zentrum des Hofs, hinter den zerborstenen Säulen, stieg eine Terrasse aus Basaltblöcken auf, die, wie ich wußte, eine weitere Umfassungsmauer verbarg.
»Und nun, Walter...« er zögerte. »Damit du besser verstehst, was... und... und... Solltest du dich später entschließen, mit mir dorthin zurückzukehren... oder falls ich dorthin... verschwinde... und du uns folgst... präge dir gut meine Beschreibung jenes Ortes ein: Nan-Tauach besteht genaugenommen aus drei Rechtecken. Das erste ist der Seewall und besteht aus Monolithen; behauene Quader, die oben sechs Meter breit sind. Um zu seiner Einfahrt zu gelangen, mußt du den Kanal befahren, der auf der Karte eingezeichnet ist und zwischen Nan-Tauach und einer Insel namens Tau verläuft. Der Eingang zum Kanal liegt hinter dichten Mangroven verborgen. Bist du erst einmal durch dieses Dickicht gelangt, erwarten dich keine weiteren natürlichen Hindernisse mehr. Wenn du dann den Seewall hinter dir hast, siehst du an der Mole die Stufen, die zum Hof führen.
Dieser Hof ist von einer viereckigen Basaltwand umgeben, die mit äußerster mathematischer Exaktheit dem Verlauf der ersten Mauer folgt. Der Seewall ist bis zu fünfzehn Meter hoch. Früher muß er wohl noch höher gewesen sein, aber teilweise ist es zu Bodensenkungen gekommen. Die erste Einfriedungsmauer ist fünf Meter breit und zwischen sechs und fünfzehn Metern hoch. Auch hier wieder ist das Land stellenweise abgesunken.
Innerhalb des Hofs stößt du dann auf die nächste Umfassungsmauer. Seine Terrasse, aus dem gleichen Basalt gefertigt wie die Mauern, ist etwa sechs Meter hoch. Zutritt verschafft man sich

durch eine Vielzahl von Breschen, die die Zeit dort geschlagen hat. Das ist dann der Innenhof, das Herz von Nan-Tauach. Dort befindet sich auch das große Zentralgewölbe, das mit dem Namen des Wesens in Verbindung gebracht wird, das aus den Nebeln der Vergangenheit zu uns gekommen ist. Die Eingeborenen erklären, es sei die Schatzkammer von Chau-le-teur gewesen, einem mächtigen König, der ›lange vor den Vätern‹ geherrscht habe. Da Chau das alte ponapeanische Wort für Sonne wie für König ist, bedeutet der Name des Ortes so viel wie ›Hort des Sonnenkönigs‹. Die übriggebliebene Erinnerung an den Namen einer Dynastie der Rasse, die einst den Pazifikkontinent beherrschte und irgendwann untergegangen ist; so ähnlich wie bei den Herrschern des alten Kreta, die den Namen Minos, und den Königen des alten Ägypten, die den Namen Pharao annahmen.
Und gegenüber vom Hort des Sonnenkönigs ruht der Mondstein, der den Mondsee verbirgt.
Stanton war es, der diesen Stein entdeckt hat. Wir waren dabei, den Innenhof zu untersuchen. Edith und Thora machten sich gerade daran, das Mittagessen zuzubereiten, als ich aus dem Zentralgewölbe kam und meinen Assistenten bemerkte, wie er an einem bestimmten Teil der Terrasse stand und verwundert etwas studierte.
›Was würdest du davon halten?‹ fragte er mich, als ich ihn erreichte. Er zeigte auf die Wand. Ich folgte seinem Finger und sah einen Stein von fünf Metern Höhe und drei Metern Breite. Als erstes fiel mir die außerordentliche Exaktheit auf, mit der sich seine Kanten in die benachbarten Steinblöcke einfügten. Dann bemerkte ich, daß dieser Stein sich auch farblich etwas von den anderen unterschied. Ein besonderer Grauton war darin, und von der Glätte der Oberfläche ging etwas Beunruhigendes... etwas Tödliches aus.
›Sieht mir eher nach Kalzit als nach Basalt aus‹, antwortete ich. Ich berührte den Stein, und zog die Hand im gleichen Augenblick hastig wieder zurück. Bei dem Kontakt hatte jeder Nerv in meinem Arm gekribbelt, als hätte ich einen Stoß eiskalter Elektrizität emp-

fangen. Das war das erste, was mir dafür einfiel: Eiskalte Elektrizität. Und das beschreibt die Empfindung genauer als alles andere. Stanton sah mich jedenfalls verdutzt an.
›Also hast du es auch gespürt‹, sagte er. ›Ich habe mich schon gefragt, ob ich wie Thora an Halluzinationen leide. Dabei wird dir sicher aufgefallen sein, daß die benachbarten Steine von der Sonne schon reichlich aufgewärmt sind.‹
Unsere Neugier war geweckt, und wir betrachteten den merkwürdigen Stein auf das genaueste. Seine Ränder waren wie von einem Diamantschleifer geschnitten. Kaum Haaresbreite war zwischen seinen Rändern und den Blöcken daneben. Sein Sockel war gekrümmt und paßte sich genauso exakt wie die Oberkante und die Seiten auf den mächtigen Blöcken an, auf denen er ruhte. Dann entdeckten wir, daß diese Blöcke ausgehöhlt worden waren und sich so der Unterseite des grauen Steins anpaßten. Eine halbkreisförmige Senke verlief von einer Seite des Steins zur anderen, und es kam einem so vor, als stünde die graue Platte im Zentrum einer flachen Tasse, aus der sie halb herausragte und deren untere Hälfte verborgen war. Diese Aushöhlung erweckte mein Interesse. Ich griff hinein und betastete sie. Obwohl die Oberfläche aller Steine hier rauh und vom Zahn der Zeit angenagt war, Goodwin, fühlte sich die Innenseite der Tasse so glatt an, als sei sie gerade eben erst poliert worden.
›Das ist eine Tür!‹ rief mein Assistent. ›Sie dreht sich in der Tasse. Deshalb ist die Oberfläche auch so glatt!‹
›Vielleicht hast du recht‹, antwortete ich. ›Aber wie zum Henker bekommt man sie nur auf?‹
Wir untersuchten die Steinplatte von oben bis unten, drückten an den Rändern und stießen gegen die Seiten. Und dabei sah ich einmal zufällig nach oben und entdeckte es: Dreißig Zentimeter über dem Sturz des grauen Steins war an jeder Ecke eine leicht konvexe Wölbung angebracht, die man nur aus meinem momentanen Blickwinkel ausmachen konnte.
Wir hatten in unserer Ausrüstung eine kleine Trittleiter, und die hatten wir rasch angebracht. Die kleinen Buckel waren wahr-

scheinlich nichts weiter als aus dem Stein herausgearbeitete Wölbungen. Ich berührte die, der ich am nächsten war, und zog die Hand sofort wieder zurück. Am Handballen hatte ich den gleichen Elektroschock verspürt wie vorhin. Doch ich legte meine Hand wieder auf den Buckel. Der Stoß kam von einer kleinen, kaum zweieinhalb Zentimeter breiten Stelle. Vorsichtig strich ich über die ganze Auswölbung, und sechs weitere Male erhielt ich einen Elektroschock. Sieben solcher kreisrunder Stellen befanden sich also auf dem Buckel, und von jeder einzelnen ging die gleiche Wirkung aus, wie ich sie eben beschrieben habe. Bei der Auswölbung auf der gegenüberliegenden Seite des Steins erging es mir ganz genauso. Aber weder die Berührung einer einzigen Stelle noch die unterschiedlichsten Kombinationen halfen uns in geringster Weise beim Öffnen der Platte weiter.

›Und dennoch müssen sie der Schlüssel zum Öffnen dieser Tür sein‹, erklärte Stanton im Brustton der Überzeugung.

›Wie kommst du denn darauf?‹ wollte ich von ihm wissen.

›Weiß nicht‹, erklärte er zögernd, ›es ist nur so ein Gefühl.‹ Er lachte, aber es klang humorlos, als er fortfuhr: ›Throck, der Wissenschaftler in mir kämpft gegen den Gefühlsmenschen. Der Wissenschaftler drängt mich, alles nur mögliche zu versuchen, diese Steintür aufzubekommen. Der Gefühlsmensch in mir rät mir ebenso eindringlich, nichts dergleichen zu unternehmen und so rasch wie möglich das Weite zu suchen.‹

Er lachte wieder, und diesmal trat ihm so etwas wie Schamröte ins Gesicht.

›Welcher Seite soll ich nachgeben?‹ fragte er, und ich glaubte, an seinem Tonfall zu erkennen, daß die Gefühlsseite in ihm die Oberhand gewann.

›Wahrscheinlich kriegen wir sie so nie auf... vielleicht sollten wir sie sprengen...‹ sagte ich.

›Daran habe ich auch schon gedacht‹, erklärte Stanton, ›aber es wieder verworfen, weil ich das nie und nimmer wagen würde‹, fügte er düster hinzu. Kaum hatte er diese Worte ausgesprochen, da befiel mich das gleiche Gefühl wie ihn. So als ob etwas aus dem grauen Stein ströme, das sich einem aufs Herz legte wie eine Hand auf einen vorlauten Mund. Wir wandten uns unglücklich ab und sahen, wie Thora durch eine der Breschen auf die Terrasse kam. ›Miß Edith möchte, daß Sie sofort kommen‹, begann sie und hielt augenblicklich inne. Ihr Blick fuhr an mir vorbei auf die Steinplatte, und ihr Körper wurde wie von einer Lähmung befallen. Steifbeinig ging sie dann ein paar Schritte weiter, und schließlich rannte sie geradewegs darauf zu. Die alte Schwedin warf sich mit Brust, Händen und Gesicht an die Platte, und wir hörten sie schreien, als würde ihr die Seele aus dem Leib gerissen. Dann fiel sie vor dem Stein zu Boden. Als wir sie hochhoben, bemerkte ich auf ihrem Gesicht den gleichen Ausdruck wie damals, als wir zum erstenmal die sonderbare Musik von Nan-Tauach gehört hatten... diese unfaßbare Mischung von offensichtlichen Gegensätzen!«

IV

Das erste Verschwinden

»Wir trugen Thora ins Lager zurück, wo Edith auf uns wartete. Sie hörte mit ernster Miene zu, während wir von den Vorfällen und von unserem Fund berichteten. Als wir fertig waren, seufzte Thora und öffnete die Augen.

›Ich würde den Stein gern sehen‹, erklärte Edith. ›Charles, du bleibst besser hier bei Thora.‹ Wir überquerten schweigend den äußeren Hof und standen endlich vor der grauen Platte. Meine Frau berührte den Stein, zog die Hand aber ebenso rasch wieder zurück wie zuvor ich. Dann schob sie die Handfläche resolut vor und ließ sie auf der Platte ruhen. Edith machte ganz den Eindruck, als würde sie lauschen. Dann drehte sie sich um.

›David‹, sagte sie, und die Sehnsucht in ihrer Stimme schmerzte mich, ›David, würdest du sehr enttäuscht sein, wenn wir von hier wieder fortgingen, ohne weitere Nachforschungen an diesem Ding hier angestellt zu haben? Würde dir das viel ausmachen?‹

Ach, Walter, in meinem ganzen Leben wollte ich nichts so sehr wie erfahren, was für ein Geheimnis hinter dieser Steintür lag. Dennoch bemühte ich mich, mein Verlangen zu meistern und antwortete: ›Nein, Edith, nicht ein kleines bißchen, wenn du wirklich wünschst, von hier zu verschwinden.‹

Aber sie las den inneren Konflikt in meinen Augen. Sie wandte sich wieder dem Stein zu. Ich sah, wie ein Schauder über ihren Körper rann. Bedauern und Bereuen erfüllten mich.

›Edith!‹ rief ich kurz entschlossen, ›wir reisen ab!‹

Sie sah mich an. ›Die Wissenschaft ist eine besonders eifersüchtige Dame‹, witzelte sie. ›Doch wer weiß, vielleicht ist sie nur strenger als ich. Wie dem auch sei, du kannst ihr nicht davonlaufen. Nein, Dave, du machst hier weiter, und ich bleibe bei dir!‹

Es gab keine Möglichkeit mehr, sie umzustimmen. Als wir zu den anderen zurückkehrten, legte sie eine Hand auf meinen Arm.
›Dave‹, sagte sie leise, ›falls es heute nacht zu einem ... nun, unerklärlichen Vorfall kommen sollte... etwas, das sich als zu große Gefahr erweist... versprichst du mir dann, gleich morgen früh zu unserer Insel zurückzukehren... insofern uns das noch möglich sein sollte... und versprichst du mir auch, dort so lange zu warten, bis die Eingeborenen wieder da sind?‹
Ich versprach ihr alles nur zu bereitwillig. Der Wunsch zu bleiben und Zeuge dessen zu werden, was in der Nacht kommen würde, brannte wie Feuer in mir.
Wir suchten uns etwa hundertfünfzig Meter von der Treppe entfernt ein Versteck.
Der Ort war gut gewählt. Wir konnten dort kaum entdeckt werden, gleichzeitig aber alles gut beobachten. Auch sonst war das Glück uns hold, denn die Nacht war klar, und viele Sterne standen am Himmel. Kurz vor der Dämmerung zogen wir dorthin um und harrten der Dinge, die da kommen sollten. Ich hatte mich im Versteck am weitesten vorgewagt. Edith war an meiner Seite, dann kam Thora, und ein Stück weiter hinten hockte Stanton.
Die Nacht brach herein, und nach einer Weile trat ein Leuchten an den östlichen Himmel. Der Mond ging auf. Rasch wurde das Leuchten heller, und dann spähte der obere Rand des Erdtrabanten aus dem Meer, erhob sich daraus und war endlich als volle, runde Kugel zu sehen. Ich warf einen kurzen Blick auf Edith und Thora. Meine Frau lauschte gespannt. Die Schwedin hingegen saß noch genauso da wie am Anfang, als wir uns in das Versteck begeben hatten: die Ellbogen auf die Knie gestützt und das Gesicht in den Händen vergraben.
Wir wurden im Mondlicht gebadet, und daraus griff eine unbezwingliche Müdigkeit auf mich über. Schlaf schien aus den Strahlen hervorzuquellen, tropfte auf meine Augen und schloß sie; schloß sie unerbittlich. Ediths Hand in meiner wurde schlaff. Stantons Kopf fiel auf die Brust, und er schwankte wie ein Volltrunkener. Ich versuchte aufzustehen und kämpfte mit aller

Macht gegen den übermächtigen Wunsch nach Schlaf an, der in mir immer stärker wurde. Während ich noch rang, bewegte Thora den Kopf, so als schien sie etwas zu hören. Ihr Blick war auf den Eingang zum Hof gerichtet. Unendliche Verzweiflung stand auf ihren Zügen... und gleichzeitig so etwas wie freudige Erwartung. Ich versuchte noch einmal aufzustehen, aber eine mächtige Müdigkeitswoge überrollte mich. Während ich in ihr versank, hörte ich matt ein glockenhelles Klingeln. Mit übermenschlicher Anstrengung gelang es mir ein letztes Mal, die Lider zu öffnen.
Thora stand auf der obersten Stufe und war in Licht gebadet.
Der Schlaf übermannte mich endgültig und trieb mich mitten hinein ins Reich der Träume und des Vergessens.
Als ich wieder erwachte, wurde es schon Morgen. Wie eine Lawine kehrte die Erinnerung in mein Bewußtsein zurück. Voller Panik streckte ich eine Hand nach Edith aus. Als ich sie berührte, machte mein Herz vor Freude und Dankbarkeit einen Riesensprung. Sie rührte sich, setzte sich auf und rieb sich die schlaftrunkenen Augen. Stanton lag mit dem Rücken zu uns auf der Seite, und sein Kopf ruhte in den Armen.
Edith sah mich an und lachte. ›Großer Gott! Was für ein Schlaf!‹
Langsam kehrte ihre Erinnerung zurück.
›Was ist denn geschehen?‹ flüsterte sie. ›Wie konnte uns nur ein solcher Schlaf überkommen?‹
Stanton erwachte.
›Was ist denn mit euch los?‹ rief er. ›Ihr seht aus, als sei euch gerade ein Gespenst über den Weg gelaufen!‹
Edith griff plötzlich nach meiner Hand.
›Wo ist Thora?‹ Sie sah sich um. Bevor ich ihr antworten konnte, war sie schon aufgesprungen und rannte rufend umher.
›Thora ist entführt worden‹, war alles, was ich Stanton sagen konnte. Zusammen eilten wir zu meiner Frau, die die großen Stufen erreicht hatte und ängstlich hinauf zu dem Eingang und der dahinter liegenden Terrasse starrte. Ich erzählte den beiden, was ich kurz vor dem Einschlafen gesehen hatte. Wir liefen die Stufen hinauf, rannten über den Hof und erreichten den grauen Stein.

Die Platte war genauso verschlossen wie am Tag zuvor, und nichts ließ die Vermutung zu, daß sie zwischenzeitlich geöffnet worden sei. Wirklich nichts? Während ich noch hinsah, fiel Edith auf die Knie und griff nach etwas, das dort auf dem Boden lag. Ein kleiner Fetzen bunten Seidenstoffes. Ich erkannte ihn als Teil des Schals wieder, den Thora um den Kopf zu tragen pflegte. Edith hielt den Fetzen hoch. An einer Seite war er wie von einer Rasierklinge durchtrennt. Ein paar dünne Fäden hingen herunter bis zum Sockel der Platte... und führten darunter hindurch.
Also handelte es sich bei dem grauen Stein doch um eine Tür! Und sie hatte sich geöffnet und Thora hindurchgelassen.
Während der nächsten Minuten waren wir drei, so fürchte ich, alle nicht recht bei Sinnen. Wir schlugen mit Händen, Steinen und Stöcken gegen die Platte. Endlich besannen wir uns.
In den nächsten Stunden bemühten wir uns auf alle nur erdenkliche Weise, die Steintür zu öffnen. Der Fels widerstand unseren Bohrungen. Wir versuchten es mit Sprengstoff am Sockel. Aber die Explosion hinterließ nicht die geringste Spur auf der grauen Oberfläche, sondern wehte nur die Steine in die Luft, mit denen wir das Pulver bedeckt hatten.
Am Nachmittag hatten wir alle Hoffnung aufgegeben. Die Nacht kam heran, und wir mußten uns etwas einfallen lassen. Ich wollte nach Ponape zurück, um dort Hilfe zu holen. Aber Edith wandte ein, das würde einige Stunden in Anspruch nehmen, und davon abgesehen könnten wir keinen Eingeborenen dazu bewegen, mit uns in einer Vollmondnacht zu dem Inselchen zurückzukehren.
Was konnten wir sonst noch tun? Eigentlich blieben uns nur zwei Möglichkeiten: Ins Hauptlager fahren, dort auf die Rückkehr der Arbeiter zu warten und sie dann zu überreden, mit uns nach Nan-Tauach zu gehen. Das würde allerdings bedeuten, Thora mindestens zwei Tage lang ihrem Schicksal zu überlassen. Nein, das konnten wir nicht tun. Es wäre uns zu feige vorgekommen.
Die andere Möglichkeit bestand darin, uns in der Nacht auf dem Hof zu verstecken, um darauf zu warten, daß sich die Platte wie in der vergangenen Nacht öffnen würde. Dann nichts wie hindurch

und nach Thora suchen, bevor die Tür sich wieder geschlossen hatte.
Wir debattierten nicht lange. Diese Nacht würden wir auf Nan-Tauach verbringen.
Natürlich hatten wir uns auch über das Schlafphänomen Gedanken gemacht. Wenn unsere Theorie zutreffen sollte, daß die Lichter, das Klingeln und Thoras Verschwinden ihren gemeinsamen Verursacher in den religiösen Riten der Eingeborenen hatten, dann war es nur logisch, daß auch unser merkwürdiger Schlaf von ihnen hervorgerufen worden war; wahrscheinlich durch ein Gas. Du weißt doch auch, Goodwin, wie ausgezeichnet sich die Südsee-Insulaner auf solche Drogen und Mittelchen verstehen. Vielleicht war unser Schlaf aber auch nur einem Zufall zu verdanken. Ausströmungen von Gas oder von Pflanzen, die gerade in der Nähe unseres Verstecks auftraten und mit den anderen Ereignissen in keinerlei direktem Zusammenhang standen. Wir stellten einige provisorische, gleichwohl aber funktionstüchtige Gasmasken her.
Als es dunkel wurde, überprüften wir unsere Waffen. Edith war eine gute Schützin, sowohl mit dem Gewehr als auch mit der Pistole. Wir hatten beschlossen, daß meine Frau in einem Versteck bleiben sollte, während Stanton an der Treppe Posten bezog und ich mich auf der anderen Seite des Hofs verbarg. Ich war etwa sechzig Meter von Edith entfernt und konnte von dort aus immer wieder einen Blick auf sie werfen, ob sie sich in der Senke, in die sie sich gelegt hatte, auch in Sicherheit befand. Stanton und ich konnten gleichfalls bequem den Eingang zum Hof überwachen. Mein Assistent war darüber hinaus in der Lage, auch das Terrain außerhalb des Hofs im Auge zu behalten.
Ein leichtes Glühen verkündete den Mondaufgang. Stanton und ich bezogen unsere Posten. In dieser Nacht kam es mir so vor, als würde der Mond doppelt so rasch zum Himmel aufsteigen. Die leuchtende Scheibe trieb aus dem Meer und beleuchtete schon einen Moment später die Ruinen und die See.
Während der Mond höher kletterte, ertönte ein sonderbares leises

Seufzen von der Innenterrasse. Stanton straffte seine Gestalt und starrte mit bereitgehaltenem Gewehr herüber.
›Kannst du was sehen?‹ rief ich ihn an. Er gab mir mit einem Handzeichen zu verstehen, daß ich den Mund halten sollte. Ich drehte mich um, um nach Edith zu sehen. Mich durchlief es eiskalt. Sie lag auf der Seite, und ihr Gesicht, das mit dem Atemschutzgerät sehr grotesk wirkte, war dem Mond zugekehrt. Edith schlief fest und tief.
Als ich wieder zu Stanton hinübersah, fuhr mein Blick über die Stufen, um dort fasziniert festzukleben. Das Mondlicht schien dort dicker zu sein. Mehr noch, es schien zu gerinnen. Und in diesem Nebel rasten kleine Funken und Adern aus glitzerndem weißem Feuer. Mattigkeit überkam mich. Es war nicht die ungeheure Erschöpfung wie in der letzten Nacht, sondern irgend etwas, das mir jeglichen Willen zur Bewegung nahm. Ich versuchte, Stanton etwas zuzurufen, aber ich hatte nicht einmal mehr die Kraft, die Lippen zu bewegen. Ich konnte nicht einmal mehr die Augen bewegen!
Stanton befand sich in meinem Blickfeld. Ich sah, wie er die Stufen hinauflief und auf die Steinplatte zurannte. Der Nebel aus geronnenem Mondlicht schien ihn zu erwarten. Mein Assistent trat, ohne zu zögern, hinein und war damit aus meiner Sicht entschwunden.
Ein Dutzend Herzschläge lang herrschte völlige Stille. Dann setzte ein Regen aus Klingellauten ein, der den Pulsschlag vor Glück zum Rasen brachte und einem gleichzeitig das Herz wie mit Eisfingern umklammerte. Und durch dieses Orchester drang Stantons Stimme. Ein lauter, ein kreischender Schrei, angefüllt mit unglaublicher Ekstase und unfaßbarer Furcht! Dem folgte wieder eine Weile der Stille. Ich kämpfte gegen die unsichtbaren Fesseln an, die mich an jeder noch so kleinen Bewegung hinderten, indes konnte ich sie nicht lösen. Selbst meine Lider schienen von Ketten gehalten zu sein. Und unter ihnen fingen meine ausgetrockneten Augen an zu brennen.
Dann, Goodwin, sah ich zum erstenmal das Ungeheuerliche! Die

helle Musik schwoll an, und von meinem Platz aus konnte ich das Tor und die Basaltblöcke ringsherum sehen, wie sie verwittert und geborsten bis zu zwölf Metern hinaufragten. Eine unüberwindliche Mauer. Aus diesem Tor glitt nun ein weitaus intensiveres Licht. Immer mehr davon trieb heran, bis es sich buchstäblich aus dem Tor zu ergießen schien. Und aus diesem Strom trat Stanton.

Stanton, ja, mein Assistent Stanton... aber, bei Gott, was für ein Anblick!«

Sein ganzer Körper zitterte bei der Erinnerung. Ich wartete, wartete ungeduldig auf die Fortsetzung.

V

Im Mondsee

»Goodwin«, fuhr Throck nach einigen Minuten fort, »ich kann ihn nur als reines, lebendes Lichtwesen beschreiben. Er strahlte Licht aus, war inwendig von Licht angefüllt, wurde von Licht überströmt. Eine schimmernde Wolke wirbelte um ihn herum und durch ihn hindurch, streckte Tentakel, Spiralen und Korpuskeln nach ihm aus.

Aus seinen Zügen leuchtete ein Entzücken, an dem nichts Menschliches mehr war, und gleichzeitig senkte sich darüber ein Schatten unfaßbaren Leids. Seine Miene wirkte, als wäre sie durch die Hände Gottes und Satans gleichzeitig und in vollkommener Harmonie modelliert. Du hast doch auch oben auf dem Deck die Veränderungen auf meinem Gesicht bemerkt. Aber das war nur ein schwacher Abklatsch verglichen mit Stantons Aussehen. Seine Augen waren weit aufgerissen und starr, so als hätte er in seinem Innern die Vision einer Verschmelzung von Himmel und Hölle!

Das Licht, das ihn anfüllte und umkreiste, hatte einen Kern, ein Zentrum mit einer vagen menschlichen Form, die sich jedoch ständig auflöste, veränderte und wieder zusammensetzte, während sie gleichzeitig durch Stanton hindurch und um ihn herum wirbelte. Und immer, wenn dieser Kern durch den Leib meines Assistenten strömte, ging von dem jungen Mann eine vibrierende Strahlung aus. Und über dem strömenden Licht bewegten sich still und leise sieben kleine Kugeln von sieben verschiedenen Farben... wie sieben kleine Monde.

Plötzlich wurde Stanton hochgehoben, von einem unsichtbaren Zug die unbesteigbare Wand hinauf und darüber hinweg transportiert. Das Licht wurde matter, und die Musik ertönte immer leiser. Wieder versuchte ich, mich zu rühren. Die Tränen rannen mir

unter den starren Lidern hervor und brachten meinen brennenden Augen Linderung.
Ich habe ja vorhin schon erwähnt, daß mein Blick erstarrt war. Und daran hatte sich auch noch nichts geändert. Aber am Rande meines Blickfelds konnte ich auch ein Stück der Wand um den Außenhof sehen. Jahrhunderte schienen zu verstreichen, während langsam ein Lichtschein an der Wand entlangkroch. Bald schwebte Stanton in mein Blickfeld. Weit fort war er, auf dieser gigantischen Mauer. Aber ich konnte immer noch die Spiralen, Wirbel und Tentakel ausmachen, die fröhlich und unbeschwert durch ihn hindurch und um ihn herum trieben. Seine trancehaften Züge konnte ich unter den sieben bunten Monden eher erahnen als erkennen. Glockentöne, die kurz zu einer mächtigen Melodie anschwollen, dann war mein Assistent vorbeigezogen. Aber noch lange danach, so als sei ein Leck in einen immensen Lichttank geschlagen, strömte Helligkeit über den Innenhof. Silberne Flammenzungen schossen daraus hervor, ließen das Mondlicht verblassen und schienen doch gleichzeitig ein Teil davon zu sein.
Endlich näherte sich der Mond dem Horizont. Ein lautes Geräusch ertönte, ein letzter Schrei von Stanton, wie ein perverser Widerhall auf seinen ersten. Und jetzt ließ sich auch wieder das Seufzen vernehmen. Und danach... absolute Stille.
Das sonderbare Licht verging, der Mond war schon halb versunken, und wie mit einem Schlag kehrten Leben und Bewegungsfähigkeit in mich zurück. Ich sauste sofort mit Riesensätzen auf die Stufen zu, sprang über sie hinweg, raste durch den Eingang und stürmte direkt auf die graue Platte zu. Sie war geschlossen, und das hatte ich eigentlich von Anfang an gewußt. Aber träumte ich das nur, oder war es Wirklichkeit? Ein Echo ertönte von der anderen Seite, so als käme aus dem Bauch der Insel Triumphgeschrei...
Ich lief zu Edith zurück. Als ich sie zart berührte, erwachte sie, sah mich seltsam an und stützte sich auf eine Hand auf.
›Dave‹, sagte sie dann, ›ich bin tatsächlich eingeschlafen!‹ Dann

bemerkte sie die Verzweiflung auf meinem Gesicht, sprang auf und schrie mich an: ›Dave, was ist geschehen? Wo ist Charles?‹ Da es noch eine Weile dunkel sein würde, entzündete ich erst ein kleines Feuer, bevor ich ihr Antwort gab. Dann erzählte ich ihr alles. Und für den Rest der Nacht saßen wir beide am Feuer und hielten uns wie zwei verängstigte kleine Kinder die ganze Zeit gegenseitig fest.«

Unvermittelt streckte Throckmartin flehentlich die Hände nach mir aus.

»Walter, alter Freund!« rief er. »Sieh mich nicht so an, als würdest du mich für wahnsinnig halten! Ich spreche die Wahrheit, nichts als die reine Wahrheit. Und ich weiß ...«

Ich umarmte ihn und versuchte auch sonst, ihn nach besten Kräften zu beruhigen. Nach ein paar Minuten war er in der Lage, seine Erzählung wieder aufzunehmen.

»Nie zuvor haben wohl zwei Menschen den Sonnenaufgang froher begrüßt als wir beide an jenem Morgen. Sobald die Sonne am Himmel stand, machten wir uns auf und betraten den Innenhof. Die Mauern, an denen Stanton entlanggetrieben war, zeigten sich schwarz und unberührt. Auch auf der Terrasse deutete nichts auf etwas Besonderes hin. Der graue Stein versperrte weiterhin alle Blicke auf die dahinter liegenden Geheimnisse. Und diesmal fanden wir in der Senke an seiner Basis nichts. Nichts. Auf der ganzen Insel war nichts, was einen Hinweis auf Stantons Schicksal hätte geben können. Rein gar nichts.

Was sollten wir zwei Übriggebliebenen nun tun? Die gleichen Argumente, die unser Handeln am Abend zuvor bestimmt hatten, trafen auch jetzt zu. Mehr noch als vorher, denn wie sollten wir mittlerweile zwei Menschen ihrem Schicksal überlassen. Wir durften nicht fortgehen, solange noch die geringste Hoffnung bestand, sie irgendwo zu finden. Aber wie konnten wir beide, die wir uns so sehr liebten, es verantworten, den anderen einer solchen Gefahr auszusetzen? Ich liebte meine Frau so sehr, wie ich es bis zu diesem Tag nie für möglich gehalten hätte. Und sie liebte mich nicht minder.

›Es nimmt nur einen pro Nacht‹, erklärte sie stark. ›Darum, Geliebter, laß mich die nächste sein!‹

Mir kamen die Tränen, Walter, uns beiden kamen die Tränen.

›Wir wollen uns diesem Ungeheuer gemeinsam stellen‹, meinte sie dann. Und an diesem Stand angekommen, endete unsere Diskussion.«

»Das beweist sehr großen Mut, Throckmartin«, unterbrach ich ihn. Er sah mich seltsam erleichtert an.

»Dann glaubst du mir also endlich doch?« rief er.

»Ich glaube dir«, erwiderte ich. Er drückte meine Hand so fest, daß er sie fast zerquetscht hätte.

»Nun habe ich keine Angst mehr«, erklärte er. »Falls ich... scheitern sollte, wirst du mir folgen und Hilfe bringen, nicht wahr?«

Ich versprach es ihm bei allem, was mir heilig war.

»Wir sprachen noch lange über die Vorfälle«, fuhr er dann fort, »gingen alles mit unserer Fähigkeit zur wissenschaftlichen Analyse und Deduktion durch. Wir sondierten das Zeitelement in diesem furchtbaren Phänomen. Das Singen aus dem Erdinnern setzte präzise bei Mondaufgang ein. Das sonderbare Seufzen von der Innenterrasse ertönte erst fünf Minuten später. Ich ging in Gedanken die Ereignisse der vergangenen Nacht noch einmal in aller Ruhe durch. Mindestens zehn Minuten waren zwischen dem Seufzen und der Verdichtung des Mondlichts vergangen. Und der Nebel verdichtete sich weitere zehn Minuten lang, bevor zum erstenmal die Glockenlaute ertönten. Wie ich so darüber nachdachte, wurde ich mir immer sicherer, daß über eine halbe Stunde vergangen war vom ersten Auftauchen des Mondes aus dem Meer bis zu den Glockentönen.

›Edith!‹ rief ich dann erregt, ›ich glaube, ich habe die Nuß geknackt! Die Steinplatte öffnete sich fünf Minuten nach Mondaufgang. Aber wer oder was auch immer herauskommt, muß warten, bis der Mond in voller Pracht am Himmel steht. Oder dieser mysteriöse Unbekannte muß vorher eine gehörig weite Entfernung zurücklegen. Was wir also tun müssen, ist nicht, auf den Unbekannten zu warten, sondern ihn zu überraschen, noch bevor er

durch die Tür gekommen ist. Wir begeben uns schon früh auf den Innenhof. Du bewaffnest dich mit Gewehr und Pistole und versteckst dich an einer Stelle, von der aus du die Steintür gut im Auge behalten kannst. Sobald sie sich öffnet, stürme ich hinein. Das ist unsere einzige Chance, Edith. Wirklich unsere einzige.‹
Meine Frau hatte natürlich einiges an dem Plan auszusetzen. Vor allem wollte sie mit mir hinein. Aber ich konnte sie davon überzeugen, daß es besser wäre, wenn sie draußen bliebe, um mir zur Seite zu stehen, wenn ich wieder hinausgetrieben und womöglich verfolgt würde.
Eine halbe Stunde vor Mondaufgang bezogen wir unsere Posten. Ich stellte mich direkt neben den grauen Stein. Edith verkroch sich ein paar Meter weiter hinter einer umgestürzten Säule. Sie schob das doppelläufige Gewehr über den Stein und zielte auf die Tür.
Die Minuten vergingen quälend langsam. Die Dunkelheit wurde schwächer, und durch die Breschen in der Mauer war zu beobachten, wie der Himmel im Osten langsam heller wurde. Als der erste schwache Lichtstrahl den Innenhof berührte, senkte sich absolute Stille wie eine Glocke über uns. Eine unheilvolle Erwartung schwang in diesem Schweigen mit. Der Mond ging auf, erst ein Viertel, dann die obere Hälfte, und schließlich stand er als riesige Kugel über dem Meer.
Sein Licht beleuchtete die Wand vor mir, und plötzlich sprangen aus den beiden Buckeln an der Platte sieben kleine Lichtkreise. Sie glühten, glänzten, wurden heller und leuchteten schließlich wie Lampen. Die Platte glühte unter ihrer Bestrahlung. Silberne, phosphoreszierende Wellen pulsierten über ihre Oberfläche... und dann drehte sich die Tür wie um ihre eigene Achse und seufzte leise dabei.
Ohne noch ein Wort an Edith zu richten, warf ich mich durch die Öffnung. Ein langer Tunnel breitete sich vor mir aus. Eine sanfte, silberne Strahlung verbreitete Licht in ihm. Ich hielt mich nicht lange mit Beobachten auf, sondern rannte ihn gleich hinunter. Unvermittelt machte der Tunnel eine Biegung um neunzig

Grad, verlief parallel zu den Außenmauern und führte schließlich weiter nach unten.
Dann endete der Tunnel. Vor mir erhob sich ein hoher Bogen, der ins All zu führen schien. Ein funkelnder, vielfarbiger und wirbelnder Nebel hing dort in der Luft, von dem immer helleres Licht ausströmte. Ich trat durch den Bogen und blieb augenblicklich stehen.
Vor mir lag ein Becken. Es war nicht besonders groß, kreisrund, und vielleicht sechs Meter breit. Rundherum verlief ein niedriger, gewölbter Rand aus silbrig schimmerndem Stein. Das Wasser funkelte in fahlstem Blau. Das Becken mit dem silbernen Rand starrte mich wie ein riesiges blaues Auge an.
In das Becken strömten sieben Strahlenschäfte. Wie zylindrische Wasserfälle ergossen sie sich auf das Auge; erinnerten aber auch an sieben leuchtende Säulen, die sich von einem saphirnen Boden erhoben.
Die erste war von zartestem Rosa, die zweite vom Grün des Nordlichts, die dritte von einem tödlichen Weiß, die vierte blau wie Perlmutt, die fünfte von perlendem Bernstein, die sechste wie ein Strahl aus Amethyst und die siebte wie ein Speer aus geschmolzenem Silber. Das sind die Farben der sieben Lichter am Mondsee.
Von Scheu ergriffen trat ich vorsichtig näher. Die Lichtbäche tauchten nicht ins Wasser ein. Sie spielten nur auf der Oberfläche und schienen sich dort aufzulösen, schienen dort zu schmelzen – so als würde der Mondsee sie trinken.
Durch das Wasser schossen winzige phosphoreszierende Blitze, funkelten, glimmerten und kamen nie zur Ruhe. Und tief, tief unten machte ich jetzt eine Bewegung aus, einen Schein wie von einem strahlenden Körper, der langsam aufstieg.
Ich sah nach oben und folgte mit dem Blick den Lichtstrahlen bis zu ihrer Quelle. Hoch oben waren sieben helle Kugeln, und aus diesen regnete das Licht. Noch während ich zusah, wuchs ihre Helligkeit. Sie erinnerten an Monde, die hoch an einem halbkugelförmigen Himmel hingen. Langsam wurde ihr Leuchten intensiver, und mit ihnen das der Strahlen.

Ich mußte mich fast gewaltsam von diesem Anblick losreißen und sah wieder auf das Becken. Das Wasser war trübe geworden. Die bunten Lichtstrahlen schienen es zu verfärben. Es wimmelte im Wasser nur so von Funken, schillernden Punkten und kurzem Glühen. Und der hochtreibende Schein von unten war deutlich nähergekommen.

Ein Nebel trieb an die Wasseroberfläche, begab sich in die Umarmung des rosafarbenen Strahls und blieb einen Augenblick darin hängen. Der Strahl umarmte ihn, sendete kleine Spiralen und Tentakel hindurch. Der Nebel saugte die Strahlen in sich auf, gewann durch sie an Kraft und Substanz. Ein weiterer Nebel sprang in den bernsteinfarbenen Strahl, stärkte sich dort, strömte dann zum ersten Nebel und vereinigte sich mit ihm. Nun tauchten immer mehr wirbelnde Nebel auf, zu viele und zu rasch, um sie zählen zu können. Ein jeder von ihnen hing sich an einen Lichtstrahl, wuchs dort und vereinigte sich mit seinen Brüdern.

Fetter und fetter wurden die Nebel, bis sich über das ganze Becken eine undurchsichtige Nebelwolke gelegt hatte. Diese nährte sich weiter vom herunterströmenden Licht der sieben Strahlensäulen. Und von unten zog sie die Atome des Wassers an. Aus den Tiefen gelangte der Kern des Nebels ins Zentrum der Wolke. Und die Wolke glühte stärker, pulsierte und fing an, suchende Tentakel und Arme auszusenden...

Vor meinen Augen bildete sich das, was mit Stanton verschwunden war, das Thora entführt hatte... das Ding, das ich aufstöbern wollte!

Gedanke und Tat waren eins: Meine Hand riß die Pistole aus dem Halfter, und ich feuerte Kugel um Kugel in den leuchtenden Kern.

Bei jedem Treffer schwankte das Gebilde und zerfaserte sich, aber unmittelbar darauf setzte es sich wieder zusammen. Ich schob ein neues Magazin in meine Waffe, und nachdem mir eine neue Idee gekommen war, zielte ich auf die Lichtkugeln unter der Decke. Denn mir war klargeworden, daß dieser unheimliche Bewohner des Mondsees von dort seine Lebenskraft bezog. Wenn es mir gelang, sie zu beschädigen oder auszuschalten, konnte ich das Wesen empfindlich schwächen. Methodisch gab ich Schuß um Schuß ab. Aber falls ich die Lichtkugeln überhaupt traf, so richtete ich bei ihnen keinen Schaden an. Die kleinen Funken in ihnen tanzten lediglich etwas aufgeregter als vorher, aber sonst tat sich nichts.

Doch aus dem Becken ließen sich nun wie kleine Glöckchen, wie kleine, zerplatzende Glaskügelchen die Schellenlaute vernehmen. Nur lag ihre Tonlage höher, und sie hatten alle Süße verloren, klangen nur noch zornig.

Dann strömte eine leuchtende Spirale aus dem unfaßbaren Etwas!

Ihre Spitze traf mich oberhalb des Herzens und wickelte sich um mich herum. Höchste Ekstase und grenzenloser Schrecken erfüllten mich. Jede Faser in mir tanzte und zuckte vor Begeisterung und vor Verzweiflung. Sonderbarerweise rief das keinerlei Abscheu in mir hervor, es erschien mir vielmehr so, als hätten sich in mir das eiskalte Böse und das wärmende Gute vereint. Die Pistole fiel aus meiner kraftlosen Hand.

So stand ich reglos da, während das Becken weiterhin leuchtete und funkelte. Die Lichtstrahlen wurden noch intensiver, und das helle Wesen, das mich bereits fest im Griff hatte, gewann weiterhin an Stärke. Nun glaubte ich, in seinem Zentrum eine Gestalt auszumachen, doch eine, die weder mein Auge noch mein Verstand beschreiben konnten. So als ob ein Wesen aus einer anderen Dimension die Gestalt annahm, die aus seiner Sicht am ehesten menschenähnlich war. Die Gestalt hatte weder etwas Männliches noch etwas Weibliches an sich, wirkte aber androgyn und wie nicht von dieser Welt. Doch während ich noch hinstarrte und irgend etwas Vertrautes suchte, veränderte sich ihre Form erneut. Weiterhin war ich von Entzücken und Entsetzen gleichzeitig gepackt. Nur in einer der hintersten Ecken meines Bewußtseins hielt sich etwas Klares, etwas, das unberührt blieb. Ein Teil meiner selbst, der sich zurückhielt und so neutral wie möglich Beobachtungen anstellte. Der Kern meiner Persönlichkeit viel-

leicht, gar meine Seele? Ich bin nie ein Christ im strengen Sinne gewesen, aber in jenem Moment...
Aus dem Kopf des sonderbaren Wesens sprangen plötzlich sieben kleine Lichter; ein jedes in einer der Farben, die aus den Kugeln an der Decke strömten. In diesem Moment wurde mir klar, daß die Werdung des Wesens abgeschlossen war.
Ich hörte einen Schrei. Unzweifelhaft Ediths Stimme. Sie mußte wohl die Schüsse gehört haben und war mir gefolgt. Ich spannte jeden einzelnen Muskel zu einer gewaltigen Anstrengung an, und endlich konnte ich mich von dem Lichttentakel befreien, der daraufhin zum Nebel zurückschnellte. Ich fuhr rasch herum, um nach Edith zu greifen... aber ich war zu hastig und glitt aus.
Der strahlende Nebel bewegte sich sprunghaft vor, und direkt in ihn hinein rannte Edith... mit ausgebreiteten Armen, mit denen sie eigentlich mich schützen wollte.
»Großer Gott, sie warf sich direkt in dieses Licht«, flüsterte Throck, »und das hatte natürlich nichts Eiligeres zu tun, als meine geliebte Frau in sich aufzunehmen. Das glockenhelle Klingeln erhob sich in grellem Triumph. Das Licht umschloß sie wie zuvor Thora und Stanton. Diesen Anblick werde ich mein Lebtag nicht mehr vergessen!
Sie war im Lauf bis an den Rand des Bassins gekommen. Nun strauchelte sie und fiel... und war immer noch in diesem strahlenden Etwas, das um sie herum und durch sie hindurch wirbelte... fiel in den Mondsee! Sie versank, und mit ihr trieb der unerklärliche Bewohner hinab!
Ich löste mich aus meiner Erstarrung und kroch an den Beckenrand. Weit unten war ein Glanz, ein vielfarbener Nebel, der rasch tiefer gelangte. Und darin zu erkennen war Ediths Gesicht. Ihre Augen starrten mich an... und dann war sie verschwunden!
›Edith!‹ schrie ich wie von Sinnen. ›Edith! Komm zurück!‹
Dann befiel mich Dunkelheit. Ich weiß noch, daß ich durch den Tunnel hinaus auf den Innenhof rannte. Aber mein Geist war wie ausgeschaltet. Als ich wieder denken konnte, fand ich mich in einem Boot weit draußen und fernab von jeder Zivilisation wieder.

Einen Tag später fischte mich ein Schoner auf, der mich nach Port Moresby brachte.
Seit meiner Ankunft arbeite ich an einem Plan, und du mußt ihn dir anhören, Goodwin.« Er schwieg und ließ sich auf seine Koje fallen. Ich beugte mich über ihn. Die Last dessen, was alles hinter ihm lag, und die Erleichterung darüber, endlich seine Geschichte erzählen zu können, waren zuviel für ihn gewesen. Als ich ihn sanft berührte, schlief er bereits wie ein Stein.
Die ganze Nacht hindurch blieb ich an seiner Seite, und erst als die Dämmerung hereinbrach, begab ich mich in meine Kajüte, um ein wenig Schlaf zu finden. Aber meine Ruhe war von Alpträumen gequält.
Am nächsten Tag wütete der Sturm mit unverminderter Wucht.
Throckmartin setzte sich zum Lunch an meinen Tisch. Er war fast wieder ganz der alte.
Danach forderte er mich auf, ihn in seine Kabine zu begleiten. Dort öffnete er sein Hemd. »Irgend etwas geht hier vor«, sagte er. »Das Mal hat sich verkleinert.« Und so war es auch, wie ich mich überzeugen konnte.
»Ich kann ihm entkommen«, flüsterte er erregt. »Wenn ich es nur bis Melbourne schaffe... dann werden wir ja sehen, wer von uns beiden den längeren Atem hat! Walter, ich glaube nicht, daß Edith tot ist – zumindest nicht tot in unserem Sinne – genausowenig wie die beiden anderen. Etwas Unerklärliches ist ihnen zugestoßen. Etwas, das weit jenseits unserer Wissenschaft liegt.«
Und dann erklärte er mir den ganzen Tag nichts anderes als seinen Plan.
»Natürlich gibt es auch für solche Vorfälle eine logische, naturwissenschaftliche Erklärung«, begann er. »Ich habe mir da eine Theorie zurechtgelegt: Der Mondstein besteht aus einem Material, das auf Mondstrahlen reagiert. So ähnlich wie das Metall Selen auf Sonnenstrahlen reagiert. Die kleinen Kreise sind zweifellos das Agens oder der Katalysator, um den Stein zur Reaktion zu bringen. Sobald die Mondstrahlen auf diese Kreise treffen, setzen sie den Öffnungsmechanismus für die Steinplatte in Bewegung. Man

kann ja auch mittels Selenzellen durch Sonnenlicht oder eine elektrische Lichtquelle Türen öffnen. Offensichtlich braucht es schon die Leuchtkraft des Vollmonds, um sowohl die Tür zu öffnen, als auch den Bewohner des Mondsees zum Heraufkommen zu bewegen. Ich habe nun folgendes vor: Zuerst will ich die Lichtstrahlen des abnehmenden Monds auf die kleinen Kreise konzentrieren, um festzustellen, ob sich damit die Steinplatte öffnen läßt. Wenn ja, ist es uns möglich, den Mondsee zu untersuchen, ohne dabei von... von was auch immer gestört zu werden.
Sieh her, Goodwin, hier auf dieser Karte habe ich alle wichtigen Stellen eingetragen. Ich habe dieses Duplikat für dich gemacht, falls... falls mir irgend etwas zustoßen sollte. Und dann kommst du mit Hilfe nach, nicht wahr, Goodwin?«
Noch einmal versprach ich ihm, alles in meiner Macht Stehende zu tun.
Etwas später beklagte er sich über zunehmende Müdigkeit.
»Aber die kommt nur von der Erschöpfung«, erklärte er. »Sie ist auch ganz anders als diese sonderbare Schläfrigkeit. Außerdem dauert es noch eine Stunde bis zum Mondaufgang«, gähnte er. »Weck mich bitte eine Viertelstunde vorher.«
Er legte sich auf die Koje. Ich setzte mich neben das Bett und dachte nach. Plötzlich fuhr ich erschrocken hoch. Ich hatte mich völlig in meinen Grübeleien verloren. Wie spät mochte es mittlerweile sein? Ich sah auf meine Uhr und sprang ans Bullauge. Der Mond stand hoch am Himmel, stand schon mindestens eine halbe Stunde dort. Ich ging zu Throckmartin und rüttelte ihn heftig an der Schulter.
»Aufgewacht, Mann!« rief ich. Er erhob sich benommen. Sein Hemd stand noch auf, und ich starrte verwundert auf das weiße Mal. Selbst unter dem elektrischen Licht in der Kabine leuchtete es schwach, so als seien kleine Lichtflecken darin.
Throckmartin war noch immer nicht richtig wach. Er sah auf seine Brust hinab, entdeckte das leuchtende Mal und lächelte.
»Ja«, murmelte er schlaftrunken. »Es kommt, um mich zu Edith zu bringen! Endlich, endlich wieder bei ihr!«

»Throckmartin!« brüllte ich ihn an. »Wach auf! Kämpf dagegen an!«

»Kämpfen?« murmelte er. »Nein, zu spät! Komm uns nach!«

Er trat müde ans Bullauge und öffnete den Vorhang weit. Die Mondstrahlen bildeten einen breiten Pfad, der bis ans Schiff reichte. Im Mondlicht wirkte das weiße Mal auf der Brust meines Freundes immer heller. Kleine Funken lösten sich von ihm.

Die Lichter in der Kabine erloschen. Offensichtlich war überall auf dem Schiff der Strom ausgefallen, denn ich hörte einige wilde Schreie.

Throckmartin trat hinaus. Ein heller Lichtpfeil raste über die Mondstraße auf uns zu. Eine blendende Lichtkaskade entstand vor uns, die Throckmartin einhüllte und ihn wie in ein vielfarbiges Gewand steckte. Leise Töne erfüllten die Luft.

Große Mattigkeit überkam mich und versenkte mich in tiefste Finsternis. Als ich endlich wieder bei Bewußtsein war, brannte das Licht auf dem Schiff wieder.

Aber von Throckmartin war nirgendwo etwas zu sehen.

VI

»Der leuchtende Teufel hat sie genommen!«

Meine Kollegen vom Wissenschaftsverband und Sie, verehrter Leser, der Sie geneigt sind, meiner Erzählung zu folgen, dürfen von mir eine Erklärung für das erwarten, was ich tat oder auch nicht tat, als ich wieder bei vollem Bewußtsein war. Wenn Sie so wollen, eine Verteidigung meines Vorgehens.

Als erstes eilte ich zum Durchgang. Meine Bewußtlosigkeit mußte einige Stunden angehalten haben, denn der Mond stand jetzt weit im Westen. Ich rannte zur Kabinentür, wollte hinaus, um Alarm zu schlagen. Aber trotz meiner verzweifelten Bemühungen ließ sie sich nicht öffnen. Dann fiel etwas klimpernd zu Boden. Der Schlüssel. Mir fiel ein, daß Throckmartin die Tür abgeschlossen hatte, bevor er mich in seine Pläne einweihte. Mit dem Einsetzen dieser Erinnerung starb auch eine Hoffnung in mir, die mir erst in diesem Augenblick bewußt wurde. Die Hoffnung, daß mein Freund durch die Tür entkommen sein könnte und irgendwo auf dem Schiff ein sicheres Versteck gefunden hatte.

Als ich mich bückte und mit zitternden Fingern nach dem Schlüssel suchte, kam mir ein neuer Gedanke, der mir erneut alles Blut aus dem Herzen preßte. Ich konnte auf der *Southern Queen* keinen Alarm wegen Throckmartin schlagen.

Ich wurde mir schlagartig meiner erschreckenden, vollständigen Hilflosigkeit bewußt. Die Mannschaft des Schiffes, vom Kapitän bis hinunter zum einfachsten Kabinenboy, setzte sich, um es vorsichtig auszudrücken, aus Normalsterblichen zusammen. Keiner von ihnen, abgesehen natürlich von mir und Throck, hatte das erste Auftauchen des Mondsee-Bewohners gesehen. Und war irgendeinem von ihnen das zweite Auftauchen aufgefallen? Ich wußte es nicht, und wie sollte ich mich ihnen verständlich machen,

wenn ich es nicht wußte? Wie sollten sie an etwas so Unfaßbares glauben, wenn sie es nicht gesehen hatten? Jeder von ihnen würde glauben, er hätte es bei mir mit einem Wahnsinnigen zu tun. Oder schlimmer noch, man würde mich für Throcks Mörder halten, der sich mit einer phantastischen Geschichte herauswinden wollte.
Ich schaltete in der Kabine das Licht aus und wartete ein Weilchen. Als ich nichts hörte, öffnete ich mit unendlicher Vorsicht die Tür und schlüpfte ungesehen in meine Kabine. Die Stunden bis zum Morgen zogen sich ewig in Wachalpträumen hin. Allmählich gewann die Vernunft bei mir wieder die Oberhand, und ich beruhigte mich. Selbst wenn man mir wider Erwarten Glauben geschenkt hätte, wo hätten wir nach so vielen Stunden in dieser Weite des Pazifiks nach Throckmartin suchen sollen? Und der Kapitän hatte sicher nicht vor, deswegen nach Port Moresby zurückzukehren. Und falls doch, was hätte es denn für einen Sinn gehabt, wenn ich Nan-Matal ohne die mindeste Ausrüstung betreten hätte, von der Throck erklärt hatte, sie sei unabdingbar, um es mit dem Ungeheuer im Mondsee aufnehmen zu können?
Es blieb mir also nur eines zu tun übrig: seinen Anweisungen zu folgen. Ich mußte mich in Melbourne oder Sydney mit der nötigen Ausrüstung versorgen – wenn ich dort überhaupt alles bekam, andernfalls weiter nach Amerika – und dann erst nach Ponape reisen. Ich dachte nicht lange darüber nach, sondern entschied, genau so vorzugehen.
Nachdem ich diesen Entschluß gefaßt hatte, war mir bedeutend wohler. Schließlich begab ich mich aufs Deck und stellte dort fest, daß ich recht gehabt hatte. Niemand hatte etwas von der seltsamen Lichtattacke mitbekommen. Statt dessen debattierte man hier über den unerklärlichen Stromausfall. Die einen vermuteten, daß ein ausgebrannter Dynamo dafür verantwortlich gewesen sei, während andere auf einen Kurzschluß verwiesen. Gut ein halbes Dutzend Möglichkeiten kamen zur Diskussion.
Am Mittag wurde Throckmartins Fehlen bemerkt. Ich erklärte dem Kapitän, ihn früh am vergangenen Abend verlassen zu haben. Und ich würde ihn im Grunde nur flüchtig kennen. Niemand kam

es in den Sinn, meine Erklärung in Zweifel zu ziehen oder mir gar die Strapaze eines peinlichen Verhörs zuzumuten. Warum sollten sie auch? Jedermann war Throcks Kauzigkeit aufgefallen, und er war damit sogar an der Schiffsbar zum Gegenstand von Witzen geworden. Alle, denen er begegnet war, hielten ihn zumindest für wunderlich, wenn nicht für halb wahnsinnig. Ich unternahm nichts, um diesen Eindruck zu korrigieren. Und so trug der Kapitän ins Logbuch ein, daß Mr. Throckmartin irgendwann in der Nacht vom Schiff gefallen oder freiwillig von Bord gesprungen sei.

Als wir in Melbourne einliefen, wurde eine entsprechende Aussage zu Protokoll gegeben. Ich ging so unauffällig wie möglich an Land. Bei der Fülle von Nachrichten über den Weltkrieg war Throckmartins vermutliches Schicksal den Zeitungen kaum mehr als ein paar Zeilen wert. Meine Anwesenheit auf dem Schiff und Ankunft in der Stadt wurde erst gar nicht publiziert.

Zu meinem großen Glück bekam ich in Melbourne alle Ausrüstungsgegenstände zusammen, bis auf einen Satz Becquerel-Strahlenkondensatoren. Leider waren gerade die das Kernstück meiner Ausstattung. Ich dehnte meine Suche auf Sydney aus und fand dort tatsächlich eine Firma, die ebensolche Kondensatoren binnen vierzehn Tagen als Teil einer größeren Lieferung aus den Vereinigten Staaten erwarteten. Ich quartierte mich in strengster Abgeschiedenheit in einer Pension ein und wartete dort auf das Eintreffen der Geräte.

Und nun werden Sie fragen, warum ich während dieser Wartezeit kein Telegramm an den Wissenschaftsverband geschickt habe, Sie um Hilfe gebeten habe. Oder warum ich mich nicht wenigstens an meine Kollegen an den Universitäten von Melbourne und Sydney gewandt habe. Und das wenigste wäre doch gewesen, wie auch schon Throckmartin selbst vorgeschlagen hatte, mit einem Trupp bewaffneter Männer nach Nan-Matal zu reisen.

Zu den beiden ersten Fragen muß ich offen bekennen, daß ich es nicht wagte. Mein Zögern, meine Zurückhaltung wird jeder verstehen, der wie ich auf seinen Ruf als Wissenschaftler bedacht ist.

Throcks Erzählung und die Vorfälle, bei denen ich selbst Zeuge geworden war, hörten sich so unglaublich, abnorm und weitab jeder naturwissenschaftlichen Erklärung an, daß ich schon in Gedanken daran vor dem Hohngelächter meiner gelehrten Kollegen zusammenzuckte. Außerdem war dann ja nicht auszuschließen, daß irgendwer auf den Gedanken kommen könnte, ich hätte Throckmartin heimtückisch ermordet. Mir selbst fiel es ja noch immer nicht sehr leicht, alles an der Geschichte meines Freundes zu glauben! Wie sollte ich da hoffen, andere davon überzeugen zu können?

Und was die dritte Frage angeht... Nun, ich konnte keinen Trupp Männer in solche Gefahren führen, ohne sie zuvor zu warnen, was ihnen alles zustoßen könne. Und damit wäre ich schon wieder in die Zwangslage versetzt, jemandem die phantastische Geschichte zu erzählen...

Ich steckte wirklich in einer Zwickmühle! Und falls von meiner Seite auch noch Feigheit dabei eine Rolle gespielt haben sollte, so denke ich, hinreichend dafür gesühnt zu haben. Aber ich bezichtige mich nicht der Feigheit. Mein Gewissen ist rein.

Die vierzehn Tage und noch anderthalb Wochen dazu vergingen, ehe das von mir erwartete Schiff endlich einlief. Zu dieser Zeit hatte die Kombination aus meinem Drang, Throckmartin endlich nachreisen zu können, aus der schrecklichen Vorstellung, jede weitere Verzögerung könne für Throck und seine drei Begleiter über Leben und Tod entscheiden, und aus meinem eigenen übergroßen Wunsch, zu erfahren, ob das leuchtende Ungeheuer auf dem Mondpfad wirklich existierte oder nur eine Halluzination war...hatten diese Sorgen und noch weitere mich an den Rand des Wahnsinns getrieben.

Endlich hielt ich dann die Kondensatoren in Händen. Dennoch mußte noch eine weitere Woche verstreichen, ehe ich eine Passage nach Port Moresby bekam, und weitere sieben Tage später fuhr ich auf der *Suwarna*, einer kleinen, schnellen Schaluppe mit einem 50-PS-Hilfsmotor, nach Ponape und Nan-Matal. Achthundert Kilometer südlich der Karolinen sichteten wir die *Brunhilda*. Der

Wind war bald gefallen, nachdem wir Papua hinter uns gelassen hatten. Dank des Motors konnte die *Suwarna* auch ohne Segel noch ihre zwölf Knoten in der Stunde machen, und daher hatte ich ihr längst verziehen, nicht so wohlduftend zu sein wie die javanesische Blume, nach der sie benannt war. Ihr Kapitän hieß da Costa und war ein schwatzhafter Portugiese. Der Steuermann war ein Kanton-Chinese, dem man immer noch seine Zeit auf Piratendschunken ansah. Der Ingenieur war ein Sino-Malaie, der seine technischen Kenntnisse in irgendwelchen Fabriken gewonnen hatte, die Gott-weiß-wo stehen mußten, und ich konnte nicht umhin zu vermuten, daß er all seine religiösen Empfindungen auf die in Amerika erstandene Gottheit der Mechanik übertragen hatte; jedenfalls diente er ihr mit aller ihm eigenen Inbrunst. Der Rest der Mannschaft setzte sich aus sechs fröhlichen und zu keiner Sekunde schweigsamen Tongalesen zusammen.
Die *Suwarna* war zwischen Finschhafen und dem Bismarck-Archipel durch den Golf von Huon gequert. Ohne Zwischenfälle und völlig ruhig verlief die Fahrt durch das Labyrinth des Archipels. Dann lag Neu-Hannover achtern, und vor uns breiteten sich anderthalbtausend Kilometer offenen Ozeans aus. Der Bug war auf geradem Kurs auf Nukuor auf den Monte-Verdischen Inseln gerichtet. Nach der Umschiffung Nukuors sollten wir, falls alles ohne Störungen verlief, Ponape in weniger als sechzig Stunden erreicht haben.
Es war später Nachmittag, und die mäßige Brise, die behäbig hinter uns her wehte, trug den Duft von Gewürzbäumen und Muskatnüssen mit sich. Das stete träge Auf und Ab des Pazifiks hob uns mit sanften Riesenhänden die eine Welle hoch, ließ uns auf ihr sanft hinab und schob uns ebenso sanft die nächste wieder hoch. Ein Hauch von Ruhe und Frieden lag über dem Ozean, und selbst der portugiesische Kapitän schwieg, während er verträumt am Steuer stand und im Rhythmus der Wellen schwankte.
Da ertönte ein heller Schrei von dem Tongalesen im Ausguck.
»Segeln Backbord!«
Da Costa riß sich aus seinen Träumereien und starrte voraus, wäh-

rend ich mein Glas an die Augen hielt. Kaum anderthalb Kilometer entfernt dümpelte ein Schiff, und es mußte schon lange zu sehen gewesen sein, bevor der schläfrige Ausguck etwas bemerkt hatte. Es handelte sich bei dem Schiff um eine Schaluppe wie die *Suwarna*, war aber nicht mit einem Hilfsmotor ausgerüstet. Alle Segel waren gesetzt, sogar der Spinnaker, um das Beste aus der lauen Brise zu machen. Ich versuchte, den Namen des Schiffs zu entziffern, aber urplötzlich wendete es, so als hätte der Steuermann das Ruder losgelassen, um dann mit der gleichen Abruptheit wieder auf den alten Kurs zu kommen. Das Heck war zu sehen, und darauf las ich den Namen *Brunhilda*.

Ich richtete mein Fernglas auf den Mann am Steuerrad. In gekrümmter Haltung und offensichtlich nicht Herr der Lage, hing er in den Speichen des Rads. Und noch während ich hinsah, riß die *Brunhilda* ebenso abrupt wie vorhin zur Seite aus. Der Steuermann kam noch einmal hoch und warf das Ruder mit einem heftigen Ruck wieder herum.

Einen Moment lang stand er aufrecht, stierte geradeaus, ohne uns auch nur im geringsten wahrzunehmen, und sackte dann wieder zusammen. Er kam mir vor wie ein Mann, der gegen eine ungeheuerliche Erschöpfung ankämpft. Ich suchte mit dem Glas das Deck des Schiffes ab. Nirgendwo regte sich etwas. Ich drehte mich zu dem Portugiesen um, der verwirrt auf die Schaluppe starrte, die jetzt noch etwa siebenhundert Meter von uns entfernt war.

»Ätwas da särr, särr faul, Sörr«, erklärte er in seinem wunderlichen Englisch. »Där Mann auf Däck isch känn. Är Kap'tän und Aigner von Brrun'hilda. Sain Nam' sain Olaf Huldricksson, und är sein, man sagt wie, Norrwäger. Är sein änntwädärr särr krank odär särr müd'... Abär isch nischt värstäh, wo sain Mannschafft... und Baiboht sain auch wägg...«

Er rief dem Ingenieur einen Befehl zu, und im gleichen Moment setzte die Brise aus, und die Segel der *Brunhilda* hingen schlaff herab. Wir waren nun fast auf gleicher Höhe und kaum noch hundert Meter entfernt. Der Motor der *Suwarna* tuckerte aus, und die Tongalesen bemannten eines der Beiboote.

»Äh, du, Olaf Huldricksson!« brüllte da Costa. »Wass ißt los bai dirr?«
Der Mann am Ruder richtete sich ruckartig auf und drehte sich langsam zu uns um. Er war ein Riese mit gewaltigen Schultern, einer Tonnenbrust und auch überall sonst mit Muskeln bepackt, wie man das nur bei Wikingern findet. Und wie einer der alten Nordmänner sah er auch aus, wie er da am Ruder lehnte.
Ich setzte das Glas wieder an die Augen. Sein Gesicht war zu erkennen, und in meinem ganzen Leben habe ich nie solche unsägliche Ermattung gesehen wie in den Zügen von Olaf Huldricksson.
Die Tongalesen hatten das Beiboot abgefiert und saßen wartend an den Rudern. Der kleine Portugiese kletterte hinterher.
»Wartet!« rief ich. Ich rannte in meine Kabine, schnappte mir dort meinen Medizinkoffer und hastete die Strickleiter hinunter. Die Tongalesen fingen an zu rudern. Wir erreichten die *Brunhilda*, und da Costa und ich griffen jeder nach einem Tau, das von der Reling herunterbaumelte, und schwangen uns an Bord. Da Costa näherte sich behutsam dem Norweger.
»Wass gäschähn, Olaf?« fragte er und schwieg dann abrupt, als sein Blick auf das Steuer fiel. Huldrickssons Hände waren mit dünnen, schwarzen Riemen an den Speichen festgezurrt. Sie waren geschwollen und schwarz, und die Schnüre hatten so tief in die sehnigen Handgelenke eingeschnitten, daß sie im Fleisch geradezu verschwunden waren. So tief, daß Blut hervortrat und langsam, Tropfen für Tropfen auf den Boden fiel. Wir eilten zu ihm und wollten die Fesseln von seinen Händen lösen. Doch kaum hatten wir auch nur den Versuch dazu unternommen, da trat Huldricksson wütend nach mir und dann auch noch nach dem Portugiesen, was den kleinen Mann kopfüber ins Speigatt beförderte.
»Laßt das!« krächzte der Norweger. Seine Stimme war nur noch ein rauhes Raspeln, das aus einer leblosen Kehle gepreßt worden war. Huldrickssons Lippen waren trocken und rissig, und die pergamentartige Zunge war schwarz. »Laßt das! Haut ab und laßt mich in Frieden!«

Der Portugiese hatte sich wieder aufgerappelt. Er stöhnte vor Zorn und hielt das Messer in der Hand. Aber, als er die Stimme des Norwegers hörte, hielt er inne und blieb stehen. Verwunderung stand in seinen Augen, und als er das Messer in den Gürtel zurückschob, stand Mitleid auf seinen Zügen.
»Irgändwass särr falsch mit Olaf«, murmelte er mir ins Ohr. »Isch dänkän, är värrückd!«
Plötzlich fing Huldricksson an, uns zu verfluchen. Eine Stimme konnte man das kaum noch nennen, was da über seine Lippen kam. Aber mit aller Kraft, die noch in ihm war, rasselte er uns seine Verwünschungen entgegen. Seine rotentzündeten Augen suchten dabei unentwegt das Meer ab, und von seinen Händen, die ans Ruder gebunden waren, tropfte endlos Blut.
»Isch untär Däck gähän«, sagte da Costa nervös. »Sain Frau, sain Tochtär...« Er eilte den Niedergang hinunter und war kurz darauf verschwunden.
Huldricksson war wieder in Schweigen verfallen und hing über dem Steuerrad.
Da Costas Kopf erschien an der obersten Stufe.
»Kainär da sain, kainär«, rief er und hielt inne. »Kainär«, meinte er dann noch einmal und riß die Hände in einer bewegten Geste des Unverständnisses hoch. »Isch das nischt värstähn...«
Nun öffnete der Norweger die spröden Lippen wieder, und seine Worte fuhren wie Eis durch meine Brust.
»Der funkelnde Teufel hat sie geholt!« krächzte Huldricksson, »der funkelnde Teufel hat sie geholt! Hat mir meine Helma und meine kleine Freda genommen! Der funkelnde Teufel ist aus dem Mond gekommen und hat sie geholt!«
Er schwankte. Tränen rannen über seine Wangen. Da Costa näherte sich ihm vorsichtig, aber immer noch beobachtete ihn der Norweger mit wachsamen Blicken aus den roten Augen.
Ich entnahm meinem Medizinkoffer eine Spritze und füllte sie mit Morphium. Da Costa trat an meine Seite.
»Gehen Sie zu ihm«, flüsterte ich, »und reden Sie besänftigend auf ihn ein.«

Der Portugiese trat ans Ruder.
»Wass mit dain 'älma und dain Fräda gäschä'n, Olaf?« fragte er. Huldricksson drehte sich zu ihm um. »Der funkelnde Teufel hat sie geholt«, raspelte er. »Der Mondteufel aus Funken und Strahlen...«
Ein gräßlicher Schrei entrang sich seiner Kehle. Ich hatte ihm oberhalb der geschwollenen Hand die Nadel in den Arm gestoßen und rasch das Morphium gespritzt. Alles in ihm kämpfte dagegen an, aber mit einemmal schwankte er wie ein Betrunkener. Das Morphium wirkte doppelt rasch bei einem so entkräfteten Mann. Bald senkte sich Frieden über sein Gesicht. Die Pupillen zogen sich zusammen. Einige Male schwankte er hin und her, dann brach er auf dem Deck zusammen, so gut das seine blutenden, gebundenen Hände in ihrer Umklammerung des Steuers zuließen.
Mit größter Mühe lösten wir die Schnüre, aber endlich war es uns doch gelungen. Wir fabrizierten eine Art Schlaufe, und die Tongalesen schwangen den riesigen, bewußtlosen Körper über die Reling ins Boot. Wenig später hatten wir den Norweger auf meine Koje gelegt. Da Costa schickte die halbe Mannschaft unter dem Kommando des Kanton-Chinesen auf die Schaluppe. Sie holten alle Segel ein, entblößten Huldrickssons Schiff bis auf die nackten Masten und befestigten die *Brunhilda* mit einer langen Trosse an der *Suwarna*. Dann endlich setzten wir, mit dem Schiff im Schlepptau, auf dem einer der Tongalesen am Ruder stand, unsere Reise fort, die durch eine solch rätselhafte Begegnung unterbrochen worden war.
Ich säuberte und verband die aufgeschnittenen Handgelenke des Norwegers und träufelte mit einem Schwamm lauwarmes Wasser und ein mildes Antiseptikum in den schwarzen, ausgedörrten Mund des Riesen.
Plötzlich bemerkte ich, daß da Costa schon eine Weile in der Kabine sein mußte und fuhr zu ihm herum. Seine Unruhe war nicht zu übersehen und enthielt für mein Dafürhalten eine sonderbare, verstohlene Angst.
»Wass Sih 'altän von armä Olaf, Sörr?« fragte er. Ich zuckte nur

die Achseln. »Sih dänkän, är 'at sain Frau und sain Bäbih ärmordätt?« Er schüttelte den Kopf. »Sih dänkän, är värrückt gäwordän und 'at allä ärmordätt?«
»Unsinn, da Costa«, antwortete ich. »Sie haben doch selbst gesehen, daß das Beiboot nicht mehr da war. Höchstwahrscheinlich hat die Crew gemeutert und, um sich an ihm zu rächen, ihn auf diese Weise ans Ruder gefesselt, wie wir ihn vorgefunden haben. So ähnlich ist es doch auch Hilton auf der *Coral Lady* ergangen, wie Sie sich sicher erinnern.«
»Nain«, widersprach er leise. »Nain, dass nischt 'at Cruh gätahn. Nihmannt märr an Bord, wänn Olaf wurdä gäfässällt!«
»Wie bitte!« rief ich verblüfft. »Was wollen Sie damit sagen?«
»Isch dänkän, Olaf sisch 'at sälbst gäfässällt!«
Als er meine ungläubige Miene bemerkte, sagte er: »Wartän Sih, isch I'nän zaigän.« Er hatte bis jetzt die Hände hinter dem Rücken gehalten, und als er sie nun vorstreckte, hielten sie die angeschnittenen Schnüre, von denen wir Huldricksson befreit hatten. Sie waren blutgetränkt und endeten jeweils in einem Lederstück, das kunstvoll ans Seil gespleißt war. »Sä'än 'irr«, machte er mich auf diese Enden aufmerksam. Als ich hinsah, entdeckte ich dort tiefe Eindrücke von Zähnen. Ich nahm eine der Schnüre und öffnete den Mund des Bewußtlosen auf meinem Bett. Vorsichtig legte ich das Lederende hinein und drückte sanft den Mund zu. Der Portugiese hatte recht. Die Eindrücke im Leder stammten eindeutig von Olaf Huldrickssons Kiefer.
»Wartän«, sagte da Costa, »isch noch märr zaigän.« Er nahm weitere Schnüre und stützte sich mit den Händen auf die Streben einer Stuhllehne. Behende wickelte er eine Schnur um seine linke Hand, machte einen lockeren Knoten und zog die Kordel hoch bis zum Ellenbogen. Damit blieb der Linken noch etwas Spielraum, was er dazu nutzte, die Rechte auf ebensolche Weise zu binden. Seine Hände waren nun in der gleichen Position wie die des Norwegers auf der *Brunhilda*, nur waren die Knoten halt noch recht locker. Da senkte da Costa den Kopf, fischte ein Lederende mit den Zähnen auf und zog die Fessel mit einer ruckartigen Bewegung

seines Kopfs stramm. Auf die gleiche Weise verfuhr er bei der Bindung der anderen Hand.
Er zerrte an den Schnüren. Vor meinen Augen hatte er sich so gebunden, daß er sich selbst nicht mehr befreien konnte. Und genau so hatte es auch Huldricksson getan.
»Sih misch müssän losschnaidän, Sörr«, erklärte da Costa. »Isch allain kann dass nischt. Ain altär Trick där Säläutä, Sörr. Manschmal isst nottwändick, dass ain Mann muß stäh'n vihläh Stund' an Stäuär, ohnä Hilfä, und da bindätt är sisch an, damit är, wänn är ischt aingäschlafän, wird gäwäckt vom Rudär. Gänau so, Sör!«
Mein Blick wanderte von ihm zu dem Mann auf meinem Bett.
»Nur ischt Fragäh, Sörr«, fuhr der Portugiese langsam fort, »warumm Olaf sisch mußt bindän dih 'ändä?«
Diese Frage beschäftigte mich auch.
»Ich weiß es nicht«, antwortete ich ihm. »Wissen Sie es vielleicht?«
Er trat nervös von einem Fuß auf den anderen, wich meinem Blick aus, und dann mit einemmal machte er ein hastiges Kreuzzeichen.
»Nain«, antwortete er. »Isch nischts waiß. Man 'ört so dihs und dass, abär Matrosän sisch ärzä'län vihl Gäschischtän, wänn Raise langä dauärt.«
Er ging zur Tür und drehte sich kurz davor noch einmal zu mir um. »Ains abär isch waiß«, flüsterte er, »isch sain värdammt froh, daß 'äut nacht kain Vollmond isst.«
Damit trat er nach draußen und ließ mich in völliger Verwunderung zurück. Was wußte dieser kleine Portugiese?
Ich beugte mich über den Schlafenden. Auf seinem Gesicht war nichts von dieser unheilvollen Vereinigung von Gegensätzen zu erkennen, wie sie der Bewohner des Mondsees bei seinen Opfern auslöste.
Und doch hatte der Norweger von ihm gesprochen, oder?
»Der funkelnde Teufel hat sie geholt!« Und er war noch genauer geworden. »Der funkelnde Teufel ist aus dem Mond gekommen!«

Konnte es denn sein, daß das Nebelwesen die *Brunhilda* attackiert hatte, den Mondpfad genauso wie bei Throckmartin zu Olaf Huldrickssons Frau und Baby geschaffen hatte?
Während ich noch lange in meiner Kabine saß und mir den Kopf zerbrach, wurde es rasch dunkel, und vom Deck ertönten Rufe und das Getrampel von Füßen. Über uns fegte eines dieser plötzlichen Unwetter hinweg, wie man sie in diesen Breitengraden immer wieder antrifft. Ich band Huldricksson an die Koje und rannte hinauf.
Die langen, friedlichen Wellen hatten sich in wütende, kurze Wogen verwandelt, von deren Kronen die Gischt in langen dünnen Bächen heruntergepeitscht wurde.
Eine halbe Stunde verging, und dann war das Unwetter genauso rasch vorüber, wie es gekommen war. Die See beruhigte sich. Im Westen, unterhalb des gezackten Rands der davoneilenden Sturmwolke, versank die blutrote Sonne im Meer.
Ich sah ihr dabei zu, rieb mir die Augen und starrte jetzt darauf. Vor dem flammenden Hintergrund bewegte sich etwas großes Schwarzes, wie ein titanischer, winkender Finger.
Da Costa hatte das auch gesehen, und er wendete die *Suwarna*, bis sie direkt auf die versinkende Himmelskugel und den merkwürdigen Schatten zusteuerte. Als wir näherkamen, entdeckten wir dort ein treibendes Wrack. Der winkende Finger entpuppte sich als ein Stück Segel, das mit der Bewegung der Wellen auf und nieder tanzte. Auf der höchsten Stelle des Wracks saß ein großer Mann, der in aller Ruhe eine Zigarette rauchte.
Wir drehten die *Suwarna* bei, ließen ein Beiboot hinab und ruderten mit mir als Bootsmann auf das völlig zerstörte Wasserflugzeug zu. Der Mann auf der Spitze blies eine gewaltige Rauchwolke aus, winkte fröhlich mit einer Hand und rief uns einen Gruß zu. Und während er das tat, türmte sich hinter ihm eine ungeheure Woge auf, überschwemmte das Wrack, übergoß es mit Gischt und rollte dann weiter. Als wir unser Boot wieder in eine stabile Lage gebracht hatten, war von Wrack und Mann nichts mehr zu sehen.
Dann zog etwas an der Bootsseite. Zwei muskulöse braune Hände

griffen links neben mir an den Bootsrand. Ihnen folgte ein nasser, schwarzer Haarschopf, dann der ganze Kopf mit zwei leuchtenden blauen Augen. In ihnen funkelte der Schalk, als sie mich ansahen. Endlich zog sich ein langer, geschmeidiger Körper an Bord und plazierte sich klitschnaß und tropfend zu meinen Füßen.
»Sehr verbunden«, sagte dieser Mann aus dem Meer. »Ich wußte, daß schon jemand hier vorbeikommen würde, da die O'Keefe-Todesfee ihr Erscheinen nicht ankündigte.«
»Wer?« entfuhr es mir.
»Die O'Keefe-Todesfee, mein ganz persönlicher Banshee. Nun, ich bin Larry O'Keefe, stets zu Diensten, Sir. Ein weiter Weg vom guten alten Irland bis in diese Wasserwüste, aber nicht zu weit für meine Todesfee, wenn sie der Ansicht ist, der gute O'Keefe solle nun abtreten.«
Ich starrte diesen wunderlichen Mann, den wir gerade aus Seenot gerettet hatten, wie ein Wunder an. Aber er schien in vollem Ernst zu sprechen und sich nicht etwa über mich lustig zu machen.
»Hat jemand der Gentlemen eine Zigarette, meine ist unterwegs leider ausgegangen«, fragte er mit einem Grinsen und streckte eine nasse Hand nach einem hingehaltenen Stäbchen aus. Er lächelte freundlich, steckte sich die Zigarette in den Mundwinkel und zündete sie an.
Ein schmales, intelligentes Gesicht, dessen zu energisches Kinn von leicht- und geradegeschnittenen Lippen abgemildert wurde. Und in seinen Augen war neben dem Schalk eine grundtiefe Ehrlichkeit, wie man es selten antrifft. Die Nase war aristokratisch, wies aber die Andeutung eines Höckers auf. Ein langer, wohlgeformter und schlanker Körper, der meiner Ansicht nach von der Kraft feinsten Edelstahls sein mußte. Und er trug eine Uniform, die des Fliegerkorps' der britischen Marine.
Er lachte, streckte eine Hand aus und griff meine.
»Ich schulde Ihnen wohl ewigen Dank, Kamerad«, sagte er mit ansteckender Fröhlichkeit.
Ich mochte Larry vom ersten Augenblick an. Aber als die Tongale-

sen uns zurückruderten, konnte ich nicht ahnen, daß diese Sympathie sich in eine merkwürdige Zuneigung von Mann zu Mann verwandeln sollte. Die Vereinigung zweier Seelen, wie er und ich – und auch Sie, der Sie dies lesen – es nie für möglich gehalten hätten.

Larry! Larry O'Keefe, wo bist du jetzt mit deinen Kobolden und deiner Todesfee, du Kerl mit dem Herzen eines Kindes, du Teufel mit den immerzu lachenden Augen, du starker Mann mit der furchtlosen Seele? Ist es mir je vergönnt, dich wiederzusehen, Larry O'Keefe, der mir so lieb und teuer geworden ist wie kein anderer Mann, der für mich wie ein Bruder ist und mehr?

VII

Larry O'Keefe

Ich unterdrückte die vielen Fragen zunächst, die mir auf der Seele brannten, und stellte mich erst einmal vor. Überrascht mußte ich feststellen, daß er mich zu kennen schien, besser gesagt, er hatte viel von meiner Arbeit gehört. Offensichtlich hatte er eines meiner Werke erstanden, und zwar das über die besondere Vegetation, deren Verbreitungsgebiet Lavagestein und Vulkanasche sind. Ein Werk, das ich, wie ich nun zugeben darf, ein wenig prosaisch mit FLORA DER KRATER betitelt hatte. Larry erklärte mir in aller Offenheit, daß er es gekauft habe, weil er etwas ganz anderes zwischen den Buchdeckeln vermutete; nämlich einen Roman, etwas in der Art von Merediths DIANA DER SCHEIDEWEGE, das ihm sehr gut gefallen hatte.
Er hatte diese Erklärung kaum beendet, als wir an der *Suwarna* anlegten, und ich war wiederum gezwungen, meine Neugier zu zügeln, mindestens so lange, bis wir an Bord waren.
»Das Ding, auf dem ich saß, als Sie mich entdeckten«, erklärte er, nachdem er sich bei dem kleinen Kapitän für seine Rettung bedankt hatte, »war alles, was vom besten kleinen Wasserflugzeug Seiner Majestät übriggeblieben ist, nachdem ein Zyklon es als überflüssigen Ballast angesehen und fortgeschleudert hatte. Wo wir gerade beim Thema sind, in welcher schönen Gegend befinden wir uns hier eigentlich?«
Da Costa gab ihm anhand des Stands der Mittagssonne eine ungefähre Positionsbestimmung.
Larry pfiff durch die Zähne. »Fast fünfhundert Kilometer von der Stelle entfernt, an der ich die H.M.S. *Dolphin* vor etwa vier Stunden verlassen habe«, bemerkte er. »Das Unwetter, in das ich geraten bin, war ja geschwind wie ein Sausewind.«

Er entledigte sich ohne übertriebene Eile seiner durchweichten Uniform. »Die *Dolphin* war auf dem Weg nach Melbourne. Ich hatte schon länger große Lust auf einen kleinen Ausflug und gab vor, zu einem Erkundungsflug starten zu wollen. Ich war noch gar nicht lange in der Luft, als plötzlich dieser Zyklon aus dem Nichts auftauchte, mich packte und darauf bestand, daß er den Kurs bestimmte.

Etwa eine Stunde später sah ich eine Chance, steil aufzusteigen und dem Sturm so zu entkommen. Ich riß die Kiste also hoch, und *zack!* war die rechte Tragfläche ab. Von da an ging's abwärts für Larry O'Keefe.«

»Ich sehe leider keine Möglichkeit, Ihr Schiff zu benachrichtigen, Mr. O'Keefe«, sagte ich, »denn wir sind leider nicht mit einem Funkgerät ausgerüstet.«

»Doktorr Goodwin«, meldete sich da Costa zu Wort, »wir könntän dän Kurss ändärn, vihllaicht...«

»Vielen Dank, mein Herr, aber das kommt nicht in Frage«, schnitt ihm Larry das Wort ab. »Der liebe Herrgott allein mag wissen, wo sich die *Dolphin* im Moment aufhalten mag. Angenommen, sie kurvt herum und sucht nach dem guten alten Larry. Wie dem auch sei, sie hat genauso gute Chancen, auf uns zu stoßen, wie wir auf sie. Vielleicht treffen wir ja auch auf ein Schiff, das über eine Funkverbindung verfügt. Dann müßte ich ich Ihnen die Last aufbürden, mich dorthin überzusetzen.« Er zögerte. »Wohin fahren Sie übrigens?«

»Nach Ponape«, antwortete ich.

»Dort gibt es auch keinen Funk«, grübelte Larry. »Gottverlassener Ort. Haben vor einer Woche dort haltgemacht, um Nahrungsmittel aufzunehmen. Die Eingeborenen schienen eine Todesangst vor uns zu haben. Warum wollen Sie denn dorthin?«

Da Costa warf mir einen raschen Seitenblick zu, und das beunruhigte mich doch etwas.

Larry entging meine Nervosität nicht.

»Oh, ich bitte vielmals um Entschuldigung. Ich hätte diese Frage wohl nicht stellen dürfen.«

»Es ist kein Geheimnis, Lieutenant O'Keefe«, antwortete ich. »Wir sind zu Forschungszwecken dorthin unterwegs, wollen ein wenig zwischen den Ruinen auf Nan-Matal graben.«
Ich beobachtete da Costa scharf, als ich den Namen des Ortes aussprach. Er wurde, für seine Verhältnisse, sehr bleich und machte wieder hastig das Kreuzzeichen, während er ängstlich nach Norden blickte. Ich nahm mir fest vor, ihn danach zu befragen, sobald sich eine günstige Gelegenheit bot. Ebenso eilig wandte er seinen Blick wieder ab vom Meer und sprach Larry an.
»Wir 'abän nichts an Bord, das Ihnen passän dürftä, Lieutenant.«
»Ach, geben Sie mir einfach ein Laken, das ich mir umbinden kann, Kapitän«, erklärte O'Keefe und folgte ihm. Mittlerweile war es dunkel geworden. Nachdem die beiden in da Costas Kabine verschwunden waren, begab ich mich leise zu meiner, öffnete vorsichtig die Tür und lauschte. Huldricksson atmete tief und regelmäßig.
Ich nahm meine Taschenlampe zur Hand, schirmte mein Gesicht von den Strahlen ab und betrachtete den Norweger. Sein Schlaf war nicht mehr die durch Morphium bedingte Ohnmacht, sondern ein Ruhen, das man fast schon als normal bezeichnen konnte. Die furchtbare Schwärze war von seiner Zunge verschwunden, und die Mundsekretion funktionierte wieder. Befriedigt über seinen Zustand ging ich wieder aufs Deck.
Larry war dort und wirkte in der Decke, die er sich umgebunden hatte, wie ein Gespenst. Jemand hatte einen Klapptisch aufgestellt, und einer der Tongalesen deckte ihn für das Abendbrot. Bald bewies die reichhaltige Kombüse der *Suwarna* wieder einmal ihren vorzüglichen Ruf, und O'Keefe, da Costa und ich fielen darüber her. Die Nacht war dunkel und irgendwie bedrückend. Hinter uns leuchtete die Buglampe der *Brunhilda*, und die Kompaßlampe warf einen schwachen Schimmer, in dem vage das schwarze Gesicht des tongalesischen Steuermanns auszumachen war. Larry hatte einige Male fragend auf das Schiff im Schlepptau geblickt, bislang aber noch keine Fragen gestellt.
»Sie sind nicht der einzige Passagier, den wir heute aus dem Meer

gefischt haben«, erklärte ich ihm. »Wir fanden den Kapitän jener Schaluppe dort hinten in merkwürdiger Verfassung vor. Er hatte sich selbst die Hände ans Steuer gebunden, war vor Erschöpfung mehr tot als lebendig, und außer ihm hielt sich niemand an Bord des Schiffes auf.«

»Was ist denn geschehen?« wollte Larry wissen.

»Wir wissen es nicht«, antwortete ich. »Er wehrte sich gegen unsere Versuche, ihn aus seiner Lage zu befreien, und ich mußte ihm eine Morphiumspritze verpassen, ehe wir ihn losschneiden konnten. Momentan schläft er immer noch in meiner Kabine. Wie unser Kapitän hier erklärt, hätten auch seine Frau und sein kleines Kind an Bord der Schaluppe sein müssen, aber wir haben niemanden angetroffen.«

»Frau und Kind verschwunden?« rief Larry aus!

»Vom Zustand seines Mundes aus zu schließen«, fuhr ich fort, »muß er mindestens zwei Tage und Nächte allein und ohne Wasser am Steuer gefesselt gewesen sein. Und nach so langer Zeit auf dem Meer nach zwei Verschwundenen zu suchen, ist, gelinde gesagt, hoffnungslos.«

»Da haben Sie recht«, sagte der Lieutenant. »Aber Weib und Kind verloren. Der arme Kerl!«

Er schwieg eine Weile. Auf meine Bitte hin fing er schließlich an, uns mehr von sich zu erzählen. Er war kaum älter als zwanzig gewesen, als ihm das Pilotenabzeichen verliehen worden war. Und er mußte gleich in den Krieg ziehen. 1916 war er bei Ypern schwer verwundet worden, und nach seiner Genesung war der Krieg vorüber gewesen. Kurz darauf war seine Mutter gestorben. Allein und rastlos war er wieder ins Fliegerkorps eingetreten und seitdem dort geblieben.

»Auch wenn der Weltkrieg nun lange vorbei ist, sehne ich mich doch nach Europa zurück, nach dem Himmel über Belgien, wo die deutschen Flugzeuge ihre Lieder auf ihren Maschinengewehren spielten und deren Kugeln meine Fußsohlen kitzelten«, seufzte er. »Wenn du etwas liebst, dann liebe es absolut. Wenn du etwas haßt, dann hasse es mit jeder Faser deines Herzens. Und wenn du in

einen Kampf gerätst, dann stürze dich dorthin, wo er am heißesten wütet und schlage um dich wie ein Teufel. Wenn du nicht so handelst, ist dein Leben sinnlos und vergeudet.«
Ich beobachtete ihn, während er uns dies erzählte, und spürte dabei, wie meine Sympathie für ihn immer stärker wurde. Wenn ich mir je wie jetzt auf dem Weg in unbekannte Gefahren einen Gefährten gewünscht hatte, dann Larry O'Keefe. Wir saßen da, rauchten und tranken den starken Kaffee, auf den sich die Portugiesen so gut verstehen.
Da Costa löste schließlich den Kanton-Chinesen am Steuerruder ab. O'Keefe und ich stellten unsere Liegestühle an die Reling. Nur die helleren Sterne durchdrangen den Dunst am Himmel. Leuchtende Strahlen berührten die Wellenkronen und funkelten mit fast schon aggressiver Kraft, während der Bug der *Suwarna* sie durchpflügte. Larry zog unablässig an seiner Zigarette. Die glühende Spitze beleuchtete sein waches, jungenhaftes Gesicht und besonders die blauen Augen, die nun dunkel und brütend unter dem Eindruck der tropischen Nacht standen.
»Sind Sie Amerikaner oder Ire, O'Keefe?« fragte ich plötzlich.
»Warum?« lachte er.
»Nun«, antwortete ich, »aufgrund Ihres Namens und Ihres Dienstes in der britischen Armee würde ich Sie für einen Iren halten. Aber Ihr Gehabe und Ihre Sprache steckt so voller Amerikanismen, daß mir Zweifel kommen.«
Er grinste fröhlich.
»Dann will ich Sie aufklären«, sagte er. »Meine Mutter war Amerikanerin, Grace aus Virginia. Mein Vater war O'Keefe, O'Keefe aus Coleraine. Und diese beiden liebten sich so sehr, daß das Herz, das sie mir gaben, zur Hälfte irisch und zur Hälfte amerikanisch ist. Mein Vater starb, als ich sechzehn war. Jedes zweite Jahr war ich mit meiner Mutter für ein oder zwei Monate in die Staaten gereist, aber nach dem Tod meines Vaters reisten wir jedes zweite Jahr für ein paar Wochen nach Irland. So verhält es sich also mit mir: Ich bin genauso Amerikaner wie Ire.
Wenn ich verliebt, erregt, im Traum versunken oder kurz vor dem

Durchdrehen bin, verfalle ich in den *Brogue* *. Aber bei allen anderen Gelegenheiten liegt mir die amerikanische Art mehr. Ich kenne den Broadway so gut wie die Binevenagh Lane, den Potomac so gut wie den St. Patricks Kanal. Etwas Erziehung kommt bei mir von Eton, etwas von Harvard. Ich hatte immer genug Geld, um nicht in die Verlegenheit zu geraten, etwas verdienen zu müssen. Verliebt war ich ungezählte Male, aber nie tat mir danach das Herz so weh, daß es der Rede wert gewesen wäre. Nie hatte mein Leben einen Zweck, bis ich des Königs Rock angezogen und mein Pilotenabzeichen bekommen habe. Heute irgendwo in den Dreißigern, das bin kurzgefaßt ich, Larry O'Keefe.«

»Aber es war doch wohl der Ire O'Keefe, der so mutterseelenallein auf seinem Flugzeugwrack gesessen und auf seine Todesfee gewartet hat«, lachte ich.

»So war's«, sagte er düster, und ich hörte, wie der *Brogue* wie Samt über seine Stimme zog. Seine Augen verrieten, daß er ins Grübeln versunken war. »In tausend Jahren hat es keinen O'Keefe gegeben, der ohne Ruf der Todesfee gegangen wäre. Und zweimal habe ich diese Dame rufen hören: Einmal, als mein kleiner Bruder gestorben ist, und einmal, als mein Vater in seinem Boot darauf wartete, von der Ebbe aufs Meer hinausgetragen zu werden.«

Er dachte einen Moment lang nach, ehe er fortfuhr: »Einmal habe ich eine *Annir Choille*, ein Mädchen aus dem grünen, dem Kleinen Volk gesehen. Wie ein Schatten flatterte sie durch den Forst von Carntogher. Und einmal war ich in Dunchraig und schlief an der Stelle, an der die Asche des Rappens von Cormac MacConcobar mit der seines Herrn und Eilidhs der Schönen vermischt ist, als sie alle zusammen in den neun Flammen verbrannten, die dem Harfenspiel von Cravetheen entsprangen… und dort hörte ich das Echo des todbringenden Spiels.«

Er hielt wieder inne und begann dann mit der eigentümlich süßen und hohen Stimme zu singen, wie sie nur den Iren zu eigen zu sein scheint:

* irischer Akzent.

Du Frau mit den weißen Brüsten, Eilidh,
Du Frau mit dem goldbraunen Haar und den Lippen vom Rot der Vogelbeere.
Wo ist der Schwan, der weißer ist und eine weichere Brust besitzt?
Zeigt mir die Welle im Meer, die sich so anmutig bewegt wie du, Eilidh.

VIII

Olafs Geschichte

Einige Minuten lang war es völlig still. Ich sah Larry verwundert an. Ohne Zweifel hatte er alles völlig ernst gemeint. Mir war damals schon bekannt, daß es in der Psychologie der gälischen Stämme etliche Besonderheiten gibt und daß sie tief in ihrem Herzen die uralten Sitten und Sagen bewahren. Ich war sowohl amüsiert als auch ergriffen.

Vor mir saß ein tapferer Soldat, der offenen Auges und furchtlos alle Widerwärtigkeiten des Krieges kennengelernt hatte; der sich die gefährlichste aller Waffengattungen ausgesucht hatte; ein moderner Zeitgenosse, ganz ohne Zweifel, der sich auf dem höchst unmythischen Broadway zuhause fühlte, und für den gleichzeitig auf tief empfundene, ehrliche Weise, Banshees, das grüne Volk der Wälder und Phantom-Harfenspieler Realität waren. Ich fragte mich, was er wohl von dem geheimnisvollen Bewohner des Mondteichs halten würde. Und in diese Überlegung mischte sich die Vorstellung, daß sein Aberglaube ihn zu einer leichten Beute für das Lichtnebel-Wesen machen würde.

Dann schüttelte er leicht ungeduldig den Kopf und rieb sich die Augen. Er drehte sich zu mir um und grinste.

»Glauben Sie jetzt bloß nicht, ich wäre nicht ganz dicht«, erklärte er. »Ich bin ganz normal. Nur überkommt es mich eben hin und wieder. Dann bricht der Ire in mir hervor. Und ob Sie mir glauben oder nicht, alles entspricht der Wahrheit.«

Ich sah nach Osten, wo der Mond aufstieg. Vollmond war seit fast einer Woche vorüber.

»Ich war leider nicht dabei, als Sie sahen, was Sie gesehen haben, Lieutenant«, lachte ich. »Aber Sie können in mir einen offenen Zuhörer finden. Ich habe mich früher schon gefragt, welche Töne

ein körperloser Geist ohne Stimmbänder, ohne Atmung und ohne irgendeine andere Vorrichtung zum Produzieren akustischer Laute erzeugen kann. Wie also hört sich eine Banshee an?«
O'Keefe sah mich ernst an.
»Also, bitte«, erklärte er, »dann will ich es Ihnen demonstrieren.«
Tief aus seiner Kehle kam ein dunkler, unheimlicher Klagelaut, der stufenlos zu einer Totenklage anschwoll, deren unendliche Trauer mir eine Gänsehaut bescherte. Unvermittelt schoß seine Hand vor und packte mich an der Schulter. Ich erstarrte auf meinem Stuhl zu Stein. Und dann erscholl hinter uns, wie ein Widerhall, ein klagender Schrei, der die Trauer und das Leid von Jahrhunderten zu enthalten schien! Er konzentrierte sich zu einem einzigen herzzerreißenden, schluchzenden Ton und erstarb dann.
Larrys Hand war nicht mehr an meiner Schulter. Er sprang auf.
»Schon in Ordnung, Professor«, sagte er. »Das galt mir. Sie hat mich gefunden. Den ganzen weiten Weg von Irland...«
Wieder ertönte ein Schrei. Dessen Quelle war jedoch nicht schwer zu ermitteln. Er kam aus meiner Kabine, und das konnte nur eins bedeuten: Huldricksson war erwacht.
»Vergessen Sie Ihre verdammte Todesfee!« keuchte ich und machte mich eilig auf den Weg in meine Kabine.
Aus dem Augenwinkel bemerkte ich einen Ausdruck einfältiger Erleichterung auf O'Keefes Zügen, bevor er an meiner Seite lief.
Da Costa am Ruder rief einen Befehl. Der Kanton-Chinese tauchte auf und übernahm das Steuer vom Portugiesen, der sich zu uns gesellte. Ich hatte die Hand schon an der Klinke der Kabinentür, um sie aufzureißen, als mich ein Gedanke innehalten ließ. Was, wenn der Bewohner des Mondsees bei dem Norweger war; wenn wir uns geirrt hatten und er gar nicht vom Licht des Vollmonds abhängig war!
Aus der Kabine ertönte ein schriller werdender Klagelaut. O'Keefe stieß mich beiseite, riß die Tür auf und sprang in gebückter Haltung hinein. Ich bemerkte, daß er einen Revolver in der Hand hielt. Er ließ seinen Blick von links nach rechts durch die Kabine schweifen, und der Lauf der Pistole folgte den Augen. Dann ent-

spannte er sich, und sein Gesicht, das nun auf die Koje sah, füllte sich mit neugieriger Anteilnahme.
Durch das Fenster strömte Mondlicht herein. Es fiel direkt auf Huldrickssons weit aufgerissene Augen, in denen sich dicke Tränen sammelten, um langsam über die Wangen zu kriechen. Und aus seinem offenen Mund kamen die furchtbaren Klagelaute. Ich stürmte zum Fenster und schloß den Vorhang. Da Costa schaltete derweil das Licht an.
Das schreckliche Klagen des Norwegers hörte so abrupt auf, als hätte man ihm die Stimmbänder durchtrennt. Unbeholfen wanderte sein Blick zu uns. Mit einem Ruck zerriß er die Schnüre, die ich ihm zu seinem Schutz angelegt hatte. Er starrte uns an, und seine Augen funkelten vor Zorn. Seine gelben Haare standen fast ab, so mächtig war die Wut, die für jeden sichtbar in ihm kochte. Da Costa verbarg sich hinter mir. O'Keefe, der völlig beherrscht wirkte, trat einen Schritt vor und war Huldricksson damit am nächsten gekommen.
»Wohin entführt ihr mich?« wollte der Norweger wissen, und seine Stimme klang wie das Brüllen eines Bären. »Wo ist mein Schiff?«
Ich faßte Larry sanft am Arm und stellte mich vor den Riesen.
»Hören Sie, Olaf Huldricksson«, begann ich. »Wir bringen Sie dorthin, wohin Ihr funkelnder Teufel Ihre Helma und Ihre Freda entführt hat. Wir folgen diesem Lichtwesen, das aus dem Mond kommt. Haben Sie mich verstanden?« Ich hatte langsam gesprochen, um die Nebel zu durchstoßen, die sich über seinen Verstand gelegt hatten. Und ich hatte Erfolg mit meinen Bemühungen.
Er streckte eine zitternde Hand aus.
»Sie sagen, Sie folgen Ihm?« fragte er stammelnd. »Sie wissen, wo Sie Ihn finden können? Wissen, wohin er meine Helma und meine kleine Freda gebracht hat?«
»Genau das, Olaf Huldricksson«, antwortete ich. »Ganz genau das. Ich schwöre es bei meinem Leben.«
Nun wagte sich auch da Costa vor. »Är sprischt Warr'ait, Olaf. Du raisän schnällär auf *Suwarna* als auf altär *Brrunn'illdah*, Olaf.«

Der riesige Norweger ergriff meine Hand und sah den Portugiesen an. »Ich kenne dich, da Costa«, murmelte er. »Du bist in Ordnung, jawohl. Und du bist ehrlich. Wo ist denn meine *Brunhilda?*«
»Sih im Schläpptau' hintär uns, Olaf«, beeilte sich der Portugiese zu erklären. »Bald du sih kannst sähän. Abär nun du mußt disch hinlägän und uns bärichtänn, warum du disch angäbundän 'ast an Rudär, Olaf, und was ist äigäntlisch gäschähn.«
»Wenn Sie uns erzählen, Huldricksson«, ergänzte ich, »wie der funkelnde Teufel sie überfiel, wird uns das bei unseren weiteren Bemühungen sicher hilfreich sein.«
Auf O'Keefes Gesicht zeigte sich eine geradezu drollige Mischung aus Zweifel und Verwunderung. Er sah von einem zum anderen und wußte in diesem Augenblick wohl nicht zu entscheiden, ob er uns alle für wahnsinnig halten sollte, oder nicht. Jetzt schien der Riese zum erstenmal den Iren zu sehen. Er ließ meine Hand los, und ein freudiger Ausdruck trat in sein Gesicht, als er O'Keefe am Arm packte. »*Stark!*« brummte er. »*Joh!* Ein starker Mann mit einem starken Herzen. *Joh!* Ein Mann bei uns, den wir gut gebrauchen können. *Joh!*«
»Ich erzähle euch alles«, meinte er dann und ließ sich am Kojenrand nieder. »Es geschah vor vier Nächten. Meine Freda...« Seine Stimme setzte aus. »*Mine Yndling!* Sie liebte das Mondlicht so sehr. Ich stand am Ruder, und Freda und Helma waren irgendwo hinter mir auf dem Deck. Der Mond stand über uns, und die *Brunhilda* segelte wie ein vom Mond geschicktes Schwanenschiff, *joh!*
Da hörte ich, wie Freda sagte: ›Ich sehe eine *Nisse* die Mondbahn herunterkommen.‹ Und ich hörte, wie ihre Mutter lachte, leise und freundlich, wie Mütter das tun, wenn ihre Yndlings mit offenen Augen träumen. Ich war sehr glücklich in jener Nacht. Meine Helma und meine Freda waren bei mir, und die *Brunhilda* segelte wie ein Schwanenschiff dahin. Da hörte ich das Kind sagen: ›Die Nisse kommt immer schneller!‹ Und dann ertönte ein Schrei von meiner Helma, ein furchtbarer Schrei wie von einer Stute, der man ihr Fohlen wegnimmt. Ich drehte mich ganz schnell herum,

joh, ganz schnell und ließ das Ruder Ruder sein. Und was ich dann sah...« Er bedeckte sein Gesicht mit den Händen.

Der Portugiese stand an meiner Seite, und ich hörte ihn keuchen wie einen erschrockenen Hund.

»Ich sah, wie ein weißes Feuer über die Reling wirbelte«, flüsterte Olaf Huldricksson. »Es drehte sich um seine eigene Achse und leuchtete... leuchtete wie Sterne in einem Wirbelwind. Töne waren in meinen Ohren. Wie von kleinen Glocken... *Joh*, kleine Glocken, wie die Töne, die entstehen, wenn man mit dem Finger gegen Gläser schnippt. Die Töne machten mich krank und benommen.

Meine Helma war... *indeholde*... wie sagen Sie, mittendrin im weißen Feuer. Sie wandte mir ihr Gesicht zu und sah dann auf das Kind. Dieser Gesichtsausdruck brannte sich in meinem Herzen fest. Denn er war gleichzeitig voller Furcht und voller Freude... voller Glyaede. Ich sag euch, die Furcht in Helmas Gesicht verwandelte hier alles zu Eis«, er schlug sich mit der Faust auf die Brust, »aber die Freude in ihren Zügen brannte wie Feuer in mir. Und ich konnte mich nicht von der Stelle rühren, konnte mich überhaupt nicht mehr bewegen.

Hier drinnen sagte ich mir«, er tippte sich an die Stirn. »Es ist Loki, der aus Helvede gekommen ist. Aber er kann mir meine Helma nicht nehmen, denn Christus ist lebendig, und Loki hat keine Macht mehr, meiner Helma und meiner Freda etwas anzutun. Der Christus ist lebendig! Unser Herr im Himmel lebt! Das hämmerte ich mir immer wieder ein. Aber der funkelnde Teufel ließ nicht mehr von meiner Helma ab. Er zog sie halb über die Reling. Ich sah, wie sie nur noch Augen für ihr Kind hatte. Sie riß sich halb los und streckte die Arme nach Freda aus. Und meine kleine Tochter sprang ihr in die Arme. Das Nebelfeuer schluckte sie beide, und damit waren sie fort! Einige Minuten lang sah ich noch, wie der Lichtwirbel auf der Mondbahn hinter der *Brunhilda* gen Himmel stieg, und dann war auch er nicht mehr da!

Der funkelnde Teufel hat sie geholt. Loki hat sich befreit und genug Kraft gesammelt, um solches zu tun. Ich wendete die *Brun-*

hilda und folgte dem Mondstrahl, über den Helma und *mine Yndling* entführt worden waren. Meine Matrosen murrten und verlangten, auf dem alten Kurs weiterzufahren. Aber das wollte ich nicht. So ließen sie ein Beiboot zu Wasser und verließen mich. Seitdem hatte ich nur noch Augen für den Mond. Ich band meine Hände ans Ruder, damit ich nicht durch Schlaf vom Kurs abkommen könnte. So fuhr ich und fuhr und fuhr...

Wo war der Gott, den ich anbete, als man mir Frau und Tochter entführte?« rief Olaf Huldricksson. Und in diesem Moment kam er mir so vor wie Throckmartin, der die gleichen bitteren Fragen gestellt hatte. »Ich habe seitdem meinen Gott verlassen, genauso wie Er mich verlassen hat, *joh*! Von nun an bete ich wieder zu Thor und Odin, denn die können Loki bezwingen.« Er sank zusammen und bedeckte wieder das Gesicht mit den Händen.

»Olaf«, sagte ich, »was Sie den funkelnden Teufel nennen, hat auch mir Menschen genommen, die mir sehr lieb und teuer waren. Auch ich folgte ihm, als wir Sie entdeckten. Sie sollen mich nun begleiten, denn wir reisen zu seinem Hort. Und dort wollen wir Ihm Ihre Frau, Ihr Kind und meine Freunde entreißen. Doch für dieses Unternehmen müssen Sie Kräfte sammeln, denn große Gefahren erwarten uns. Also legen Sie sich nun wieder schlafen.«

Olaf Huldricksson sah zu mir hoch, und in seinen Augen war etwas, das die Seelen im Blick von Ihm sehen, den die alten Ägypter den ›Sucher der Herzen‹ nannten und der in Osiris' Gerichtssaal thronte.

»Sie sprechen wahr!« meinte der Norweger endlich. »Ich will tun, was Sie mir sagen.«

Auf meine Bitte hin streckte er einen Arm aus, und ich gab ihm eine zweite Injektion. Er legte sich auf den Rücken und war bald eingeschlafen. Ich wandte mich an da Costa. Sein Gesicht war aschfahl und schweißbedeckt, und er zitterte erbärmlich. O'Keefe schien wie aus einer Trance zu erwachen.

»Das haben Sie aber mächtig gut gehandhabt, Dr. Goodwin«, erklärte er. »So unglaublich gut, daß ich fast selbst dran geglaubt hätte.«

»Was halten Sie denn von seiner Geschichte, Mr. O'Keefe?« fragte ich.
Seine Antwort war erbarmungslos kurz und drastisch.
»Alles Quatsch!« sagte er nur. Ich muß gestehen, daß mich diese Antwort schockierte. »Ich halte ihn für geistesgestört, Dr. Goodwin«, korrigierte er sich, als er meinen fassungslosen Blick bemerkte. »Was sollte ich denn sonst von seiner Geschichte halten?«
Ich wandte mich lieber an den Portugiesen, als auf Larry einzugehen.
»Heute nacht brauchen wir nichts zu befürchten, Kapitän«, erklärte ich, »das kann ich Ihnen sogar garantieren. Sie selbst könnten auch etwas Ruhe gebrauchen. Soll ich Ihnen ein Schlafmittel geben?«
»Isch Sih bittän särr darum, Dr. Goodwin, Sörr«, antwortete er dankbar. »Morgän, wänn isch fü'län misch bässär, isch möschtän mit Ihnän ain paar Wortä wächsäln.«
Ich nickte. Also hatte er auch schon etwas von diesen sonderbaren Vorfällen mitbekommen. Ich mischte ihm ein relativ starkes Opiat. Er nahm es und begab sich damit auf seine Kabine.
Ich schloß hinter ihm die Tür, setzte mich neben den schlafenden Norweger aufs Bett, und erzählte O'Keefe meine Geschichte von Anfang an. Er unterbrach mich nur selten mit einer Frage. Aber, nachdem ich geendet hatte, nahm er mich fast in so etwas wie ein Kreuzverhör und wollte alles ganz genau von den Vollmondstrahlen wissen. Er verglich dann meine Erinnerungen mit Throckmartins Beobachtungen am Mondsee.
»Was halten Sie denn nun von der ganzen Geschichte?« fragte ich ihn.
Er schwieg eine Weile und sah dabei mehrmals auf den alten Huldricksson.
»Nicht ganz das, was Sie zu vermuten scheinen, Dr. Goodwin«, antwortete er schließlich bedächtig. »Lassen Sie mich eine Nacht drüber schlafen. Eins scheint allerdings festzustehen: Sie, Ihr Freund Throckmartin und dieser Herr hier, haben ... irgend etwas

gesehen. Nur…« Er hielt inne und fuhr dann mit einer Freundlichkeit fort, die mich doch reichlich irritierte: »Nur ist mir früher schon aufgefallen, daß es ziemlich haarig wird, wenn ein Wissenschaftler sich ernsthaft mit dem Aberglauben auseinandersetzt.

Es ist zwar nicht viel, doch das Wenige kann ich Ihnen jetzt schon sagen«, fuhr er fort, während ich noch nach Worten rang, »ich bete von ganzem Herzen, daß wir unterwegs nicht auf die *Dolphin* noch auf sonst irgendein Schiff mit Funk an Bord treffen. Denn, Dr. Goodwin, ich würde doch zu gerne mit Ihrem Mondteich-Bewohner einmal ein Hühnchen rupfen.

Und da wäre noch etwas«, sagte O'Keefe. »Nach alldem wollen wir doch die Formalitäten vergessen, Doc. Nenn mich einfach Larry, denn ob ich dich nun für verrückt halte oder nicht, du hast Mut und Tatkraft, und ich will an deiner Seite stehen.

Gute Nacht!« meinte er dann noch und ging an Deck zu seiner Hängematte, auf die er bestanden hatte. Die Aufforderung des Kapitäns, seine eigene Kabine zu nehmen, hatte er rundheraus abgeschlagen.

Und während ich ihm nachsah, kämpften in mir die unterschiedlichsten Gefühle gegeneinander. Abergläubisch! Das mir, dessen Stolz nur Fakten und nichts als Fakten zuließ! Abergläubisch… und das von einem jungen Mann, der selbst an Banshees, geisterhafte Harfenspieler und Waldnymphen und wahrscheinlich auch an tausend Kobolde mehr glaubte!

Halb lachend und halb fluchend – und doch im Innersten meines Herzens glücklich, weil Larry mehr oder weniger versprochen hatte, mir bei unserer Unternehmung beizustehen – schichtete ich ein paar Kissen auf zwei Stühle, machte es mir darauf bequem und trat so meine Nachtwache an Huldrickssons Seite an.

IX

Ein verlorenes Stück Erde

Als ich erwachte, ergossen sich bereits Sonnenstrahlen in die Kabine. Draußen trällerte eine fröhliche Stimme. Ich blieb noch ein Weilchen auf meinen beiden Stühlen liegen und lauschte. Das Lied stand in wunderbar harmonischer Verbindung mit dem wärmenden Sonnenschein und der leichten Brise, die sanft die Vorhänge aufblähte. Es war Larry mit seiner ganz persönlichen Art, den Morgen zu begrüßen.

Die kleine rote Lerche spreizt bereits die Schwingen
Er springt aus dem weichen Bett der süßen Geliebten
In ihren Ohren noch seine sanften Lieder erklingen
An ihrer Brust er ruhte bis zur Stunde der siebten.

Larrys Stimme wurde sanfter.

Ihre Schwingen und Feder rot leuchten im Sonnenschein
Sie bejubelt die Sonne und reckt den Kopf so klein
Guten Morgen, Doc, du schläfst doch nicht wie ein Stein.

Die letzte Zeile war wohl die dreisteste Verdrehung eines lyrischen Textes, die mir je zu Ohren gekommen war. Ich öffnete die Tür, und da stand Larry und lachte aus vollem Hals. Der Motor der *Suwarna* schwieg, aber das Schiff hatte alle Segel gesetzt und machte gute Fahrt. Und ebenso stand die *Brunhilda* unter vollen Segeln und folgte uns fröhlich schaukelnd am Schlepptau.

Die Wellen kräuselten sich unter dem Wind. Die Welt setzte sich, so weit das Auge reichte, nur aus Blau und Weiß zusammen. Schulen von kleinen, silbergrünen fliegenden Fischen brachen zu beiden Seiten des Schiffs aus dem Wasser und eilten an uns vorbei. Nur einen silbernen Augenblick lang schwebten sie in der Luft,

dann waren sie wieder im Wasser verschwunden. Über dem Heck kreisten Möwen und tauchten immer wieder jäh hinab, wenn sie Beute erspäht zu haben glaubten. Jeder Hauch von Geheimnissen oder Gefahren hatte sich weit von dieser erwachenden und wunderschönen Welt zurückgezogen. Auch wenn ich wußte, daß das Unheimliche uns belauerte und in irgendeiner Höhle auf uns wartete, so konnte ich doch eine Weile alles Unangenehme vergessen.
»Wie geht es unserem Patienten?« fragte Larry.
Huldricksson antwortete ihm selbst. Er mußte sich erhoben haben, kurz nachdem ich die Kabine verlassen hatte. Der Norweger hatte nur eine Hose an, und sein mächtiger, nackter Oberkörper glänzte in der Sonne, als er auf uns zu marschierte. Wir alle sahen ihm ein wenig ängstlich entgegen. Aber aller Wahnsinn schien ihn verlassen zu haben. In seinen Augen standen Reue und Bedauern; von einem Berserker war ihm nichts mehr anzumerken.
Er sprach mich sofort an: »Sie sagten doch letzte Nacht, wir würden Ihm folgen, oder?«
Ich nickte.
»Und wo müssen wir suchen?«
»Wir reisen zunächst nach Ponape und von dort zum Hafen Metalanim. Unser Ziel heißt dann Nan-Matal. Haben Sie schon von dem Ort gehört?«
Huldricksson beugte sich vor, und in seinen blauen Augen zeigte sich ein weißer Glanz wie von Eis.
»Dort ist Er?«
»Dort müssen wir mit unserer Suche nach ihm beginnen«, erklärte ich.
»Gut!« rief der Norweger. »Das ist gut!«
Er sah den Portugiesen fragend an, und da Costa schien seine Gedanken zu erraten, denn er beantwortete die ungestellte Frage:
»Wir müßtän Ponape morgän kurz vor Mittag ärraichän, Olaf.«
»Gut!« rief der Norweger wieder. Er wandte den Blick ab, denn seine Augen hatten sich mit Tränen gefüllt.
Unbehagen ergriff uns. Die Zurückhaltung, die über alle Männer kommt, wenn sie große Sympathie und Mitleid für jemanden

empfinden, wobei sie aber nicht wissen, wie sie das in Worte kleiden können. Wie in stiller Übereinkunft besprachen wir beim Frühstück nur die nebensächlichsten Dinge.
Nach dem Mahl äußerte Huldricksson den Wunsch, an Bord der *Brunhilda* zu gehen.
Die *Suwarna* drehte bei, und der Norweger setzte zusammen mit da Costa in einem Beiboot über. Als sie sich an Deck des Schiffes befanden, übernahm Huldricksson das Ruder und fing an, sich ernsthaft mit dem Portugiesen zu unterhalten. Ich gab Larry ein Zeichen, und wir machten es uns im Schutz des Vorsegels auf der Bugklappe bequem. Er zündete sich eine Zigarette an, machte gleichgültig ein paar Züge und sah mich erwartungsvoll an.
»Nun?« fragte ich.
»Nun«, sagte Larry, »am besten erzählst du mir, was du von der Geschichte hältst, und danach will ich versuchen, dich auf deine wissenschaftlichen Fehler aufmerksam zu machen.« Seine Augen funkelten wie bei einem Lausbuben.
»Larry«, erwiderte ich ernsthaft, »du magst vielleicht nicht wissen, daß ich einen wissenschaftlichen Ruf habe, der, ohne falsche Bescheidenheit, von einigem Rang ist. Du hast letzte Nacht ein Wort gebraucht, das ich in aller Entschiedenheit zurückweisen muß. Deine Worte waren mehr als die bloße Andeutung, ich sei *abergläubisch*. Um dich aufzuklären, Larry O'Keefe, möchte ich dich an dieser Stelle ein für allemal darauf hinweisen, daß ich ein ausgesuchter Streber, Beobachter, Analytiker und Ordner von Fakten bin. Und ich gehöre nicht zu denen...« Ich bemühte mich, meinen Tonfall so scharf klingen zu lassen wie meine Worte, »die an Phantome oder Spukerscheinungen, an Kobolde, Banshees oder gespenstische Harfner glauben.«
Larry lehnte sich zurück und brach in schallendes Gelächter aus.
»Vergib mir, Goodwin«, keuchte er. »Aber wenn du dich nur selbst hättest sehen können, wie du mit aller Würde und Ernsthaftigkeit die Existenz einer Todesfee abgeleugnet hast«, wieder blitzten seine Augen spitzbübisch, »und das in diesem Sonnenschein, in dieser so weit offenen freundlichen Welt«, er unterdrückte einen

weiteren Lachanfall, »und dabei nicht zu vergessen, was Huldricksson und du vorgebt, erlebt zu haben.«

»Ich weiß, daß diese Phänomene sich zu phantastisch anhören, Larry«, antwortete ich. »Aber ich kann dir versichern, daß ich diese Erscheinungen in keiner Weise für etwas Übernatürliches halte, zumindest nicht in dem Sinne, wie das Spiritisten und Tischerücker verstehen. Ich denke, es handelt sich dabei um etwas Übernatürliches im Sinne von bislang Unvorstellbarem, entstanden durch eine Kraft oder Energie, die unserer heutigen modernen Physik noch unbekannt ist: unbekannt, aber durchaus durch die Physik oder eine andere Naturwissenschaft erklärbar.«

»Nun bin ich erst recht auf deine Theorie gespannt, Goodwin«, sagte Larry. Ich zögerte jedoch damit, weil ich selbst noch keine befriedigende Theorie entwickelt hatte.

»Ich vermute«, begann ich schließlich, »daß einige Wesen der Rasse, die den alten Kontinent bevölkerte, von dem wir ziemlich genau wissen, daß er einst hier im Pazifik war, überlebt haben. Uns ist bekannt, daß viele der Inseln hier mit Höhlen und Räumen geradezu untertunnelt sind, buchstäblich unterirdisches Land, das in einigen Fällen tief unter dem Boden des Ozeans liegt. Es ist also nicht völlig auszuschließen, daß aus irgendeinem Grund einige Mitglieder jener Rasse sich irgendwo retten konnten. Und vermutlich befindet sich auf der Insel, wo Throckmartins Gruppe so empfindlich dezimiert wurde, ein Eingang zu diesem unterirdischen Reich.

Wir müssen annehmen, daß die alte Rasse über ein enormes technologisches Wissen verfügte. Vor allem mögen sie bei der Beherrschung gewisser universaler Formen der Energie – ich meine hier besonders das Licht – enorme Fortschritte gemacht haben. Verbunden mit anderen Einrichtungen und Erfindungen haben sie vielleicht so ihr Überleben bis auf den heutigen Tag gesichert. Möglicherweise finden wir unten eine ganze Zivilisation vor, die der unseren um einiges überlegen ist. Und was ich den Bewohner des Mondteichs nenne, mag nur eines der Resultate einer uns unbekannten Technik sein. Was meine Gedanken zusätzlich beschäftigt, ist die Vorstellung, diese angenommene unterirdische Zivilisation könne vorhaben, an die Oberfläche zurückzukehren und sich hier auszubreiten!«

»Und sie schickt den Mondteich-Bewohner als eine Art Aufklärer aus, so wie weiland Noah die Taube von der Arche geschickt hat?«

Ich entschied mich dafür, die Ironie in seiner Stimme zu überhören.

»Hast du je von den Schamaten gehört?« fragte ich ihn. Er schüttelte den Kopf.

»Auf Papua«, erklärte ich, »gibt es die weit verbreitete und uralte Sage, daß ›eingeschlossen unter den Hügeln‹ eine Rasse von Riesen hause, die einst alles Land beherrscht habe, als sich dieses ›von Sonnenaufgang bis Sonnenuntergang‹ erstreckte, ›bevor der Mondgott es mit Wasser überflutete‹. Und nicht nur auf Papua, sondern auch auf den Inseln Malaysias findet sich diese Sage. Und diese Schamaten, wie man die Riesen nennt, sollen der Sage nach eines Tages aus ihren Hügeln hervorbrechen und die Herrschaft über die Welt erobern. ›Die Welt umformen‹, heißt es wörtlich in der Sage. Herbert Spencer verdanken wir die Erkenntnis, daß in jeder Sage ein Körnchen Wahrheit steckt. Daher ist nicht auszuschließen, daß die Überlebenden, von denen ich eben sprach, dieses Spencersche Körnchen Wahrheit bilden. Was sonst sollte hinter diesen Sagen stecken, wenn man es einmal ganz nüchtern betrachtet. Und zumindest ist meine Theorie genauso gut wie jede andere, solange wir noch keine Fakten zur Verfügung haben.*

Soviel steht sicher fest: Die Mondtür, die durch den Einfall von Mondstrahlen auf irgendein unbekanntes Element und die Kristalle, durch die die Mondstrahlen in prismatischen Schäften auf den Mondteich fallen, sind eindeutig von Menschenhand ge-

* William Beebe, der bekannte amerikanische Naturforscher und Ornithologe, der im amerikanischen Fliegerkorps in Frankreich kämpfte, hat kürzlich mit einem Artikel im *Atlantic Monthly* die Aufmerksamkeit auf diesen bemerkenswerten Mythos gelenkt. Am wichtigsten daran war aber, daß er von dem sich hartnäckig haltenden Gerücht schrieb, der Ausbruch dieser ›unter den Hügeln lebenden Rasse‹ stünde unmittelbar bevor. W.J.B. Präs. d. Int. Wiss. Ver.

macht. Und so lange das Mondlicht die Quelle der Kraft des Bewohners ist, sich zu materialisieren, ist dieses Wesen selbst, wenn es nicht gar auch eine menschliche Erfindung ist, von menschlichen Apparaturen abhängig, um aktiv zu werden.«

»Einen Moment, Goodwin«, unterbrach mich Larry. »Willst du damit andeuten, dieses... dieses Ding bestehe aus Mondlicht?«

»Mondlicht«, erklärte ich, »ist natürlich nichts anderes als reflektiertes Sonnenlicht. Nur sind die Strahlen, die zur Erde gelangen, nachdem sie auf der Mondoberfläche aufgetroffen sind, einer tiefgreifenden Veränderung unterzogen worden. Das Spektroskop beweist, daß Mondstrahlen alle langsameren Schwingungsformen (die wir Rot oder Infrarot nennen) verloren haben, während die schnelleren (wir nennen sie Violett und Ultraviolett) beschleunigt und verändert sind. Viele Wissenschaftler nehmen daher an, daß sich im Mondgestein ein unbekanntes Element befindet. Vielleicht dasselbe, das die gigantischen Leuchtbahnen hervorruft, die aus dem Krater Tycho in alle Richtungen strahlen. Ein Element, dessen Energie von den Mondstrahlen absorbiert und verändert wird.

Wie dem auch sei, ob durch den Verlust der Schwingungen im Rotbereich oder durch die Hinzufügung einer unbekannten Energie, das Licht ist, sobald es den Mond verläßt, nicht mehr mit dem der Sonne vergleichbar, ist auch nicht mehr als modifiziertes Sonnenlicht anzusprechen. Genau so wie die Hinzufügung oder Wegnahme einer chemikalischen Substanz von oder zu einer Kombination von Stoffen eine Mischung bewirkt, die völlig andere Energien und Eigenschaften als die vorherige besitzt.

Nun ist es vorstellbar, daß die Mondstrahlen mittels der Kugeln, die laut Throckmartin in dem Gewölbe des Mondteichs fließen, noch weitere uns unbekannte Wirkungen erhalten. Und das Resultat daraus wäre ein notwendiger Faktor für die Gestaltung des Bewohners. An einem solchen Prozeß ist nichts Übernatürliches oder Abergläubisches zu finden. Kubalsky, der große russische Physiker, erzeugte kristalline Formen, die alle Voraussetzungen für das Entstehen von Leben aufwiesen. Er erzeugte sie durch bestimmte chemische Kombinationen, die er der Einwirkung hochkonzentrierter Strahlen der unterschiedlichsten Farbschwingungen aussetzte. Irgend etwas in diesen Lichtströmen und nichts anderes hat dann diese Pseudo-Lebensfähigkeit erzeugt. Wir modernen Wissenschaftler stehen heute noch nicht einmal am Anfang einer Handhabe, mit der wir die Fähigkeiten dieser magnetischen Äthervibrationen, die wir Licht nennen, nutzbar machen könnten.«

»Hör mal, Doc«, meinte Larry, »ich nehme dir alles ab, was du über diesen verlorenen Kontinent gesagt hast, von der unterirdischen Riesenrasse bis zu den Höhlen unter dem Meeresboden. Aber beim Schwert von Brian Boru: Du bringst mich nicht dazu, mich ernsthaft mit der Vorstellung zu beschäftigen, ein Bündel Mondstrahlen könne mit einer Hünin von Frau wie Thora, so wie Throckmartin sie beschrieben hat, fertig werden, geschweige denn einem ganzen Kerl wie deinem Freund Throck; und auch nicht Huldrickssons Frau nebst ihrem Kind, denn ich schätze, auch sie war eine von diesen erschreckend kräftigen nordischen Frauen. Nein, nie und nimmer will ich glauben, ein Haufen verdammter Mondstrahlen könne Menschen packen und auf einem Mondpfad entlang mit ihnen davontanzen. Nein, Doc, das wirst du nicht erleben, nix da, nicht einmal der Mondschein über Tennessee könnte das!«

»Also bitte, Herr O'Keefe«, antwortete ich, ohne übermäßig irritiert zu sein. »Wie lautet denn deine Theorie?« Und ich konnte mir nicht verkneifen hinzuzufügen: »Stecken vielleicht Feen und grüne Waldkobolde dahinter?«

»Aber, Professor«, grinste er. »Wenn es sich bei dem Wesen um eine Fee handeln sollte, dann ist sie Irin, und sobald sie mich sieht, wird sie vor Freude ganz aus dem Häuschen sein. ›Ich habe mich verlaufen, bin in die Irre gegangen, bin entführt worden, Larry *avick*‹, wird sie ausrufen, und ›ich habe solches Heimweh nach dem alten Fleckchen Erde, daß ich schon ganz verzweifelt bin.‹ Und dann wird sie noch flehen: ›Bring mich schnell nach Hause, ehe ich hier in meinem Schmerz noch mehr Unheil anrichte.‹ Tja, Professor, so würde es dann sein, bei meiner Seele.

Damit wir uns nicht mißverstehen: ich glaube ja, daß ihr alle etwas Ungewöhnliches gesehen habt. Aber ich schätze, was ihr alle da erblickt habt, war ein Gasausbruch. Die ganze Gegend hier ist doch vulkanisch, und ständig schieben sich Inselchen und andere Gebilde vom Meeresboden hoch. Wahrscheinlich seid ihr mitten in einen Gasausbruch, eine vulkanische Emanation geraten. Irgendein Gemisch, das uns den Verstand vernebelt; es gibt eine Menge Gasgemische, die unsere Wahrnehmungsfähigkeit beeinträchtigen. Eine solche Wolke hat Throckmartin und seine Truppe erwischt, und die ganze Zeit über befanden sie sich in einer Art Delirium. Sie glaubten, seltsame Dinge zu sehen; sprachen darüber und hatten kollektive Wahnvorstellungen – genau wie die ›Engel von Mons‹ und andere Wundererscheinungen im Weltkrieg. Irgendeiner sieht irgendwas, das wie irgend etwas anderes aussieht. Er erzählt es dem nächsten und fragt ihn: ›Siehst du es auch?‹ Der andere sieht hin und sagt: ›Klar, sehe ich es auch.‹ Und damit hätten wir schon zwei, die eine Wahnvorstellung haben.
Als das Delirium bei deinen Freunden seinen Höhepunkt erreicht hatte, sind sie entweder über Bord gesprungen oder sind in ihrer Panik sonstwohin gelaufen. Genauso bei Huldricksson. Er schippert durch die Gegend und gerät an einen Ort, wo auch so ein Gas austritt. Seine Frau gerät ebenfalls in Panik, packt sich ihr kleines Kind und springt über Bord. Nicht ausgeschlossen, daß dieses Gas im Mondlicht leuchtet! Ich habe an der Front Gasschwaden gesehen, die im Mondlicht wie tausend tanzende Teufel aussahen. Man konnte sogar einzelne Gesichtszüge in den Dämonengesichtern ausmachen. Und sobald das Gas einem in die Lungen eingetreten war, glaubte man, diese Teufel wirklich zu sehen, und nichts und niemand auf der Welt konnte einen vom Gegenteil überzeugen.«

Ich antwortete ihm nicht sofort.

»Larry«, sagte ich nach einer Weile, »ob du recht hast oder ich, wir müssen nach Nan-Matal. Kommst du mit mir, Larry?«

»Goodwin«, antwortete er ganz ernsthaft, »natürlich komme ich mit dir. Ich bin genauso interessiert an dieser Geschichte wie du.

Solange wir nicht unterwegs auf die *Dolphin* stoßen, gehe ich mit dir durch dick und dünn. Ich hinterlasse auf Ponape eine Nachricht, damit meine Kameraden wissen, wo ich bin, sollten sie zufällig dort vorbeikommen. Und wenn man mich offiziell für tot erklären sollte, gibt es ohnehin niemanden, der Larry O'Keefe betrauern würde. Ich bin also in keiner Weise an irgendwen gebunden. Nur eine Bitte hätte ich, lieber Freund, versuche, vernünftig zu bleiben. Du beschäftigst dich jetzt schon so lange mit der Geschichte, daß du langsam Grillen entwickelst, ganz im Ernst!«

Und wieder war die Freude darüber, daß Larry an meiner Seite bleiben wollte, so groß, daß Ärger über seine letzten Worte gar nicht erst aufkommen wollte.

X

Der Mondteich

Da Costa, der unbemerkt wieder an Bord gekommen war, zupfte mich plötzlich am Ärmel.

»Doktorr Goodwin«, sagte er, »könntä isch Sih in mainär Kabinä sprächän, Sörr?«

Also war er endlich bereit zu reden. Ich folgte ihm gern.

»Doktorr«, begann er, kaum daß wir seine Kabine betreten hatten, »das sain sähr sältsamä Gäschischtä, dih armäm, altäm Olaf da zugästoßän ist. Sähr, sähr seltsam. Und dih Aingäboränän von Ponape in lätztär Zait warän sähr, sähr aigänartig.

Was sih bäfüschtän im bäsondärän, isch waiß nischt, gar nischt!« Wieder bekreuzigte er sich hastig. »Abär ains isch Ihnän kann sagän, Profässorrr: Lätztän Monat zu mir kam ain Russ' von Ranaloa. Är sain Docktorr, wih Sih. Sain Namä war Marakinow. Isch ihn bringän nach Ponape, abär dih Aingäboränän dort ihn nischt wollän bringän nach Ort, wohin är gärn wolltä. Also isch ihn habä dorthin gäbracht. Wir ihn mit Boot rübärbringän mit vihlä Gärätä und Instrumäntä. Isch ihm Boot und Vorrätä dalassän. Russ' sagt mir, isch zu nihmand ain Stärbänswörtschän sagän, und är mir bihtän Gäld an. Abär Sih sain Freind, und armä altä Olaf, är värläßt sisch so sähr auf Sih, Sörr. Däshalb isch Ihnän dih Gäschichtä ärzählt, Sörr!«

Mittlerweile hatte ich mich an seinen seltsamen Singsang gewöhnt, obwohl seine Betonung und Aussprache des Englischen nie gleich blieb. »Mehr wissen Sie nicht über die Angelegenheit, da Costa?« fragte ich ihn. »Nichts über eine weitere Expedition?«

»Nain!« Er schüttelte heftig den Kopf. »Nischt mähr!«

»Und Sie haben dort nie den Namen Throckmartin gehört?« bohrte ich weiter.

»Nein.« Sein Blick wich mir bei dieser Antwort nicht aus, aber er erblaßte.
Ich war mir nicht sicher, ob er mir die ganze Wahrheit gesagt hatte. Aber wenn er mehr wußte, als er preisgeben wollte, warum hatte er dann jetzt Angst weiterzureden? Meine Besorgnis blieb und wuchs, und später versuchte ich mich von ihr zu befreien, indem ich O'Keefe von dem Gespräch mit dem Portugiesen berichtete.
»Ein Russe also«, meinte er. »Ein seelenvolles Volk. Nun, viele von ihnen sind wirklich nett, einige aber können so... so anders sein. Aufgrund dessen, was du für mich getan hast, würde ich ihn mir gern einmal ansehen, bevor die *Dolphin* aufkreuzt.«
Am nächsten Morgen erreichten wir ohne weitere Zwischenfälle Ponape, und noch vor der Mittagsstunde lagen die *Suwarna* und die *Brunhilda* im Hafen vor Anker. Ich will mich hier nicht lange mit der Beschreibung der Aufregung und unübersehbaren Furcht der Eingeborenen aufhalten, als wir unter ihnen nach Trägern und Arbeitern für unsere Expedition suchten. Es mag an dieser Stelle ausreichen, zu erwähnen, daß keine noch so hohe Bezahlung einen einzigen von ihnen dazu verleiten konnte, mit uns nach Nan-Matal zu gehen. Und leider wollte keiner von ihnen einen Grund für seine Zurückhaltung nennen.
Wir kamen überein, die *Brunhilda* in der Obhut eines Halbchinesen zu belassen, den da Costa und Huldricksson kannten und dem sie vertrauten. Wir beluden ihr Langboot mit meinen Instrumenten, mit Vorräten und einer Zeltausrüstung. Die *Suwarna* brachte uns zum Hafen Metalanim. Dort ließ sie uns einen guten Kilometer vor den Kronen der uralten Seewälle, die tief ins blaue Wasser hinabreichten, und den Ruinen, die aus den Mangroven ragten, zurück und fuhr wieder nach Ponape.
Huldricksson bediente das Segel, und Larry stand am Ruder, während unser Langboot um den titanischen Wall herumfuhr und endlich in den Kanal einbog, den Throckmartin auf seiner Karte eingetragen und von dem er erklärt hatte, er führe zwischen Nan-Tauach und seiner Satelliten-Insel Tau hindurch direkt zu dem Tor, durch das man zu den uralten Geheimnissen gelangte.

Als wir in den Kanal hineinfuhren, wurden wir in völlige Stille getaucht. Ein Schweigen, das so schwer auf uns lastete, als habe es Substanz. Eine fremdartige Stille, die herabhing, auf alles herabdrückte und doch hoch, hoch über uns... den Lebenden... stand. Eine Stille, wie sie wohl nur entstehen konnte, nachdem Millionen in ihr Grab marschiert sind. Eine Stille, die angefüllt schien mit dem Entzug von Leben.
Ich, der ich einst tief im Innersten großer Pyramiden gestanden hatte, kannte tiefe Stille; aber ich hatte noch nie eine von solcher Intensität erlebt. Larry spürte das Drückende, Unheimliche auch und sah mich fragend an. Wenn Olaf es ebenfalls bemerkte, so ließ er sich davon nichts anmerken. Seine blauen Augen, in die wieder das eisige Funkeln getreten war, starrten unentwegt auf den Kanal vor uns.
Zu unserer Linken stiegen die steilen Wände aus schwarzen Basaltblöcken hoch; Zyklopengebilde, an manchen Stellen fünfzehn Meter oder mehr hoch, an anderen Stellen geborsten oder eingesunken, weil das Fundament abgesackt war.
Vor uns breiteten sich die Mangroven bis ins Wasser aus. Zur Rechten ragten die niedrigeren Wälle von Tau auf, dunkle Blöcke, geglättet und viereckig behauen und mit kalter, mathematischer Ästhetik aufeinandergesetzt, die mich mit so etwas wie Ehrfurcht erfüllte. Durch Löcher sah ich Ausschnitte von düsteren Ruinen und großen umgestürzten Steinen, die sich drohend zurückzuziehen schienen, während wir vorüberfuhren. Irgendwo dort waren die sieben Kugeln verborgen, aus denen sich das Mondfeuer auf den Mondsee ergoß.
Nun waren wir mittendrin in den Mangroven. Wir zogen die Segel ein und schoben mit den Rudern das Boot durch die zusammengewachsenen Wurzeln und die herabhängenden Äste. Der Lärm, den wir dabei veranstalteten, zerstörte das Schweigen auf geradezu entweihende Weise, und von den uralten Anlagen ertönte ein tiefes und beunruhigendes Murmeln. Endlich waren wir durch und trieben auf einem kleinen See mit schattenerfülltem Wasser. Vor uns stand das Tor von Nan-Tauach – gigantisch, ge-

borsten und unfaßbar alt. Ein verwittertes Tor, durch das zu Anbeginn der Erde Männer und Frauen geschritten waren. Die Last der Jahrtausende drückte auf das Gemäuer wie Bleigewichte und weitete sich auch auf die Augen des Betrachters aus. Und gleichzeitig ging etwas unerklärlich Trotziges von dem Portal aus.
Jenseits des Tors erstreckte sich eine Flucht aus titanischen Basaltplatten... wahrlich eine Treppe für Riesen. Zu ihren beiden Seiten ragten die hohen Wälle auf, auf denen der Mondsee-Bewohner zu wirbeln pflegte. Keiner von uns sagte ein Wort, während wir das Boot auf Grund zogen. Und danach unterhielten wir uns nur flüsternd.
»Wie geht's nun weiter?« fragte Larry.
»Am besten sehen wir uns erst einmal um«, antwortete ich mit unterdrückter Stimme. »Wir steigen den Wall hoch und schauen uns mal alles von oben an. Von da oben müßten wir eigentlich kilometerweit sehen können.«
Huldricksson nickte, und seine Augen blickten wachsam umher. Mit einiger Schwierigkeit kraxelten wir die geborstenen Blöcke hoch.
Im Osten und im Süden lagen wie Bauklötze in einem saphirblauen Wasser Dutzende von Inselchen, von denen keine mehr als zweieinhalb Quadratkilometer der Oberfläche bedeckte. Jede einzelne war ein perfektes Quadrat oder Rechteck und von Schutzmauern umgeben.
Und nirgends ein Anzeichen von Leben, wenn man einmal von ein paar Vögeln absah, die hier und da kreisten, und von einem Schwarm Möwen, der ins Wasser tauchte.
Wir ließen den Blick über die Insel schweifen, auf der wir standen. Sie hatte meiner Schätzung nach eine Fläche von einem guten Quadratkilometer und war vollständig vom Seewall umschlossen. Ein gewaltiger, von Basalt umrandeter Kubus und in ihm zwei weitere, ähnliche Kuben. Der freie Raum zwischen der ersten und der zweiten Mauer war mit Steinplatten ausgelegt. Hier und da stand eine abgebrochene Säule oder eine Steinbank. Hibiskus, Aloe-Bäume und andere Krüppelgewächse hatten sich hier Platz

für ihre Wurzeln erobert, verstärkten in ihrer Armseligkeit aber nur noch die Einsamkeit dieses Ortes.

»Ich frage mich, wo der Russe abgeblieben sein mag?« sagte Larry.

Ich schüttelte den Kopf. Hier gab es keinerlei Anzeichen von Leben. Hatte Marakinow einen Weg nach innen gefunden oder hatte der Bewohner ihn auch entführt? Was immer auch geschehen sein mochte, er hatte weder auf unserer Insel noch auf einer der anderen Eilande eine Spur von sich hinterlassen. Wir mühten uns den Wall hinunter. Olaf sah mich nachdenklich an.

»Wir fangen gleich mit der Suche an«, erklärte ich ihm. »Aber zuerst wollen wir feststellen, wo genau sich diese graue Steintür befindet. Danach schlagen wir unser Lager auf, und während ich alles herrichte, suchen Sie mit O'Keefe die Insel ab. Wird ja wohl beides nicht allzu lange dauern.«

Larry grinste seinen Revolver an. »Du übernimmst die Führung, *Macduff*«, knurrte er. Wir stiegen die Stufen hinauf und gelangten schließlich in den Zentralhof. Ich muß an dieser Stelle gestehen, daß das Feuer wissenschaftlichen Eifers in mir brannte und gegen die Vorstellung rang, O'Keefe könne mit seiner Theorie recht behalten. Wo würden wir den Mondstein finden, und würde es sich mit ihm so verhalten, wie Throckmartin es beschrieben hatte? Und würde Larry dann gezwungen sein, zuzugeben, daß wir hier vor etwas standen, das sich nicht ausreichend mit Gasen und vulkanischen Emanationen definieren ließ? Dann hätte diese erstaunliche Geschichte ihre erste Nagelprobe bestanden. Aber wenn nicht...

Doch da, vor uns, in blassestem Grau, das sie deutlich von den schwarzen Basaltblöcken ringsherum abhob, stand die Mondtür!

Ein Irrtum war kaum möglich. Dies war bei allem Respekt die Tür, durch die Throckmartin das grauenhafte, leuchtende Wesen hatte entschwinden sehen, das er den Mondsee-Bewohner nannte. An seiner Basis war die tassenähnliche, glattpolierte Vertiefung, in der sich, laut Throck, die Tür drehte.

Welches Geheimnis verbarg sich hinter dieser Tür, die uns in diesem Moment noch rätselhafter als die Sphinx erschien? Und was mochte erst dahinter liegen? Was verbarg dieser glatte Stein, dessen todesähnliche Blässe von uralten Korridoren kündete, die sich in fremdartige, unvorstellbare Räume und Landschaften öffneten? Der Wissenschaft hatte dieser Stein bereits das geniale Hirn von Throckmartin geraubt. Und diesem hatte es die genommen, die er am meisten liebte. Die Tür hatte mich bei meiner Suche nach Throckmartin angelockt, und ihr Schatten war auf die Seele des Norwegers Olaf Huldricksson gefallen. Und auf wie viele tausend andere noch, fragte ich mich, seit die Gehirne, die dieses Rätsel geschaffen hatten, mit ihrem Geheimwissen verschwunden waren.
Was mochte alles hinter diesem Stein verborgen sein?
Ich streckte eine zitternde Hand aus und berührte vorsichtig die Oberfläche der Platte. Ein schwacher Schock, merkwürdig unerwartet und merkwürdig unangenehm, fuhr durch meinen Unterarm. Wie ein Stromstoß, der gleichzeitig Eiseskälte mit sich führte. O'Keefe hatte mir zugesehen und berührte nun auch den Stein. Als seine Fingerspitzen die Platte berührten, füllte sich sein Gesicht mit Erstaunen.
»Ist das die Tür?« fragte er. Ich nickte. Er pfiff leise durch die Zähne und zeigte auf das obere Ende der Platte. Ich folgte mit dem Blick dem ausgestreckten Finger und entdeckte links und rechts über der Tür zwei sanft geschwungene Buckel von jeweils etwa dreißig Zentimetern im Durchmesser.
»Die Schlüssel zur Mondtür«, sagte ich.
»Scheint so«, antwortete Larry. »Wenn wir sie nur gebrauchen könnten«, fügte er leise hinzu.
»Bis zum Mondaufgang können wir ohnehin nichts unternehmen«, antwortete ich. »Und bis dahin bleibt uns nicht mehr allzu viel Zeit, um alle Vorbereitungen zu treffen. Also, los!«
Kurz darauf standen wir wieder an unserem Langboot. Wir entluden es, stellten unser Zelt auf, und da es jetzt nur noch eine Stunde bis Sonnenuntergang war, bat ich die beiden, sich auf den Erkun-

dungsgang zu machen. Sie zogen ab, und ich machte mich daran, einige der Gerätschaften aufzubauen, die wir im Gepäck hatten.
Zuerst beschäftigte ich mich mit den beiden Becquerel-Strahlenkondensatoren, die ich in Sydney erworben hatte. Ihre Linsen würden alles Licht, das auf sie gerichtet wurde, sammeln und zu höchster Dichte intensivieren. Solche Geräte hatten mir schon bei der Spektralanalyse von Leuchtgasen die besten Dienste erwiesen. Auch das Yerkes-Observatorium hatte große Erfolge erzielt, als man dort mit diesen Kondensatoren die Streustrahlung von Sternennebeln konzentriert hatte.
Falls meine Theorie vom Öffnungsmechanismus der Mondtür richtig war, mußte es möglich sein, nur wenige Nächte nach dem Vollmond mit den Kondensatoren das Mondlicht so stark auf die beiden Buckel zu konzentrieren, daß es ausreichte, die Tür zu öffnen. Und da der Strahlenregen von den sieben Kugeln, die Throckmartin beschrieben hatte, zu schwach sein würde, den Mondsee mit Energie zu versorgen, konnten wir die Welt hinter der Platte gefahrlos betreten, ohne befürchten zu müssen, vom Bewohner belästigt zu werden. Wir konnten unsere Voruntersuchungen durchführen und so lange arbeiten, bis der Mond so schwach geworden war, daß auch die Kondensatoren nicht mehr ausreichen würden, die Tür zu öffnen.
Ich holte weiterhin ein kleines Spektroskop und einige andere Instrumente heraus, die dazu dienten, bestimmte Lichterscheinungen, Metallproben und Flüssigkeiten zu analysieren. Zum Schluß überprüfte ich den Inhalt meines Sanitätskoffers.
Ich war kaum mit meiner Arbeit fertig geworden, als O'Keefe und Huldricksson zurückkehrten. Sie berichteten von Spuren eines Lagers, das vor mindestens zehn Tagen neben der Nordwand des äußeren Hofes aufgeschlagen worden war. Aber die beiden hatten ansonsten keine Hinweise darauf entdeckt, daß sich im Augenblick außer uns noch jemand auf dieser Insel befände.
Wir bereiteten das Abendessen zu und redeten nicht viel. Die meiste Zeit hing jeder von uns seinen Gedanken nach. Selbst Larrys fast schon sprichwörtliche gute Laune schien an diesem Abend

eine Pause eingelegt zu haben. Ich beobachtete ihn mehr als ein halbes dutzendmal, wie er seinen Revolver in die Hand nahm und überprüfte. So nachdenklich hatte ich den Jungen noch nie erlebt. Einmal verschwand er im Zelt, polterte dort etwas herum und kehrte schließlich mit einem zweiten Revolver zurück. Er hielt ihn wiegend in der Hand und erklärte, da Costa habe ihm den gegeben. In der anderen Hand hielt er fünf oder sechs Magazine. Beides reichte er Olaf.

Endlich verkündete ein schwaches Glühen am Südwesthimmel das Aufsteigen des Mondes. Ich nahm meine Instrumente und den Medizinkoffer auf. Larry und Olaf trugen jeder eine kleine Leiter. Die Taschenlampen wiesen uns den Weg, als wir über die großen Stufen über die Höfe liefen, bis wir endlich vor der grauen Platte standen.

Mittlerweile stand der Mond schon hoch am Himmel, und seine Strahlen trafen direkt auf den grauen Stein. Ich glaubte, etwas schwach Phosphoreszierendes darüber hinweghuschen zu sehen... aber es war so flüchtig, daß ich nicht wußte, ob ich da meinen Augen trauen durfte.

Wir brachten die Leitern an. Ich sagte Olaf, er solle sich neben die Tür postieren und auf die ersten Anzeichen einer Öffnung achten. Falls wir so etwas überhaupt bewirken konnten. Die Kondensatoren waren auf Tripoden angebracht, deren Füße ich mit Vakuumringen versehen hatte, damit sie nicht abrutschen konnten.

Ich bestieg eine der Leitern und befestigte den ersten Kondensator über dem Buckel. Danach stieg ich wieder hinunter und erklärte Larry, er solle hinauf und sich um das Gerät kümmern. Derweil bestieg ich die andere Leiter und brachte rasch den zweiten Kondensator an. Damit begann unsere Nachtwache: O'Keefe hockte auf seiner Leiter, ich auf der meinen, und Olaf ließ die Tür nicht aus den Augen. Plötzlich stieß Larry einen Schrei aus.

»Sieben kleine Lichter leuchten auf dem Buckel auf!« rief er.

Aber da hatte ich schon entdeckt, daß auch bei mir unter der Linse sieben kleine Punkte einen silbrigen Schimmer verbreite-

ten. Rasch verdichteten sich mittels des Kondensators die Strahlen, und die sieben kleinen Kreise leuchteten wie Sterne, die aus dem Dunkel wachsen. Und darin war eine befremdliche – geronnene war das beste Wort, das mir dafür einfiel – Dichte, wie ich sie noch nie gesehen hatte.
Unter mir hörte ich ein scharfes Einatmen und dann die Stimme Huldrickssons:
»Sie öffnet sich... der Stein dreht sich...«
Ich eilte die Leiter hinunter. Wieder Olaf, diesmal lauter:
»Die Tür ist... ist offen...« Danach ein furchtbarer Schrei, eine Mischung aus Zorn und Kummer, aus Wut und Verzweiflung. Danach das Geräusch von schweren Tritten, die rasch durch die Wand unter mir davoneilten.
Ich sprang das letzte Stück hinunter. Die Mondtür stand weit auf, und dahinter machte ich einen Korridor aus, der mit einem matten, perlenden Leuchten wie frühestes, nebliges Morgengrauen angefüllt war. Nur von Olaf war nichts mehr zu sehen. Während ich noch mit offenem Mund dastand, ertönte hinter mir der trokkene Knall eines Gewehrschusses. Die Linse von Larrys Kondensator zersprang in tausend Stücke. Er sprang behende zu Boden, und der Revolver in seiner Hand blitzte ein-, zweimal auf.
Und langsam begann die Mondtür sich zu drehen, bis sie wieder verschlossen war.
Ich raste auf die Platte zu und hatte die wahnwitzige Idee, sie aufzuhalten. Als ich mit meinen Händen an ihr zerrte, hörte ich in meinem Rücken ein Knurren und einen Fluch. Larry plumpste unter dem Aufprall eines Körpers zu Boden, der sich ihm an die Kehle geworfen hatte. Er wälzte sich mit seinem Gegner an der Basis des Steins über den Boden, versuchte hochzukommen, glitt an der glatten Fläche der Tasse aus und rollte tretend und sich windend mit dem Angreifer durch die immer enger werdende Öffnung des Portals.
Ich vergaß alles andere um mich herum und sprang ihm zu Hilfe. Im Sprung spürte ich, wie die Kante der sich schließenden Mondpforte an meiner Seite schabte. Larry hob eine Faust und ließ sie

auf die Schläfe des Mannes krachen, der mit ihm gerungen hatte. Als O'Keefe sich schwankend von der zuckenden Gestalt erhob, hörte ich schaudernd ein klagendes Seufzen hinter mir. Ich fuhr herum, als hätte mich die Hand eines Riesen gedreht.

Das Ende des Korridors mündete nicht länger in den mondbeschienenen Innenhof der Ruinen von Nan-Tauach, sondern wurde jetzt von einem festen, glimmernden Stein versperrt. Die Mondtür hatte sich geschlossen.

Larry stolperte auf die Barriere zu. Keine Fuge, kein noch so kleiner Spalt zeigte sich an den Wänden. Die Platte hatte sich so glatt wie ein Mosaikteil eingefügt.

»Die ist unwiderruflich zu«, sagte O'Keefe. »Aber wenn es einen Weg hinein gibt, muß es auch einen nach draußen geben. Wie dem auch sei, Professor, wir sitzen genau auf dem Stuhl, den wir haben wollten. Also, warum sich unnötige Sorgen machen?« Er grinste mich jungenhaft an. Der Mann auf dem Boden stöhnte, und Larry fiel neben ihm auf die Knie.

»Marakinow!« rief ich.

Nach meinem Ausruf rollte Larry den Mann auf die Seite, damit ich sein Gesicht sehen konnte. Es war der Russe, und aus seinen Zügen leuchteten Stärke und Geist.

Die dichten, dunklen Brauen in einem ungewöhnlich deutlich ausgeprägten Halbkreis, die dominante, hohe Nase, die geraden Lippen, die unerbittliche Willensstärke andeuteten, und die ausgeprägten Kieferlinien unter dem dichten, schwarzen Bart waren allesamt deutliche Anzeichen dafür, daß wir es hier mit einer einzigartigen Persönlichkeit zu tun hatten.

»Kann wohl kaum jemand anderes sein«, unterbrach Larry meine Gedanken. »Er muß uns die ganze Zeit von da drüben, von der Chau-ta-leur-Gruft aus beobachtet haben.«

Flink tasteten Larrys geübte Finger den Körper Marakinows ab. Als er sich wieder aufrichtete, hielt er mir zwei große Revolver und ein Messer entgegen. »Eine meiner Kugeln ist ihm durch den rechten Unterarm gefahren«, erklärte er. »Nichts Schlimmes, nur eine Fleischwunde, aber sie reichte aus, daß er das Gewehr fallen

ließ. Ein ganz schönes Arsenal, das unser russischer Freund da mit sich herumschleppt, was?«
Ich öffnete meinen Sanitätskoffer. Die Wunde war nur leicht. Larry stand an meiner Seite, während ich sie bandagierte.
»Hast du noch einen dritten Kondensator dabei?« fragte er plötzlich. »Und glaubst du, Olaf weiß genug von diesen Dingern, um sie richtig einzusetzen?«
»Larry«, sagte ich leise, aber bestimmt, »Olaf ist nicht draußen. Er ist hier hineingerannt.«
Sein Mund stand sperrangelweit auf.
»Verflucht und zugenäht!« flüsterte er.
»Hast du seinen Schrei nicht gehört, als sich die Tür öffnete?« sagte ich.
»Klar, habe ich ihn brüllen hören«, antwortete Larry, »aber ich hatte keine Ahnung, warum. Und außerdem hat mich kurz darauf dieser Bär hier angesprungen.« Seine Augen wurden groß. »Wohin ist Olaf denn gelaufen?« wollte er plötzlich wissen. Ich zeigte den matt beleuchteten Korridor hinunter und sagte:
»Ich fürchte, hier gibt es nur einen Weg.«
»Halte diesen Vogel gut im Auge«, zischte O'Keefe und nickte in Richtung Marakinow. Er nahm sich eine Pistole und rannte auf seinen langen Beinen davon. Ich sah auf den Russen. Er hatte die Augen geöffnet und streckte eine Hand nach mir aus. Ich half ihm hoch.
»Ich habe alles mitbekommen«, erklärte er. »Am besten folgen wir ihm rasch. Wenn Sie bitte meinen Arm stützen wollen, ich bin noch etwas durcheinander, wenn Sie bitte entschuldigen möchten.« Wortlos packte ich ihn an der Schulter, und so eilten wir beide, so gut es ging, O'Keefe und Olaf nach. Marakinow keuchte und stöhnte, und sein Gewicht drückte schwer auf mich, aber er bewegte sich mit all der Willenskraft und Stärke vorwärts, die ihm innewohnten.
Beim Laufen betrachtete ich rasch die Tunnelwände. Sie waren glatt und glänzten. Das sonderbare Licht im Korridor kam nicht von ihrer Oberfläche, sondern irgendwo aus ihrer Tiefe, und ver-

lieh so den Wänden eine merkwürdige Art von Dreidimensionalität. Sie wiesen im Auge des Betrachters Tiefe auf. Der Gang bog ab, machte einen Knick, führte nach unten und bog dann wieder ab. Mit einemmal wurde mir bewußt, daß das Licht, das den Tunnel so sonderbar beleuchtete, von winzigen Punkten stammte, die tief im Stein eingelassen waren. Wellenförmig strömte das Licht aus diesen Punkten und breitete sich über die glänzenden Wände aus.

Weit vor uns ertönte ein Schrei von Larry.

»Olaf!«

Ich packte Marakinow fester, und wir versuchten, gemeinsam zu laufen. Rasch erreichten wir das Ende des Tunnels. Vor uns stand ein hoher Bogen, und dahinter entdeckte ich eine vage, sich bewegende Helligkeit wie bei einem mit Regenbögen angefüllten Himmel. Wir erreichten den Bogen, und wir sahen eine Halle, die direkt aus dem verwunschenen Palast des Dschinnen-Königs, der sich hinter den magischen Kaf-Bergen erhebt, hätte stammen können.

Auf der anderen Seite des Bogens stand Larry, und ein paar Schritte weiter befand sich Huldricksson, der etwas mit beiden Händen an seine Brust preßte. Die Füße des Norwegers standen auf dem Rand eines glänzenden, silbrigen Steinsaums, der ovalartig ein blaues Becken umschloß. Und auf dieses Becken, das wie ein titanisches Auge nach oben blickte, fielen sieben Säulen aus Phantomlicht; jede in einer anderen Farbe: eine wie Amethyst, eine rosafarben, eine weiß, eine blau, eine wie Smaragd, eine silbern und die letzte bernsteinfarben. Sie fielen auf die azurblaue Oberfläche, und ich wußte im gleichen Augenblick, daß es sich bei ihnen um die sieben Strahlenströme handelte, unter deren Energie der Bewohner materialisierte. Im Moment jedoch waren sie nur ein blasser Abklatsch der Leuchtkraft, die sie bei Vollmond besaßen.

Huldricksson bückte sich und legte das, was er so fest an die Brust gepreßt hatte, auf den silbernen Beckenrand. Und jetzt erkannte ich, worum es sich dabei handelte: ein kleines Kind! Er setzte es

unendlich sanft ab, beugte sich über den Rand und stieß eine Hand ins Wasser. Und dabei stöhnte er und stieß gegen den kleinen Körper vor ihm. Das kleine Bündel bewegte sich und rutschte über den Rand ins blaue Wasser. Huldricksson warf sich über den Stein, seine Hände griffen tief nach unten, und von seinen Lippen kam ein langgezogener, markerschütternder Schrei aus Schmerz und Wut, der nichts Menschliches mehr an sich hatte!
Sofort danach brüllte Marakinow los.
»Haltet ihn zurück!« rief er. »Zieht ihn hoch! Rasch!«
Der Russe sprang vor, aber noch bevor er die Hälfte der Strecke zurückgelegt hatte, hatte Larry den Norweger schon erreicht und an den Schultern zurückgerissen. Der Riese lag nun neben dem Becken auf dem Rücken und heulte und schluchzte. Während ich Marakinow hinterhereilte, sah ich, wie O'Keefe sich über den Rand beugte und seine Augen mit zittrigen Fingern schützte. Und auch der Russe starrte ins Becken, und in seinem Blick lag echter Kummer.
Endlich konnte ich selbst einen Blick ins Blau werfen. Dort sank ein kleines Mädchen hinab, dessen totes Gesicht mich mit starren, schreckerfüllten Augen ansah. Weiter und weiter sank das Kind hinab, bis es nicht mehr zu sehen war. Und jetzt wußte ich, daß dies Olafs Freda gewesen war, sein über alles geliebtes *Yndling*.
Aber wo war die Mutter, und wie hatte Olaf sein Kind gefunden?
Der Russe fand zuerst seine Sprache wieder.
»Haben Sie vielleicht Nytroglyzerin dabei?« fragte er und deutete auf meinen Sanitätskoffer, den ich unbewußt mitgenommen und während des ganzen Laufs durch den Tunnel festgehalten hatte. Ich nickte und zog es heraus.
»Spritze«, verlangte er als nächstes. Er nahm das Gerät und füllte es mit 100 Kubikmillimeter, bevor er sich über Huldricksson beugte. Er rollte dem Norweger den Ärmel hoch. Die Haut des Riesen war weiß und wies das gleiche unheimliche Semileuchten auf, das mir auch bei Throckmartin aufgefallen war; dort, wo ein Tentakel des Nebelwesens ihn an der Brust berührt hatte. Auch

Olafs Hände waren ganz weiß; wie bei einer lupenreinen Perle. Oberhalb des Weißen stieß Marakinow die Nadel ins Fleisch.
»Sein Herz muß jetzt sein Bestes geben«, erklärte er mir.
Dann griff er in seinen Gürtel und zog eine schmale, kleine Flasche heraus, die aus Blei gemacht zu sein schien. Er entstöpselte sie und ließ ein paar Tropfen auf jeden Arm des Norwegers fallen. Die Flüssigkeit funkelte und fing augenblicklich an, sich wie Öl oder Benzin auf Wasser über die Haut zu verbreiten; nur daß es hier viel rascher vonstatten ging. Dabei überzog es das weiße Fleisch mit einem leuchtenden Film. Kleine Gasflocken stiegen davon hoch. Die mächtige Brust des Riesen zuckte wie im Todeskampf, und seine Hände ballten sich zu Fäusten. Der Russe grunzte zufrieden und lehnte sich zurück. Huldrickssons angestrengte Atmung beruhigte sich zusehends wieder. Sein Kopf fiel auf Larrys Knie, und von seinen Armen und Händen zog sich das Weiß rasch zurück.
Marakinow stand auf und betrachtete uns. Und in seinem Blick lag etwas faszinierend Wohlwollendes.
»In fünf Minuten hat er alles überstanden«, erklärte er. »Sie können sich darauf verlassen. Ich habe ihm geholfen, um meinen Schuß von vorhin wiedergutzumachen, und weil wir ihn brauchen werden.« Er wandte sich an Larry. »Sie haben einen Schlag wie der Tritt eines Mulis, mein junger Freund«, sagte er. »Irgendwann werden Sie dafür von mir die gebührende Antwort erhalten, was?« Er lächelte, aber die Grimasse, die er dabei schnitt, war nicht nur freundlich. O'Keefe betrachtete ihn verwundert.
»Natürlich, Sie sind Marakinow«, sagte er. Der Russe nickte und zeigte keinerlei Überraschung, daß er so rasch erkannt worden war.
»Und wer sind Sie?« wollte er wissen.
»Lieutenant O'Keefe vom Königlichen Britischen Fliegerkorps«, rief Larry und salutierte. »Und dieser Gentleman an meiner Seite hier ist Dr. Walter T. Goodwin.«
Marakinow strahlte.
»Der berühmte amerikanische Botaniker?« fragte er, und ich nickte.

»Oho«, rief Marakinow, »das nenne ich einen besonderen Glücksfall. Schon lange war es mein größter Wunsch, Sie kennenzulernen. Für einen Amerikaner ist Ihre Arbeit erstaunlich exzellent. Aber Sie liegen mit Ihrer Theorie betreffs der Entwicklung der Angiospermae aus der *Cycadeoidea dacotensis* falsch. Äh, völlig falsch...«
Ich unterbrach ihn mit einiger Erregung, denn meine Schlüsse, die ich aus den Fossilienfunden der *Cycadeoidea* gezogen hatte, waren mein größter wissenschaftlicher Triumph. Doch Larry ließ mich gar nicht erst so recht zu Wort kommen.
»Ich hör wohl nicht richtig«, sprudelte es aus ihm heraus. »Wo sind wir denn hier, daß Sie beide glauben, ausgerechnet jetzt über ein solches Thema ein wissenschaftliches Streitgespräch vom Zaun brechen zu müssen?
Anglospermäe, oder wie sagten Sie? Zur Hölle nochmal!«
Marakinow betrachtete ihn wieder mit diesem ungewöhnlichen Wohlwollen.
»Junger Freund«, erklärte er, »Ihnen gebricht es leider am Denken eines Wissenschaftlers. Sie haben eine fabelhafte Rechte, o ja. Aber Wucht hat auch ein Muli in seinem Tritt. Sie müssen anfangen zu lernen, daß nur die Fakten von Bedeutung sind... weder Sie noch ich noch er dort...« Er zeigte auf Huldricksson. »Weder unsere Freude noch unser Kummer. Nur die Fakten, wie immer sie auch aussehen mögen, sind real, jawohl.« Er wandte sich an mich. »Doch später mehr davon...«
Huldricksson beendete unsere Debatte. Der Riese kam mühsam auf die Beine, und als er stand, mußte Larry ihn stützen. Er starrte mich an.
»Ich habe sie gesehen«, flüsterte er. »Ich habe *mine* Freda gesehen, als die Steintür herumschwang. Sie lag im Korridor, direkt zu meinen Füßen. Ich hob sie hoch und mußte entdecken, daß *mine* Freda tot war. Aber ich gab die Hoffnung noch nicht auf, und ich hoffte auch, daß meine Helma hier irgendwo sein könnte. Also bin ich mit *mine Yndling* losgerannt, und...« Seine Stimme erstarb. Langsam zeigte er auf den Mondsee. »Ich dachte, ich wasche ihr

das Gesicht ab, und dann kommt sie schon wieder zu sich. Doch als ich meine Hände in den See tauchte, rann alles Leben aus ihnen, und eine tödliche Kälte schoß durch sie hinauf bis zu meinem Herzen. Und *mine* Freda fiel... sie fiel...« Er bedeckte die Augen, und sein Kopf sank auf O'Keefes Schulter. So stand er da, der norwegische Riese, der zwei Tage und Nächte am Steuer festgebunden ausgeharrt hatte, der Seefahrer, der so manchen Gefahren getrotzt hatte. Da stand er nun, und sein mächtiger Körper wurde von Schluchzern geschüttelt, die seine Seele zu zerreißen drohten.

XI

Die Schatten mit den Flammenspitzen

Marakinow schüttelte düster den Kopf, als Olaf sich wieder etwas beruhigt hatte.

»*Da*!« meinte er. »Das, was aus diesem Becken kommt, hat sie beide genommen, die Frau und das Kind. Sie kamen hier herein, beide im Nebel gefangen, und die Steintür schloß sich hinter ihnen. Aber, warum es das Kind zurückgelassen hat, ist mir völlig unklar.«

»Woher wollen Sie das wissen?« rief ich in höchster Verwunderung.

»Weil ich es gesehen habe«, erklärte Marakinow, als sei es die selbstverständlichste Sache auf der Welt. »Ich habe es nicht nur gesehen, ich hatte auch verdammte Mühe, gerade noch rechtzeitig durch die Tür zu entwischen, bevor der Nebel wirbelnd und murmelnd und mit fröhlichem Schellenklang vorüberzog. *Da*! Das war ein Moment, den Sie wohl ›in höchster Not‹ nennen.«

»Einen Moment mal«, rief ich und hieß Larry mit einem Zeichen, zu schweigen. »Habe ich Sie da richtig verstanden? Sie behaupten, hier drinnen gewesen zu sein?«

Marakinow strahlte mich tatsächlich an.

»*Da*, Dr. Goodwin«, antwortete er. »Ich kam hier hinein, als das, was von hier kommt, nach draußen rauschte.«

Ich starrte ihn mit offenem Mund an und war wie gelähmt. Larrys angriffslustige Haltung ihm gegenüber verwandelte sich in so etwas wie widerwilligen Respekt. Olaf, der immer noch zitterte, brachte kein Wort heraus.

»Dr. Goodwin und mein ungestümer junger Freund«, fuhr der Russe nach einem Moment des Schweigens fort, und ich wunderte mich leise, warum er jetzt, wie auch zuvor, Huldricksson in seiner

Anrede ausließ, »ich denke, es ist an der Zeit, zu einer gewissen Vereinbarung zu gelangen. Und dazu möchte ich Ihnen einen Vorschlag machen. Wir sitzen alle, wie es in Ihrer Sprache so schön heißt, in einem leckgeschlagenen Boot. Und da brauchen wir jeden Arm, nicht wahr? Also wollen wir unseren Verstand, unsere Arme und was wir sonst noch haben, zusammenwerfen... ja, selbst die furchtbare Rechte von unserem jungen Freund kann sich als nützlich erweisen. Zusammen sollten wir dann in der Lage sein, unser Boot wieder seetüchtig zu machen. Und danach...«

»Klingt ja alles schön und gut, Marakinow«, wandte Larry ein, »aber, ich fühle mich nicht sicher, gleich in welchem Boot, wenn unter den Passagieren jemand ist, der schon einmal versucht hat, mich in den Rücken zu schießen.«

Der Russe winkte mißbilligend ab.

»Das mußte leider sein«, erklärte er, »war doch eigentlich ganz logisch. *Da*! Hier ruht ein ungeheures Geheimnis, eines von unschätzbarem Wert für eine Gruppe...« Er hielt inne, anscheinend von einem unkontrollierten Gefühl überwältigt. Die Adern auf seiner Stirn traten hervor, die Augen blitzten kalt, und in seiner Stimme schwang stärker als zuvor das Gutturale der slawischen Sprachen mit.

»Ich will mich dafür nicht entschuldigen, und ich halte es auch nicht für angebracht, hier eine Erklärung abzugeben«, knurrte Marakinow. »Aber eines will ich an dieser Stelle doch sagen. *Da*! In meiner Heimat fließt das Blut in Strömen, weil gewisse Elemente die ganze Welt befreien wollen. Wir sind nicht allzu viele, aber umringt von roten Wölfen, die uns am liebsten an die Kehle springen wollen, sollten wir nur einen Moment unachtsam sein. Gewisse Nationen stehen mit ihren Soldaten an den Grenzen meines Landes, und da kommen Sie, O'Keefe von den Engländern, und Sie, Dr. Goodwin von den Amerikanern, die es bislang deutlich an Hilfe für uns haben mangeln lassen. Und hier an diesem Ort mag das verborgen liegen, was uns helfen kann, in meiner Heimat der alten, gerechten Ordnung zum Sieg zu verhelfen. Woher sollte ich wissen, welche Interessen Sie verfolgen? Und was wiegt das Leben von Ihnen beiden und diesem norwegischen Seemann hier im Vergleich zur Befreiung eines ganzen Landes? Weniger als das Leben einer Fliege, die ich mit meiner Hand zerdrükken kann, weniger als Mücken, die im Sonnenlicht tanzen!«

Ein Schatten verließ sein Gesicht, und er hatte sich wieder in der Gewalt.

»Aber, das ist im Augenblick nicht einmal das Wesentlichste«, erklärte er völlig gelassen. »Weder das noch mein Schuß. Wichtiger ist, daß wir uns nun kühl und besonnen der Lage stellen. Ich schlage folgendes vor: Wir vergessen unsere Differenzen und beschränken uns auf Gemeinsamkeiten. Wir suchen gemeinsam nach einem Weg durch diesen Ort und wollen die Geheimnisse entdecken, von denen ich eben gesprochen habe, insofern uns das möglich sein sollte. Und sollten wir mit heiler Haut wieder herauskommen, geht jeder von uns seiner Wege, begibt sich jeder in seine Heimat, um dort das einzubringen, was wir hier aufgestöbert haben. Ich für meinen Teil bringe mein Wissen – und das ist nicht eben gering, Dr. Goodwin – und meine Ausbildung ein. Sie und Lieutenant O'Keefe tun das gleiche, und dieser Seefahrer hier, Olaf, bringt seine Körperkraft ein, denn ich glaube nicht, daß seine Stärke in seinem Gehirn liegt.«

»Der Mann hier will doch nichts anderes, Goodwin«, sagte Larry rasch, als ich zögerte, »als erfahren, was hier vor sich geht, welche Geheimnisse hier auf einen warten. Aber ihm ist klargeworden, daß einer allein wohl kaum damit zurecht käme. Nur sind wir zu dritt. Wir sind ihm überlegen, und wir sind mit Eisen- und Stahlwaren ausgerüstet. Außerdem könnten wir drei ohne ihn klarkommen, er aber nicht ohne uns. Natürlich könnten wir ihn brauchen, aber nicht so sehr wie er uns. Also könnten wir uns gegenseitig zusammentun, zumindest für eine Weile. Aber, sobald er das gefunden hat, wonach er sucht, heißt es für uns, auf der Hut zu sein. Dann sind du, ich und Olaf wieder Fliegen oder Mücken, die er mit Leichtigkeit zerdrücken könnte. Nun, wir sollten nicht übersehen, daß wir drei gegen einen sind, und wenn er mit den Informationen, nach denen er sucht, davonkommt, dann hat er

sich das redlich verdient. Ich bin daher dafür, uns mit ihm zusammenzutun, wenn du es auch bist.«
Ich glaubte, in Marakinows Augen so etwas wie ein Zwinkern zu bemerken.
»Ich würde es niemals so ausdrücken«, erkärte der Russe, »aber im Kern stimme ich ihm zu. Und ich werde mich nicht gegen einen von Ihnen wenden, solange wir uns in Gefahr befinden. Das garantiere ich Ihnen mit meiner Ehre.«
Larry lachte.
»Also gut, Professor«, sagte er zu dem Russen, »ich denke, bis zu einem gewissen Punkt sind Sie vertrauenswürdig. Aber, nur aus alter Gewohnheit werde ich meine Waffen stets griffbereit halten.«
Marakinow verbeugte sich ungerührt vor ihm.
»Nun denn«, erklärte er, »dann will ich damit beginnen, Ihnen das mitzuteilen, was ich bereits herausgefunden habe. Hinter das Geheimnis der Steintür kam ich ebenso, wie Sie, Dr. Goodwin. Doch durch eine dumme Unachtsamkeit gingen meine Kondensatoren zu Bruch. Ich war zum Warten gezwungen, bis die neubestellten Kondensatoren eintreffen würden. Bis dahin konnten Monate vergehen. Ich traf gewisse Vorsichtsmaßnahmen, und in der ersten Nacht des Vollmonds verbarg ich mich in der Grotte von Chau-la-teur.«
Unfreiwillig mußte ich diesen Mann bewundern. Es gehörte schon einiger Mut dazu, ganz allein auf sich gestellt solchen Gefahren zu begegnen. Bei einem kurzen Seitenblick stellte ich fest, daß Larry ähnlich empfand.
»Ich verbarg mich also in dem Gewölbe«, fuhr Marakinow fort, »und beobachtete, wie dieses Wesen herauskam. Lange Stunden verbarg ich mich in der Grotte. Als der Mond fast untergegangen war, kehrte das Wesen im Zustand einer unerklärlichen Ekstase zurück und führte in seinem Innern einen männlichen Eingeborenen mit. Der Nebel verschwand durch die Tür, die sich schloß, als der Mond verschwunden war.
In der nächsten Nacht war ich meiner Sache schon bedeutend si-

cherer. Und nachdem das Wesen wieder herausgekommen und seines Weges gezogen war, verließ ich mein Versteck und spähte durch die offene Tür. Ich sagte mir, daß das Wesen vor drei Stunden nicht zurück sein würde. Warum sollte ich also nicht sein Heim betreten, wenn es freundlicherweise schon die Haustür offengelassen hatte? Also ging ich hinein und gelangte auch bis an dieses Becken. Ich betrachtete die Lichtsäulen, und ich entnahm eine Probe aus dem Teich. Dabei handelt es sich keineswegs um Wasser, Dr. Goodwin, mehr noch, es ähnelt nichts auf der Erde.«
Er reichte mir eine kleine Phiole, die an einer Schnur hing.
»Sehen Sie selbst«, sagte er.
Verwundert nahm ich das Fläschchen und tauchte es ins Becken. Die Flüssigkeit war ungewöhnlich leicht, die Phiole konnte fast darauf schwimmen. Ich hielt sie ans Licht. Sie war gemasert und mit Streifen durchsetzt, so als wäre sie von lebenden, pulsierenden Adern durchzogen. Und selbst in dem Fläschchen behielt das blaue Naß einige Leuchtkraft.
»Radioaktiv«, erklärte Marakinow, »eine Flüssigkeit von außerordentlicher Radioaktivität. Viel mehr weiß ich leider nicht über sie. Auf lebender Haut wirkt sie wie Radium in der n-ten Potenz; außerdem ist ihr ein unbekanntes, geheimnisvolles Element zugesetzt. Die Lösung, mit der ich ihn behandelt habe«, er zeigte auf Huldricksson, »hatte ich schon vor meiner Ankunft hier vorbereitet... aufgrund gewisser Informationen, die ich erhielt. Die Lösung besteht im wesentlichen aus Radiumsalzen und basiert auf Loebs Formel für die Neutralisierung von Radium- und Röntgenstrahlenverbrennungen. Da ich diesen Mann sofort behandelt habe, bevor die Degenerierung wirklich einsetzen konnte, habe ich den Effekt neutralisiert. Doch schon zwei Stunden später hätte ich nichts mehr für ihn tun können.«
Er hielt einen Moment inne.
»Als nächstes studierte ich die Beschaffenheit dieser leuchtenden Wände. Ich kam zu dem Schluß, daß derjenige, der sie angefertigt hatte, das Geheimnis aus der Werkstatt des Allmächtigen selbst zur Herstellung von Licht aus der Luft gekannt haben mußte. Ein-

fach kolossal! *Da!* Aber die Struktur dieser Wände bedingt eine atomische... wie würden Sie sagen? ... eine atomare Manipulation, eine ausgetüftelte Zusammensetzung von Elektronen, so daß Licht ausgesandt wird, vielleicht sogar für immer und ewig. Dieses Gestein ist eine perpetuum-mobile-Kerze... enthält Elektronen, die das Licht direkt aus der Atmosphäre ziehen. Ein wahrer Prometheus, ein Genius von einem Erfinder! Einmal warf ich einen Blick auf meine Uhr, und die warnte mich, es sei Zeit zu gehen. Also machte ich mich auf den Rückweg. Und der Bewohner kehrte zurück, diesmal mit leeren Händen.

In der nächsten Nacht machte ich es ganz genau so. Ich war so in meine Untersuchungen vertieft, daß die Sekunden über den Gefahrenmoment hinaustickten, und ich hatte kaum wieder meine Grotte erreicht, als der Leuchtnebel über die Wälle raste und mit sich eine Frau und ein Kind führte...

Dann kamen Sie, und das ist schon meine ganze Geschichte. Und nun sind Sie an der Reihe, mir zu erzählen, was Sie wissen.«

Kurz und bündig berichtete ich ihm von den Vorfällen. An manchen Stellen glänzten seine Augen, aber er unterbrach mich kein einzigesmal.

»Ein großes Geheimnis, ein gewaltig großes Geheimnis«, murmelte er, als ich fertig war. »Wir dürfen es nicht unaufgedeckt lassen!«

»Als erstes müssen wir einen Weg finden, diese Tür wieder aufzubekommen«, sagte Larry, praktisch veranlagt wie immer.

»Es gibt leider keine Möglichkeit, mein junger Freund«, erklärte Marakinow milde.

»Dennoch wollen wir nichts unversucht lassen«, erwiderte Larry.

Wir liefen den Tunnel zurück, aber schon nach relativ kurzer Zeit mußte O'Keefe sich eingestehen, daß es unmöglich war, die Steinplatte von innen zu bewegen. Wir kehrten zum Mondteich zurück. Die Lichtsäulen waren schwächer geworden, was nichts anderes bedeuten konnte, als daß der Mond im Abnehmen begriffen war. In der Welt draußen würde es nicht mehr lange dauern, bis die Dämmerung hereinbrach. Ich bekam Durst, und die blaue

Flüssigkeit im Becken, die Wasser so ähnlich war, schien mich verführerisch und höhnisch zugleich anzustrahlen.
»*Da!*« rief Marakinow, so als hätte er meine Gedanken gelesen. »*Da!* Bald wird der Durst uns plagen. Und dem von uns wird es schlimm ergehen, der die Beherrschung verliert und von dem Zeugs dort trinken will!«
Larry warf seine Schultern zurück, so als wollte er sie von einer Last befreien.
»Dieser Ort würde selbst den ehernsten Erzengel zur Verzweiflung bringen«, brummte er. »Ich schlage vor, wir sehen uns hier einmal um und suchen, ob wir etwas finden, das uns vielleicht weiterhelfen kann. Es liegt doch wohl auf der Hand, daß die Leute, die dieses gemütliche Heim errichtet haben, mehr Zutrittswege schufen als diese Nur-einmal-im-Monat-Pforte. Doc, du und Olaf übernehmt die linke Wand, der Professor und ich die rechte.«
Er zog einen Revolver heraus, und diese Geste wirkte wie ein Startsignal.
»Nach Ihnen, Professor«, verbeugte er sich leicht vor dem Russen.
Wir setzten uns in Bewegung.
Vom Portal aus weitete sich die Kammer zu einem titanischen, bogenförmigen Kreis. Auch die leuchtenden Wände waren deutlich gebogen, und anhand der Biegung und des Raumradius schätzte ich die Höhe der Kammer auf etwa neunzig Meter.
Der Boden war glatt und mosaikartig mit Platten von schwach gelber Färbung ausgelegt. Sie emittierten kein Licht wie der Stein der Wände. Mir fiel auf, daß das Licht der letzteren ab einer gewissen Entfernung von seiner Quelle dicker wurde. Daraus entstand der Eindruck nebelhafter, verschwommener Weite. Während wir die Kammer entlang schritten, verblaßten die sieben Leuchtsäulen zusehends. Der Schein in diesem Raum verlor sein prismatisches Schimmern und nahm einen Grauton an, der an Mondlicht in einer dünnen Wolke erinnerte.
Nun sprang vor uns direkt aus der Wand ein niedriger Balkon aus perlmuttartigem, rosafarbenem Stein, der auf schlanken, grazilen Säulen aus dem gleichen Material ruhte. Der Balkon ragte etwa

drei Meter hoch auf, und auf ihm befand sich ein Basrelief, das anscheinend kurzstielige, rebenähnliche Pflanzen darstellte, aus denen fünf Halme wuchsen, die alle eine Blüte trugen.

Wir marschierten an dem Balkon vorbei. Dann machte die Wand einen Knick. Ich hörte einen Zuruf, und dort, gerade fünfzehn Meter entfernt, befanden sich Larry und Marakinow am Ende des Knicks an einer Wand, die mit der unseren identisch war. Offensichtlich war die linke Seite der Kammer genauso angelegt wie die, die wir beide gerade abgeschritten hatten. Wir trafen zusammen. Vor uns bildeten die Säulen eine etwa dreißig Meter weite Nische. Die Rückwand dieses Alkovens bestand aus dem gleichen rosafarbenen Stein, doch sie war ungleich reichhaltiger mit dem Rebenmuster verziert.

Wir traten einen Schritt auf die Rückwand zu... der Norweger keuchte ehrfürchtig, und der Russe grunzte erregt. Denn auf, oder besser in der Wand vor uns glühte ein großes Oval auf, wuchs zu einer Flamme heran und wurde dann stetig heller, so als rase aus der Tiefe durch den Fels ein Licht auf uns zu!

In dem rosafarbenen Oval erschienen zwei Schatten mit Flammenspitzen, schienen einen Augenblick innezuhalten und trieben dann auf die Außenfläche zu. Die Schatten schwankten. Die Flammenspitzen, die sie wie ein Nimbus mit flackernden, zinnoberroten Spitzen umkränzten, pulsten rasend schnell vor und wieder zurück, schossen wieder vor und zogen sich wieder zurück, und während dieses Vorgangs verdichteten sich die Schatten. Und dann standen zwei menschliche Gestalten vor uns!

Die eine war eindeutig weiblich. Ihre großen Augen waren golden wie die mythischen Lilien von Kwan-Yung, die durch den Kuß der Sonne auf die bernsteinfarbene Göttin entstanden sind, die die Dämonen des Lao-Tse für ihn geschnitzt hatten. Die sanft geschwungenen Lippen der schattengeborenen Gestalt waren vom Rot der Königskoralle, und das goldbraune Haar reichte ihr bis zu den Knien hinab.

Die zweite Gestalt war ein menschengroßer Frosch. Eine Frosch*frau*, auf deren Kopf ein muschelartiger Helm saß, dessen Rand mit hell leuchtenden, gelben Edelsteinen besetzt war. Riesige und runde blaue Augen, in deren Mitte eine breite, grüne Iris saß; ein monströser Körper, orangefarben und weiß gestreift und mit unzähligen Ketten von blitzenden, gelben Perlen umgürtet; über einen Meter achtzig groß... Eine mit Schwimmhäuten versehene Hand ihrer kurzen, muskulösen Vorderbeine ruhte auf der weißen Schulter des goldäugigen Mädchens.

Ich weiß nicht, wieviel Zeit verging, während wir fassungslos dastanden und auf die unglaubliche Erscheinung starrten. Die beiden Gestalten kamen mir so real vor wie die drei Kameraden an meiner Seite, so wenig geisterhaft, wie man es sich nur wünschen konnte, und dennoch machten sie auch den Anschein, nichts anderes als eine Projektion zu sein.

So standen sie vor uns, das Mädchen mit den goldenen Augen und die groteske Froschfrau, komplett bis auf die letzte Hautfalte, die letzte Rundung. Und doch kam es mir so vor, als würden ihre Körper in weit entfernte Distanzen zurückreichen. So als ob, um das Unerklärliche zu erklären zu versuchen, die beiden Gestalten die Endstücke einer endlosen Anzahl solcher Wesen seien, die wie eine lange Kette zurückreichten; so als könnten die Augen nur das allererste Paar sehen, während der Verstand auf einer höheren Ebene unsichtbare weitere registrierte.

Die Riesenaugen der Froschfrau betrachteten in aller Ruhe jeden einzelnen von uns. Kleine phosphoreszierende Funken leuchteten am metallisch grünen Außenring der Iris auf. Sie stand aufrecht, und die mächtigen Beine waren etwas nach außen gebogen. Der monströse Schlitz ihres Mauls öffnete sich leicht und zeigte Reihen mit weißen, scharfen und speerartig spitz zulaufenden Zähnen. Die Hand, die auf der Schulter des Mädchens ruhte, war so breit, daß sie das halbe Gelenk verdeckte. Die fünf Finger liefen in langen, gelben und glänzenden Hornklauen aus, die sich glitzernd von der zarten Haut des Mädchens abhoben.

Während die Froschfrau uns in Augenschein nahm, blieb das Mädchen zunächst passiv. Dann schien es Larry zu bemerken, und ihr Blick ließ ihn nicht mehr los. Ja, sie trank ihn geradezu faszi-

niert ein. Sie war groß, weit über dem Durchschnitt unserer Frauen, kam fast an O'Keefe selbst heran. Ich schätzte sie auf kaum älter als zwanzig. Plötzlich beugte sie sich vor, und ihr Blick wurde voller Zärtlichkeit. Die roten Lippen bewegten sich, als ob sie etwas sagen wollte.
Larry trat nun einen Schritt vor, und seine Miene erinnerte an einen Mann, der nach zahllosen Wiedergeburten endlich die vertraute Person wiederfindet, die er vor Äonen verloren hat. Die Froschfrau sah das Mädchen an. Ihre dicken Lippen bewegten sich, und ich wußte, daß sie auf ihre Gefährtin einredete. Das Mädchen hielt Larry warnend eine Hand entgegen und legte sie dann auf die Wand. Jeder ihrer Finger berührte die fünf Blüten auf dem Relief neben ihr. Ein-, zwei- dreimal drückte sie auf die Blüten. Mir fiel auf, wie wunderbar lang und schlank ihre Hand war. Ihre Finger hatten diese einmalige, sich verjüngende Form, mit denen die Maler unserer antiken Vorfahren ihre Göttinnen versahen.
Dreimal hatte sie auf die Blüten gedrückt, dann sah sie Larry wieder fasziniert an. Ein leichtes, süßes Lachen zeigte sich auf den roten Lippen. Dann streckte sie beide Hände vor, doch diesmal anscheinend verlangend, und sie errötete von den weißen Brüsten bis zum blumengleichen Gesicht.
Unvermittelt, als hätte jemand einen Kinematograph ausgeschaltet, verging das pulsierende Oval, und das wunderschöne Mädchen und die Froschfrau waren verschwunden!
So war es, als Lakla, die Dienerin der Stummen, und Larry O'Keefe, der irisch-amerikanische Abenteurer, einander zum erstenmal ins Herz schauten!
Larry stand hingerissen da und starrte die Wand an.
»Eilidh«, hörte ich ihn flüstern, »Eilidh mit Lippen rot wie Vogelbeeren. Eilidh mit dem goldbraunen Haar!«
»Eindeutig aus der Gruppe der Ranadae«, sagte Marakinow. »Eine Weiterentwicklung aus den fossilen Labyrinthodonten. Haben Sie die Zähne bemerkt?«
»Richtig, Ranadae«, antwortete ich, »aber weiterentwickelt aus den Stegocephalia, Gattung Ecaudata...«

Nie habe ich solche Empörung wie jetzt vernommen, als Larry uns unterbrach:
»Was soll das heißen, Fossilien und Stegosoundso?« knurrte er. »Sie war ein Mädchen, ein ganz wunderbares Mädchen, ein echtes und irisches Mädchen, oder ich will nicht mehr O'Keefe heißen!«
»Wir sprachen über die Froschfrau, Larry«, erklärte ich konziliant.
Er starrte uns an, als wären wir für ihn Halbdebile.
»Hör mal«, sagte er, »wenn Ihr beide im Garten Eden gewesen wärt, als Eva den Apfel genommen hat, hättet Ihr sie dann auch in eine Diskussion über die Anzahl der Schuppen auf dem Leib der Schlange verwickelt?«
Er stapfte auf die Wand zu. Wir folgten ihm. Larry streckte eine Hand aus und betastete die Blüten, die die schlanken Finger der goldäugigen Frau berührt hatten.
»Hierauf ruhte ihre Hand«, hauchte Larry. Er betastete liebkosend die steinernen Kelche; ein-, zwei-, dreimal, so wie sie es auch getan hatte...
Die Wand teilte sich. Auf jeder Seite drehte sich ein mächtiger Stein, und vor uns entstand ein Portal zu einem schmalen Korridor, in dem das gleiche rosafarbene Leuchten vorherrschte, wie wir es rund um die Schatten mit den Flammenspitzen gesehen hatten.
»Halten Sie Ihre Pistole bereit, Olaf«, rief Larry. »Wir folgen Goldauge«, erklärte er mir.
»Folgen?« fragte ich und klang nicht besonders gescheit.
»Folgen!« wiederholte er, als sei es das Selbstverständlichste auf der Welt. »Sie ist zu uns gekommen, um uns den Weg zu weisen! Also beachten wir ihren Fingerzeig. Ich folge ihr, würde ihr durch tausend Höllen folgen!«
Zwischen Olaf und Larry traten Marakinow und ich über die Schwelle.
Ein paar Meter weiter endete der Gang rechts von uns vor einem glänzenden Stein, der schwachen, rosafarbenen Glanz abgab. Die

Wind über die Köpfe... wie ein Windschild. Wie sieht es denn eigentlich hinter uns aus?«

Ich leuchtete mit der Taschenlampe zurück. Der Mechanismus, auf dem wir gereist waren, endete vor einer weiteren Wand, die der exakt glich, über die sich O'Keefe beugte.

»Nun ja«, lachte Larry, »wir können wenigstens nicht aus der Gondel fallen. Ich wünschte wirklich, ich wüßte, wo die Bremsen sind! Achtung!«

Wir fielen wie Betrunkene einen endlosen Hang hinunter. Stürzten in einen Abgrund und schossen plötzlich aus der Dunkelheit hinaus in ein grünliches Leuchten. O'Keefes Finger mußten ein paar andere Knöpfe gefunden haben, denn wir schossen annähernd mit Lichtgeschwindigkeit vorwärts. Ich bemerkte unendliche, schimmernde Weiten am Rand des Gebiets, durch das wir flogen; sah unvorstellbare Tiefen und unfaßbare Räume... gigantische Schatten wie von den Schwingen Israels, die nach der Legende der Araber so breit sind, daß die Welt sich unter ihnen wie ein Küken verstecken könne... und wieder hinein in unermeßliche Schwärze.

»Was war das?« rief Larry, und in seiner Stimme schwangen mehr Ehrfurcht und Demut mit, als ich das bei ihm je für möglich gehalten hätte.

»*Trolldôm!*« krächzte Olaf.

»Mütterchen Rußland!« stöhnte Marakinow. »Was für eine Weite!«

»Ist Ihnen die gleiche merkwürdige Sache durch den Kopf gegangen, Dr. Goodwin?« fuhr er nach einer Pause fort. »Wir wissen – oder zumindest geht die Mehrheit der Astronomen davon aus –, daß der Mond aus dieser Gegend, die wir heute Pazifik nennen, hinausgeschleudert wurde, als die Erde sich noch im Stadium des Urschlamms befand. Noch nicht ganz erkaltet war, wie man es auch ausdrücken könnte. Ist es da nicht eigenartig, daß dieses Wesen, das aus dem Mondteich entsteigt, die Mondstrahlen braucht, um sich zeigen zu können? Und ist es nicht beachtenswert – wenigstens in diesem Zusammenhang –, daß der Stein ebenfalls auf das Mondlicht angewiesen ist, um funktionieren zu können? *Da!* Und schließlich: Ein solcher Raum, wie wir ihn soeben wahrgenommen haben, wie sollte er sonst entstanden sein, als durch eine Titanengeburt... als durch das Herausreißen der Masse, die wir heute als Mond kennen? Ich will nicht behaupten, dies seien Fakten, aber meine Gedanken wären eine genauere Überlegung und Überprüfung wert!«

Ich stutzte. So vieles hatten wir entdeckt, das in diese Theorie passen würde. Das unbekannte Element, das auf die Mondstrahlen reagierte, indem es den Türöffnungsmechanismus in Gang setzte. Das blaue Becken mit seiner unerklärlichen Radioaktivität; und die Energie darin, die auf dasselbe Mondlicht reagierte...

Es war nicht undenkbar, daß über diesen gigantischen Schlund eine Membrane gezogen worden war, nachdem unser Planet seinen Satelliten abgestoßen hatte; daß sich der Schoß der Welt nicht wieder geschlossen hatte, seit ihr leuchtendes Kind an den Himmel gesprungen war. Eine ungeheuerliche Theorie, aber keine undenkbare. Schließlich kannten wir vom Erinnern lediglich die obersten acht Kilometer – acht von zwölftausend.

Wie mag das Herz der Erde beschaffen sein? Was hat es mit dem unbekannten Leuchtelement im Mondkrater Tycho auf sich? Was ist mit dem auf der Erde nicht bekannten Element, das nur während einer Sonnenfinsternis auf der Corona festgestellt werden kann, und das wir daher Coronium nennen? Immerhin ist die Erde eine Tochter der Sonne, so wie der Mond ein Sohn der Erde. Und wie steht es mit dem anderen unbekannten Element, das grün in den weit ausgedehnten Sternennebeln glüht? Genauso grün wie der Glanz, durch den wir gerade gereist waren. Dieses sonderbare Element, das wir Nebulium nennen? Die Sonne ist das Kind des Sternennebels, so wie die Erde das Kind der Sonne und der Mond das Kind der Erde ist.

Und welche Wunder enthalten Coronium und Nebulium, deren

Erbe wir als Kinder von Sternennebel und Sonne sind? Und auch im Tycho-Rätsel, das aus dem Herzen der Erde kam?
Wir sausten hinab ins Herz der Erde! Gar nicht auszudenken, welche unfaßbaren Wunder uns dort erwarteten!

XII

Das Ende der Reise

»Hör mal, Doc«, riß Larrys Stimme mich aus meinen geistigen Höhenflügen auf den Boden zurück, »ich mußte gerade an diesen Frosch denken. Ich schätze, es war wohl Goldauges Schoßtier. Zum Himmel nochmal, ich kann zwischen einem Frosch und einer Schlange keinen großen Unterschied sehen. Eine der aufregendsten Frauen, die ich je gekannt habe, hielt sich zwei Pythonschlangen, die ihr wie kleine Kätzchen überall hin folgten. Nicht eben eine verlockende Auswahl... zwischen einem Frosch und einer Schlange, wenn man sich nicht gerade die Sichtweise des Froschs zu eigen macht. Na ja, Goldauge darf sich als Haustier zulegen, was sie möchte, ist mir ganz egal, ob es sich dabei um eine hüpfende Krabbe mit zwölf Greifarmen oder um einen Skorpion von den Ausmaßen eines Wals handelt. So ist es doch, nicht wahr, Doc?«

Ich kannte Larry inzwischen zu gut, um nicht zu wissen, daß seine Gedanken sich immer noch mit der Froschfrau beschäftigten.

»Er macht sich über dumme Nichtigkeiten Kopfzerbrechen«, brummte Marakinow, und seine Stimme troff vor Zynismus, »genau wie dieser einfältige Seefahrer hier. Was bedeuten schon irgendwelche Weiber im Vergleich zu dem hier?« Er streckte eine Hand aus, und wie auf ein Signal hin kam unser Gefährt für einen Augenblick zum Stehen. Dann kippte es vornüber und tauchte buchstäblich in den freien Raum ein. Es bewegte sich in Kurven weiter, richtete sich auf, als würde es von einer Welle getragen, und verlangsamte dann rapide seine erschreckende Geschwindigkeit.

Weit voraus zeigte sich ein Lichtpunkt, der ständig anschwoll. Dann befanden wir uns in ihm, und sanft setzte alle Bewegung aus. Wie ungeheuer die Anspannung unserer Fahrt gewesen war, bekam ich erst zu spüren, als ich versuchte, mich aufzurichten. Ich fiel sofort zurück. Meine Beinmuskeln zitterten zu sehr, um mein Körpergewicht tragen zu können. Der Wagen stand in einer Tasche im Zentrum einer mit glatten Wänden versehenen Kammer von etwa sechs Meter Breite. Die Wand, die uns gegenüber lag, enthielt eine niedrige Tür, durch die wir eine Treppe erkannten, die nach unten führte.

Licht strömte durch diese Öffnung, die bestenfalls doppelte Manneshöhe aufwies. Eine gewundene Treppe mit breiten, flachen Stufen führte zu dieser Tür. Und nun fiel meinen sich langsam beruhigenden Gedanken auf, daß etwas Verwirrendes, Eigentümliches und Fremdes an diesem Licht war. Es hatte die Farbe von Silber, in dem matt ein feines Blau und perlmuttartiges Rosa mitschwangen. Doch das Rosa unterschied sich von dem in der Mondteichkammer so, wie sich die Farbe in einem Opal von der in einer Perle unterscheidet. In ihm waren winzige, glänzende Punkte wie Flecken in einem Sonnenstrahl, aber funkelnd wie Diamantstaub. Und sie wirkten so, als seien sie lebendig; und das Licht erzeugte keinen Schatten!

Eine leichte Brise wehte aus der Öffnung auf uns zu. Sie trug das Aroma von Gewürzen, Blumen und Pinien. Ein eigentümlich belebender Duft, nicht nur für uns, sondern offenbar auch für die funkelnden Lichtatome.

Ich kletterte aus dem Gefährt, Marakinow folgte mir, und stieg die Stufen zur Öffnung hinauf. O'Keefe und Huldricksson waren schon längst oben. Wenn sie auf die andere Seite sahen, trat eine Veränderung auf ihre Mienen. Olaf zeigte Ehrfurcht, Larry unglaubliche Verwunderung. Ich eilte an ihre Seite.

Zuerst machte ich nichts anderes als Raum aus. Raum, der mit der gleichen strahlenden Pracht angefüllt war, die mich hier umtanzte. Ich sah nach oben und gehorchte damit dem instinktiven Impuls der Erdbewohner, in den Himmel zu schauen, wenn sie den Ursprung einer Lichtquelle entdecken wollen. Aber hier gab es keinen Himmel – zumindest keinen, wie wir ihn kennen –, denn alles war nur funkelnde Nebelhaftigkeit, die sich über unvorstellbare Distanzen ausbreitete; so wie das Blau am Himmel das ganze Firmament auszufüllen scheint. Durch diesen Nebel rasten pulsierende Wellen und blitzende, speerartige Strahlen, die an die glänzenden Schatten einer Aurora erinnerten. Wie der Widerschein des Polarlichts. Nur mit Mühe konnte ich meine Augen von diesem Wunder losreißen und meinen Blick in eine andere Richtung lenken.

Kilometer entfernt erhoben sich gigantische Klippen von den Ufern eines Sees, der mit undurchsichtig dunklen Wassern angefüllt war. Und von diesen Felsen kam der funkelnde Schein, schimmerte von jedem Zentimeter ihrer Oberfläche. Zur Linken und zur Rechten erstreckten sie sich, so weit das Auge reichte. Und in der Höhe verschwanden sie in die nebelhafte Aurora.

»Seht nur!« rief Larry. Mein Blick folgte seinem ausgestreckten Finger. Auf der Stirnseite des leuchtenden Gebirges hing zwischen zwei kolossalen Säulen ein unfaßbarer Schleier. Er glänzte in allen Farben des Spektrums. Wie das Netz aus Regenbögen, das die Töchter der Dschinnen weben. Auf jeder Seite erstreckte sich vor diesem Schleier ein halbkreisförmiges Pier, oder besser eine Plaza, die augenscheinlich aus blaßgelbem Elfenbein bestand. Und an die Enden dieser Gebilde drängten sich ein paar rosafarbene Gebäude, die nicht sehr hoch wirkten. Jedes einzelne wurde von einigen schlanken und hohen Zinnen umgeben.

Wir sahen einander an, und keinem von uns fiel – verständlicherweise – ein passendes Wort ein. Die Wand, in die die Öffnung eingelassen war, war mindestens drei Meter dick, und da wir uns immer noch auf dem Treppenabsatz befanden, konnten wir draußen nur die Weite sehen, da das andere Ende der Öffnung uns den Blick nach unten versperrte.

»Kommt«, sagte Larry schließlich, »wollen doch mal sehen, wie es unten aussieht.«

Er kroch an den jenseitigen Rand und starrte nach unten. Wir folgten seinem Beispiel. Etwa hundert Meter unter uns breitete sich ein Garten aus, der an Iram erinnerte, den Garten, den der

Additenkönig zu seinem Vergnügen angelegt hatte, lange bevor die Sintflut alles unter sich begrub. Iram, der Garten, den Allah gemäß der arabischen Legende danach nahm und vor den Augen der Menschen in der Sahara versteckte, wo ihn niemals jemand finden konnte. Denn Allah war eifersüchtig auf Iram, dünkte er ihm doch noch prächtiger als das von ihm geschaffene Paradies.

In dem Garten unter uns wuchsen Blumen und farnartige Bäume; und mit Säulen verzierte Pavillons schmiegten sich wunderbar in die Natur ein.

Die Stämme der Bäume waren wie Smaragde, wie Zinnober oder wie Azurblau von reinster Schönheit. Und die Blüten, deren Aroma die Brise eben zu uns geweht hatte, glitzerten wie Juwelen. Die zierlichen Säulen waren wunderbar angemalt. Mir fiel auf, daß die Pavillons gewissermaßen doppelstöckig waren. Und in unregelmäßigen Abständen breiteten sich Kreise, Quadrate und Rechtecke von... Milchigkeit auf ihnen aus. Wie ein Dach ragte sie über diese Formen, wenngleich sie keine Substanz zu besitzen schien und mehr wie ein undurchdringlicher Schatten wirkte.

Durch diesen Riesenpark verlief eine breite und grün glänzende Straße, die wie Glas glitzerte und in regelmäßigen Abständen über kunstvoll geschwungene Brücken führte. Die Straße eilte zu einem breiten Platz, auf der sich eine gewaltige Struktur aus sieben Terrassen erhob. Sie schien aus einem silbernen Stein zu wachsen, der wie der am Rand des Mondteichs war. Und um dieses Gebilde herum rasten Fahrzeuge, die eine merkwürdige Ähnlichkeit mit Kapitän Nemos Nautilus aufwiesen. In jedem dieser Fahrzeuge saßen menschliche Gestalten. Und über baumbestandenen Promenaden spazierten weitere dieser Wesen.

Weit weg zur Rechten machten wir eine weitere grün glitzernde Straße aus.

Und zwischen diesen beiden Verkehrsadern erstreckten sich die parkartigen Gärten bis zu dem dunklen See, von dessen jenseitigem Ufer sich die strahlenden Klippen mit dem geheimnisvollen Schleier erhoben.

So warfen wir zum erstenmal einen Blick auf die Stadt des Licht-

wesens, des Bewohners des Mondteichs. Ein gesegneter und gleichzeitig verfluchter Ort, wie man ihn kein zweitesmal auf der Erde findet. Ein Ort, wie er nach dem Willen des höchsten Wesens, das manche Gott nennen, nie noch einmal entstehen darf!
»Mütterchen Rußland!« flüsterte Marakinow. »Ungeheuerlich!«
»Trolldom!« keuchte Huldricksson. »Trolldom, Trollheim!«
»Paß auf, Olaf«, sagte Larry, »vergiß deine Trolle! Außerhalb von Irland gibt es weder Trolle, noch Kobolde, noch Feen noch sonstwas in der Art. Hast du mich da verstanden? Und hier sind wir, Gott weiß wo, aber nicht in Irland! Und von Ihnen hätte ich auch mehr Sachlichkeit erwartet, Professor Marakinow! Was dort unten herumläuft, sind Menschen. Ganz gewöhnliche Menschen; vielleicht nicht gerade wie du und ich, aber dennoch Menschen. Und wo sich Menschen aufhalten, findet sich auch für Larry O'Keefe ein Auskommen. Klar, Männer?«
Larry holte tief Luft und fuhr dann fort: »Entweder – oder: hinein oder hinaus. Da unten ist eine Treppe. Eier bleiben Eier, ganz gleich, wie man sie kocht. Und Menschen sind Menschen, Gefährten, ob sie nun eine grüne Haut haben oder eine blaue«, schloß er. »Also, mir nach!«
Er marschierte auf die Stufen zu, und wir drei folgten ihm gehorsam.

XIII

Yolara, Priesterin des Leuchtenden

»Das hältst du wohl besser griffbereit, Doc.« Larry war an der ersten Stufe stehengeblieben und reichte mir einen der Revolver, die er Marakinow abgenommen hatte.

»Sollte ich nicht besser auch eine Waffe bekommen?« fragte der Russe besorgt.

»Sobald Sie eine brauchen, werden Sie auch eine erhalten«, antwortete O'Keefe. »Ich will ganz offen zu Ihnen sein, Professor: Ich traue Ihnen noch nicht mit einer Waffe in der Hand. Sie schießen mir zu gut... aus dem Hinterhalt.«

Kurz flammte die Röte des Zorns in Marakinows Gesicht auf, aus der sich jedoch kühle Überlegung entwickelte.

»Sie sagen immer gerade heraus, was Ihnen im Kopf herumgeht. Lieutenant O'Keefe«, meinte er. »Gut, ich werde mich danach richten.« Später wurde mir diese Bemerkung noch einmal ins Gedächtnis gerufen, und Marakinow richtete sich tatsächlich danach.

Einer nach dem anderen, mit Larry an der Spitze und Olaf als Schlußmann, traten wir zum Abstieg an. Vor uns war ein Schacht, in dem Licht wie in der ovalen Kammer strömte. An seinen Seiten führte eine Wendeltreppe hinab, und auf der stiegen wir vorsichtig nach unten. Die Treppe endete in einem runden Turm. Alles war still hier, und nirgends ließ sich ein Ausgang erkennen. Die abgerundeten Steine saßen lückenlos aufeinander. Aber auf einem war die Abbildung der blühenden Reben eingemeißelt. Ich preßte meine Fingerspitzen auf die Blüten, genau so, wie Larry es in der Mondteich-Halle getan hatte.

Ein horizontaler, gut ein Meter breiter Spalt erschien in der Wand und vergrößerte sich. Als der sinkende Stein bis auf unsere

Augenhöhe herabgesunken war, sahen wir durch einen dreißig Meter langen Riß im Fels. Der Stein sank weiter, und wir sahen, daß es sich um einen riesigen Keil handelte, der in den Durchgang gesetzt worden war. Als der Stein den Boden erreicht hatte, blieb er stehen. Am jenseitigen Ende des Tunnels, dessen Boden völlig glatt war und eben noch fugenlos in die Decke gepaßt hatte, zeigte sich eine niedrige und enge, dreieckige Öffnung, durch die Licht hereinströmte.

»Nur ein Weg, meine Herren, der nach draußen!« grinste Larry. »Und ich wette, Goldauge wartet dort schon mit einem Taxi auf uns!« Er marschierte los, und wir folgten ihm rutschend und immer wieder ausgleitend über den glasglatten Boden. Zumindest ich stellte mir unglücklicherweise vor, was von uns übrigbleiben würde, falls dieser titanische Keil sich wieder in die Decke schmiegen würde, bevor wir den Ausgang erreicht hatten. Doch dann war das Ende direkt vor uns, und wir krochen durch das Dreieck.

Wir standen auf einem breiten Sims, das mit dickem, gelbem Moos bedeckt war. Ich warf einen Blick zurück und mußte mich an Larry festhalten. Die Tür, durch die wir gekommen waren, gab es nicht mehr. Meinen Augen zeigte sich ein ungebrochener Steilhang aus weißem Gestein, auf dessen Oberfläche überall größere Moosteppiche wuchsen. Rund um den Fuß des Massivs verlief der Sims. Die Gipfel dieses Gesteins, wenn es denn solche besaß, waren wie die Klippen am Horizont in der Strahlung über uns verborgen.

»Nur ein Weg, meine Herren, der nach vorn!« lachte Larry. »Und Goldauge hat ihre Verabredung nicht eingehalten.«

Wir marschierten einige Meter auf dem Sims entlang, und als wir um eine Biegung kamen, entdeckten wir dort das Ende einer der schlanken Brücken. Von diesem Aussichtspunkt waren die sonderbaren Gefährte schon besser zu erkennen, und wir sahen, daß sie tatsächlich wie die Nautilus geformt waren: und sie waren von solcher Schönheit, als hätten Elfen sie konstruiert. Die Fahrer saßen hoch auf der Bugwindung. Überall waren Kissen, sei es als Sitzstütze oder als Ruhestatt für die Damen, die von bunten, seidenen Gewändern nur halb verhüllt waren. Von den Pavillons in den

Gärten gingen kleinere grüne Bänder zur großen Straße ab, ganz so wie die Straßennetze in unseren Städten. Aus den Wegen und in sie hinein schossen die wunderbaren Gefährte.
Aus einem der Wagen ertönte ein Schrei. Seine Insassen hatten uns offensichtlich entdeckt. Sie zeigten auf uns, und nun blieben auch andere Gefährte stehen, damit man uns von dort in Augenschein nehmen konnte. Ein Wagen wendete und raste mit Höchstgeschwindigkeit davon. Schon bald näherte sich uns von der anderen Seite der Brücke ein Trupp Männer. Sie erinnerten an Zwerge – keiner von ihnen war größer als ein Meter fünfzig –, aber ungewöhnlich breitschultrig und offensichtlich äußerst kräftig.
»Trolle!« murmelte Olaf. Er trat neben O'Keefe und hielt die Pistole schußbereit in der Hand.
Auf der Mitte der Brücke blieb der Anführer der Zwerge stehen, hieß seine Männer zu warten und kam allein und mit ausgestreckten Handflächen, der universellen Geste, daß man friedliche Absichten hegt, auf uns zu. Wenige Meter vor uns hielt er inne und starrte uns in offensichtlicher Verwunderung an. Wir studierten ihn ebenfalls mit Interesse. Das Gesicht des Zwergs war so weiß wie das von Olaf; keinerlei Anzeichen von Sonnenbräune darin. Seine Züge waren fein geschnitten und gerade, fast schon klassisch. Die weit auseinanderstehenden Augen waren von einem eigentümlichen, grünlichen Grau, und das lockige schwarze Haar lag ihm wie bei einer griechischen Statue auf dem Kopf.
Obwohl er offensichtlich zwergenhaft war, konnte man an ihm keinerlei körperliche Deformationen feststellen. Von den ungeheuren Schultern hing eine lose grüne Tunika, die aus feinstem Leinen gemacht zu sein schien. Um die Taille wurde sie von einem breiten Gürtel gehalten, der dicht mit Steinen besetzt war, die Amazoniten ähnelten. In ihm steckte ein langer Krummdolch von der Art des malayischen Kris. Die Beine des Manns steckten in dem gleichen grünen Tuch, aus dem auch die Tunika geschnitten war, und die Füße steckten in Sandalen.
Mein studierender Blick kehrte zu seinem Gesicht zurück, und jetzt entdeckte ich dort etwas, das mich unterschwellig erheblich

beunruhigte. Ein Ausdruck halb bösartiger Heiterkeit, der unter den eigentlich sehr einnehmenden Zügen doch vage bedrohlich wirkte. Eine höhnische Teuflischkeit, die völlige Teilnahmslosigkeit und Kälte gegenüber Leid und Kummer andeutete. Sichtbarer Ausdruck eines Charakters, der mir fremd war und mir Angst machte.

Der Zwerg fing an zu sprechen, und zu meiner großen Überraschung kamen mir genug Worte so bekannt vor, daß ich die Bedeutung mitbekam. Seine Sprache ähnelte dem Polynesischen, wie man es auf Samoa spricht; der anerkanntermaßen ältesten Form dieser Sprache. Gleichzeitig klangen seine Worte ein wenig fremd, so als benütze er eine besonders archaische Form dieser Sprache. Später erfuhr ich, daß seine Sprache in einem ähnlichen Verwandtschaftsverhältnis zum modernen Polynesisch stand wie das Venerable Bede zum modernen Englisch. Und nachdem ich dies erfahren hatte, war es auch kein großes Unterfangen mehr, zu der Erkenntnis zu gelangen, daß sich aus dieser Sprache das Polynesisch entwickelt hatte, wie wir es heute kennen.

»Von woher kommt Ihr, Fremdlinge? Und wie habt Ihr den Weg zu uns gefunden?« wollte der Zwerg wissen.

Ich zeigte mit einer Hand auf den Steilhang hinter uns. Seine Augen verengten sich ungläubig. Er warf einen kurzen Blick auf die Felswand, auf der nicht einmal eine Bergziege hochsteigen konnte, und lachte.

»Wir sind durch den Fels gekommen«, beantwortete ich seine zweifelnden Gedanken. »Und wir sind in friedlicher Absicht gekommen«, fügte ich hinzu.

»Mein Friede soll Euch begleiten«, erklärte er, und es klang mir etwas zu spöttisch, »wenn dies auch der Wunsch des Leuchtenden sein sollte!«

Wieder studierte er uns.

»Zeigt mir doch, Fremdlinge, wo genau Ihr durch den Fels gekommen seid«, wies er uns an.

Wir führten ihn zu der Stelle, wo wir aus dem Treppenhaus gelangt waren.

»Hier«, sagte ich und tippte an den Stein.
»Aber ich kann nirgends eine Öffnung erkennen«, sagte er höflich.
»Sie hat sich hinter uns wieder geschlossen«, antwortete ich und begriff erst jetzt so richtig, wie phantastisch und schwer zu glauben unsere Erklärung erscheinen mußte. Wieder trat Spott in den Blick des Zwergs. Dann zog er seinen Krummdolch aus dem Gürtel und klopfte damit den Stein ab.
»Ihr sprecht unsere Sprache mit einem sonderbaren Akzent«, erklärte er. »Es hört sich eigenartig an, genau so eigenartig wie Eure Antworten.« Er sah uns eindringlich an. »Ich frage mich, wo Ihr unsere Sprache erlernt haben könntet? Doch was kümmert es mich, das könnt Ihr alles der *Afyo Maie* erklären.« Er verbeugte sich leicht vor uns und breitete seine Arme zu einem weiten Willkommensgruß aus. »Bitte, gebt mir die Ehre und folgt mir!«
»In Frieden?« wollte ich wissen.
»In Frieden«, antwortete er und fügte dann langsam hinzu: »Zumindest in Frieden mit mir.«
»Ach, komm schon, Doc!« rief Larry. »Wo wir schon einmal hier sind, können wir wenigstens die schöne Aussicht genießen. *Allons mon vieux!*« rief er dem Zwerg gutgelaunt zu. Der verstand zwar nicht die Worte, aber ihren Sinn und bedachte O'Keefe mit einem zustimmenden Zwinkern. Dann wandte er sich an den riesigen Norweger und ließ seinen Blick mit unverhohlener Bewunderung über seinen Körper gleiten. Endlich streckte er einen Arm aus und drückte auf Olafs beträchtlichen Bizeps.
»Lugur wird zumindest Euch willkommen heißen«, murmelte er, als spräche er zu sich selbst. Er trat zur Seite und winkte höflich, an ihm vorbeizutreten. So marschierten wir über die Brücke, an deren Ende uns einer der wunderschönen Wagen erwartete.
Dort hatten sich schon etliche andere Gefährte versammelt, deren Insassen alle denkbaren Aspekte unseres überraschenden Erscheinens diskutierten. Der grüne Zwerg lud uns ein, es uns auf den zahlreichen Kissen bequem zu machen, und warf sich dann an unsere Seite. Das Fahrzeug startete übergangslos. Die nun schwei-

gende Menge machte bereitwillig Platz, und schon eilten wir mit atemberaubender Geschwindigkeit über die große grüne Straße auf den Turm mit den sieben Terrassen zu. Die Fahrt war angenehm, und wir spürten nicht die leisesten Vibrationen.
Ich versuchte herauszufinden, mit welcher Energieform dieses Gefährt betrieben wurde, aber ich entdeckte nichts; zumindest damals noch nicht. Nirgendwo war auch nur ein Anzeichen eines Mechanismus auszumachen, aber irgendeine Energieform mußte dahinterstecken, ganz gleich wie sie übertragen wurde. Der Fahrer mußte lediglich einen kleinen Hebel bewegen, der nicht nur unsere Geschwindigkeit, sondern auch die Fahrtrichtung steuerte.
Plötzlich bogen wir abrupt ab und rasten über eine Gartenstraße weiter, bis wir sanft vor einem Pavillon zum Stehen kamen. Ich entdeckte nun, daß die Anlage noch viel größer war als ich oben auf dem Fels vermutet hatte. Das Gebäude, zu dem man uns gebracht hatte, bedeckte eine Fläche von schätzungsweise viertausend Quadratmetern. Ein Rechteck mit schlanken, vielfarbigen Säulen, die in regelmäßigen Abständen angebracht waren. Die Wände erinnerten an die Shoji, die Gleitwände der Japaner.
Der grüne Zwerg eilte mit uns eine Treppe mit breiten Stufen hinauf, die an den Rändern von steinernen Flugschlangen bewacht wurde. Er stampfte zweimal auf Mosaiksteine zwischen zwei bestimmten Säulen, und ein Wandstück rollte zur Seite. Vor uns lag eine gewaltige Halle, die angefüllt war mit ungezählten niedrigen Diwanen, auf denen ein gutes Dutzend der Zwerge dem Müßiggang nachhingen. Alle waren ganz genau so gekleidet wie unser Führer.
Nun schlenderten sie gemächlich auf uns zu. Die Mischung aus Interesse und Überraschung in ihren Mienen wurde von dem Zug der boshaften Freude beeinträchtigt, der für alle Menschen charakteristisch schien, denen wir bislang hier begegnet waren.
»Die *Afyo Maie* erwartet sie schon, Rador«, sagte einer von ihnen.
Unser Führer nickte, winkte uns zu folgen und lief durch die große Halle in ein kleineres Zimmer, dessen gegenüberliegende Wand

mit der Nebelhaftigkeit bedeckt war, die ich von unserem hohen Ausguck überall in diesem Land bemerkt hatte. Ich betrachtete diese Schwärze mit außerordentlichem Interesse.
Sie hatte weder Substanz noch Struktur. Sie bestand aus keiner Materie und wirkte doch solide. Ein vollkommener Stillstand, eine totale Absorbierung der Lichtstrahlen. Ein ebenholzschwarzer Vorhang, der gleichzeitig immateriell und greifbar war. Ich streckte unfreiwillig meine Hand danach aus. Jemand riß sie hastig zurück.
»Wollt Ihr Euer Ende schon so rasch finden?« flüsterte mir Rador ins Ohr. »Doch entschuldigt, ich vergaß, Ihr könnt das ja nicht wissen. Wenn Euch Euer Leben lieb ist, berührt diese Schwärze niemals. Sie ...«
Er hielt inne, denn plötzlich erschien in dem Nebel ein Portal; sprang aus den Schatten wie ein Bild, das auf eine Leinwand geworfen wird. Hinter ihm tauchte eine Kammer auf, die von einem sanften, rosafarbenen Leuchten angefüllt war. Ein Mann und eine Frau erhoben sich dort halb aus ihren Kissen und betrachteten uns. Sie lagen an einem langen, niedrigen Tisch, der aus poliertem Gagat zu bestehen schien und mit Blumen und unbekannten Früchten überladen war.
In der Kammer – zumindest in dem Teil, den ich sehen konnte – standen überall seltsam geformte Stühle aus dem gleichen schwarzen Material. Drei große Kugeln ruhten auf hohen, silbernen Tripoden, und diese sandten die rosafarbene Strahlung aus. An der Seite der Frau befand sich eine kleinere Kugel, deren rosafarbener Schein von blauen Wellen durchzogen wurde.
»Rador und die Fremdlinge mögen eintreten!« rief eine klare, süße Stimme.
Radar verbeugte sich so tief, daß seine Stirn fast den Boden berührte, trat dann zur Seite und bedeutete uns hineinzugehen. Wir begaben uns in die Kammer, der Zwerg folgte uns, und aus dem Augenwinkel bemerkte ich, daß der Eingang so abrupt verschwand, wie er gekommen war. An seine Stelle trat wieder der dunkle Nebel.

»Tretet näher, Fremdlinge. Habt keine Angst!« befahl die wohltönende Stimme.
Wir gehorchten.
Die Frau raubte mir, dem allzeit nüchtern denkenden Wissenschaftler, den Atem. Nie hatte ich eine Frau gesehen, die es an Schönheit mit Yolara aus der Stadt des Bewohners aufnehmen konnte... und keine zweite kam ihr an Gefährlichkeit gleich. Ihr Haar war von der Farbe junger Kornquasten und war über der breiten, weißen Stirn zu einer Krone geflochten. Ihre Augen waren von vollem Grau, das sich in Kornblumenblau verwandeln konnte und im Zustand des Zorns eine purpurne Färbung annahm. Kleine lachende Teufelchen waren in ihrem Blick, aber wenn der Sturm des Ärgers über sie hinwegzog, verloren die Dämonen alle Heiterkeit!
Das seidene Gewand, das mehr enthüllte als verdeckte, zeigte die elfenbeinerne Weiße ihrer Haut und die sanften Rundungen von Schultern und Brüsten. Aber in ihrer ganzen unfaßbaren Schönheit war diese Frau nichts als böse und tückisch! Der geschwungene Mund verriet einiges an Grausamkeit, und die Musik ihrer Stimme deutete nicht etwa bewußte Gnadenlosigkeit an, sondern die viel erschreckendere, selbstverständliche Gnadenlosigkeit der Natur.
Das Mädchen, das uns an der Wand erschienen war, hatte uns zweifellos mit ihrer Schönheit beeindruckt; denn ihre Anmut war menschlich, war begreifbar gewesen. Sie konnte man sich mit einem Säugling im Arm vorstellen; nicht so jedoch bei dieser Frau. In ihrer Schönheit war etwas Nichtirdisches. Ein süßes, feminines Echo auf den Bewohner war Yolara, die Priesterin dieses Wesens, die ihm an furchtbarer Teuflischkeit mit ganzem Herzen nacheiferte!

XIV

Die Gerechtigkeit Loras

Während ich sie betrachtete, erhob sich der Mann von seinem Lager und marschierte um den Tisch herum auf uns zu. Zum erstenmal sah ich Lugur. Er war einen halben Kopf größer als Rador und übertraf ihn auch an Schulterbreite und sichtbarer Körperkraft. Seine Schultern waren mindestens einen Meter zwanzig breit, und seine Oberschenkel waren von ähnlich ungewöhnlichen Ausmaßen. Die Muskeln seiner Brust zeichneten sich deutlich unter seiner roten Tunika ab. Auf seiner Stirn glänzte ein mit hellen blauen Steinen besetztes Band, die unter den dicken Locken seines silbergrauen Haars funkelten.

Auf seinem Gesicht standen überdeutlich Stolz und Ehrgeiz geschrieben... und noch beeindruckender war der Ausdruck von Machtbewußtsein. All der Hohn, die Boshaftigkeit, die Andeutung von Gefühlskälte, die mir bei den Zwergen aufgefallen waren, fanden sich auch hier, aber durch einen deutlichen Schimmer des Satanischen übermäßig verstärkt.

Die Frau sprach wieder.

»Wer seid Ihr, Fremdlinge, und wie habt Ihr hierher gefunden?« Sie wandte sich an Rador. »Oder verstehen sie unsere Sprache nicht?«

»Einer von ihnen versteht sie und spricht sie sogar, wenn auch mit eigentümlichem Akzent, Yolara«, antwortete der grüne Zwerg demütig.

»Dann soll er sprechen, dieser eine«, befahl sie.

Aber es war Marakinow, der als erster seine Sprache wiederfand, und ich bewunderte, wie flüssig er das Polynesische beherrschte. Er war dieser Sprache bei weitem mächtiger als ich.

»Wir sind aus unterschiedlichen Gründen gekommen. Ich suche

nach einem ganz bestimmten Wissen. Er dort...« er zeigte auf mich, »... sucht ein anderes Wissen. Jener Mann sucht nach Weib und Kind.«
Die mal grauen, mal blauen Augen betrachteten schon seit einiger Zeit O'Keefe, und in ihnen war ständig wachsendes Interesse.
»Und warum seid *Ihr* gekommen?« fragte sie Larry. »Nein, er soll selbst reden, wenn er unserer Sprache mächtig ist«, brachte sie den Russen zum Schweigen.
O'Keefe sprach zögernd in der Sprache, die ihm nicht sehr vertraut war, und ständig suchte er nach den richtigen Worten.
»Ich bin mitgekommen, um diesen Männern zur Seite zu stehen... und weil etwas mich rief, das ich nicht richtig verstand, Fürstin, deren Augen wie Waldweiher in der Morgendämmerung schimmern«, antwortete er. Selbst in dieser ihm nicht sonderlich vertrauten Sprache war es ihm gelungen, einen Hauch des irischen Brogue einzubringen. Nun tanzten kleine Lichter in den Augen der Dame, der Larry so geschmeichelt hatte.
»In Eurer Rede entdecke ich kein Falsch«, sagte sie, »wenn auch der Inhalt mit einigen Rätseln behaftet war. Ich weiß nicht, was Waldweiher sind, und eine Morgendämmerung hat schon seit vielen *Sais* von *Laya* nicht mehr über dem Volk* von Lora geleuchtet. Aber ich denke, ich ahne, was Ihr gemeint habt.«

* Später fand ich heraus, daß die murianische Zeiteinteilung auf der außergewöhnlich verstärkten Leuchtstrahlung der Klippen bei Vollmond über der Erde basierte. Ich vermute, daß dies entweder mit dem Lichtstrom der Kugeln über dem Mondteich in Verbindung steht oder aber eine andere geheimnisvolle Affinität zum Strahlelement im Schein des Mondes auf die Erde hat. Und bei letzterem trifft es höchstwahrscheinlich zu, daß eine Wolkenbedeckung des Mondes keinerlei Auswirkung auf das Phänomen hat. Dreizehn Leuchtperioden bilden ein Laya, eine Leuchtperiode heißt hier *Lat*.
Zehn war hier *Sa*, zehnmal zehnmal ein *Said* (tausend). Zehnmal tausend nannte man *Sais*. Ein Sais von Laya war somit zehntausend Jahre.
Was wir eine Stunde nennen würden, heißt hier *Va*. Ihr gesamtes Zeitsystem war natürlich abgeleitet aus der Einteilung, wie sie von ihren längst vergangenen Vorfahren benutzt worden war, als diese noch auf der Erdoberfläche lebten. Hinzu kamen einige Elemente, wie sie sich zwangsläufig aus einem dauerhaften Leben in unterirdischen Höhlen ergeben.

Ihre Augen verfärbten sich dunkelblau, als sie fortfuhr, Larry zu betrachten. Endlich lächelte sie.
»Sind viele so wie Ihr in der Welt, von der Ihr gekommen seid?« fragte sie sanft. »Nun, bald werden wir selbst...«
Lugur unterbrach sie barsch und mit finsterer Miene.
»Wir sollten sie besser danach befragen, wie sie hierher gefunden haben!« knurrte er.
Sie warf ihm einen raschen Blick zu, und wieder tanzten die kleinen Teufelchen in ihren Augen.
»Ja«, erwiderte sie, »du hast natürlich recht. Also, wie habt Ihr hierher gefunden?«
Wieder übernahm Marakinow die Antwort. Bedächtig wog er jedes Wort in Gedanken ab, bevor er es aussprach.
»In der Obenwelt«, erklärte er, »findet man Ruinen von Städten, die nicht von den Menschen erbaut wurden, die dort heute leben. Aus diesen Orten erreichte uns ein Ruf, und wir suchten nach den Kenntnissen der Weisen, die sie erbaut haben. Endlich fanden wir einen Weg, der uns hinab zu einer Tür in diesem Felsmassiv dort hinten führte, durch die wir dann vor Euch erscheinen konnten.«
»Dann habt Ihr das gefunden, was Ihr gesucht habt«, erklärte Yolara. »Denn wir sind die Nachfahren derer, die diese Städte erbaut haben. Doch diese Tür im Fels, wo liegt sie?«
»Nachdem wir aus ihr getreten waren, schloß sie sich wieder. Und

Natürlich steht außer Frage, daß ein gewisser Unterschied zwischen dem Zeitablauf, wie wir ihn kennen, und dem in einem unterirdischen Land besteht. In Muria schritt die Zeit etwas langsamer voran. Dies steht jedoch im Einklang mit der Relativitätstheorie, die erklärt, sowohl Raum als auch Zeit seien notwendige Erfindungen des menschlichen Gehirns, um sich in den Bedingungen zurechtzufinden, unter denen es steht.
Ich habe mehrmals versucht, diesen Zeitunterschied zu messen, konnte diese Aufgabe jedoch nie zu meiner vollen Zufriedenheit lösen. Annähernd darf man aber sagen, daß eine Stunde unserer Zeit in Muria einer plus fünf Achtel Stunden entspricht.

W.T.G.

danach konnten wir keine Spur mehr von ihr entdecken«, antwortete Marakinow.
Die gleichen Zweifel, wie sie nach dieser Auskunft auf dem Gesicht des Zwergs erschienen waren, zeigten sich nun auf den Mienen der beiden. Hinzu kam bei Lugur furchtbarer Zorn.
Er wandte sich an Rador.
»Ich konnte auch keine Öffnung finden, Herr!« beeilte sich der Zwerg zu sagen.
Und als Lugur sich wieder an uns wandte, brannte ein solches Feuer in seinen Augen, daß Larrys Hand heimlich an den Revolver griff.
»Es wäre besser für Euch, zu Yolara, der Priesterin des Leuchtenden, und zu Lugur, der Stimme, die Wahrheit zu sprechen«, rief er wütend.
»Wir sprechen die Wahrheit«, erklärte ich. »Wir durchquerten einen Korridor, und an dessen Ende war in eine Wand eine Rebe mit fünf Blumen eingemeißelt.« Das Feuer in Lugurs Augen erlosch, und ich hätte schwören können, daß eine rasche Blässe sein Gesicht überzog. »Ich drückte mit den Fingerspitzen auf die Blüten, und eine Tür öffnete sich. Aber als wir durch sie hindurchgegangen waren, schloß sie sich wieder, und hinter uns war nichts als nackter, solider Fels. Die Tür ist einfach verschwunden.«
Ich hatte Marakinows Fingerzeig verstanden. Wenn er die Episode mit dem Mondteich und dem Wagen ausgelassen hatte, mußte er wohl gute Gründe dafür haben. Also würde ich mit meinen Antworten ebenso vorsichtig sein. Und tief in mir warnte mich eine Stimme, nichts von meiner Suche nach Throckmartin zu erwähnen. Diese Warnung kam so eindringlich, als wäre sie eine direkte Botschaft von meinem verschollenen Freund.
»Eine Rebe mit fünf Blüten!« rief der rot gekleidete Zwerg. »So etwa wie das hier?«
Er stieß einen langen Arm vor. Auf dem Daumen war ein großer Ring, in den ein blauer Stein eingelassen war. Auf der Oberfläche des Juwels war das Symbol von den rosafarbenen Wänden ein-

graviert, die uns den Weg aus der Mondkammer geöffnet hatten. Doch der Stein zeigte noch mehr: Über der Rebe waren sieben Kreise, eine über jeder der Blüten und zwei größere, die sie miteinander verbanden.
»Ja, das ist das gleiche Symbol«, sagte ich, »aber diese hier waren nicht an der Wand.« Ich deutete auf die Kreise.
Die Frau atmete scharf ein und sah Lugur tief in die Augen.
»Das Zeichen der Stummen!« sagte er fast unhörbar.
Yolara faßte sich als erste wieder.
»Die Fremdlinge müssen erschöpft sein, Lugur«, meinte sie. »Sobald sie sich ausgeruht haben, können sie uns die Stelle zeigen, wo der Fels sich geöffnet hat.«
Ich spürte, daß sich ihre Haltung uns gegenüber unterschwellig geändert hatte. Eine neue Art von Spannung. Zweifel, in denen Furcht mitschwang. Wovor hatten sie denn Angst? Hatte die Erwähnung des Blumensymbols diesen Wandel bewirkt, und wenn ja, warum? Und was hatten die Schweigenden damit zu tun?
Yolara schien nun Olaf zum erstenmal zu bemerken. Ihr Blick verhärtete sich, und ihre Pupillen zeigten ein kaltes Grau. Am Rande war mir schon von Anfang an aufgefallen, daß der Norweger nur noch Augen für dieses sonderbare Paar zu haben schien. Unentwegt hatte er sie angestarrt. Und mir war weiterhin aufgefallen, daß die Priesterin ihm immer wieder kurze, unmerkliche Blicke zugeworfen hatte.
Huldricksson hielt ihrer kalten Prüfung furchtlos stand. Ja, in seinem Blick war sogar Verachtung; wie bei einem Jungen im Angesicht einer Schlange, die er nicht fürchtet, von deren tödlichem Gift er aber weiß.
Sein Blick brachte Yolara tatsächlich dazu, unruhig mit den Füßen zu scharren, so als spüre sie seine Bedeutung.
»Warum starrt Ihr mich so an?« rief sie.
Verwirrung zeigte sich auf Olafs Gesicht.
»Ich verstehe leider nicht«, erklärte er in Englisch.
Ich bemerkte aus dem Augenwinkel ein unterdrücktes Aufhellen auf Larrys Gesicht. Er wußte genauso gut wie ich, daß der Norwe-

ger des Polynesischen mächtig war, daß Olaf also sehr wohl verstanden hatte. Aber war das Marakinow auch bewußt?
Offenbar nicht. Aber warum täuschte Olaf dann Unwissenheit vor?
»Dieser Mann ist ein Schiffer aus dem Norden unserer Welt«, erklärte Larry rasch. »Ich halte ihn für etwas geistig minderbemittelt. Er erzählt ständig wunderliche Geschichten von einem Wesen aus kaltem Feuer, das ihm Weib und Kind genommen haben soll. Wir haben ihn unterwegs aufgelesen, als er ziellos herumwanderte. Und weil er sehr kräftig ist, haben wir ihn mitgenommen. Mehr gibt es über ihn nicht zu sagen, o Fürstin, deren Stimme süßer ist als der Honig wilder Bienen.«
»Ein Wesen aus kaltem Feuer?« fragte sie.
»Ja, ein Wesen aus kaltem Feuer, so erzählt er, daß aus dem Mond auftaucht, und um das Gebilde herum ertönen helle Glocken«, antwortete Larry und beobachtete sie dabei genau.
Sie wandte sich zu Lugur und lachte.
»Dann hat auch er Glück gehabt«, erklärte sie, »denn er ist an den Ort gekommen, wo dieses Etwas aus kaltem Feuer zu finden ist. Erzähl ihm das und auch, daß er seine Frau und sein Kind wiedersehen wird, wenn die Zeit dafür recht ist. Das verspreche ich ihm.«
Der Norweger mußte sich ungeheuer in der Gewalt haben, denn er ließ sich durch nichts anmerken, daß er auch nur eine Silbe verstanden hatte. In diesem Moment revidierte ich meine Meinung über Olafs Gesicht vollkommen. Es mußte ihn eine ungeheure Willensanstrengung gekostet haben, diese für ihn wunderbare Nachricht zu hören und sich gleichzeitig unter Kontrolle zu halten.
»Was hat sie gesagt?« fragte Huldricksson schließlich.
Larry erzählte ihm alles.
»Gut!« sagte Olaf. »Wie schön!«
Als er Yolara nun wieder ansah, war seine Miene voller Dankbarkeit. Lugur, der währenddessen den mächtigen Körperbau des Norwegers studiert hatte, trat näher. Er betastete die gewaltigen Muskeln, die Olaf entgegenkommenderweise anspannte.
»Doch zuerst trifft er Valdor und Tahola, bevor er mit seiner Familie

zusammenkommt«, lachte Lugur höhnisch. »Und falls er dort besteht, erhält er zur Belohnung seine Frau und sein Kind.«
Ein Zucken durchfuhr den Körper des Norwegers, das er jedoch rasch unterdrückte. Die Priesterin hob ihren atemberaubend schönen Kopf.
»Diese beiden«, sagte sie und zeigte auf Marakinow und mich, »scheinen Männer des Geistes zu sein. Vielleicht erweisen sie sich als nützlich. Und was diesen hier angeht«, sie lächelte Larry an, »so kann er mir möglicherweise das eine oder andere erklären.« Sie zögerte. »Zum Beispiel, was ›Honick von wilden Bihnen‹ ist.« Larry hatte diese Worte in Englisch gesprochen, und sie bemühte sich nun, sie zu wiederholen. »Mit diesem Seemann magst du verfahren, wie es dir beliebt, Lugur. Aber vergiß dabei nie, daß ich ihm versprochen habe, seine Frau und sein Kind wiederzusehen.« Sie lachte hell wie Glockenschlag, und doch schwang darin etwas Böses mit. »Und nun übergebe ich sie deiner Obhut, Rador. Sie sollen sich stärken und danach so lange ruhen, bis wir sie wieder rufen.«
Sie streckte eine Hand zu O'Keefe aus. Der Ire nahm sie und führte sie sanft an die Lippen seines leicht gesenkten Haupts. Ein wütendes Zischen war von Lugur zu vernehmen. Aber Yolara bedachte Larry mit einem Blick aus Augen vom tiefsten Blau.
»Du gefällst mir«, flüsterte sie.
Lugurs Miene verfinsterte sich noch mehr.
Wir wandten uns zum Gehen. Die rosafarbene Kugel mit den blauen Wellen an Yolaras Seite wurde plötzlich matt. Ein schwaches Klingeln wie von weit entfernten Glocken ertönte aus ihr. Die Priesterin beugte sich über das Gerät. Die Kugel vibrierte, und dann rannten dumpfe Farben über ihre Oberfläche. Ein Wispern kam von der Kugel; so leise, daß ich es nicht verstehen konnte, wenn es sich dabei überhaupt um Worte handelte.
Yolara wandte sich an den roten Zwerg.
»Sie haben die drei gebracht, die den Leuchtenden gelästert haben«, erklärte sie leise. »Ich denke, es ist an der Zeit, diesen Fremdlingen die Gerechtigkeit von Lora zu demonstrieren. Was meinst du dazu, Lugur?«

Der rote Zwerg nickte, und in seinen Augen funkelte eine teuflische Vorfreude.
Die Frau sprach zu der Kugel. »Bringt sie hierher!«
Wieder rannten die unterschiedlichsten Farbtöne über ihre Oberfläche, schwächten sich ab und machten endlich dem rosafarbenen Glanz Platz. Von draußen ertönte das Geräusch von vielen Füßen auf Teppichboden. Yolara drückte eine schlanke Hand auf den Fuß des Gestells, das die Kugel neben ihr trug. Abrupt setzte alles Licht der Kugeln aus, und im selben Moment verschwanden die vier Wände aus nebelhafter Schwärze. An zwei Seiten war nun der wunderbare und doch so fremdartige Garten zu sehen, den schlanke Säulenreihen begrenzten. An der hinteren Seite verhinderten schwere Wandteppiche die Sicht auf das, was sich dort verbergen mochte. Und vor uns erstreckte sich gesäumt von geblümten Vorhängen der Korridor, durch den wir gekommen waren. Alle grünen Zwerge aus der Halle schienen sich in ihm eingefunden zu haben.
Nun kam Bewegung in die Reihen der Zwerge. Mir fiel auf, daß jeder von ihnen das gleiche dichte schwarze Haar hatte wie Rador. Sie traten ein und teilten sich. Drei Zwerge marschierten vor. Ein Junge von kaum zwanzig Jahren, aber schon mit den enorm breiten Schultern versehen, wie sie anscheinend allen Männern dieser Rasse eigen waren; eine junge Frau von etwa siebzehn Jahren mit blasser Miene. Sie war etwa einen Kopf größer als der Junge, und ihr langes, schwarzes Haar war zerzaust. Hinter diesen beiden kam ein gedrungener, verwachsener Gnom, dessen Kopf tief zwischen den gewaltigen Schultern hing. Der lange weiße Bart fiel ihm wie bei einem Märchenzwerg bis auf den Gürtel hinab, und in seinen Augen stand grenzenloser Haß. Das Mädchen warf sich weinend der Priesterin zu Füßen. Der Junge hingegen sah sie eher neugierig an.
»Du bist Songar vom Flachwasser?« erkundigte sich Yolara fast gütig. »Und dies ist deine Tochter mit ihrem Liebhaber?«
Der verwachsene Gnom nickte, und seine Augen blitzten.
»Es ist mir zu Ohren gekommen, ihr drei hättet es gewagt, den

Leuchtenden zu lästern, und auch Seine Priesterin und Seine Stimme. Entspricht das der Wahrheit?«
»Eure Spione haben Euch das mitgeteilt... habt Ihr da nicht schon längst das Urteil über uns gesprochen?« Die Stimme des Alten klang verbittert.
Kurz leuchteten Yolaras Augen, nun wieder kalt und grau, auf. Das Mädchen versuchte, mit zitternder Hand den Saum vom Gewand der Priesterin zu berühren.
»Sag uns, was euch zu solchen Lästerungen verleitet hat, Songar«, befahl Yolara. »Warum habt ihr das getan, wo ihr doch genau wußtet, welcher Lohn euch dafür erwartet?«
Ein Ruck ging durch den Körper des Alten. Er breitete die verrunzelten Arme aus und funkelte mit den Augen.
»Weil Eure Gedanken und Taten böse sind«, rief er. »Von Euch und von Eurem Geliebten dort!« Er zeigte mit einem knorrigen Finger auf Lugur. »Weil Ihr aus dem Leuchtenden etwas Teuflisches gemacht habt. Und täglich denkt Ihr beide Euch tückischere Schurkereien aus. Aber ich sage Euch, das Maß ist nun voll. Die Liste Eurer Sünden hat bald ihr Ende erreicht! Ja, die Stummen haben lange geschwiegen, aber nun ist auch ihre Geduld erschöpft.« Er zeigte erregt auf uns. »Sie sind das Zeichen, eine Warnung an Euch, Dirne!« Er spuckte das letzte Wort geradezu aus.
In Yolaras Augen, die sich fast schwarz verfärbt hatten, hüpften wieder die Teufelchen umher.
»Ist dem wirklich so, Songar?« Sie verstand es, ihre Stimme im Zaum zu halten. »Dann bitte doch die Stummen um Hilfe. Sie sind weit fort, aber ganz sicher werden sie dein Geschrei vernehmen.« Ihre Stimme klang süß, aber gleichzeitig auch höhnisch. »Und diese beiden jungen Leute hier sollen zum Leuchtenden um Vergebung beten. Ganz sicher wird der Leuchtende sie an Seine Brust nehmen. Du hingegen, Songar, hast lange genug gelebt! Bete zu den Stummen, Songar, und entschwinde ins Nichts!«
Sie fischte aus ihrem Ausschnitt ein Gerät, das wie ein kleiner Kegel aus mattiertem Silber aussah. Sie richtete ihn auf den Al-

ten, das Gerät öffnete sich, und heraus schoß ein dünner Strahl von intensivem grünem Licht.
Er traf den Alten direkt über dem Herzen und breitete sich von dort wie mit Lichtgeschwindigkeit über den ganzen Körper aus, bis der Zwerg in einem blassen, leuchtenden Film eingehüllt war. Yolara drückte auf den Kegel, und der Strahl setzte aus. Sie schob das Gerät in den Ausschnitt zurück und beugte sich erwartungsvoll vor, genauso wie Lugur und die anderen Zwerge. Das Mädchen am Boden stieß einen Angstschrei aus. Der Junge fiel auf die Knie und bedeckte sein Gesicht.
Einen Moment lang stand der alte Zwerg aufrecht, dann schien sein Umhang zu schmelzen, und sein verwachsener, muskulöser Körper wurde sichtbar. Und dieser Körper begann zu vibrieren, pulsierte immer schneller, bis das Wellen und Wogen eine unfaßbare Geschwindigkeit erreicht hatte. Der Zwerg rippelte vor unseren Augen wie die Oberfläche eines kleinen Weihers, über den eine unerwartete Bö weht. Das Vibrieren wurde immer noch schneller, bis die Augen ihm nicht mehr folgen konnten; und dennoch vermochte niemand, den Blick zu wenden.
Der Alte flimmerte, war nur noch wie durch einen Nebel zu sehen. Winzige Funken in enormer Anzahl sprangen von ihm ab, wie ein Partikelschauer, den Radium abstößt, wenn man es unter dem Mikroskop betrachtet. Vom Zwerg war nur noch ein Nebel zu sehen. Vor uns schwankte ein schwach leuchtender Schatten, in dem sich einige funkelnde Atome bewegten. Der Schatten verging, die funkelnden Atome blieben noch einen Augenblick lang sichtbar... dann vereinigten sie sich mit denen, die im Licht tanzten.
Wo vor einigen Sekunden noch ein lebendiger Zwerg gestanden hatte, war nun... nichts mehr!
O'Keefe atmete vernehmlich ein, und ich spürte ein Prickeln auf meiner Kopfhaut.
Yolara wandte sich uns zu.
»Ihr habt es gesehen«, sagte sie. Ihr Blick fuhr wie der einer Tigerin über Olafs blasses Gesicht. »Seid also vorsichtig!« flüsterte

sie. Sie trat einen wiegenden Schritt auf die grünen Zwerge zu, die leise kicherten.
»Verschwindet mit diesen beiden!« befahl sie.
»Die Gerechtigkeit von Lora«, sagte der Rote. »Die Gerechtigkeit von Lora und des Leuchtenden unter Thanaroa!«
Beim letzten Wort zuckte Marakinow sichtlich zusammen. Eine seiner Hände machte eine rasche, verstohlene Bewegung, die so flüchtig war, daß ich sie kaum wahrnahm. Der rote Zwerg starrte den Russen verblüfft an.
Im gleichen Moment hatte Lugur sich wieder gefangen und machte eine ähnliche Handbewegung wie der Russe.
»Yolara«, sagte der Rote, »ich glaube, ich nehme diesen Mann des Geistes mit. Den Riesen will ich auch.«
Die Priesterin schien aus ihren Gedanken zu erwachen und nickte nur.
»Ganz wie du wünschst, Lugur.«
Und immer noch wie unter einem Schock stehend stolperten wir ins helle Licht des Gartens. Ich fragte mich kurz, ob alle diese funkelnden Atome, die uns umschwirrten, einmal Menschen wie Songar vom Flachwasser gewesen waren? Im gleichen Moment spürte ich, wie sich mein Herz zusammenzog.

XV

Die zornige, flüsternde Kugel

Unser Weg führte über einen sich windenden Pfad zwischen Beeten von strahlenden Blumen, fedrigen Farnbüschen, auf deren Blättern duftende blaue und weiße Blüten standen, dünnen Schlingpflanzen, die von den Ästen von Bäumen mit sonderbaren Stämmen herabhingen, vorbei, die an langen Fäden ganze Büschel von orchideenartigen Blüten trugen, die gleichzeitig zierlich und üppig wirkten.

Der Pfad unter unseren Füßen war ein exquisites Mosaik. Pastellgrüne und rosafarbene Steinchen auf grauem Grund, Girlanden von Strahlengestalten wie die flammenden Rosen, die in den Darstellungen der Rosenkreuzer fliegende Schlangen im Maul tragen. Ein kleinerer, eingeschossiger Pavillon ragte vor uns auf, dessen Vorderseite weit geöffnet war.

Auf der Schwelle blieb Rador stehen, verbeugte sich tief und bedeutete uns einzutreten. Wir gelangten in eine Halle, deren beide Seiten von grauen Vorhängen verdeckt waren. Ein niedriger Tisch aus blauem Stein, auf dem feine weiße Decken lagen, nahm fast eine ganze Seite ein und wurde ringsherum von reichhaltig mit Kissen belegten Diwanen umgeben.

Zur Linken stand ein hoher Tripod, der eine der rosafarbenen Kugeln trug, wie wir sie in Yolaras Gemächern gesehen hatten. Am Kopfende des Tischs war eine Kugel, die der glich, mit der die Priesterin sich unterhalten hatte. Rador trat darauf zu, drückte auf den Träger, und zwei weitere Vorhänge kamen von der Decke, um den Eingang zu schließen.

Er klatschte in die Hände. Zwei schlanke, hochgewachsene Mädchen erschienen. Das blauschwarze Haar fiel ihnen in Ringellokken bis auf die Schultern, ihre klaren Augen waren vom Blau eines

Vergißmeinnichts, und ihre Haut war von außergewöhnlicher Feinheit und Reine. Jede von beiden strahlte eine ungewöhnliche Attraktivität aus. Beide trugen ein knappes Mieder aus blauer Seide und unter dem Gürtel einen kurzen Rock, der ihnen kaum bis an die hübschen Knie reichte.
»Essen und Trinken«, befahl Rador.
Sie verschwanden wieder.
»Gefallen sie Euch?« fragte der Zwerg.
»Hübsche Dinger!« sagte Larry. »Sie bringen einem Wärme ins Herz.«
Die nächste Bemerkung des Grünen ließ mich den Atem einhalten.
»Sie gehören Euch.«
Bevor ich ihn nach dem Sinn dieser Erklärung befragen konnte, kehrte das Pärchen zurück und brachte eine große Platte, auf der sich kleine Brote, fremdartige Früchte und drei große Flaschen aus Bergkristall befanden. Zwei davon enthielten eine anscheinend kohlensäurehaltige, gelbe Flüssigkeit, die dritte war mit einem rotfarbenen Getränk gefüllt. Mir wurde augenblicklich bewußt, daß es schon etliche Stunden her war, seit ich zum letztenmal etwas zu mir genommen hatte. Die beiden gelben Flaschen wurden vor Larry und mich gestellt, die rote bekam Rador.
Auf sein Signal hin zogen die beiden Mädchen sich wieder zurück.
Ich hob ein gefülltes Glas an meine Lippen und nahm einen kleinen Schluck. Der Geschmack war etwas fremdartig, aber durchaus angenehm.
Sofort verging meine Müdigkeit. Mein Kopf war ungewöhnlich klar, und in mir machte sich ein Hochgefühl, eine Art Freiheit von jeglicher Verantwortung, eine starke Sorglosigkeit breit. Larry war wieder ganz der fröhliche Junge.
Der Zwerg betrachtete uns mit listigem Blick und trank aus seinem Glas.
»Ich würde wirklich gern mehr von der Welt erfahren, aus der Ihr gekommen seid«, sagte er schließlich. »Aus der Ihr durch den Fels gekommen seid«, fügte er hinzu.

»Genauso gern würden wir mehr von Eurer Welt erfahren, Rador«, antwortete ich.
Sollte ich ihn nach dem Bewohner fragen? Oder nach dem Verbleib von Throckmartin? Doch wieder ertönte in mir die warnende Stimme, die mir riet, damit zu warten und einstweilen vorsichtig zu sein. Ich gehorchte auch dieses Mal.
»Dann wollen wir voneinander lernen«, lachte der Zwerg. »Zuerst, sind alle da oben wie Ihr... so langgezogen?« Er machte eine Geste, die auf unsere Körpergröße anspielte. »Und seid ihr sehr viele?«
»Ja, wir sind sehr viele...« Ich zögerte und sagte schließlich die polynesische Bezeichnung für zehn mal zehn unendlich vervielfacht. »Es gibt von uns so viele wie Tropfen in dem See, den wir von dem Felssims in Eurem Land sahen«, fuhr ich fort. »So viele wie Blätter in Euren Gärten. Und sie sind alle in etwa wie wir, wenn wir uns auch voneinander unterscheiden.«
Er dachte voller Skepsis über diese Menge nach.
»In Muria«, erklärte er schließlich, »sind alle Männer so wie ich oder Lugur. Und unsere Frauen, von denen Ihr schon einige gesehen habt, sind so wie Yolara oder die beiden Dienerinnen, die uns das Essen gebracht haben.« Er zögerte. »Und dann haben wir noch eine dritte Art, von der es aber nur einen gibt.«
Larry beugte sich interessiert vor.
»Mit braunen Haaren, in dem sich ein Schimmer von rötlicher Bronze findet; und schön wie ein Traum... mit langen, schlanken und wunderschönen Händen?« rief er.
»Wo habt Ihr sie gesehen?« unterbrach ihn der Zwerg.
»Sie gesehen?« Larry brachte sich rasch wieder unter Kontrolle. »Nein, Rador, nicht richtig gesehen. Sie erschien mir in einem Traum.«
»Dann achtet darauf, niemals ein Wort über einen Traum vor Yolara zu verlieren«, sagte der Zwerg grimmig. »Denn die, die ich meinte und die Ihr so genau beschrieben habt, ist Lakla, die Dienerin der Stummen. Und weder Yolara noch Lugur noch der Leuchtende lieben sie übermäßig.«

»Lebt sie denn nicht hier?« Larrys Gesicht glühte.
»Nein«, antwortete der Grüne, »und fragt mich bitte nicht mehr nach ihr.« Er schwieg eine Weile. »Und was tut Ihr, die ihr so zahlreich seid wie Tropfen oder Blätter, in Eurer Welt?« fragte er dann, offensichtlich bemüht, das Thema nicht wieder auf Lakla zu bringen.
»Laß das goldäugige Mädchen aus dem Spiel, Larry«, flüsterte ich ihm warnend zu. »Warte, bis wir herausgefunden haben, warum sie *tabu* ist.«
»Wir lieben und kämpfen, streben und kommen ans Ziel oder sterben vorher. Manchmal sterben wir auch, wenn wir unser Ziel erreicht haben«, antwortete Larry und nickte mir unmerklich zum Zeichen zu, daß er meinen Rat verstanden hatte.
»Zumindest in dieser Hinsicht unterscheiden sich unsere beiden Welten wenig voneinander«, sagte der Grüne.
»Wie groß ist Eure Welt, Rador?« wollte ich wissen.
Er sah mich lange und nachdenklich an.
»Wie groß sie ist, weiß ich wirklich nicht«, gestand er freimütig ein. »Das Land, in dem wir zusammen mit dem Leuchtenden leben, erstreckt sich an den weißen Wassern entlang, bis...« Er benutzte Worte, die ich nicht verstand. »Hinter dieser Stadt des Leuchtenden und jenseits der Ufer des Wassers leben die *Mayia ladala*, die Gewöhnlichen.« Er trank einen großen Schluck. »Zuerst sind da die Hellhaarigen, die Kinder der alten Herrscher«, fuhr er fort. »Zweitens sind da die Soldaten, zu denen ich gehöre. Und zuletzt gibt es die *Mayia ladala*, die graben, den Acker bestellen, weben und alle andere Mühsal auf sich nehmen. Sie geben uns auch ihre Töchter, und sie tanzen mit dem Leuchtenden.«
»Und wer herrscht hier?« fragte ich.
»Die Hellhaarigen, über denen der Rat der Neun steht, über dem stehen Yolara, die Priesterin, und Lugur, die Stimme«, antwortete er, »die ihrerseits wiederum unter dem Leuchtenden stehen.« So etwas wie bittere Satire klang aus seinen letzten Worten.
»Und zu wem gehörten die drei, die vorhin gerichtet wurden?« erkundigte sich Larry.

»Sie gehörten zu den Gewöhnlichen«, antwortete der Zwerg. »Genauso wie die beiden Dienerinnen, die ich Euch geschenkt habe. Aber unter den *Mayia ladala* breitet sich Unruhe aus. Sie wollen nicht mehr mit dem Leuchtenden tanzen, diese Frevler!« Er lachte plötzlich laut und grimmig.
Nach seinen wenigen Worten machte ich mir ein grobes Bild von dieser Rasse: eine uralte, in Luxus schwelgende und nach außen abgeschottete Oberschicht, die sich um eine mysteriöse Gottheit scharte. Darunter eine Soldatenkaste, die diese Oberschicht schützte. Und endlich ganz unten das unterdrückte, hart arbeitende Volk.
»Und das ist alles?« fragte Larry.
»Nein«, antwortete der Zwerg, »da gibt es noch den purpurroten See, wo...«
Unvermittelt sandte die Kugel am Tischende ein böses Zischen aus. Rador fuhr sofort herum, und alle Farbe war aus seinem Gesicht gewichen. Geflüsterte Worte krochen über die Oberfläche der Kugel, böse und beharrliche Worte.
»Ich höre«, krächzte der Zwerg und mußte sich mit beiden Händen an der Tischkante festhalten. »Ich gehorche!«
Als er sich wieder uns zuwandte, war jede Spur von Hohn oder Boshaftigkeit aus seinen Zügen gewichen.
»Stellt mir keine neuen Fragen, Fremdlinge«, sagte er. »Wenn Ihr Euer Mahl nun beendet habt, zeige ich Euch das Bad und Eure Schlafstatt.«
Wir erhoben uns und folgten ihm durch die Vorhänge. Er führte uns über einen Gang in eine Kammer, die kein Dach besaß und deren Wände wie dunkelgrüne Nebel waren. Zwei reich mit Kissen ausgestattete Couchen standen dort, und eine mit einem Vorhang bedeckte Tür führte auf einen Innenhof, wo sich aus einem breiten Bassin ein Springbrunnen erhob.
»Euer Bad«, erklärte Rador. Er ließ den Vorhang wieder fallen und berührte eine geschnitzte Blume an der Wand. Ein leichtes Seufzen ertönte von oben, und augenblicklich breitete sich über uns ein schwarzer Schleier aus, der keinerlei Licht hindurchließ, die Luft-

strömungen jedoch nicht beeinträchtigte, denn immer wieder erreichte uns der Duft des Gartens. Der Raum füllte sich mit einem kalten Zwielicht, das einerseits erfrischte und andererseits angenehm schläfrig machte. Der Grüne zeigte auf die Couchen.
»Dort mögt Ihr schlafen. Schlaft ohne Furcht. Meine Männer stehen draußen Wache.« Er kam ganz nahe, und die alte spöttische Heiterkeit war wieder in seinem Blick.
»Ich war wohl etwas zu voreilig«, raunte er uns zu. »Vielleicht fürchtet der *Afyo Maie* ihre Zunge, vielleicht aber...« Er lachte Larry an. »Die Mädchen sind *nicht* für Euch.« Immer noch lachend verschwand er durch die Vorhänge, bevor ich ihn fragen konnte, was es zu bedeuten hatte, daß er uns erst etwas schenkte, dann dieses Geschenk wieder zurückzog und uns endlich mit rätselhaften Bemerkungen allein ließ.
»In den großen alten Tagen Irlands«, unterbrach Larry meine Grübeleien mit schwerem Brogue-Akzent, »lebte ein gewisser Cairill mac Cairill, Cairill Blitzspeer. Dieser Cairill fügte Keevan von Emhain Abhlach vom Blute von Angus aus dem großen Volk schweres Unrecht zu, als dieser in Gestalt eines Schilfrohrs Schlaf gesucht hatte. Darob belegte Keevan Cairill mit einer Strafe: Ein Jahr lang sollte Cairill Keevans Körper in Emhain Abhlach tragen, dies ist das Land der Feen, und in diesem Jahr wollte Keevan in Cairills Körper auf der Erde leben. Und so geschah es.
In diesem Jahr begegnete Cairill dem Mädchen Emar von den Vögeln – einem schwarzen, einem roten und einem weißen Federtier –, und sie entbrannten in Liebe füreinander. Aus dieser Liebe entsprang Ailill, ihr Sohn. Und als Ailill geboren war, machte er sich eine Flöte aus Schilfrohr und spielte zuerst Schlaf auf Cairill. Dann spielte er Greisenalter auf Cairill, so daß dessen Haar weiß und seine Haut alt und runzlig wurde. Und dann spielte Ailill noch einmal, und aus Cairill wurde ein Schatten, schließlich der Hauch eines Schattens und endlich ein bloßer Atemzug. Und dieser Atemzug flog davon mit dem Wind!« Larry schüttelte sich. »Wie bei dem alten Zwerg vorhin«, flüsterte er, »den sie Songar vom Flachwasser nannten!«

Er schüttelte den Kopf, als wollte er einen Traum loswerden. Danach wirkte er hellwach:
»Aber das war im Irland der alten Zeit. Und hier ist alles anders als auf der Grünen Insel.« Er lachte. »Vor diesen Leuten hier fürchte ich mich ein bißchen, alter Junge. Die hübsche Lady hat den falschen Augenaufschlag. Wenn man einen Kumpel hatte, der bis eben noch voller Leben, Freude, Kraft und Wünschen und Ideen neben einem gestanden hat, der einem gerade erzählt, was er alles tun will, um die Welt zum Summen zu bringen, sobald er diesen und jenen Gefahren entronnen ist, so ein Kumpel, Doc, an dem alles dran ist, was zu einem Kumpel gehört... und im nächsten Augenblick, mitten in seinem Lachen, reißt ihm eine Granate den halben Kopf ab und damit alle Freude und Kraft und Begeisterung und was da sonst noch war aus ihm heraus...« O'Keefes Gesicht zuckte, »tja, alter Freund, wenn man ein solches Mysterium erlebt hat, haut einen ein großes Verschwinden, wie es die Priesterin eben an dem armen Bauern durchgeführt hat, nicht mehr vom Hocker. Nein, mich nicht mehr. Aber bei der Harfe von Brian Boru, wenn wir im Weltkrieg ein paar von diesen Kegeln gehabt hätten... Junge, das wäre vielleicht was geworden!«
Er schwieg und erfreute sich offensichtlich in Gedanken an den Möglichkeiten des Einsatzes solcher Kegel gegen die Deutschen. In diesem Augenblick schwanden mir die letzten Zweifel, die ich über Larrys Wesen gehegt hatte. Ich begriff, daß er wirklich an Banshees, Kobolde und all die anderen gälischen Sagengestalten glaubte. Allerdings nur an die in Irland.
Eine Seite seines Geistes war vollgepackt mit Aberglauben, Mytizismen und allem, was noch dazu gehörte. Doch angesichts einer Gefahr oder eines Problems versank diese Seite und machte augenblicklich dem anderen O'Keefe Platz; dem Larry, der keine Furcht kannte, der Unglaubliches zu leisten vermochte, der auf die genialsten Ideen verfiel. Alle abergläubischen Spinnweben waren dann wie von einem skeptischen Besen davongefegt, und übrig blieb ein frisches, reines und leistungsfähiges Gehirn.
»Mein lieber Mann!« Die Bewunderung war unüberhörbar.

»Wenn wir die Kegel nur im Krieg gehabt hätten. Stell dir nur vor, wir hätten ein halbes Dutzend dieser Geräte gehabt und damit die deutschen Batterien und Maschinengewehrnester bestrichen, die sich dann von einem Moment auf den anderen buchstäblich in Luft aufgelöst hätten. Unvorstellbar!« Seine Begeisterung schien keine Grenzen zu kennen.

»Larry«, sagte ich, »diese Geräte lassen sich leicht erklären. Das heißt, der Effekt ist kein Rätsel. Aus was der grüne Strahl besteht, weiß ich natürlich nicht. Aber er bewirkt eine Stimulation der Atome bis zu dem Punkt, wo die Kohäsion der Materiepartikel überschritten und der betreffende Körper buchstäblich in Stücke gerissen wird. So wie bei einem Schwungrad, das eine zu große Geschwindigkeit erreicht, und dann die Partikel, aus denen es besteht, auseinanderfliegen.«

»Sich zu Tode schütteln, was?« rief Larry.

»So ähnlich. Alles in der Natur vibriert. Und alle Materie, gleich ob Mensch, Tier, Pflanze, Stein oder Metall, besteht aus vibrierenden Molekülen, die ihrerseits aus vibrierenden Atomen bestehen, die wiederum aus unendlich winzigen Teilchen bestehen, die wir Elektronen nennen. Und diese Elektronen, die Basis aller Materie, sind vielleicht nichts anderes als die Vibrationen des unbekannten Äthers.

Wenn ein Vergrößerungsglas von entsprechenden Ausmaßen über uns gelegt würde, könnten wir uns darin als Siebe erkennen, als feinmaschige Gitter. Und zur Zerstörung dieses Netzes, um uns in Nichts zu verwandeln, braucht man nur ein Agens, das unsere Atome in solche Schwingungen versetzt, daß alle unsichtbaren Bänder zerrissen werden und die Teilchen ungehindert davonfliegen.

Yolaras grüner Strahl ist offenbar ein solcher Agens. Er hat in dem alten Zwerg einen ungeheuer schnellen Rhythmus erzeugt, den wir als Wirbel wahrgenommen haben, und damit nicht nur die Atome, sondern die Elektronen selbst von ihren Bändern gerissen!«

»An der Westfront hatten sie eine Kanone, eine fünfundsiebziger«, brummte Larry, »die den Kanonieren beim Abfeuern die Trommelfelle platzen ließ. Ganz gleich, wie sie sich davor zu schützen trachteten, das Trommelfell war regelmäßig hin. Diese Kanone war wie alle anderen Fünfundsiebziger ihres Kalibers auch. Aber irgendein Materialfehler oder sonst ein unglückliches Zusammentreffen bewirkte, daß den Kanonieren die Trommelfelle platzten. Schließlich hat man das Geschütz wieder einschmelzen lassen.«

»Wahrscheinlich sind beide Effekte ähnlich«, sagte ich. »Durch irgendeine Laune der Natur oder sonstwen hatte sie eine besondere Schwingung. Das tiefe Pfeifen vom Nebelhorn der gesunkenen *Lusitania* zum Beispiel brachte regelmäßig das Singer-Hochhaus dazu, bis auf die Grundmauern zu erbeben. Die *Olympic* hingegen beeinträchtigte das Singer-Hochhaus in keiner Weise, brachte dafür aber das Woolworth-Gebäude zum Beben. Irgend etwas an diesen Nebelhörnern hatte den Effekt, die Atome der jeweiligen Gebäude zur verstärkten Vibration zu bringen...«

Ich schwieg, weil mich plötzlich große Schläfrigkeit überkommen hatte. Larry gähnte und bückte sich, um seine Wickelgamaschen aufzubinden.

»Großer Gott, was bin ich müde!« rief er. »Ich versteh das nicht... was du erzählst... klingt doch sehr interessant... Grundgütiger Gott!« Er gähnte wieder und richtete sich noch einmal auf. »Was mag der Rote bloß an unserem Russen so interessant gefunden haben?« brummte er.

»Thanaroa«, antwortete ich und kämpfte darum, die Augen aufzuhalten.

»Was?«

»Als Lugur von Thanaroa sprach, sah ich, wie Marakinow ihm ein heimliches Zeichen gab. Ich vermute, Thanaroa ist die ursprüngliche Form von Tangaroa, dem Obergott der Polynesier. Auf vielen Inseln wird er von einem Geheimkult geehrt. Vielleicht gehört Marakinow diesem Kult an. Auf jeden Fall weiß er etwas darüber. Lugur hat jedenfalls das Zeichen sofort erkannt und es trotz seiner Überraschung beantwortet.«

»Also ein geheimes Erkennungszeichen von Eingeweihten, hm?« sagte Larry. »Aber woher können sie beide es kennen?«
»Der Kult ist schon ziemlich alt und hat seinen Ursprung möglicherweise vor undenklichen Zeiten, bevor diese Rasse unter die Erde auswanderte. Ein Verbindungsglied... eines der wenigen Verbindungsglieder zwischen der oberirdischen Welt und der verlorengegangenen Vorzeit.«
»Das riecht nach Ärger«, murmelte O'Keefe. »Zur Hölle nochmal, ich rieche den Ärger wirklich schon... Hör mal, Doc, ist diese Schläfrigkeit eigentlich normal? Wo hab ich bloß... meine Gasmaske... hingelegt...« Seine Worte kamen nur noch unzusammenhängend.
Ich kämpfte noch immer wie verzweifelt gegen den Schlaf an, der nur von einer Droge herrühren konnte.
»Lakla!« murmelte Larry mit gesenkten Lidern. »Lakla mit den goldenen Augen...Nein, Eilidh die Schöne!« Es kostete ihn eine gewaltige Anstrengung, die Augen wieder zu öffnen, sich halb aufzurichten und mich anzugrinsen.
»Dachte schon, ich wäre im Paradies, als ich dieses Land zum erstenmal sah, Doc«, seufzte er. »Aber jetzt weiß ich, daß das Niemandsland zwischen den Schützengräben ein besserer Ort für Flitterwochen gewesen wäre. Sie... sie haben uns am Wickel... Doc...« Er sank zurück. »Viel Glück, alter Freund, wohin du auch gehen magst.« Er winkte matt. »Bin froh... dich... kennen... gelernt... zu...ha... ben... hof... fe... dich... wie... der... zu... se... hen...«
Seine Stimme trieb ab. Obwohl ich kämpfte, mit jeder Faser meines Körpers ankämpfte, spürte ich, daß ich immer mehr überwältigt wurde. Doch bevor der Nebel des Schlafs sich über mich senkte, glaubte ich, auf der grünen Wand neben dem Iren ein rosafarbenes Oval aufleuchten zu sehen. Und während meine Lider von unvorstellbaren Gewichten nach unten gezogen wurden, tauchte ein Schatten mit Flammenspitzen in dem Oval auf. Er wurde dichter, kondensierte, und dann stand da ein Wesen, das mit Augen wie goldene Sterne voller Neugierde und scheuer Zärt-

lichkeit auf Larry schaute. Der süße Mund war leicht geöffnet, und die Hände hielt sie leicht ausgestreckt. Lakla, das Mädchen aus der Halle des Mondteichs. Das Mädchen, dessen Name uns der grüne Zwerg verraten hatte. Das Mädchen, an die Larry als letztes gedacht hatte, bevor er vom Schlaf übermannt worden war. Von dem gleichen Schlaf, dessen ich mich nun auch nicht länger erwehren konnte...

Näher kam Lakla, noch näher und sah uns so liebevoll an...

Und dann war nur noch Schwärze vor meinen Augen.

XVI

Yolara von Muria gegen Larry O'Keefe

Ich erwachte mit dem vertrauten, fast schon heimeligen Gefühl, jemand habe in meinem dunklen Schlafzimmer die Vorhänge aufgezogen. Ich fühlte mich ausgeruht und voll von der alten Spannkraft. Der schwarze Schatten war von der Decke gewichen, und ins Zimmer strömte silberhelles Licht. Vom Springbrunnen ertönte ein lautes Platschen und Gelächter. Ich sprang auf und zog den Vorhang zurück. O'Keefe und Rador schwammen um die Wette. Der Zwerg bewegte sich wie ein Otter, ließ den Iren nach Belieben hinter sich und umkreiste ihn spielerisch.

Hatte das überwältigende Schlafbedürfnis – und ich muß nun gestehen, daß mein Kampf dagegen hauptsächlich von der Furcht her stammte, es könne der abnorme Schlummer sein, den Throckmartin als Vorboten des Bewohners beschrieben hatte, bevor der daran ging, Thora und Stanton zu entführen –, war dieser Schlaf nichts anderes gewesen als eine natürliche Reaktion von erschöpften Nerven und Gliedern?

Und diese letzte Vision vom goldäugigen Mädchen, das sich über Larry gebeugt hatte? War das nicht mehr als die Vorgaukelung eines überanstrengten Geistes gewesen? Ich konnte es nicht entscheiden, beschloß aber, mit O'Keefe darüber zu sprechen, sobald wir allein waren. Und dann warf ich alle Sorgen beiseite und gab mich dem Drang hin, vergnügt und unbeschwert zu sein. Ich schrie wie ein Junge, zog mir die Kleider vom Leib und gesellte mich zu den beiden im Bassin. Das Wasser war angenehm warm, und ich spürte ein ungewohntes Lebensprickeln in jeder Faser meines Körpers. Es schien durch die Haut zu pulsieren und alle Körperregionen mit gewaltiger Vitalität anzufüllen. Als wir endlich genug hatten, schwammen wir zum Rand und zogen uns aus dem

Wasser. Der Zwerg zog sich rasch wieder an, während Larry äußerst sorgfältig seine Uniform anlegte.
»Die *Afyo Maie* hat uns gerufen, Doc«, sagte O'Keefe. »Wir sind, nun, wir sind zum Frühstück zu ihr geladen. Danach dürfen wir, wie Rador mir mitgeteilt hat, an einer Sitzung vom Rat der Neun teilnehmen. Ich vermute, Yolara ist genauso neugierig und ungeduldig wie jede Frau von... von der Oberwelt, wenn dieser Begriff zutrifft, und will nicht länger warten.«
Er gab sich einen Ruck, rückte den Revolver, den er unter dem linken Arm verborgen hatte, zurecht und pfiff ein fröhliches Lied.
»Nach dir, mein lieber Alphonse«, erklärte er Rador mit einer vornehmen Verbeugung. Der Zwerg lachte und ahmte Larrys Verbeugung nach, bevor er zum Haus der Priesterin eilte. Als wir ein Stück weit auf dem Orchideenpfad gelaufen waren, flüsterte ich O'Keefe zu:
»Larry, hattest du auch den Eindruck, kurz vor dem Einschlafen etwas gesehen zu haben?«
»Etwas gesehen?« Er grinste. »Doc, der Schlaf hat mich übermannt wie eine deutsche Granate. Ich dachte noch, ich wäre in einen Gasangriff geraten. Und ich hatte vor, dir ein herzliches Lebewohl wünschen«, fuhr er dümmlich grinsend fort. »Ich denke, ich habe damit auch angefangen...«
Ich nickte.
»Aber, halt, da war noch etwas...« er zögerte, »ich hatte einen wirklich eigenartigen Traum.«
»Und was für einen?« fragte ich neugierig.
»Nun«, antwortete er langsam, »wahrscheinlich, weil ich zuviel an Goldauge gedacht habe. Wie dem auch sei, ich träumte, sie sei durch die Wand gekommen und hätte sich über mich gebeugt. Und dann hat sie eine ihrer wunderbaren schlanken Hände auf meine Stirn gelegt. Ich bekam zwar die Augen nicht auf, aber in gewisser Weise konnte ich sie sehen. Danach fiel der Traum in das wirre Zeugs ab, wie man es sich immer zusammenträumt. Aber warum willst du das wissen?«

Rador hatte sich umgedreht und kam uns entgegen, wahrscheinlich, weil wir ihm nicht schnell genug machten.
»Später«, raunte ich. »Jetzt nicht. Wir sind nicht allein.«
Aber nach seinen Worten machte sich in mir ein beruhigendes Gefühl breit. Mochten wir uns hier auch durch ein vertracktes Labyrinth bewegen, mochten hier an jeder Ecke teuflische Gefahren lauern, das goldäugige Mädchen wachte über uns. Stand uns mit all den geheimnisvollen Kräften zur Seite, die sie besitzen mochte.
Wir schritten durch den Säuleneingang, liefen durch einen langen, gewölbten Korridor und hielten vor einer Tür, die aus einem Monolithen aus reiner Jade geschnitten zu sein schien. Ein hohes, schmales Portal, eingelassen in einer Wand aus Opal.
Rador stampfte zweimal mit dem Fuß auf, und die gleichen silberhellen Glocken von gestern – mir fiel leider kein passenderer Ausdruck ein, denn an diesem Ort des ewigen Tages ist eine solche Einteilung irgendwie müßig – hießen uns einzutreten. Die Tür glitt auf und öffnete ein kleines Zimmer, das an drei Seiten von Opalwänden begrenzt wurde, über denen der schwarze Nebel hing. Die vierte Seite war frei und führte in einen hübschen kleinen Garten hinaus, der von Mauern begrenzt wurde. Wohlduftende Blumen und angenehm aussehende Früchte waren dort in verschwenderischer Fülle zu erkennen. In der Mitte des Raums stand ein kleiner Tisch aus rotem Holz, und von den allgegenwärtigen Kissen erhob sich zur Begrüßung Yolara.
Larry atmete vor unverhohlener Bewunderung scharf ein und verbeugte sich tief. Ich selbst konnte mich auch nicht davon freimachen und tat es dem Iren nach. Die Priesterin schien über unsere Ehrenbezeugung hocherfreut zu sein.
Sie trug eines der hauchdünnen, äußerst freizügigen Gewänder von feinstem Blau. Das korngelbe, seidige Haar wurde von einem weitmaschigen, goldenen Netz gehalten, in dem winzige Brillanten wie Saphire und Diamanten funkelten. Yolaras azurblaue Augen taten es ihnen an Glanz mindestens gleich, und mir fiel sofort auf, wie ihr Blick voll Wohlgefallen auf Larrys wohlgeform-

tem, durchtrainiertem Körper und seinem hübschen, fein geschnittenen Gesicht ruhte. Die hoch gebogenen Füße der Priesterin standen auf Sandalen, deren weiße Bänder bis unter die Knie der göttinnenhaften Beine gebunden waren.
»Was für ein Fleisch gewordenes Wunder!« sagte Larry, sah mich kurz an und legte eine Hand auf die Brust. »Stell sie in New York auf ein Dach, und der ganze Broadway ist in Sekundenschnelle menschenleer. Darauf gehe ich jede Wette ein, Doc!«
Er wandte sich Yolara zu, die etwas verwirrt wirkte.
»Ich sagte gerade, O Herrin, deren glänzendes Haar allein schon die Herzen von ungezählten Männern binden könnte, daß Ihr in unserer Welt mit Eurer Schönheit als weibliche Sonne verehrt werden würdet!« erklärte er rasch mit der ihm eigenen Art, in Bruchteilen von Sekunden die schönsten Schmeicheleien zu ersinnen.
Wie ein zarter Hauch schoß kurz Röte in das weiße Antlitz. Das Blau ihrer Augen wurde noch weicher, und sie winkte uns gnädig zu den Kissen heran. Schwarzhaarige Dienerinnen kamen herein und stellten Platten mit Früchten, kleinen Broten und einem dampfenden Getränk, das in Farbe und Geruch stark an Kakao erinnerte, auf den Tisch. Wie auf ein geheimes Signal hin begann der Hunger in mir zu knurren.
»Wie sind Eure Namen, Fremdlinge?« fragte die Schöne.
»Dieser Mann heißt Goodwin«, antwortete O'Keefe, »und was mich betrifft, so nennt man mich allgemein Larry.«
»Es geht doch nichts über ein rasches sich Vorstellen«, sagte er zu mir, hielt dabei aber den Blick auf Yolara gerichtet, so als habe er wieder betörende Worte für ihre Schönheit gefunden. Und das schien sie auch zu glauben. »Ihr müßt mir unbedingt Eure Sprache beibringen«, erklärte sie sanft.
»Dann stehen mir zwei Worte zur Verfügung, wo ich doch jetzt nur eines besitze, um Eure Anmut zu preisen«, erklärte der Ire.
»Und damit hätten wir auch etwas Zeit gewonnen«, sagte er mir.
»Und eine Aufgabe, von der sie uns nicht ablösen können, um uns zur Hauptattraktion eines ihrer Feiertage zu machen.«

»*Larrihh!*« Yolara ließ das Wort auf der Zunge zergehen. »Der Klang Eures Namens gefällt mir. Er birgt Süße in sich.« Und so, wie sie ihn aussprach, hörte er sich tatsächlich süß an.

»Und wie heißt Euer Land, *Larrihh*?« fragte sie weiter. »Und das von Guddwinn?«

»Mein Land, o Herrin der Lieblichkeit, sind eigentlich zwei Länder, Irland und Amerika. Doch Goodwin hat nur ein Land, Amerika.«

Sie wiederholte die beiden Namen, wiederholte sie mehrere Male. Wir nutzten die Gelegenheit, uns über die Speisen herzumachen, und hielten schuldbewußt inne, als sie wieder sprach.

»Oh, wie konnte ich nur so vergeßlich sein?« rief sie. »So eßt doch und trinkt.« Sie stützte das Kinn auf die Hände und beobachtete uns, während ein ganzer Wasserfall von Fragen in ihren wunderbaren Augen sichtbar wurde.

»Wie kommt es, *Larrihh*, daß Ihr zwei Länder habt und Guddwinn nur eines?« fragte sie schließlich, als sie ihre Neugierde nicht länger zügeln konnte.

»Ich bin in Irland geboren, er in Amerika. Aber ich habe lange in seinem Land gelebt und liebe alle beide.«

Sie nickte verständnisvoll.

»Sind alle Männer in Irland wie Ihr, *Larrihh*? So wie alle Männer hier wie Lugur oder Rador sind? Ich mag Eure Erscheinung«, fuhr sie in naiver Offenheit fort, »und ich bin es müde, ständig nur Männer wie Lugur und Rador um mich herum zu sehen. Aber die beiden sind furchtbar stark«, fügte sie rasch hinzu. »Lugur kann zehn mit seinen beiden Armen hochhalten und mit einer Hand sechs emporheben.«

Wir wußten nicht, wen oder was sie mit ihren Zahlenangaben meinte, und sie zählte es uns mit ihren langen, weißen Fingern vor.

»Für die Männer in Irland, Herrin, bedeutet das nicht viel«, entgegnete O'Keefe. »Ich habe einmal einen Mann aus meiner Rasse gesehen, der zehnmal zehn von Euren ... wie heißen diese raschen Wagen, mit denen uns Rador hierhergebracht hat?«

»Corial«, antwortete sie.
»Also dieser Mann konnte zehnmal zwanzig von unseren Corials mit nur zwei Fingern hochheben, und was unsere Corials angeht...
»Coria«, verbesserte sie ihn.
»Nun, was diese Coria von uns angeht, so wiegen sie zehnmal soviel wie die euren. Und ich habe einen anderen Mann aus meiner Rasse erlebt, der mit einer einzigen Handbewegung die Hölle entfesseln konnte!
Und das ist nicht einmal gelogen«, murmelte er mir zu. »Beides an der Ecke Zweiundvierzigste und Fünfte Straße in New York.«
Yolaras Zweifel waren unübersehbar.
»Hölle?« fragte sie schließlich. »Ich kenne diesen Ausdruck nicht.«
»Nun, dann sagt meinetwegen Muria dafür. In vielerlei Hinsicht sind sich beide Orte ähnlich, o höchste Freude des Herzens!«
Aber die Zweifel in ihren Augen wollten nicht vergehen. Sie schüttelte den Kopf.
»Keiner von unseren Männern vermag solches zu vollbringen«, antwortete sie gedehnt. »Und ich halte es auch für ausgeschlossen, daß Ihr das könntet, Larrihh!«
»Nein, bewahre«, meinte O'Keefe gelassen, »ich habe nie versucht, so stark zu sein. Dafür kann ich fliegen.«
Die Priesterin sprang auf und sah ihn mit funkelnden Augen an.
»Fliegen!« wiederholte sie fassungslos. »Wie ein *Zitia*? Ein Vogel?«
Larry nickte und fuhr eilig fort, als er die aufkeimende Strenge in ihren Augen sah:
»Nicht mit Flügeln, Yolara, sondern in einem Corial, der sich durch – wie heißt das Wort für Luft, Doc? – nun, der sich durch das hier bewegt.« Er zog mit der Hand einen weiten Bogen durch die Luft. Dann holte er einen Bleistift aus einer Tasche und malte damit auf dem weißen Tischtuch eine hastige Skizze eines Flugzeugs. »In einem solchen Corial.«
Sie betrachtete die Skizze lange, zog dann ein langes Messer aus

dem Gürtel und schnitt Larrys Zeichnung aus dem Tischtuch. Das Stück legte sie dann mit vorsichtigen Fingern beiseite.

»Das verstehe ich«, erklärte sie.

»Eine erstaunlich intelligente Frau«, murmelte der Ire. »Ich hoffe, ich habe nicht gerade ein Staatsgeheimnis verraten, aber sie hatte mich schließlich in der Zange.«

»Und wie sind eure Frauen, Larrihh? Ähneln sie mir? Und wie viele von ihnen habt Ihr geliebt?« fragte sie wißbegierig im Flüsterton.

»In ganz Irland und Amerika findet sich keine, die Euch gleichkäme, o Yolara«, antwortete er. »Und das kannst du verstehen, wie du willst«, fügte er in Englisch hinzu. Sie nahm die letzte Bemerkung als Kompliment und war wieder hocherfreut.

»Habt ihr auch Göttinnen?« wollte sie nun wissen.

»Jede Frau in Irland oder Amerika wird wie eine Göttin verehrt«, offenbarte Larry.

»Das kann ich kaum glauben.« Zorn, aber auch Spott standen nun in ihren Augen. »Ich kenne die Frauen, Larrihh. Wenn dem so wäre, wie Ihr behauptet, hätten eure Männer keinen Frieden mehr.«

»Dem ist ja auch so!« erwiderte der Ire. Der Zorn erlosch in ihr, und sie lächelte Larry süß und verständnisvoll an.

»Und welche Göttin verehrt Ihr, Larrihh?«

»Euch!« hauchte O'Keefe mit atemberaubender Kühnheit.

»Larry!« flüsterte ich ihm zu. »Übertreib es nicht. Du tanzt auf einem Vulkan!«

Aber die Priesterin lachte hell, und es klang wie reinste Glocken.

»Ihr seid wahrlich ein tollkühner Mann, Larrihh«, lächelte sie. »Ihr kommt hierher und bietet mir einfach Eure Anbetung an. Doch solcher Mut erfrischt mein Herz. Aber Lugur ist stark. Und Ihr gehört nicht zu diesen beiden, von denen Ihr eben erzählt habt. Und Eure Flügel habt Ihr auch nicht dabei.«

Wieder lachte sie laut. O'Keefe errötete. Eins zu null für Yolara.

»Fürchtet nicht um mich, wenn ich Lugur gegenüber stehe«, sagte er grimmig. »Fürchtet eher um ihn!«

Ihr Lachen erstarb abrupt. Sie starrte ihn eindringlich an. Dann verzauberte ein rätselhaftes Lächeln ihre Lippen, süß und grausam zugleich.
»Nun, wir werden sehen«, murmelte sie. »Ihr spracht davon, daß man in eurer Welt auch kämpft. Mit welchen Waffen kämpft ihr?«
»Nun, da gibt es einige«, antwortete O'Keefe unbestimmt. »Wie soll ich sagen, wir schlagen uns eben so durch...«
»Habt ihr auch einen *Keth*? Ich meine den Kegel, der Songar in Nichts verwandelte?« fragte sie rasch.
»Nachtigall, ich hör dich trapsen«, sagte Larry zu mir. »Bitte, wenn sie es so will, soll sie es so haben. Jetzt paß einmal auf, was alles in Larry O'Keefe steckt!«
Rasch wandte er sich wieder ihr zu: »Ich sagte gerade, Eure Stimme ist wie silbernes Feuer, und Euer Geist übertrifft noch Eure Schönheit, und er vermag die Seelen der Männer auszuforschen, genauso wie Eure Schönheit ihre Herzen in Bann nimmt. Doch nun hört meine Worte, o Yolara, denn ich spreche die Wahrheit.« In seine Augen trat ein Zug der Entrückung, und seine Stimme wurde so sanft, wie das wohl nur den Iren möglich ist. »In meinem Land Irland lebten vor so vielen Lebensspannen...« Er spreizte alle zehn Finger, zog sie wieder zusammen und spreizte sie wieder und wiederholte das, bis er zwanzigmal zehn gezeigt hatte. »... die mächtigen Männer meines Volks, die Taitha-da-Dainn. Und die vermochten Menschen ins Nichts zu senden, wie Ihr es mit dem Keth getan habt. Aber dies vermochten sie mit ihren Harfen zu bewerkstelligen, und mit gesprochenen Worten. Mit Worten der Macht, Yolara, mit Worten, mit dem Anschlagen von Saiten und mit bestimmten anderen todbringenden Klängen.
Einer von ihnen war Cravetheen, der mit seiner Harfe Flammen schnell wie Blitze verschießen konnte, die alles von dem auffraßen, auf den sie gerichtet waren. Und weiterhin war da Dalua von Hy Brasil, dessen Flötentöne Mensch oder Tier den Schatten raubten und sie schließlich selbst in Schatten verwandelten. Überall wohin Dalua ging, folgte ihm daher eine Armee von Schatten, die

ehedem Menschen oder Tiere gewesen waren, wie ein Sturmwind. Und nicht zu vergessen Bel der Harfner, der die Herzen der Frauen in flüssiges Wachs und die Herzen der Männer in glimmende Asche verwandeln konnte; und dessen Harfenspiel große Felsen zerschmettern und mächtige Bäume zu Boden biegen konnte...«

Larrys Augen leuchteten, während er davon erzählte, und er schien sich selbst in eine Art Trance geredet zu haben. Die Priesterin fuhr immer weiter vor ihm zurück, und ihre weiße Haut erblaßte.

»Ich sage Euch, Yolara, solche Männer lebten und leben in Irland.« Seine Stimme hatte die Intensität eines Orkans. »Und ich habe Männer gesehen, so zahlreich wie zehnmal die Anzahl derer, die sich in euren Hallen aufhalten, die zu Staub zerblasen wurden, noch ehe Ihr Euer Keth hättet in die Hand nehmen können. Ja, und Felsen, noch mächtiger als die, durch die wir gekommen sind, die in der Zeit eines Augenaufschlags in die Luft flogen und dort in eine Million Teilchen zersplitterten. Dies ist die Wahrheit, o Yolara, nichts als die reine Wahrheit. Wartet, habt Ihr vielleicht diesen kleinen Keth-Kegel dabei, mit dem Ihr gestern Songar vernichtet habt?«

Sie nickte und starrte ihn fasziniert und gleichzeitig furchtsam an.

»Dann setzt ihn ein.« Er nahm eine Kristallvase vom Tisch und stellte sie auf die Schwelle zum Garten. »Setzt ihn dagegen ein, und dann demonstriere ich Euch, was ich meine.«

»Ich werde den Keth gegen einen der Ladala richten«, erklärte sie.

Aller Übermut wich von O'Keefe. Schrecken stand in seinen Augen, als er sie ansah, was sie dazu brachte, die Lider zu senken.

»Wir wollen es so tun, wie Ihr es vorgeschlagen habt«, sagte die Priesterin. Sie zog den glänzenden Kegel aus dem Ausschnitt und richtete ihn auf die Vase. Der grüne Strahl schoß heraus und hüllte das Stück ein, doch bevor er seine Wirkung zeigen konnte, blitzte es in Larrys Hand auf, und die zitternde Vase flog in Stücke. So

rasch, wie O'Keefe die Pistole herausgezogen hatte, so behende ließ er sie wieder dort verschwinden. Nun stand er mit leeren Händen da und sah Yolara ernst an. Aus dem Vorraum ertönte Geschrei, und viele Füße setzten sich in Bewegung.
Yolara war kalkweiß geworden, und ihre Augen waren weit aufgerissen, aber ihre Stimme klang beherrscht wie immer, als sie den Wachen draußen zurief:
»Es war nichts, geht zurück auf eure Posten!«
Doch als sie hörte, wie die Soldaten wieder davongingen, starrte sie den Iren angestrengt an. Erst nach einer Weile warf sie einen Blick auf die zertrümmerte Vase.
»Ihr hattet recht!« rief sie, »aber seht nur, der Keth schweigt noch nicht!«
Ich sah auf die Schwelle. Jedes einzelne Kristallfragment vibrierte und schleuderte seine Partikel in den Raum. Zwar hatte Larrys Kugel die Vase zerstört, sie damit jedoch nicht von der Desintegrationskraft befreit. Triumph erschien auf dem Gesicht der Priesterin.
»Aber was bedeutet es schon der zerbrochenen Vase, o todbringende Fürstin der Schönheit, was aus ihren Einzelteilen wird?« fragte O'Keefe heiter und gleichzeitig spitzfindig.
Der Triumph auf ihrem Gesicht schien in sich zusammenzubrechen, und für eine Weile schwieg Yolara, um nachzudenken.
»Auf zu Nummer zwei«, flüsterte Larry mir zu. »Ich wette, die Lady hat noch einige Überraschungen in ihrer Zauberkiste. Halt sie im Auge, dann bekommst du alles rechtzeitig mit.«
Wir mußten nicht sehr lange warten. Die Priesterin hatte die Stirn in ärgerliche Falten gelegt und wirkte bald wie der Fleisch gewordene verletzte Stolz. Sie klatschte in die Hände, flüsterte der Dienerin etwas zu, die auf dieses Zeichen erschienen war, und bedachte uns dann mit einem boshaften Blick.
»Ihr habt mir die Frage beantwortet, wie stark eure Männer sind, aber Eure eigene Kraft noch nicht unter Beweis gestellt. Nun gut, Ihr habt auf den Keth geantwortet, aber wie steht es um Eure Antwort auf *das*!«

Sie zeigte hinaus in den Garten. Ich sah, wie ein blütenbehangener Zweig sich durchbog und mit einem Schnappen zerbrach, obwohl keine Hand zu sehen war, die das getan haben könnte. Ein zweiter, ein dritter und dann immer mehr Zweige folgten dem ersten. Schließlich ruckte ein kleiner Baum und stürzte wie gefällt. Näher und näher rückte der Pfad der Zerstörung auf uns zu, während in dem Garten nichts anderes als das Hereinströmen des silbernen Lichts zu erkennen war. Nun schoß ein großer Wasserkrug, der neben einer Säule gestanden hatte, jäh in die Luft und fiel dann hart direkt vor meinen Füßen zu Boden. Kissen wirbelten durch die Luft, als sei urplötzlich ein Wirbelwind ausgebrochen.
Dann hielten unsichtbare Hände meine Arme und preßten sie an meine Seiten. Eine weitere fuhr mir an die Kehle, und ein nadelscharfer Dolch ritzte mir das Hemd auf und berührte dann direkt über dem Herzen meine Haut.
»Larry!« schrie ich verzweifelt. Nur mit Mühe konnte ich meinen Kopf drehen und entdeckte, daß er ebenfalls in der Gewalt der unsichtbaren Macht war. Aber er zeigte keine Angst, war eher amüsiert.
»Nur die Ruhe, Doc!« sagte er. »Vergiß nicht, daß sie noch unsere Sprache lernen will!«
Die Priesterin stieß Salve um Salve von glockenhellem Hohngelächter aus. Endlich gab sie einen Befehl, und Hände und Dolch ließen augenblicklich von mir ab. So abrupt, wie ich gefangengenommen worden war, war ich wieder frei... wenn ich mich auch erschöpft fühlte und mir die Knie zitterten.
»Habt ihr so etwas auch in Irland, Larrihh!« rief Yolara und schüttelte sich fast vor Lachen.
»Ein hübscher Trick, Herrin der Anmut.« O'Keefes Stimme war genauso gelassen wie seine Miene. »Aber der galt in Irland schon als überholt, noch bevor Dalua seinem ersten Mann den Schatten fortgeflötet hatte. Und in Goodwins Land bauen sie Schiffe – Coria, die auf dem Wasser fahren –, mit denen sie das Land verlassen, bis sie nur noch von Meer und Himmel umgeben sind. Und

diese Wassercoria sind jeder für sich vielmal größer als Euer Palast hier.«

Das brachte Yolara erst recht zum Lachen.

»Das hat mir nicht viel eingebracht«, raunte mir Larry zu. »Muß mir wohl etwas Schlaueres ausdenken. Aber bei Gott, wenn wir herausfinden könnten, wie ihr letzter Trick funktioniert und das dann mit nach Hause nehmen, Mannomann!«

»Nicht so, Larrihh!« kicherte die Priesterin. »Nicht so, Goodwins Schrei hat Euch verraten!«

Ihr etwas makabrer Humor war zurückgekehrt, und sie erinnerte jetzt an ein verzogenes Kind, das sich über einen gelungenen Streich freut. Und sie glich immer noch einer Göre, als sie jetzt rief: »Paßt auf, was ich Euch nun zeige!« Wieder rief sie die Dienerin, flüsterte ihr etwas ins Ohr und sah uns dann triumphierend an, bis die Magd mit einer länglichen Metallkiste zurückkehrte. Yolara zog aus ihrem Gürtel einen Gegenstand, der wie ein kleiner Bleistift aussah, und richtete ihn auf die Kiste. Ein dünner Lichtstrahl, der sich offenbar in nichts von einem elektrischen Blitz unterschied, traf auf die Schloßspange. Der Deckel der Kiste flog auf, und Yolara holte drei flache, ovale Kristalle von blaßrosa Färbung heraus. O'Keefe und mir reichte sie je einen davon.

»So!« sagte sie nur und hielt sich das dritte Oval vor die Augen. Ich spähte durch mein Kristall, und plötzlich tauchten aus der Luft sechs grinsende Zwerge auf. Jeder von ihnen war vom Kopf bis zur Fußsohle in ein so hauchdünnes Gewebe gehüllt, daß der Körper darunter deutlich sichtbar war. Das sonderbare Material schien zu vibrieren, und seine Fasern liefen wie Quecksilber ineinander über. Ich riß mir das Oval von den Augen, und das Zimmer zeigte sich so leer wie vorhin. Aber als ich den Kristall wieder ansetzte, grinsten vor mir die sechs Kobolde.

Yolara schnippste mit den Fingern, und die sechs Zwerge waren verschwunden, so oft ich auch ins Oval spähte.

»Es liegt an ihrer Kleidung, Larrihh«, erklärte Yolara gönnerhaft. »Es kam zu uns von den... den Alten. Aber leider besitzen wir davon so wenig.« Sie seufzte.

»Solche Schätze haben sich schon oft als zweischneidiges Schwert erwiesen, wunderbarste Priesterin«, kommentierte der Ire. »Denn wie wollt Ihr sicher sein, daß sich nicht jemand in ein solches Gewand hüllt, um unbemerkt zu Euch vorzudringen und Euch dann zu ermorden?«

»Da besteht für mich überhaupt keine Gefahr«, erklärte sie halb gelangweilt, »denn ich bin ihre Herrin.«

Sie dachte einige Momente nach und sagte dann:

»Und damit genug davon. Ihr beiden sollt zu einer gewissen Stunde vor den Rat treten. Aber Ihr braucht nichts zu befürchten. Ihr, Goodwin, geht mit Rador durch die Stadt und vergrößert so Euer Wissen. Ihr aber, Larrihh, wartet hier in meinem Garten auf mich.« Sie lächelte ihn verlockend an, aber darin schwang auch so etwas wie Überlegenheit mit. »Denn soll nicht dem, der einer ganzen Welt voll Göttinnen widerstand, die Möglichkeit gegeben werden, seiner Gebieterin zu huldigen, wenn er sie endlich doch noch gefunden hat?«

Sie lachte lauthals und verschwand. In diesem Moment mochte ich Yolara mehr als je zuvor... und wohl auch mehr als je wieder in der Zukunft. Ich sah Rador draußen an der Jadetür stehen und wollte schon zu ihm, als Larry mich am Arm faßte.

»Warte eine Minute«, drängte er. »Du wolltest mir doch noch etwas von Goldauge erzählen. Ich habe die ganze Zeit daran denken müssen, während dieses... dieses kleinen Wettbewerbs.«

Ich erzählte ihm von der Vision, die ich gehabt hatte, während mir die Lider immer schwerer nach unten sanken. Er hörte aufmerksam zu und lachte dann.

»Verdammt nochmal!« grinste er. »Um die Privatsphäre scheint es hier wirklich nicht zum besten bestellt zu sein. Frauen, die durch Wände spazieren, und andere Frauen mit Tarnkappen, die ihre Getreuen hinschicken, wo immer es ihnen paßt. Aber laß dich davon nicht unterkriegen, Doc. Denk immer daran, daß alles eine natürliche Erklärung hat. Diese Tarngewänder sind wahrscheinlich mit einem besonderen Belag bestrichen. Gütiger Gott, wenn wir so etwas nur mit nach Hause nehmen könnten!«

»Die Tarnanzüge lassen wahrscheinlich jegliche Lichtvibration ungehindert hindurch; oder sie lenken alle Lichtstrahlen um sich herum, so wie der schwarze Nebel alles Licht abblockt«, antwortete ich. »Ein Mensch unter Röntgenstrahlen ist teilweise unsichtbar. Diese Tarnanzüge verstärken den Effekt möglicherweise bis zur Vollkommenheit. Er ist ausgeblendet, wie die Leute vom Filmgewerbe sagen würden.«

»Tarnung, das kenne ich zur Genüge aus dem Krieg«, schnaubte der Ire. »Und was den Leuchtenden angeht, ich würde zu gern miterleben, ob er gegen die O'Keefe-Todesfee Punkte machen könnte. Ich wette, das alte irische Mädchen würde ihm drei furchtbare Schwinger verpassen, ihn würgen und dann windelweich durchprügeln, noch bevor der Leuchtende wüßte, ob es Tag oder Nacht ist. O Mann, was für eine Keilerei!«

Ich hörte ihn immer noch darüber kichern, als ich durch die Opaltür auf den grünen Zwerg zuging.

Ein Corial erwartete uns. Ich stieg nicht sofort ein, sondern studierte erst die glatte Oberfläche der Straße. Sie bestand aus Obsidian; aus vulkanischem, smaragdgrünem Glas, ohne Fehler, durchscheinend und fugenlos. Verwundert wandte ich mich ab, um das Gefährt in Augenschein zu nehmen.

»Was treibt den Wagen an?« fragte ich Rador. Er rief nur einen Befehl, und der Fahrer berührte einen verborgenen Knopf. Neben dem Kontrollhebel, von dem ich im vorherigen Kapitel schon gesprochen habe, tat sich eine Öffnung auf. In der ruhte ein kleiner, schwarzer Kristallwürfel, an dessen Innenseiten entlang ein sich drehender, glühender Ball von kaum fünf Zentimetern Durchmesser eilte. Unter dem Würfel führte ein merkwürdig geformter Zylinder in den unteren Teil des Nautilus-Wagens hinab.

»Seht her!« sagte Rador. Er schob mich sanft in das Gefährt und nahm neben mir Platz. Der Fahrer zog leicht an dem Hebel. Ein Funkenschwarm flog von dem Ball in den Zylinder. Der Corial startete sanft, und als der Funkenstrom sich verstärkte, wurde der Wagen schneller.

»Ein Corial hat keine Bodenberührung«, erklärte Rador. »Er

schwebt etwa soviel darüber.« Er hielt Daumen und Zeigefinger knapp einen halben Zentimeter auseinander.
An dieser Stelle mag es angebracht sein, den Antrieb der hiesigen Wagen – der Coria – etwas näher zu erläutern. Man nutzte für diese Gefährte Atomenergie. Der wirbelnde Ball sandte Ionen aus, die durch den Zylinder auf zwei Bänder aus einem eigentümlichen Metall gelangten, die ähnlich wie Kufen an einem Schlitten an der Unterseite des Wagens angebracht waren. Damit bewirkten die Ionen eine teilweise Aufhebung der Schwerkraft. Das heißt, sie hoben den Wagen von der Straße und riefen gleichzeitig einen mächtigen Rückstoß hervor, der sich nach dem Willen des Fahrers vor-, rückwärts oder zur Seite richten ließ.
Die Erzeugung dieser Energie und der Mechanismus ihrer Verwertung gehen folgendermaßen vonstatten:

... Dr. Goodwins einleuchtende und außerordentlich verständliche Darstellung dieses faszinierenden Prinzips wurde vom Exekutivrat des Internationalen Wissenschaftsverbands gestrichen. Zu groß erschien ihm die Gefahr, die Wissenschaftler der Zentralmächte, mit denen wir bis vor kurzem noch im Kriegszustand waren, könnten daraus allzu leicht Anregungen ziehen. Es darf an dieser Stelle aber der Hinweis gegeben werden, daß sich Dr. Goodwins Ausführungen in den Händen von Experten dieses Landes befinden. Doch diese sehen sich unglücklicherweise bei ihrer Forschung vor enormen Problemen, da wir nur sehr, sehr wenige radioaktive Elemente kennen und erst recht nichts über das Element oder die Elemente wissen, aus denen der Ball oder der schwarze Würfel bestehen. Dennoch ist es Dr. Goodwin zu verdanken, daß uns zumindest das Prinzip klargeworden ist, und man geht in Wissenschaftlerkreisen allgemein davon aus, über kurz oder lang auch die angeführten Schwierigkeiten lösen zu können.

J.B.K., Präs., I.W.V.

Die breite glänzende Straße wimmelte von Coria. Sie schossen in und aus den Gärten, und in ihnen saßen die außergewöhnlich schönen, hellhaarigen Frauen auf ihren Kissen und kamen mir vor wie Prinzessinnen aus dem Elfenland, die in Blütenkelchen ruhten. In einigen Wagen saßen blonde Männer von Lugurs Typ. Hin und wieder sah man auch schwarzhaarige Offizierskameraden von Rador. Andere Male Mädchen mit pechschwarzen Zöpfen, offensichtlich die Dienerinnen der vornehmen Damen. Und gelegentlich durfte auch einmal eine Schöne aus dem niederen Volk einen der blonden Zwerge begleiten.
Wir folgten der Kurve, die die edelsteinhafte Straße wie ein riesiges Hufeisen aussehen ließ, und bald marschierten neben uns die hohen Klippen in ihrem Moosgewand umher, durch die wir von unserer Wanderung vom Mondteich aus gekommen waren. Sie bildeten eine titanische Felsenburg, die majestätisch hervorragte. Wir waren genau im Zentrum dieses Vorsprungs herausgekommen. Leicht glühten die Seitenvorsprünge, als wir an ihnen vorbeischossen.
Die schlanken, grazilen Brücken, unter denen wir dahineilten, führten zu Öffnungen in den hohen, moosbewachsenen Klippen. An jeder stand eine Garnison Soldaten. Durch manche der Öffnungen strömten kleine Abzweigungen zur grünen Hauptstraße. Dies waren Landstraßen, die in die Lebensräume der Ladala führten, wie Rador mir erklärte. Er fügte hinzu, daß niemand aus dem gemeinen Volk an den Garnisonen vorbeikam, solange er nicht gerufen wurde oder einen Paß besaß.
Wir gelangten ans Ende der riesigen Kurve und eilten ein grünes Band entlang, das wir von der Ovalöffnung im Fels aus gesehen hatten. Vor uns erhoben sich die rosafarbenen Klippen, bei denen der See lag. Einen Kilometer von ihnen entfernt spannte sich die letzte Brücke. Sie war viel massiver als die anderen, und von ihr ging der Geist uralter Zeiten aus, an dem es den anderen mangelte. Auch war die Garnison hier deutlich stärker, und der Weg wurde von zwei festen Gebäuden flankiert, die mich an Blockhäuser erinnerten. Irgend etwas an ihnen rief meine Neugier hervor.

»Wohin führt diese Straße, Rador?« wollte ich wissen.
»Zu dem Ort, Goodwin, von dem ich Euch am allerwenigsten erzählen darf«, antwortete der Zwerg, was meine Neugier nur noch vergrößerte.
Wir fuhren gemächlich über den Pier. Weit zur Linken hing der Regenbogenvorhang zwischen den zyklopischen Säulen. Auf dem weißen Wasser trieben anmutige Boote – wie Repliken von Elfenschiffen –, aber keines kam dem mysteriösen Vorhang zu nahe.
»Rador, was ist das?« fragte ich drängend.
»Der Schleier des Leuchtenden!« antwortete er leise und dunkel.
War dieser Leuchtende etwa mit dem Wesen identisch, das wir Bewohner nannten?
»Wer oder was ist der Leuchtende?« rief ich erregt. Aber der Zwerg schwieg nur. Und von nun an wechselte er kein Wort mehr mit mir, bis wir uns wieder auf dem Heimweg befanden.
Und so angeregt, wie mein Interesse, meine wissenschaftliche Neugierde war, so bewußt war ich mir plötzlich einer merkwürdigen Bedrücktheit, die über diesem Ort lag. So schön und friedlich war hier alles anzuschauen, und dennoch wohnte unter der Oberfläche etwas Beängstigendes, etwas Unerklärliches, so etwas wie unmenschliches Leiden. Ich kam mir vor wie eine Seele, die in Gottes Garten wandelt und dort plötzlich irgendwo verborgen einen bösen Geist wahrnimmt, der sich auf unerklärliche Weise dort eingeschlichen hatte und nur auf die günstigste Gelegenheit wartete, Unheil anzurichten.

XVII

Der Kobold

Der Wagen fuhr uns auf direktem Weg zum Haus der Priesterin zurück. Larry erwartete mich bereits. Wir standen wieder vor der Wand aus Dunkelheit, vor der wir zum erstenmal Yolara und die Stimme vernommen hatten. Und während wir dort standen, tauchte wieder genauso magisch wie verwirrend das Portal auf.
Doch das, was sich dahinter zeigte, war nicht mehr so wie beim erstenmal. Um den schwarzen Tisch herum saßen mehrere Personen – Lugur, Yolara und sieben andere –, allesamt hellhaarig und überwiegend Männer, bis auf eine Frau, die neben der Priesterin Platz genommen hatte. Eine uralte Greisin, deren Alter ich nicht einmal schätzen konnte. In ihrem Gesicht waren Spuren einer Schönheit zu entdecken, die einst sicher an die von Yolara heute herangereicht hatte. Doch auch von den Falten und Runzeln ging etwas Besonderes aus, und auch in diesen Zügen lauerte die Freude an Boshaftigkeit und Schrecken.
Nach einer kurzen Begrüßung begann unsere Prüfung, denn nichts anderes steckte hinter der Einladung an uns. Und während des Fortschreitens der Befragung faszinierte mich immer mehr der Wechsel in O'Keefes Persönlichkeit. Alles Lausbubenhafte war von ihm gewichen, und sein Humor zeigte sich so gut wie nie in den Antworten, die er gab. Larry agierte wie ein besonnener Schwertkämpfer, der die Deckung aufrechterhielt, Finten schlug und dabei unablässig seinen Gegner beobachtete. Vielleicht noch eher wie ein Schachspieler, der seinen Gegenspieler studiert, um festzustellen, ob er einige Züge weiter vorausgedacht hat als er selbst. Und so gut wie nie vergaß er den Hinweis auf die Vielzahl und das Zusammengehörigkeitsgefühl unserer Rassen auf der Erdoberfläche.

Ihre Fragen schienen kein Ende nehmen zu wollen. Welcher Beschäftigung gingen wir nach? Welches Regierungssystem hätten wir? Wie groß seien unsere Meere? Wie groß sei die Landfläche im Vergleich dazu? Sehr großes Interesse rief der Weltkrieg bei ihnen hervor. Sie wollten ganz genau wissen, wie und warum er ausgebrochen war. Und als das Gespräch auf die dort eingesetzten Waffen kam, konnten sich die Neun nur noch mit Mühe zurückhalten. Ebenso begierig, alles zu erfahren, waren sie, als wir von den polynesischen Ruinen berichteten. Sie wollten präzise Angaben zu ihrer Position, über die Flora und Fauna und darüber, wie oft diese Inseln von Schiffen angelaufen würden. Und dann wollten sie wissen, ob es wohl wahrscheinlich sei, daß noch andere außer uns auf das Mondtor und den Weg hinunter nach Muria stoßen könnten?

Ich warf Lugur einen raschen Blick zu. Er wirkte bei der ganzen Befragung überraschend gelassen, ja fast schon uninteressiert. Ob der Russe ihm von dem Mädchen in der rosafarbenen Wand berichtet, ihm gar von den wahren Gründen unserer Expedition erzählt hatte?

Ich beantwortete die letzte Frage und ließ dabei alles aus, was unsere wahren Motive hätte aufdecken können. Der rote Zwerg beobachtete mich mit unverhohlener Heiterkeit, und ich begriff, daß Marakinow alles verraten hatte. Aber aus Gründen, die nur ihm bekannt waren, hatte Lugur diese Informationen für sich behalten, nicht einmal Yolara davon erzählt. Genauso wenig hatte die Priesterin es für nötig befunden, von Larrys Revolver zu erzählen, mit dem er die Kristallvase zerschmettert hatte. Meine Gedanken gerieten darüber in einige Verwirrung und suchten hilflos nach einem Anhaltspunkt, um dieses Rätsel zu entwirren.

Über zwei Stunden lang befragten uns die Neun. Endlich rief die Priesterin Rador, und wir waren entlassen.

Larry wirkte recht düster, nachdem wir uns wieder in unserem Quartier befanden. Unruhig schritt er in dem Zimmer auf und ab.

»Irgendein ganz gefährliches Süppchen wird hier ausgekocht«,

knurrte er schließlich und blieb direkt vor mir stehen. »Ich habe nur leider keine Ahnung, welche Zutaten sich in der Brühe befinden. Und das fuchst mich ungemein. Alles läuft auf eine derbe Auseinandersetzung hinaus, daran gibts nichts zu rütteln. Ich möchte so rasch wie möglich Goldauge finden, Doc. Du hast sie nicht zufällig während der letzten Zeit wieder in der Wand gesehen, oder?« fragte er und war sich, wie es seine Art war, durchaus bewußt, wie unsinnig seine Frage klang.
»Lach ruhig, wenn dir danach ist«, fuhr er fort. »Aber sie ist unser größter Trumpf im Ärmel. Natürlich gibt es ein Wettrennen zwischen Goldauge und der O'Keefe-Todesfee, aber ich setze mein sauer verdientes Geld lieber auf das Mädchen in der Wand. Nachdem du fort warst, hatte ich im Garten der Priesterin ein merkwürdiges Erlebnis.« Seine Stimme senkte sich zu einem düsteren Flüstern. »Doc, hast du jemals einen echten Kobold gesehen?« Ich schüttelte mit der gleichen Verschwörermiene den Kopf. »Ein kleiner grüner Mann«, erklärte Larry, »der mir kaum bis ans Knie reicht. O ich habe schon mal einen gesehen, vor Zeiten im Carntogher-Wald. Nun denn, ich saß da in Yolaras Garten, dachte an nichts Besonderes, und da trat sein genaues Ebenbild aus einem der Büsche und fuchtelte mit einem eichenen Knüttel herum.
›Du gerätst immer tiefer in die Bredouille, Söhnchen‹, sprach er mich an, ›aber laß dich davon nicht unterkriegen.‹
›Ich schlag mich schon durch‹, antwortete ich, ›aber du hast einen weiten Weg vom guten alten Irland zurückgelegt.‹
›Du hast 'ne Menge Freunde hier‹, erklärte er. ›Und wo das Herz seinen Platz findet, folgen die Füße bald nach. Was allerdings nicht heißen soll, Jungchen, daß ich gerne hier bin.‹
›Ich weiß genau, wo mein Herz im Moment ruht‹, sagte ich ihm. ›Bei einem Mädchen mit goldenen Augen und Haaren und einer schwanenweißen Brust wie Eilidh die Schöne. Aber meine Füße schaffen es einfach nicht, dorthin zu kommen.‹
Und der Kobold hat mit dem Kopf genickt und eifrig den Knüttel geschwungen.
›Deshalb bin ich ja auch zu dir gekommen‹, erklärte er. ›Ver-

schwende dein Herz bloß nicht für die *Bhean-Nimher*, für die Schlangenfrau mit den blauen Augen. Sie ist eine Tochter von Ivor, mein Junge. Und stell bloß nichts an, dessen die braunhaarige Jungfer sich für dich schämen müßte, Larry O'Keefe. Ich kannte schon deinen Urgroßvater, und auch dessen Urgroßvater, Jungchen. Und einer der großen Fehler der O'Keefe ist der, daß sie glauben, ihr Herz sei groß genug, um alle Frauen der Welt darin Platz finden zu lassen. Ein Herz ist aber so gebaut, daß nur eine darin auf Dauer wohnen kann, Larry, und ich warne dich nun: Ein hübsches Mädchen hat es nicht so gern, an einen Ort zu ziehen, wo schon die Wäsche und das Nähzeug und die Kochtöpfe und all die anderen Frauendinge von einer anderen herumliegen. Und damit will ich nicht sagen, die mit den blauen Augen sei fürs Kochen oder Nähen geschaffen!‹

›Um mir das zu erzählen‹, antwortete ich, ›hättest du nicht diese weite Reise antreten müssen.‹

›Na ja, ich wollte es nur mal gesagt haben‹, sagte er. ›Auf jeden Fall kommen ein paar deftige Hiebe auf dich zu, Junge. Und um ehrlich zu sein, du gerätst in einen ziemlichen Schlamassel. Aber vergiß nie, daß du ein O'Keefe bist. Und auch wenn hier eine Menge Jungs heimlich auf deiner Seite sind, mußt du die Schwerarbeit ganz allein erledigen.‹

›Ich hoffe nur‹, sagte ich ihm, ›daß die O'Keefe-Todesfee diesmal rechtzeitig ihren Weg hierher findet... das heißt natürlich, nur wenn es notwendig wird, wozu es am besten nicht so bald kommt.‹

›Darüber mach dir mal keine Sorgen‹, grinste der Kobold. ›Nicht daß sie so wild darauf wäre, die gute alte Heimaterde zu verlassen. Die gute alte Seele ist sogar in einiger Verwirrung, was dich angeht, Söhnchen. Und ich kann es dir ja ruhigen Gewissens sagen, daß sie Himmel und Hölle in Bewegung setzt, wenn es Zeit für sie wird, zu dir zu kommen. Dann kommt ihr ganzer Clan mit, und der räumt hier tüchtig auf, bevor sie mit dir abzieht. Und wenn der Clan mit diesem Ort hier fertig ist, hältst du den großen Wind für eine sanfte Brise auf der Lough Lane. Und das wärs auch schon gewesen, Larry. Wir dachten uns, eine Stimme von der guten alten Grünen Insel könnte dich ein wenig aufmuntern. Ich sag es dir noch einmal, die ganzen Jungs sind auf deiner Seite. Aber wir wollen auch in Zukunft stolz auf unseren Larry O'Keefe sein können!‹

Als ich danach den Kopf hob, wackelte nur noch der Busch ein wenig, aus dem er gekommen war.«

In meinem Herzen war kein Lachen... oder höchstens ein ganz kleines, dafür aber besonders liebevolles.

»Ich geh zu Bett«, sagte er plötzlich. »Halt die Wand im Auge, Doc.«

Während der nächsten sieben Schlafperioden sahen Larry und ich uns nicht sehr häufig. Yolara verlangte immer öfter nach ihm. Dreimal wurden wir vor den Rat gerufen und einmal zu einem großen Fest geladen, dessen Pracht und Ablauf mir unvergeßlich bleiben wird. Ich freundete mich mit Rador an. Zusammen überquerten wir die grüne Barriere, um ins Land der Ladala zu gelangen.

Sie schienen mit allem versorgt zu sein, was man zum Leben brauchte. Dennoch herrschte unter ihnen das Gefühl der Bedrükkung, und Haß, der noch zu unkonkret war, um sich direkt gegen etwas zu richten, machte sich in ihren Köpfen und Herzen breit.

»Sie mögen es nicht, mit dem Leuchtenden zu tanzen«, war Radors einzige Antwort auf meine immer wieder gestellte Frage nach den Ursachen für solche Unzufriedenheit.

Einmal hatte ich ein Erlebnis, das mir diese Stimmung sehr deutlich machte. Hinter einem Baumstamm starrte uns ein haßverzerrtes Gesicht an. Eine Hand erhob sich, und ein Wurfpfeil schoß auf Radors Rücken zu. Instinktiv stieß ich den Zwerg zur Seite. Zuerst sah er mich wütend an, doch als ich ihm den Pfeil zeigte, der im Boden steckte und noch leicht nachzitterte, ergriff der Zwerg meine Hand.

»Dafür werde ich mich eines Tages erkenntlich zeigen!« sagte er. Ich betrachtete den Pfeil. An seinem Ende steckte ein kleiner Kegel, von dem eine glitzernde Gelatinemasse tropfte.

Rador riß von einem Baum eine Frucht, die entfernt an einen Apfel erinnerte.
»Paß auf«, sagte er. Er legte sie in die Gelatine, und in weniger als zehn Sekunden war der Apfel vor meinen Augen weggefault.
»So wäre es auch mit Rador gegangen, wenn du nicht gewesen wärst, Freund!« sagte er leise.

Nun möchte ich der zweiten Hälfte des Dramas, dessen Geschichte diese Erzählung wiedergibt, einige Anmerkungen vorausschicken, die allerdings, und das liegt in der Natur der Sache begründet, kein vollständiges Bild abgeben, sondern bruchstückhafte Beobachtungen bleiben müssen.
Zuerst ein paar Worte zur Natur der schwarzen Nebelgebilde, die die Zwischenräume bei den Pavillonsäulen oder die Dächer der Räume ausfüllten. Hierbei handelte es sich um Magnetfelder, die das Licht absorbierten und die Strahlungsvibrationen negativierten. Im Grunde waren das Felder elektrischer Energie, die für das Licht eine so undurchdringliche Barriere bildeten wie eine Stahlwand für eine Hand.
Augenblicklich konnten sie überall Nacht hervorrufen, auch wenn es noch heller Tag war. Geräuschen oder der Atmosphäre stellten sie hingegen kein Hindernis entgegen. Ihr Aufbau war überraschend einfach und kaum schwieriger zu verstehen als der Aufbau von Glas, das seinerseits die Lichtvibrationen hindurchläßt, die Atmosphäre und zum Teil auch die Geräusche aussperrt.
Sie funktionierten folgendermaßen:

... Aus den gleichen Gründen, aus denen Dr. Goodwins Ausführungen über die Funktionsweise des Atomantriebs gestrichen wurden, wurden auch die folgenden Darlegungen über die lichtundurchlässigen Schirme nach reiflicher Überlegung vom Exekutivrat aus dem Text entfernt.

J.B.K., Präsident I.W.V.

Zwei Kasten unter den Ladala genossen eine bevorzugte Stellung: die Soldaten und die Traummacher. Letztere dürfen ohne Übertreibung als eines der erstaunlichsten sozialen Phänomene angesehen werden. Da sie durch die Grenzen ihres unterirdischen Landes ziemlich eingeschränkt waren und es ihnen an den Erfahrungen mangelte, die man auf der Oberwelt machen konnte, hatten die Murianer ein erstaunliches System entwickelt, sich mittels der Phantasie neue Erlebnisse zu verschaffen.
Außerdem war dieses Volk sehr musikalisch. Das bevorzugte Instrument war die Doppelflöte, daneben fanden sich mit riesigen Pfeifen versehene Orgeln und Harfen in allen Größen. Dann gab es da ein bemerkenswertes Instrument, das aus einer Doppeloktave kleiner Trommeln zusammengesetzt war; damit ließen sich Rhythmen erzeugen, die auf menschliche Gefühle außerordentlich stimulierend wirkten.
Und diese Liebe zur Musik war dann auch der Hintergrund für einen der wenigen ausgesprochen komischen Vorfälle in unserer unterirdischen Zeit. An jenem Tag, ich erinnere mich, es war nach der vierten Schlafperiode, kam Larry zu mir.
»Komm mit zu einem Konzert«, begrüßte er mich.
Ich folgte ihm, und wir eilten zu einer der Brückengarnisonen. Rador ließ die Doppelwache vor uns salutieren. Dann trat plötzlich O'Keefe an der Spitze einer ganzen Kompanie vor und stimmte mit ihnen – ich muß gestehen, ich habe in diesem Augenblick kein ausgesprochen intelligentes Gesicht gemacht – die britische Nationalhymne an. »God Save the King«, sangen sie aus Leibeskräften, und ihr Englisch klang bedeutend besser, als man das so weit von Albion entfernt hätte erwarten dürfen.
»Send him victorious! Happy and glorious!« dröhnte es mir in den Ohren.
Larry strahlte verschmitzt, als er meine Fassungslosigkeit bemerkte.
»Das habe ich ihnen für Marakinow beigebracht!« rief er. »Warte nur, bis der Russe das hört. Er wird sich vor Wut in den Bauch beißen.

Und dann habe ich da noch eine kleine Überraschung. Yolara hat etwas Hübsches von mir gelernt.«
Larry erzählte mir davon auf dem Weg zu dem Ort, den wir mittlerweile unser Zuhause nannten. Und dabei trat ihm ein schelmisches Funkeln in die Augen.
Dann bekam ich es zu hören. Denn kaum waren wir in unserem Quartier eingetroffen, ließ sich die Priesterin dazu herab, Larry und mich zu sich zu bestellen.
»Zeig Goodwin, wieviel du schon von unserer Sprache gelernt hast, o Herrin mit den Lippen wie Honig!« lächelte O'Keefe sie an.
Sie zögerte, lächelte schließlich, und endlich ertönte von diesem perfekten Mund, aus diesem wunderbaren Hals eine Stimme wie silbernes Glockengeläute, und die Priesterin sang ein Lied, das mir nicht unbekannt war.

Sie ist nur ein Vogel in einem goldenen Käfig
Und auch erfrischend für jedermanns Auge ...

Und so sang sie die Weise bis zum schrecklichen Ende der Geschichte.
»Sie hält das für ein Liebeslied«, erklärte mir Larry, nachdem wir Yolara wieder verlassen hatten. »Gehört zum Repertoire, das ich ihr beibringe, Doc. Ehrlich, es ist der einzige Weg, mir den Kopf klarzuhalten, wenn ich in ihrer Nähe bin«, sagte er ernst. »Sie ist eine Teuflin, die es in der Hölle weit bringen würde, aber sie ist auch von atemberaubender Attraktivität. Wann immer ich merke, daß meine Gedanken ins Schwärmen geraten, lasse ich Yolara dieses Lied singen oder eine andere Weise, und hopplahopp, bin ich von einem Moment auf den anderen wieder ganz der alte Larry, der sich von so einem Weibsbild nicht einwickeln läßt. Ihre ganze Ausstrahlung verpufft dann, und ich kann mir mit vollem Bewußtsein sagen ›Na und, sie ist schließlich nur eine Frau!‹«

XVIII

Das Amphitheater aus Gagat

Seit Stunden schon strömten die Schwarzhaarigen über die Brükken, fuhren in langen Schlangen über die Straßen und eilten Mann für Mann zu dem gigantischen Tempel mit den sieben Terrassen, dessen Inneres ich bislang noch nicht gesehen hatte. Tatsächlich hatte man mich nie auch nur in die Nähe der Anlage gelassen; nein, nicht zwanghaft ferngehalten, aber eben geschickt darauf geachtet, daß der Weg nicht dorthin führte. Der Komplex konnte über dem silbernen Fundament kaum höher als dreihundert Meter sein, und der Durchmesser maß etwa das gleiche.

Ich wunderte mich schon die ganze Zeit, was die Ladala nach Lora lockte und wohin es sie zog. Alle trugen Blumenkränze auf dem Haar... leuchtende, wunderschöne Blumen... jeder einzelne von ihnen, ob alt oder jung, ob schlankes Mädchen oder Zwergenjungmänner, ob Mütter mit ihren Säuglingen im Arm oder knorrige Alte. Ein endloser Zug, der die meiste Zeit schweigend und dumpf brütend voranzog. Eine Bedrücktheit, die auch dann noch Bitterkeit enthielt, wenn der halb verzweifelte, halb fröhliche Ausdruck sich in kleine, spitze Flammen zu verwandeln schien, aus denen ein sonderbarer, bedrohlicher Trotz sprach.

Am Weg entlang zeigten sich viele grüne Soldaten, und die Wachmannschaft auf der einzigen Brücke, die ich sehen konnte, schien mindestens verdoppelt worden zu sein.

Noch immer voller Fragen, wandte ich mich von diesem Anblick ab und eilte zu unserem Pavillon. Ich hoffte, daß Larry, der schon vor zwei Stunden zu Yolara gegangen war, mittlerweile zurückgekehrt war. Kaum hatte ich unser ›Zuhause‹ erreicht, da stürmte schon Rador auf mich zu. Und seine Haltung drückte das aus, was man normalerweise äußerste Nervosität genannt hätte.

»Komm!« rief er schon von weitem, bevor ich überhaupt den Mund aufmachen konnte. »Komm, der Rat hat eine Entscheidung getroffen, und Larrihh wartet schon auf dich!«
»Welche Entscheidung ist getroffen worden?« keuchte ich, während wir über den Mosaikpfad eilten, der zu Yolaras Haus führte. »Und warum wartet Larry auf mich?«
Bei seiner Antwort setzte mein Herz kurz aus, und durch mich strömte eine Woge von Panik und Neugier.
»Der Leuchtende tanzt!« rief der grüne Zwerg. »Und du sollst ihn anbeten!«
Was mochte an diesem Tanz des Leuchtenden so Besonderes sein, daß alle in höchste Erregung gerieten?
So viele Gedanken ich mir darüber machen mochte, Larry war offenbar völlig unbeeindruckt von den Ereignissen.
»Scheint ja ein echter Knüller bevorzustehen«, sagte er, als wir uns in der großen Vorhalle trafen, in der sich nun kein Zwerg mehr aufhielt. »Ich hoffe, es gibt wirklich etwas zu sehen. Es muß allerdings verdammt gut sein, um mich zu fesseln ... nach allem, was ich an der Front gesehen habe.«
Bestürzt fiel mir ein, daß wir abgesehen von meiner dürftigen Beschreibung überhaupt kein Wissen über den Bewohner hatten. Und es gab ja keine Worte, die dieses Wunder aus Schönheit und Schrecken hätten beschreiben können. Wie mochte Larry wohl reagieren, wenn er dieses Wesen leibhaftig vor sich sah?
Rador war ganz Ungeduld.
»Nun macht schon!« drängte er. »Es gibt noch so viel zu tun, und die Zeit rinnt uns aus den Fingern!«
Er führte uns in einen kleinen Raum mit einem Springbrunnen und einem Miniaturbecken. Weißes Wasser, milchig und perlmutthaft, war darin eingelassen.
»Badet!« befahl der Zwerg, und weil es ihm nicht rasch genug ging, zog er sich selbst hastig aus und sprang ins Becken. Rador gönnte uns nur ein oder zwei Minuten, bevor er uns wieder aus dem Wasser jagte und uns im gleichen Atemzug Einhalt gebot, als wir unsere Kleidung anlegen wollten.

Plötzlich traten ohne Vorwarnung und zu meiner großen Verlegenheit zwei schwarzhaarige Mädchen herein und trugen eigentümlich dunkelblaue Roben herbei. Rador brüllte vor Lachen, was meine Verlegenheit nur noch intensivierte. Er nahm den Frauen die Gewänder von den Armen, winkte sie hinaus und warf uns, immer noch von Lachkrämpfen geschüttelt, die Roben zu. Das Gewebe war weich, aber offensichtlich metallischen Ursprungs. Wie ein blauer Metalldraht, der von Spinnen gewoben worden war. Das Gewand schloß sich fest um den Hals, war in der Taille gegürtelt und fiel darunter bis auf den Boden. Die Falten wurden von einem halben Dutzend geflochtener Bänder zusammengehalten. Von den Schultern hing eine Kapuze wie bei einer Mönchskutte.

Rador stülpte mir die Kapuze über den Kopf. Sie bedeckte nicht nur die Haare, sondern auch mein ganzes Gesicht, aber das Gewebe war durchsichtig genug, daß ich, etwas verschwommen zwar, noch alles erkennen konnte. Schließlich reichte der Zwerg uns beiden lange Handschuhe aus demselben Material und Strümpfe mit fünf Zehen.

Als er unsere Verblüffung bemerkte, konnte er wieder nicht an sich halten und lachte aus voller Brust.

»Die Priesterin des Leuchtenden traut Seiner Stimme nicht unbedingt«, erklärte er, nachdem er sich wieder beruhigt hatte. »Und diese Kutten sollen euch beide vor . . . vor Irrtümern oder unbeabsichtigten Unfällen schützen. Fürchte dich nicht, Goodwin«, sagte er und klang ehrlich und freundlich, »nicht einmal um des Leuchtenden selbst willen würde Yolara es zulassen, daß Larrihh zu Schaden käme. Und um seinetwillen bist auch du vor Unbill geschützt. Bei dem großen Weißen bin ich mir da leider nicht so sicher. Und um ihn tut es mir leid, denn er ist mir sehr sympathisch.«

»Treffen wir denn auf Olaf?« fragte Larry sofort.

»Er geht dorthin, wohin auch wir uns begeben«, antwortete der Zwerg leise.

Grimmig ging Larry zu seiner Uniform und holte dort die Pistole

heraus. Er versorgte sich mit zusätzlicher Munition und schob sich die Waffe in das Halfter in der Achselhöhle.
Der Zwerg sah neugierig auf die Pistole. O'Keefe klopfte dagegen.
»Das hier«, erläuterte er, »schlägt schneller zu als der Keth. Ich nehme diese Waffe lieber mit, damit kein Schaden über den großen Weißen kommt, den wir Olaf Huldricksson nennen. Wenn ich diese Waffe ziehe, Rador, sorge dafür, daß du nicht im Weg stehst.«
Der Zwerg nickte, und seine Augen funkelten. Er wehte mit der Hand durch die Luft.
»Ein Wandel kommt«, erklärte er. »Ich weiß nicht, was er bewirkt, und ich weiß auch nicht, wie er aussieht. Aber eines müßt ihr euch merken: Rador ist euch ein treuerer Freund, als ihr das jetzt vielleicht ahnt. Und nun müssen wir los!« endete er abrupt.
Er führte uns nicht zum Ausgang, sondern zu einem sanft absteigenden Korridor, der vor einer Wand endete. Dort berührte er ein eingemeißeltes Symbol, und eine Öffnung tat sich auf. Genau wie bei der rosafarbenen Barriere in der Halle des Mondteichs standen wir vor einer gewölbten Mauer, die sich direkt gegenüber einem Schacht erhob. Doch anders als damals war der nicht von Schwärze angefüllt, sondern leuchtete matt. Rador beugte sich über die Mauer. Der Mechanismus klickte und startete. Hinter uns schloß sich die Tür. Die Seiten des Wagens kamen hoch, und unsere rasche Reise begann. Über uns heulte der Fahrtwind. Schon nach wenigen Sekunden verlangsamte sich die Fahrt wieder und hielt schließlich vor einer verschlossenen Kammer von bescheidenen Ausmaßen.
Rador zückte seinen Dolch und klopfte zweimal mit dem Heft gegen die Wand. Augenblicklich schob sich ein Stück der Vertäfelung zur Seite und legte einen Hohlraum frei, der mit nebelblauer Strahlung angefüllt war. Die Öffnung wurde breiter, und jetzt sahen wir, daß es sich um ein Portal handelte. Vier Zwerge mit altersgrauen Haaren standen dort. Sie trugen lange, weiße Gewänder, und jeder von ihnen zeigte mit einem kurzen Silberstab auf uns.
Rador zog aus seinem Gürtel einen Ring und hielt ihn dem ersten Weißen entgegen. Der betrachtete das Stück, reichte es dann dem

nächsten Zwerg, und erst, als alle vier den Ring in Augenschein genommen hatten, senkten sie ihre sonderbaren Waffen. Ich sagte mir, daß diese Stäbe eine ähnlich todbringende Energie verschossen wie der Keth; und später erfuhr ich, wie recht ich mit dieser Vermutung gehabt hatte.

Wir traten in den Raum, und die Öffnung verschloß sich hinter uns. Wir befanden uns an einem merkwürdigen Ort. Der Boden war mit grünlichblauem Stein ausgelegt, der an Lapislazuli erinnerte. An den Seiten standen Podeste mit Figuren, die aus dem gleichen Material geschnitzt waren. Ich schätzte ihre Anzahl auf zwei Dutzend, aber in dem nebligen Licht, das hier herrschte, konnte ich nicht erkennen, wen oder was sie darstellten. Ein summendes Dröhnen schlug an unsere Ohren; ließ den ganzen Raum erbeben.

»Ich rieche das Meer«, sagte Larry plötzlich.

Das Dröhnen wurde immer tieftöniger und lauter. Nicht weit von uns öffnete sich ein Spalt von sechs Metern Breite. Er durchschnitt den Boden, und seine Ränder waren bald zu beiden Seiten im Nebel verschwunden. Der Spalt wurde von einer soliden Steinplatte überbrückt, die knapp zwei Meter breit war. Sie besaß weder ein Geländer noch sonst eine Schutzvorrichtung.

Die vier Weißen – es handelte sich bei ihnen wohl um Priester – marschierten hintereinander über diese Brücke, und wir folgten ihnen. Als sie die Mitte der Platte erreicht hatten, knieten sie nieder. Drei Meter unter uns tobte blaues Meerwasser und raste mit unfaßbarer Wucht an glatt polierten Wänden entlang. Ich hatte die Vorstellung, daß das Wasser sehr tief war. Das Dröhnen des Meeres war kaum noch zu ertragen. Ein gutes Stück weiter rechts spannte sich ein niedriger Bogen, durch den die Flut verschwand. Das Wasser eilte so rasch dahin, daß man den Eindruck gewinnen konnte, es handele sich um ein stahlblaues Band. Und von dort drang der gesegnete, vertraute Ozeangeruch, der meine Seele stärkte und mir bewußt werden ließ, wieviel Heimweh ich doch nach der Erdoberfläche hatte.

Woher kam dieser Strom? fragte ich mich beim Weitergehen und vergaß einen Moment lang alles andere um mich herum. Waren wir näher an die Erdoberfläche herangekommen, oder handelte es sich dabei um einen Sturzbach, der aus einem Loch im Pazifik fiel? Wassermengen, die von weit oben kamen – Gott allein weiß wie – und in unvorstellbare Tiefen hinabstürzten? Wie nahe oder wie fern ich damit der Wahrheit war, sollte ich erst später erfahren, aber nie hätte ich gedacht, daß ich auf so grauenhafte Weise Aufklärung erhalten sollte!

Das Brausen trieb davon, und der blaue Dunst legte sich. Vor uns stand eine Treppe mit gewaltigen Stufen, wie wir sie vor dem Innenhof auf Nan-Tauach gesehen hatten. Wir stiegen hinauf, und bald wurde die Treppe schmaler. Von oben drang Licht aus einer noch engeren Öffnung zu uns herab. Seite an Seite traten Larry und ich durch sie hindurch.

Wir kamen auf einer immensen Plattform heraus, die aus glitzerndem Elfenbein zu bestehen schien. Sie erstreckte sich über mehr als hundert Meter weit und neigte sich dann sanft ins weiße Wasser hinab. Etwa anderthalb Kilometer entfernt hing der unfaßbare Vorhang aus gewobenen Regenbögen, den Rador den Schleier des Leuchtenden genannt hatte, und breitete sich in all seiner fremdartigen Pracht aus. Zu beiden Seiten erhoben sich neben ihm die zyklopischen Säulen, als ob ein Berg selbst triumphierend die Arme heben und ein Feenbanner tragen würde. Darunter bog sich wie ein Türkensäbel der Pier mit seinen dicht gedrängten, glänzenden Tempeln.

Während ich mich noch, von Sekunde zu Sekunde mehr fasziniert, umschaute, preßte sich ein unerträgliches Gewicht auf meine Seele. Eine geistige Bedrückung, die wie bei einem Sturz aus großer Höhe über mich kam und mich zu lähmen drohte. Ich schwankte, und Larry fing mich auf, als ich zusammenbrach.

»Ruhig, alter Junge, ganz ruhig!« flüsterte er mir zu.

Zuerst konnte mein schwankendes Bewußtsein nur etwas Gewaltiges wahrnehmen, eine unmeßbare Höhe, die einem die Kehle zuschnürte und ein Schwindelgefühl wie am Rand eines Abgrunds erzeugte. Dann schemenhafte weiße Gesichter und unerträgliches

Leuchten von hunderttausenden von Augen. Endlich ein gigantisches, unfaßbar gewaltiges Amphitheater aus Gagat, ein atemberaubender Halbkreis, in dessen titanischem Bogen die Elfenbein-Plattform stand, auf der ich mich befand.
Es ragte fast senkrecht hundert Meter in den leuchtenden Himmel empor und wurde zu beiden Seiten von ebenholzschwarzen Stützen getragen, die wie monströse Pranken wirkten. Während das Schwindelgefühl allmählich nachließ, entdeckte ich, daß ich mich tatsächlich in einem Amphitheater befand, das Rang auf Rang in die Höhe stieg. Die schemenhaften weißen Gesichter gehörten tatsächlich abertausenden Menschen, die schweigend und blumenumkränzt die Sitzplätze besetzten und wie gebannt auf den mysteriösen Vorhang starrten. Wie ein Strudel erfaßte mich dieses Augenglühen.
Einhundertfünfzig Meter unter mir erhob sich die glatte Stützmauer des Theaters. Darüber war die erste Terrasse von Sitzrängen, und über dem war eine tödlich schwarze Fläche, die die Sitzreihen bis auf eine Höhe von noch einmal hundertfünfzig Metern teilte. Aus dieser Fläche leuchtete bläulich schwarz eine gigantische Scheibe. Darin und darum gruppierten sich unzählige weitere Scheiben. Rings um mich herum begrenzten kleine, mit Säulen versehene Alkoven die Plattform, vor deren Vorderseiten sich eine niedrige Mauer spannte. Fein gearbeitete Gitterwerke beschützten die Alkoven, die nur eine enge Öffnung enthielten. Sie erinnerten mich an kleine Seitenschiffe in gotischen Kathedralen, in denen sich seit Jahrhunderten Paladine und andere Menschen zum Gebet hinknieten. In den Alkoven hier tummelten sich die elfengleichen Schönheiten und die Zwergenmänner aus der Kaste der Hellhaarigen. Zu meiner Rechten, nur ein paar Meter entfernt, führte ein Gang zwischen den vergitterten Balkonen hindurch. Auf halbem Weg zwischen uns und dem massiven Fundament des Amphitheaters erhob sich ein Podium. Von der Plattform führte eine breite Rampe dorthin. Auf Rampe und Podium und entlang der Mittellinie der Plattform waren strahlende Blumen wie ein Feenteppich ausgestreut.

Auf der einen Seite des Podiums stand Yolara und trug ein dünnes, seidenes Gewand, das keine Linie oder Rundung ihres wunderbaren Körpers verhüllen konnte. Ihr weißes Fleisch schimmerte durch die Falten des Tuchs. Ihr gegenüber stand mit blankem Oberkörper die mächtige Gestalt Lugurs, und auf seinem Kopf funkelte ein Band mit blauen Steinen.
O'Keefe atmete lange ein. Rador berührte mich am Arm, und immer noch benommen ließ ich mich in einen Gang und durch einen Korridor ziehen, der hinter den Alkoven verlief. An einem dieser Balkone blieb der Zwerg stehen, öffnete eine Tür und bat uns einzutreten.
Als ich drinnen war, sah ich, daß wir uns direkt gegenüber der Rampe befanden. Yolara stand kaum ein dutzend Meter entfernt. Sie entdeckte O'Keefe und lächelte. Ihre Augen funkelten von kleinen, tanzenden Lichtpunkten. Ihr Körper schien von innen heraus zu beben. Die runden kleinen Muskeln unter ihrer weißen Haut rannten wie fröhliche Wellen auf und ab.
Larry pfiff leise durch die Zähne.
»Da ist Marakinow«, sagte er.
Ich sah zu der Stelle, auf die er zeigte. Uns gegenüber saß der Russe, gekleidet wie wir, und beugte sich vor. Hinter der Brille brannten die Augen wie bei einem Fanatiker. Aber er ließ es sich nicht anmerken, ob er uns entdeckt hatte.
»Und da ist auch Olaf!« rief O'Keefe.
Unter dem Alkoven, in dem der Russe saß, befand sich eine Vertiefung, und in der steckte Huldricksson. Weder Säulen noch Gitter schirmten ihn ab, und nicht weit von ihm lag der Blumenteppich. Olaf saß ganz allein da, und ich verspürte Mitleid mit ihm.
Larry schien sich zu freuen, den alten Norweger endlich wiederzusehen.
»Bring ihn zu uns«, sagte er zu Rador.
Aber der grüne Zwerg warf nur einen traurigen Blick auf den Norweger und schüttelte den Kopf.
»Ihr könnt im Augenblick nichts für ihn tun«, sagte er. »Aber

vielleicht besteht auch kein Grund, ihm helfen zu müssen«, fügte er hinzu, doch es war deutlich aus seinen Worten herauszuhören, wie wenig er selbst daran glaubte.

XIX

Olafs Wahnsinn

Yolara warf die weißen Arme hoch. Von den hohen Rängen löste sich ein langgezogenes Seufzen, und Bewegung kam in die Menge. In dem Moment, in dem Yolara die Arme wieder senkte, ertönte anscheinend aus der Luft ein Geräusch wie das Jubeln eines mächtigen, verspielten Gottes, der Sonnen durch ein Netz von Sternen schleudert. Es hörte sich so an, als seien die tiefsten Töne der größten Orgeln der Welt zu einem einzigen Klang kombiniert worden. Ein majestätischer, kosmischer Ruf. Der Donner der Sphären klang darin mit, der durch die Unendlichkeit rollt; das Geburtslied von Sonnen im mächtigen Bauch des Alls; der Widerhall des überwältigenden Akkords der göttlichen Schöpfung. Der Ton schüttelte die Erde durch, als sei er der Herzschlag des Universums, erbebte noch einmal und war dann wie ausgelöscht.

In seinem Ausklingen dröhnte ein Schmettern, als hätten sich alle Trompeten und Fanfaren vereinigt, seit zum erstenmal ein Pharao siegreich über seine Feinde gewesen war. Alexanders Heer, die Bronzefanfaren in Caesars Legionen, die Hornreiter in Dschingis Khans Horde, die Bläser von Timur Lenks Heuschreckenschwärmen, die Trompeter in Napoleons Armeen... das Kriegsgetöse von allen Eroberern der Weltgeschichte vereint! Und dann war auch dieses Brausen zu Ende.

Dichtauf folgte zunächst gedämpft das Schwingen von Harfen, der Schmelz von Myriaden von Holzblasinstrumenten, das süßliche Pfeifen von unzähligen Flöten, Oboen und Hörnern; einladende Klänge wie das Rauschen eines verborgenen Wasserfalls, das Plätschern kleiner Bäche und das Murmeln des Winds im Wald. Rufende Klänge, rufend und einlullend, die wie die einschmeichelnde Essenz der Musik ins Gehirn eindrangen.

In der Stille, die darauf folgte, schien die Melodie in der Erinnerung fortzuklingen und durch jeden Nerv zu vibrieren.
Alle Furcht und alle Bedrückung waren von mir gewichen. An ihre Stelle war freudige Erwartung getreten. Ich fühlte mich ungeheuer frei, frei selbst vom Schatten der Sorge oder des Kummers. Nichts machte mir mehr etwas aus. Weder Olaf mit seinen verzerrten, haßerfüllten Augen, noch Throckmartin und sein Schicksal, noch Schmerz, noch Anstrengung, noch Verzweiflung noch sonst irgend etwas aus der Oberwelt; und schon die bloße Erinnerung an sie kam mir jetzt wie ein schlechter Traum vor.
Wieder ertönte der erste dröhnende Ton, dem wiederum die triumphierenden Blechbläser folgten. Vielfarbene Strahlen schossen aus dem Kaleidoskop der gedrängten Scheiben über das weiße Wasser auf den irisierenden Schleier zu. Als sie ihn trafen, funkelte, flammte, zitterte und bebte das mysteriöse Gebilde und gab Fontänen in allen Farben des Spektrums von sich.
Die Lichtintensität verstärkte sich, und darunter verdunkelte sich die silbrige Atmosphäre. Verblaßte zu einem Schatten, der sich über die weißen Gesichter im schwarzen Amphitheater ausbreitete, und große, schwere Schatten fielen auf die höchsten Ränge. Die Alkoven, in denen wir mit den Hellhaarigen saßen, funkelten hingegen wie Juwelen.
Ich spürte die Beschleunigung jedes und jeglichen Pulsschlags. Alle Nerven wurden stimuliert. Ich fühlte mich hoch über die Welt gehoben bis nahe an die Schwelle zum Reich der Götter, und bald würde ich in ihrer Essenz, in ihrer Macht baden! Ich warf einen Blick auf Larry. Er strahlte, hatte die Augen weit aufgerissen und war einem Glückstaumel nahe. Dann sah ich auch zu Olaf. Sein Gesicht spiegelte nichts von diesen Empfindungen wider. In seinen Augen stand nur Haß, Haß und abermals Haß!
Bunte Strahlen ergossen sich über das Wasser, durchschlugen wie eine Axt die Dunkelheit der Schatten und hinterließen eine breite Schneise von regenbogenbunter Pracht. Und der Vorhang funkelte und blitzte, als würden alle Prismen in ihm brennen. Und ein drittesmal ertönte das gewaltige Dröhnen.

Alles Licht vereinigte sich im Zentrum des Schleiers, wuchs zu unerträglicher Helligkeit an, und inmitten eines Sturms aus Glokkenklängen, eines Orkans heller Töne, eines Taifuns kleiner Schellen erschien der Leuchtende!
Auf einem strahlenden Pfad mit ausgebreiteten Schwingen aus Feuerfedern, mit tentakelhaft umherwandernden Spiralen und mit den sieben Kugeln in sieben verschiedenen Farben über dem glühenden Zentrum raste das Wesen auf uns zu. Der Sturm der Schellen und Glocken steigerte sich bis zur Verzückung. Larry griff meinen Arm und drückte fest zu. Yolara warf ihre Arme in weitem Willkommensgruß hoch. Entzücktes Seufzen löste sich wie eine mächtige Woge von den Rängen. Und in der schwang ein spitzer, störender Unterton von Leid mit!
Über das Wasser bis zur Elfenbeinplattform flog der Leuchtende heran. Durch die kristallinen Pizzicati trieb unartikuliertes Murmeln. Ihre tödliche Süße brachte das Herz gleichzeitig zum Stillstand und zum rasenden Hämmern.
Einen Moment lang verharrte der Leuchtende, richtete sich auf und wirbelte dann über den Blumenteppich auf seine Priesterin zu. Seine Bewegung verlangsamte sich immer mehr. Einen Augenblick lang schwebte er zwischen Yolara und Lugur, so als betrachte er sie kritisch. Dann wandte er sich ihr zu, und die Schellen wurden sanfter. Das Murmeln war nun sehr zärtlich. Yolara beugte sich ihm zu, schien in sich Macht und Kraft zusammenzuziehen. Sie war nun eine Frau, die jedem Angst bereitet hätte. Eine prächtige, den Verstand raubende Personifizierung des Bösen. Eine betörende, atemberaubende Fleischwerdung des Himmels. Aphrodite und die Jungfrau Maria in einer Person. Tanith von Karthago und St. Bride von den Inseln. Die Königin der Hölle und die Prinzessin des Paradieses.
Nur einen Hauch lang schwebte das Wesen, das wir den Bewohner nannten und das die Menschen hier als den Leuchtenden verehrten, über den beiden. Dann eilte es über die Rampe bis zum Podium hinauf, kam dort zum Stillstand und drehte sich langsam um. Die Federn und die Leuchttentakel schnellten vor und zurück,

pochten und pulsierten. Der Kern des Gebildes wurde deutlicher, bekam Konturen und war bald menschenähnlich und gleichzeitig das Menschenfremdeste, das man sich nur vorstellen konnte. Weder Mann noch Frau, weder Gott noch Teufel, und doch von allem ein Teil. Und dennoch hatte ich keinen Zweifel daran, daß sich in diesem Leuchtnebel, ganz gleich worum es sich dabei handeln mochte, etwas mit Gefühlen verbarg, etwas mit einem Willen und mit Entschlußkraft, etwas mit einem furchteinflößenden Verstand, der über alle menschliche Vorstellungskraft hinausging.
Wieder ein Trompetenstoß. Steine öffneten sich. Angstkeuchen von den Rängen. Etwas bewegte sich schattenhaft im Lichtpfad. Langsam zunächst, doch dann immer rascher schwammen Gestalten hindurch. Etwa ein Dutzend Personen. Jungen und Mädchen, Männer und Frauen. Der Leuchtende drehte sich um und betrachtete die Gruppe. Sie drängten sich dichter aneinander, und auf jedem Gesicht lag diese unfaßbare Vermischung von gegensätzlichen Gefühlen: Freude und Leid, Ekstase und Schrecken... genau so, wie ich es bei Throckmartin gesehen hatte.
Der Leuchtende stieß ein Murmeln aus. Sanft und gut zuredend wie der Gesang der Sirenen. Und die Glocken ertönten. Riefen und zogen wie magisch an.
Ich entdeckte, daß Olaf sich weit aus seiner Nische hinausbeugte. Dann bekam ich aus dem Augenwinkel mit, wie Lugur ein Zeichen gab und drei Zwerge hinter den Norweger krochen, ohne daß er sie bemerkte.
Nun lief der erste aus der Gruppe zum Podium hinauf und blieb dort stehen. Es war das Mädchen, das man vor Yolara gezerrt hatte, bevor sie Songar in Nichts verwandelte. Mit der Geschwindigkeit, die Licht eigen ist, fuhr eine Spirale vom Leuchtenden ab und umhüllte das Mädchen.
Bei der Berührung schien sie zu schrumpfen und einen Schatten ihrer selbst in der Strahlung zu erzeugen. Während der Strahl sie umschlang und durchstieß, brach ein gewaltiger Jubelchor aus. Die Strahlung pulsierte um und durch das Mädchen. Und damit begann der unfaßbar schreckliche und gleichzeitig unfaßbar wun-

derbare Rhythmus, den man hier den Tanz des Leuchtenden nannte. Während das Mädchen im funkelnden Nebel wirbelte, warf sich einer nach dem anderen in diese Umarmung, bis sich zuletzt auf dem Podium ein unerhörter Anblick bot, der Hexensabbat eines Wahnsinnssterns. Ein Altar von weißen Gesichtern und Leibern, die durch lebende Flammen glänzten. Menschen, ergriffen von unerträglicher Verzückung und höllischer Angst. Und immer mehr strahlende Federn, Tentakel und Spiralen streckten sich aus. Das Zentrum des Leuchtenden wuchs, während es die Menschen in seinen Strahlen gefangenhielt, so als sauge es die Lebensenergie dieser Unglücklichen in sich auf.
So drehten sie sich miteinander verflochten über das Podium, und von ihnen strömte Leben, Lebhaftigkeit, so als erfülle uns die Essenz der Natur. Nur am Rande meines Bewußtseins wurde mir klar, daß ich hier Zeuge von unvorstellbarem Vampirismus wurde. Gesang von den Rängen. Die mächtigen Klänge erfüllten wieder die Luft.
Die Saturnalien von Halbgöttern.
Wirbelnd und unter dem Getöse der Schellen zog sich der Leuchtende langsam vom Podium zurück, rauschte über die Rampe und hielt dabei immer noch die ineinander verwobenen Menschen, die sich so bereitwillig in seine Spiralarme geworfen hatten. Sie trieben mit dem unfaßbaren Wesen, obwohl es so aussah, als trüge ihr Tanz sie davon. Die weißen Gesichter trugen nun auf ewig den Ausdruck des Leuchtenden – halb Teufel und halb Gott. Ich keuchte, ich schnaufte. Ich bedeckte rasch meine Augen.
O'Keefe ächzte. Ich nahm die Hände wieder herunter und suchte seinen Blick. Alle Wildheit schwand aus seinen Augen, als er sich vorbeugte. Olaf war aus seiner Nische gekrochen und wollte nach draußen, doch da schritten die drei Zwerge hinter ihm ein. Vielleicht hatten sie es so beabsichtigt, vielleicht war es aber auch nur durch den Aufprall: Huldricksson fiel dem Leuchtenden fast vor die Füße. Der Bewohner hielt in seinen Drehbewegungen inne und schien den Riesen zu beobachten. Olafs Gesicht war purpurrot angelaufen, und seine Augen verschleuderten Blitze. Er stand auf,

riß mit einem grimmigen Schrei einen der Zwerge hoch und schleuderte ihn mitten hinein in den strahlenden Nebel. Als wirbelndes Bündel aus Armen und Beinen flog der Zwerg hoch durch die Luft und wurde mitten im Flug wie von einer titanischen, unsichtbaren Hand aufgehalten. Er krachte schwer auf der Plattform auf, knapp einen Meter vom Leuchtenden entfernt.
Er regte sich zuckend wie eine halb zerquetschte Spinne. Vom Leuchtnebel schnellte ein Tentakel hervor, packte den Zwerg und rollte sich wieder zusammen. Das Klingeln der Glocken klang ein wenig ärgerlich. Von überall, von den Alkoven der Vornehmen und von den gagatschwarzen Rängen ertönten Schreie des Unglaubens und des Entsetzens.
Lugur sprang vor. Im gleichen Moment setzte Larry über die Mauer zwischen den Säulen und rannte an die Seite von Olaf. Doch während er noch zu ihm eilte, brüllte der Norweger wie von Sinnen und stürzte sich mit ausgestreckten Armen auf den Bewohner.
Doch noch bevor er den nun still stehenden Leuchtenden erreichen konnte – und nie sah dieses Wesen mit dem so menschlichen Ausdruck der Überraschung auf den Zügen furchtbarer aus –, war Larry nahe genug heran gekommen, um den Riesen beiseite zu stoßen.
Ich wollte dem Iren natürlich sofort folgen, aber Rador hielt mich zurück. Er zitterte, aber nicht vor Furcht. Auf seinem Gesicht zeigte sich vielmehr so etwas wie ungläubige Hoffnung, wie der Eifer, der nach langem Schlummer freigesetzt wird.
»Halt!« sagte er. »Warte!«
Der Leuchtende streckte ein niedriges Tentakel aus, und nun sah ich den beeindruckendsten Mannesmut, den ich je erlebt hatte. Larry warf sich zwischen den Bewohner und Olaf und riß die Pistole heraus. Das Tentakel berührte Larry, und das dunkle Blau seiner Kutte verwandelte sich in blendendes, grelles Azurblau. Der Revolver sandte drei Kugeln auf das Wesen im Leuchtnebel. Der Bewohner fuhr zurück, und jetzt klangen die Glocken laut und verärgert.

Lugur erreichte die Gruppe, blieb kurz davor stehen und zielte mit einer Hand auf den Norweger. Ich erkannte einen silbrigen Keth. Aber noch bevor er ihn unter Bestrahlung nehmen konnte, hatte Larry sich die Kutte aufgerissen und damit Olaf bedeckt. Mit einer Hand hielt er den Riesen vom Nebel fern, und mit der anderen stieß er Lugur die Pistole in den Magen. Seine Lippen bewegten sich, aber ich konnte nichts verstehen. Doch Lugur schien sehr klar geworden zu sein, was der Ire von ihm wollte, denn er ließ sofort die Hand mit dem Keth sinken.

Nun war auch Yolara hinzugetreten – das Ganze hatte sich in kaum fünf Sekunden abgespielt –, und sie stellte sich zwischen den Leuchtenden und die drei Männer. Die Priesterin sprach zu dem Nebel, und der Schellenklang verlor den ärgerlichen Unterton. Das Wesen gab Geräusche von sich, unterhielt sich mit Yolara. Der Nebel wirbelte und drehte sich immer schneller, schwebte über der elfenbeinernen Plattform, trieb über den Pier und wandelte über dem weißen Wasser. Und dabei trug er die Opfer mit sich, die immer noch ein wirres Knäuel bildeten. Noch rascher wurde sein Schweben, triumphierend drehte er sich und verschwand schließlich mit den Menschen im Schleier.

Augenblicklich erlosch der vielfarbige Pfad. Silbernes Licht ergoß sich über uns. Unzählige Rufe ertönten von allen Rängen des Amphitheaters. Marakinow hatte sich weit vorgebeugt, starrte irgendwohin und lauschte. Da Rador mich nun nicht mehr festhielt, kletterte ich über die Brüstung und rannte zu meinen Freunden. Doch noch auf der niedrigen Mauer hörte ich das Murmeln des grünen Zwergs: »Es gibt etwas, das stärker ist als der Leuchtende. Nein, es gibt sogar zwei Sachen: ein starkes Herz ... und Haß!«

Olaf keuchte und hatte glasige Augen, und als ich ihn anfaßte, zuckte er zusammen.

»Das war der Teufel, der meine Helma geholt hat!« flüsterte er. »Der leuchtende Teufel!«

»Diese beiden Männer sollen mit dem Leuchtenden tanzen«, empörte sich Lugur. »Und dieser hier ebenfalls.« Dabei zeigte er mit gehässigem Grinsen auf mich.

»Nein, dieser Mann gehört mir«, erklärte die Priesterin, und ihre Stimme ließ keinen Widerspruch zu. Sie legte besitzergreifend eine Hand auf Larrys Schulter. »Er wird nicht tanzen, und sein Freund hier auch nicht. Was mit dem dort wird, ist mir gleich«, sagte sie mit einem kurzen Seitenblick auf Olaf.

»Nein«, unterbrach Larry, »weder mein Freund noch der andere Mann tanzen. Das ist mein Wille, Yolara!«

»Dann soll es halt so geschehen«, antwortete sie, »du bist der Herr!«

Ich bemerkte, daß Marakinow O'Keefe mit neuem und spekulativem Interesse betrachtete. In Lugurs Augen brannten Höllenfeuer. Er hob die Arme, als wollte er die Priesterin angreifen, aber dann fiel ihm ein, daß Larry ihm immer noch den Revolver an den Bauch hielt.

»Mach bloß keinen Ärger, Bursche!« knurrte Larry in Englisch. Der rote Zwerg zitterte vor Wut. Er wandte sich ab, nahm von einem Priester, der ganz in der Nähe stand, einen Umhang und warf ihn sich über. Die Ladala schrien, gestikulierten und stolperten die langen Gänge herunter, wobei sie mehr und mehr mit den Soldaten in Handgemenge gerieten.

»Komm«, befahl Yolara und sah dabei Larry bewundernd an. »Du hast ein wahrlich gewaltiges Herz, mein Fürst!« murmelte sie, und ihre Stimme klang so süß, daß kein Mann ihr hätte widerstehen können. »Komm.«

»Dieser Mann kommt mit uns, Yolara«, erklärte O'Keefe und zeigte auf den Norweger.

»Dann nimm ihn mit«, antwortete die Priesterin. »Nimm ihn mit, aber erklär ihm, er soll mich nicht mehr so finster anstarren wie vorhin!«

Wir vier liefen an den Alkoven vorbei, wo die Hellhaarigen noch immer hockten. Sie waren fassungslos, so als hätte sich arger Zweifel in ihre Herzen geschlichen. Rador konnte ich nirgendwo entdecken. Olaf an meiner Seite schwieg. Wir stiegen die Stufen zur Halle des türkisfarbenen Nebels hinab, überquerten den Meerwasserstrom und standen endlich wieder vor der Wand, durch die wir gekommen waren. Unterwegs war uns kein einziger der weißen Priester begegnet.

Yolara drückte auf das Symbol, und das Portal öffnete sich. Wir kletterten in den Wagen, und mit Yolara am Kontrollhebel rasten wir durch den nur schwach beleuchteten Stollen zum Haus der Priesterin. Eines war mir nun klargeworden, leider sehr schmerzlich klargeworden: Nach Throckmartin brauchte ich nicht länger zu suchen. Er befand sich hinter dem Vorhang im Heim des Bewohners und war so totlebend wie die armen Wesen, die der Leuchtende eben triumphierend entführt hatte. Und genauso wie bei Throck war es wohl auch mit Edith, Stanton, Thora und Olaf Huldrickssons Frau.

Der Wagen bremste sanft ab, und ein Tor öffnete sich. Yolara sprang leichtfüßig aus dem Gefährt, eilte über den Gang und blieb erst vor einer pechschwarzen Wand stehen. Unter ihrer Berührung verschwand das Hindernis und gab ein kleines blaues Zimmer frei, das glühte, als sei es aus einem einzigen gigantischen Saphir geschnitten. Bis auf das Piedestal, das eine der großen Kugeln aus milchweißem Bergkristall trug, war der Raum leer. Auf der Oberfläche der Kugel zeichneten sich die Umrisse von Meeren und Kontinenten ab; doch die schienen wohl von einer anderen Welt zu sein oder aber unermeßlich weit in die Vergangenheit der Erde zurückzureichen, denn nichts daran erinnerte mich an einen bei uns gebräuchlichen Globus.

Auf dieser Kugel schwebten ein Mann und eine Frau, die sich an den Lippen berührten. Sie waren so detailgenau und lebensecht dargestellt, daß ich im ersten Augenblick nicht erkannte, daß sie ebenfalls aus Bergkristall angefertigt waren. Und vor diesem Schrein – ich wußte, daß es sich dabei um nichts anderes handeln konnte – erhoben sich drei schlanke Kegel. Einer aus dem reinsten Weiß, einer aus opalisierendem Wasser und der dritte aus Mondlicht! Sie waren wirklich so, hatten nicht etwa den Anschein, und hatten die Größe eines ausgewachsenen Mannes. Aber wie man Feuer, Wasser und Licht so gerade und so hoch halten konnte, würde mir wohl auf immer ein Rätsel bleiben.

Yolara verbeugte sich – dreimal. Sie wandte sich an O'Keefe und ließ sich weder durch einen Blick noch durch eine Geste anmerken, daß noch andere außer ihm mit ihr im Raum waren. Mit weit geöffneten unergründlichen Augen, die ihn nicht aus dem Blick ließen, näherte sie sich Larry, legte ihm ihre weißen Hände auf die Schultern und schien ihm direkt in die Seele zu schauen.
»Mein Fürst«, flüsterte sie, »höre mir gut zu, denn ich, Yolara, gebe dir drei Dinge: mich selbst, den Leuchtenden und die Macht, die dem Leuchtenden innewohnt. Und noch ein viertes Geschenk, das aus den drei vorherigen entsteht: die Macht über die ganze Welt, aus der du stammst. Dies, mein Fürst, Herr meines Herzens, will ich dir geben. Ich schwöre es.« Sie stellte sich vor den Altar und riß die Arme hoch. »Ich schwöre es bei Siya und bei Siyana, und ich schwöre es bei Feuer, Wasser und Licht!«

... Leider reicht der Platz hier nicht aus, um die Eschatologie dieses Volkes oder den Katalog ihres Pantheons auch nur zu umreißen. Doch zumindest so viel: Siya und Siyana symbolisieren die weltliche Liebe. Ihre Anbetung ist eigentümlicherweise frei von den entwürdigenden Auswüchsen, die sich sonst bei Liebes- oder Fruchtbarkeitsriten finden. Die Priester und Priesterinnen aller Kulte wohnen in dem gewaltigen Komplex mit den sieben Terrassen, der an der Wasserseite vom Amphitheater begrenzt wird. Die Symbole, Ikonen und sonstigen Darstellungen von Siya und Siyana – der Globus mit den beiden darüber schwebenden Figuren sind die verbreitetste Form – symbolisieren die irdische, erdverbundene Liebe: die Füße sind zwar an den Boden gebunden, aber die Augen blicken zu den Sternen.
Ich habe in dieser unterirdischen Welt nichts über ein Konzept von Himmel und Hölle in Erfahrung bringen können, auch nichts, was dem entfernt nahegekommen wäre. Außer vielleicht, daß man den Aufenthalt im Reich des Leuchtenden als etwas Vergleichbares ansehen würde; doch war man sich hier nicht einmal einig, ob es sich dabei um den Himmel oder die Hölle handelte.
Über allen anderen Göttern thront Thanaroa, ein unnahbarer und

wohl auch sorgloser Gott, aber dennoch der Schöpfer von allem und der Herrscher über alles. Auch finden sich von ihm kaum Darstellungen, der oberste Gott als unpersönliches Konzept. Die meiste Verehrung (und neben ihm kaum ein anderer) findet Thanaroa in der Soldatenkaste. Rador mußte da mit seiner besonderen Vorliebe für die Alten als Ausnahme gelten. Was sich unter den Murianern an ehrlichen und tief empfundenen religiösen Gefühlen oder Impulsen findet, richtet sich einzig und allein auf Thanaroa. Ich fand dies bei meiner Entdeckung höchst bemerkenswert, denn schon lange hänge ich der Theorie an – um diese spirituelle Angelegenheit in eine mathematische Formel zu zwängen –, daß die wahre Attraktivität von Göttern für Menschen mit der Größe der Entfernung von ihren Anbetern zunimmt.

W.T.G.

Yolara schien ihr Gebet beendet zu haben. Sie wandte sich mit dunklen Augen an den Iren.

»Niemand soll es wagen, dich mir fortzunehmen! Und du sollst nicht von mir gehen, ohne daß ich es dir gestattet habe!« zischte sie erregt.

Rasch warf sie, anscheinend ohne uns auch jetzt wahrzunehmen, ihre Arme um Larry, preßte ihren weißen Busen an seine Brust, schloß die Augen und öffnete leicht die Lippen, mit denen sie nach den seinen suchte. O'Keefe drückte sie an sich, senkte den Kopf und fand ihre Lippen mit aller ihm zur Verfügung stehenden Leidenschaft. Olaf atmete so scharf ein, daß es fast wie Stöhnen klang. Aber so wunderbar diese Situation auch für mich sein mochte, ich konnte Larry aus tiefstem Herzen nicht den geringsten Vorwurf machen.

Nach einer langen Weile öffnete die Priesterin wieder ihre Augen, stieß Larry von sich und sah ihn scharf an. O'Keefe war weiß wie eine Wand und hob eine zitternde Hand an seine Lippen.

»Damit habe ich meinen Schwur besiegelt, mein Fürst!« hauchte Yolara. Erst jetzt schien sie zu bemerken, daß Olaf und ich uns

ebenfalls in dem Raum befanden. Sie bedachte uns nur mit einem kurzen Blick, sah durch uns hindurch, als wären wir Luft und strahlte dann wieder ihren Iren an.
»Geh jetzt!« sagte sie sanft. »Bald wird Rador dich aufsuchen. Und dann... nun danach mag geschehen, was will!«
Sie lächelte ihn noch einmal mit all ihrer Süße an. Dann wandte sie sich den Figuren auf der Kugel zu und kniete davor nieder. Wir schlichen uns aus dem Zimmer und kehrten schweigend zu unserem Pavillon zurück. Unterwegs hörten wir einen Tumult von der großen grünen Straße. Männer brüllten, und hin und wieder kreischte eine Frau. Durch eine Lücke im Garten erspähte ich eine wogende Menge auf einer der Brücken. Grüne Zwerge kämpften mit den Ladala. Und über dem Ganzen hing ein Summen wie von einem wütenden Bienenschwarm.
Larry warf sich auf einen Diwan, bedeckte die Augen mit beiden Händen und ließ sie wieder sinken. Olaf starrte ihn besorgt an, aber O'Keefe sah mir in die Augen.
»Ich konnte mich einfach nicht dagegen wehren«, erklärte er halb trotzig und halb leidend. »Großer Gott, wie hätte ich mich bei einer solchen Frau wehren sollen!«
»Larry, warum hast du ihr denn nicht sofort danach gesagt, daß du sie nicht liebst?« fragte ich.
Er sah mich an, und in seine Augen kehrte das alte spitzbübische Funkeln zurück.
»Ach, Doc, so kann wirklich nur ein Bücherwurm fragen!« rief er theatralisch aus. »Ich schätze, wenn ein brennender Engel aus dem Nichts auf dich zufliegt und dich umarmt, würdest du ihm wahrscheinlich indigniert entgegenhalten, du möchtest von ihm nicht verbrannt werden. Tu mir einen Gefallen, Doc, und rede nicht einen solchen Unsinn!« endete er fast schon verdrießlich.
»Teuflisch! Teufelswerk!« Die Stimme des Norwegers klang sehr tief und auch eher so, als würde er zu sich selbst sprechen. »Alles hier ist vom Teufel gemacht. Trollheim und Helvede sind hier, *Joh*! Und dann diese *Djaevelsk* der Schönheit. Sie ist nichts anderes als die Dirne des leuchtenden Teufels, den man hier anbetet.

Ich, Olaf Huldricksson, weiß genau, was sie damit meinte, als sie dir die Macht über die ganze Welt versprochen hat. *Joh!* Als ob auf der Welt nicht schon genug Teufel ihr Unwesen treiben würden!«

»Was?« ertönte es gleichzeitig aus meinem und aus Larrys Mund.

Olaf winkte ab und verstummte abrupt. Schritte ertönten von draußen, und dann erschien Rador. Aber ein völlig veränderter Rador. Keine Spur mehr von seiner Ironie, von seiner Spötterei. Sonderbar verschlossen salutierte er vor Olaf und O'Keefe, wie er das sonst nur vor Lugur oder Yolara tat. Der Wind trug kurz den Lärm des Tumults auf der Brücke heran, war aber viel zu rasch wieder fort, als daß wir etwas Genaueres hätten hören können. Rador zuckte die mächtigen Schultern.

»Die Ladala sind erwacht«, sagte er. »Was zwei beherzte Männer nicht alles bewirken können.« Er schwieg gedankenverloren eine Weile. »Gebeine und Staub stoßen sich nicht gegenseitig gegen die Grabmauer!« bemerkte er schließlich rätselhaft. »Aber wenn der Staub und die Gebeine demonstrieren, daß sie ... noch leben ...«

Er hielt unvermittelt inne und beugte sich über die sprechende Kugel.

... Ich muß eingestehen, es bislang schlicht versäumt zu haben, einige Anmerkungen zur Funktionsweise dieser Kugeln zu machen. Kurzum, sie sind Telephon, Diktaphon und Telegraph in einem. Ich muß voraussetzen, daß meine Leser mit dem Empfangsgerät der drahtlosen Telegraphie vertraut sind; der Funker muß es einstimmen, bis seine Schwingungen exakt auf die des Sendegeräts abgestimmt sind. Und diese Schwingungen sind extrem schnelle Stöße, kurze Elektrowellen, die wir in Hertz messen. Ich muß ebenfalls voraussetzen, daß meine Leser über einige elementare physikalische Kenntnisse verfügen, wie zum Beispiel die, daß die Wellen des Lichts und des Schalls ineinander umwandelbar sind. Die sprechenden Kugeln (die ich der Einfachheit halber so nenne, obwohl sie natürlich auch hören können) bedienen sich beider Prinzipien, und das mit verblüffender Einfachheit. Das Licht, das bei ihnen aufleuchtet, wird von einem kleinen Atommotor erzeugt, der sich in ihrer Basis befindet (und der dem ähnelt, auf dem die Leuchtkugeln basieren). Die Zusammensetzung der sprechenden Kugeln verleiht ihrer Oberfläche eine äußerst empfindliche Sensitivität und Resonanz. In Verbindung mit der Antriebskraft baut das Metall ein sogenanntes ›Kraftfeld‹ auf, das die betreffende Kugel mit jeder anderen in Kommunikation bringt, ganz gleich, wie weit diese entfernt sein mag. Wenn akustische Vibrationen auf die Oberfläche treffen, unterbrechen sie dort die rhythmischen Lichtvibrationen, genauso wie der Telephonsender einen elektrischen Stromkreis unterbricht. Simultan verwandeln sich diese gestörten Lichtvibrationen in Töne... auf der Oberfläche der Kugeln, deren Schwingungen aufeinander abgestimmt sind. Die kriechenden Farben, die sich in solchen Momenten auf der Oberfläche zeigen, sind buchstäblich die in Licht umgesetzte Stimme des Senders. Während für gewöhnlich die von solchen Geräten erzeugten Töne einige Vertrautheit mit dem Mechanismus voraussetzen, um sofort verstanden zu werden, kann man diese bei bestimmten Gelegenheiten auch wie über einen Lautsprecher laut und vernehmlich erklingen lassen, wie ich bald noch persönlich erfahren sollte.

W.T.G.

Als Rador sich wieder aufrichtete, verkündete er:
»Die Afyo Maie befiehlt mir, über euch zu wachen, bis sie euch ruft. Ein... ein Fest soll stattfinden. Du, Larry, und auch du, Goodwin, seid dazu eingeladen. Ich soll mit Olaf zurückbleiben.«
»Wehe, ihm wird auch nur ein Haar gekrümmt«, knurrte O'Keefe. Rador legte eine Hand aufs Herz und die andere an die Augen.
»Bei den Alten und bei meiner Liebe für euch und bei dem, was ihr beide vor dem Leuchtenden getan habt – ich schwöre es!«
Rador atmete tief durch und klatschte dann in die Hände. Ein Sol-

dat kam herbeigelaufen und trug eine lange, flache Kiste aus poliertem Holz in den Armen. Der grüne Zwerg nahm ihm die Kiste ab, entließ ihn und öffnete dann den Deckel.

»Dies ist dein Gewand für das Fest, Larry«, erklärte er zum Inhalt.

O'Keefe sah verwundert in die Kiste, griff hinein und zog eine weiße, sanft metallisch schimmernde Tunika mit langen Ärmeln heraus. Ein breiter Silbergürtel, eine Hose aus dem gleichen metallischen Material und Sandalen, die aus reinem Silber zu bestehen schienen, vervollständigten seine Tracht. Larry gefiel sie offensichtlich nicht, denn er warf die Sachen wieder in die Kiste und machte eine ablehnende Handbewegung.

»Nicht doch, Larry«, murrte der Zwerg. »Trage sie, ich rate es dir von ganzem Herzen. Ich bitte dich darum, aber frage mich nicht nach den Gründen«, sagte er rasch und wandte sich dann wieder der Kugel zu.

O'Keefe war genauso überrascht von der Erregung des Zwergs wie ich. Rador sah ihn flehentlich an. Der Ire schnaubte schließlich, nahm die Kleider wieder aus der Kiste und begab sich in den Hof mit dem Springbrunnen.

»Tanzt der Leuchtende etwa wieder?« fragte ich.

»Nein«, sagte der Zwerg. »Nein...«, er zögerte, »... es ist vielmehr das Fest, das dem... Sakrament folgt. Lugur und Doppelzunge, der mit euch kam, werden dort sein«, fügte er leise hinzu.

»Lugur!« Ich schluckte und konnte es nicht fassen. »Nach allem, was geschehen ist?«

»Vielleicht gerade aufgrund dessen, was geschehen ist, Goodwin, mein Freund«, antwortete er, und sein Blick war wieder voller Boshaftigkeit. »Andere werden auch dort sein... Freunde von Yolara... Freunde von Lugur... und vielleicht noch jemand...« Seine Stimme war so leise geworden, daß ich ihn kaum noch verstehen konnte, »... und jemand, den man nicht eingeladen hat...« Er schwieg und starrte ängstlich auf die Kugel. Er legte einen Finger auf die Lippen und legte sich dann auf eine Couch.

»Einen Tusch!« ertönte O'Keefes Stimme, »der jugendliche Held betritt die Bühne!«
Er stolzierte ins Zimmer. Ich muß gestehen, daß die Bewunderung in Radors Augen mindestens ebenso groß war wie in meinen. Selbst Olaf vergaß kurz sein dumpfes Brüten.
»Ein Sohn von Siyana!« flüsterte Rador.
Er kniete sich hin, zog aus seinem Gürtel ein in Seide eingewickeltes Päckchen und wickelte es auf. Immer noch knieend zog er einen schlanken Dolch aus einem glänzenden weißen Metall, dessen Heft mit blauen Steinen besetzt war, heraus und schob es Larry in den Gürtel. Dann salutierte er wieder vor ihm.
»Kommt«, sagte er schließlich und führte uns zu der grünen Straße.
»Jetzt können die Stummen ihre Macht zeigen«, erklärte er grimmig, »falls sie überhaupt noch über welche verfügen!«
Es klang wie ein Bittgebet.
»Im Namen Gottes, Larry«, sagte ich zu ihm, als wir uns dem Haus der Priesterin näherten. »Paß auf dich auf!«
Er nickte, aber ich bemerkte zu meinem großen Entsetzen die funkelnden Flämmchen in seinen Augen.
Als wir die gewundenen Stufen hinaufgingen, tauchte Marakinow auf. Er gab unseren Begleitsoldaten einen Befehl, und ich wunderte mich, wieviel Einfluß der Russe bereits gewonnen hatte, denn die Eskorte trat augenblicklich zur Seite. Marakinow lächelte mich mit Herzenswärme an.
»Haben Sie schon Ihre Freunde gefunden?« fragte er leutselig, und erst jetzt bemerkte ich, wieviel von einem Schurken hinter dieser aufgesetzten Freundlichkeit verborgen war. »Nein? Wie schade. Nun ja, man darf die Hoffnung nie aufgeben.«
Jetzt schien er O'Keefe zu bemerken.
»Lieutenant, ich würde gern ein paar Worte mit Ihnen wechseln. Unter vier Augen.«
»Ich habe keine Geheimnisse vor Goodwin«, erklärte der Ire.
»So?« sagte der Russe verbindlich. Er beugte sich zu Larry und flüsterte ihm etwas ins Ohr.

O'Keefe fuhr zusammen, starrte den Russen schockiert und ungläubig an und wandte sich dann ernst an mich.
»Entschuldige mich bitte eine Minute, Doc«, sagte er, und ich vermeinte, ein besonderes Augenzwinkern bei ihm gesehen zu haben. Die beiden stellten sich außer Hörweite in eine Ecke. Der Russe redete rasch auf ihn ein, und Larry hörte ihm aufmerksam zu. Marakinow wirkte ernst, sehr ernst sogar. O'Keefe unterbrach ihn, stellte offenbar eine Frage. Der Russe warf einen kurzen Blick auf mich, und in diesem Moment sah ich in den Augen des Iren Wut und Schrecken aufblitzen. Schließlich schien O'Keefe tief über etwas nachzudenken, nickte, als sei er zu einem Entschluß gelangt und gab dann Marakinow die Hand.
Nur weil ich Larry so gut kannte, fiel mir das Zurückfahren, das den Bruchteil einer Sekunde währende Zögern, auf, bevor er die Hand des Russen drückte. Und nach dem Händedruck machte er eine kurze Geste des Unwillens, so als wolle er etwas Schmutziges abschütteln.
Marakinow wandte sich ab, ohne noch einen Blick an mich zu verschwenden, und war bald verschwunden. Die Soldaten traten wieder an ihre Plätze. Ich sah Larry fragend an.
»Jetzt nicht, Doc!« knurrte er, und es klang, als hätte er Mühe, die Beherrschung zu bewahren. »Warte, bis wir wieder zu Hause sind. Verdammt, wir haben soviel zu tun, und so wenig Zeit dafür. Das zumindest kann ich dir jetzt schon sagen.«

XX

Larrys Verführung

Wir blieben vor dicken Vorhängen stehen, durch die uns das gedämpfte Murmeln von vielen Stimmen erreichte. Die Vorhänge teilten sich, und heraus traten zwei Türhüter – wie ich vermutete – in Harnisch und metallischem Rock, den ich für eine Art Kettenhemd hielt. Mir fiel auf, daß ich hier zum erstenmal in Muria so etwas wie eine Rüstung sah. Die beiden öffneten uns den Vorhang.

Der Raum, auf dessen Schwelle wir nun standen, war weitaus größer als jede Halle oder jeder Empfangsraum, den wir bislang betreten hatten. Die Länge betrug fast hundert Meter und die Breite mindestens die Hälfte davon. Von einem Ende zum anderen waren zwei halbkreisförmige Tische aufgestellt, die parallel hintereinander standen. Zwischen ihnen hindurch verlief ein breiter Gang, und sie selbst waren mit Blumen, Früchten, mir unbekannten anderen Nahrungsmitteln, Kristallflaschen, Krügen und Kelchen in allen erdenklichen Farben überladen. Auf den reich mit Kissen belegten Couchen an den Tischen lagen etliche Männer und Frauen aus der herrschenden hellhaarigen Kaste und gingen offensichtlich dem Müßiggang nach. Ein Summen der Bewunderung, vermischt mit einiger Verblüffung, kam von ihnen, als sie O'Keefe in seiner silbrigen Pracht entdeckten. Überall standen Kugeln herum, die einen rosafarbenen Schimmer verbreiteten.

Die gepanzerten Diener führten uns durch den Gang. Im Bogen des inneren Halbkreises stand eine ovalförmige Tafel, an der eine Gruppe von Personen saß. Doch ich hatte nur Augen für eine davon: Yolara. Sie stand in einer schwebenden Bewegung auf und kam auf uns zu, um Larry zu begrüßen. In diesem Augenblick erschien sie mir wie eine der Lilienfrauen, von deren Schönheit

Hoang-Ku berichtet, sie hätten die Wüste Gobi vor undenklichen Zeiten in ein blühendes Paradies verwandelt. Doch die Lüsternheit dieser jungen Frauen habe später diesen asiatischen Garten Eden ruiniert und am Ende die Wüste hinterlassen, wie wir sie heute kennen. Die Priesterin streckte die Arme nach Larry aus, und auf ihrem Gesicht spiegelte sich schamlose, durch nichts abgeschmälerte Lust wider.
Sie war wie Circe, doch wie die besiegte Circe. Hauchdünne Tuche umschmeichelten ihre weiße, rosenblättersanfte Haut... Ein Kranz von blauen Saphirsteinen war in ihr kornblondes Haar geflochten, doch diese Edelsteine verblaßten gegen Yolaras Augen. O'Keefe verbeugte sich und küßte sanft ihre Hände. Mehr als nur bloße Bewunderung für sie war in ihm, was Yolara nicht verborgen blieb. Sie lächelte und zog ihn neben sich an die Tafel.
Jetzt bemerkte ich, daß nur diese beiden – Yolara und Larry – in Weiß gekleidet waren, und ich fragte mich nach dem Grund dafür. Doch dann spannte sich alles in mir an, und ich wurde hart aus meinen Gedanken gerissen: Lugur trat ein. Er hatte Gewänder in grellem Rot angelegt, und während er in die Halle marschierte, verstummte jeder Laut an den Tischen. Doch es war ein angespanntes, unangenehmes Schweigen.
Sein Blick fiel kurz auf die Priesterin und verweilte dann länger auf O'Keefe. Und dabei verwandelte sich seine Miene in eine grauenvolle Maske. Marakinow, der an der Mitte des Tisches saß, an dessen Ende ich einen Platz zugewiesen bekommen hatte, beugte sich vor, berührte Lugur am Arm und redete im Flüsterton hastig auf ihn ein. Mit sichtlicher Anstrengung bekam der Zwerg sich wieder unter Kontrolle. Er verbeugte sich spöttisch vor der Priesterin und nahm seinen Platz am anderen Ende der ovalen Tafel ein. Erst jetzt betrachtete ich die anderen, die an diesem Tisch saßen. Es waren die sieben anderen Mitglieder des Rats. Die allgemeine Anspannung ließ deutlich nach, verging aber nicht völlig. So wie eine Sturmwolke, die scheinbar weiterzieht, in Wahrheit jedoch irgendwo hinter dem Horizont lauert.
Ich ließ meinen Blick durch die Halle schweifen. Dieses Ende der

Halle war mit den wunderbar gefärbten Vorhängen drapiert, zwischen denen üppige Girlanden hingen. Zwischen den Vorhängen und dem Tisch, an dem Larry und der Rat der Neun saßen, war eine runde Plattform mit einem Durchmesser von zehn Metern, die sich kniehoch vom Boden erhob. Ihre glänzende Oberfläche war mit leuchtenden und wohlduftenden Blütenblättern bestreut.
Rund um die Plattform standen niedrige Hocker. Als sich dann die Vorhänge teilten, tänzelten leichtfüßig Mädchen mit Flöten, Harfen und erregend rhythmisch klingenden Trommeln herein. Sie nahmen auf diesen Hockern Platz und spielten auf ihren Instrumenten. Eine leise, sehnsuchtsvolle Melodie stieg in die rosafarbene Luft.
Die Bühne war vorbereitet. Doch welches Stück sollte hier gespielt werden?
Nun rauschten weitere schwarzhaarige Mädchen heran. Ihre hübschen Brüste waren entblößt, und die langen Röcke hatten sie hochgerafft. Sie gingen von Platz zu Platz und gossen den Festgästen Wein ein.
Meine Augen suchten O'Keefe. Was mochte Marakinow ihm eben auf dem Gang mitgeteilt haben? Offensichtlich etwas so Wichtiges, daß Larry immer noch darüber nachdachte; so intensiv, daß er kaum Augen für die atemberaubende Frau an seiner Seite zu haben schien. Larrys Blick war starr und kalt. Hin und wieder sah er kurz zu dem Russen, und dann stand in seinen Augen spekulative Neugier. Yolara beobachtete ihren Liebling stirnrunzelnd. Dann erteilte sie der Dienerin hinter ihr einen leisen Befehl.
Das Mädchen entfernte sich und kehrte mit einer Karaffe aus reinem Bernstein zurück. Die Priesterin goß daraus eine klare Flüssigkeit in Larrys Glas, in der kleine Lichtflecke funkelten. Sie hob das Glas sanft an die Lippen und reichte es dann dem Iren. Halb lächelnd und halb geistesabwesend nahm er das Glas und berührte es dort mit seinen Lippen, wo sie es geküßt hatte. Dann trank er. Auf ein knappes Kopfnicken von Yolara hin füllte die Dienerin das Glas gleich wieder nach.

Von einem Moment auf den anderen ging eine seltsame Verwandlung mit O'Keefe vor sich. Seine Nachdenklichkeit verflog, Kälte und Strenge verließen ihn, und seine Augen funkelten vor... Liebe. Zärtlich beugte er sich über die Priesterin und flüsterte ihr süße Sachen ins Ohr. Ihre blauen Augen blitzten triumphierend auf, und sie ließ ihr glockenhelles Lachen ertönen. Sie hob ihren Kelch, doch in dem befand sich nicht die klare Flüssigkeit, die die Dienerin Larry eingeschenkt hatte. Und wieder trank er aus seinem Glas. Er hob ein drittesmal das neu gefüllte Gefäß, bemerkte dabei die wölfischen Blicke Lugurs und prostete ihm übermütig zu. Yolara drängte sich dicht an O'Keefe, und alles an ihr war Verlockung und Versuchung. Larry erhob sich, und in seinen Augen war wieder dieses übermütig Jungenhafte, das Unbesiegbare, nichts Fürchtende.

»Ein Toast!« rief er. »Ein Toast auf den Leuchtenden. Möge die Hölle, in die er gehört, bald ihre Pforten für ihn öffnen!«

Er hatte nur das Wort für den Leuchtenden in ihrer Sprache gesprochen, den Rest aber in Englisch, und so glaubten alle, er habe den Leuchtenden gerühmt. Aber die Verachtung in seinem Ausspruch war ihnen nicht entgangen, und so senkte sich bedrohliches Schweigen über die Versammlung. Lugurs Augen funkelten, kleine rote Flecke auf der grünen Netzhaut. Die Priesterin griff O'Keefe am Arm, und er strich über ihre sanfte Hand. Während er die Finger liebkoste, fuhr sein Blick in die Ferne.

»Der Leuchtende«, sagte er leise. »Ich sehe die Gesichter von denen, die mit ihm tanzen. Die Feuer von Mora, die von Erin zu diesem Ort gelangt sind. Gott allein weiß, wie die Feuer von Mora hierher gefunden haben!« Er betrachtete die schweigende Menge, bevor von seinen Lippen der Fluch von Mora, die schrecklichste Stelle in der Sage von Erin kam:

Die wütenden Flammen von Mora lodern über ihn in der
Nacht
Liebe bedeutet ihm nichts mehr, auch nicht Tränen oder
vergang'ne Pracht

Denn Kummer und Freude fliehen, wenn dieses Feuer lodert
und kracht.

Wieder versuchte Yolara, ihn auf den Sitz zurückzuziehen, und wieder ergriff er nur ihre Hand. Sein Blick wurde starr, und er fing an, leise zu singen:

Und durch die schlafende Stille müssen seine Füße den
Rhythmus gehen
Solange die Welt leer und öd, und nur die Silber des Mondes
hinunterwehen.

Schwankend stand er einen Moment lang da und ließ sich dann lachend von der Priesterin hinunterziehen. Sofort leerte er sein Glas.

Mein Herz wurde bang. Welche Hoffnung blieb noch, wenn Larry sturzbetrunken war? Das Schweigen in der Halle war fest wie eine Mauer. Die elfenhaften Frauen und die Zwergenmänner warfen sich besorgte Blicke zu. Doch dann erhob sich Yolara. Ihre Miene war fest, und ihre Augen blitzten grau.

»Hört, ihr Mitglieder des Rats, und höre auch du, Lugur, und hört alle, die ihr hier zusammengekommen seid!« rief sie. »Denn heute werde ich, die Priesterin des Leuchtenden, mir, wie es mein Recht seit alters her ist, meinen Gefährten nehmen. Und dieser wird es sein!« Sie zeigte auf Larry hinunter. Der sah nur träge zu ihr auf.

»Hab leider nur die Hälfte von dem verstanden, was du gesagt hast, Yolara«, murmelte er mit dicker Zunge. »Aber du kannst sagen, was du willst, ich höre deine Stimme so gern.«

Mir wurde schlecht vor Angst. Yolara strich dem Iren sanft über die Locken.

»Du kennst das Gesetz, Yolara.« Lugur klang kalt, tödlich kalt. »Du darfst dich mit keinem zusammentun, der nicht unserem Volk entstammt. Und dieser Junge da ist ein Fremder, ein Barbar, bloß als Futter für den Leuchtenden zu gebrauchen!« Er spuckte aus.

»Ja, Lugur, er ist nicht von unserer Art, aber von einer höheren!« antwortete Yolara gelassen. »Mehr noch, er ist ein wahrer Sohn von Siya und Siyana!«
»Eine Lüge!« brüllte der rote Zwerg. »Nichts als eine durchsichtige Lüge!«
»Der Leuchtende hat es mir offenbart!« erklärte Yolara süßlich. »Und wenn du mir das nicht glaubst, Lugur, dann geh doch zum Leuchtenden und frage ihn selbst!«
Eine furchtbare Drohung schwang unterschwellig in den letzten Worten mit, und was immer Lugur auch davon verstanden haben mochte, es reichte aus, ihn innehalten zu lassen. Er stand da und würgte an Worten, die er nicht mehr auszusprechen wagte, während sich auf seinem Gesicht die Flammen der Hölle zu zeigen schienen. Marakinow beugte sich wieder zu ihm hin und flüsterte etwas. Der rote Zwerg verbeugte sich, und in dieser Bewegung lag soviel Spott, daß es schon beleidigend war. Dann setzte er sich wieder hin und schwieg. Ich glaubte nun, mein Herz sei von Eisfingern umklammert, während ich mich fragte, welchen Einfluß der Russe auf den Zwerg hatte, um ihn durch ein paar Worte beruhigen zu können.
»Was meint der Rat dazu?« verlangte Yolara zu erfahren.
Nur kurz berieten sie sich, dann sprach die alte Frau, deren Gesicht immer noch einstige überwältigende Schönheit erkennen ließ:
»Der Wille der Priesterin ist der Wille des Rats!«
Aller Trotz erstarb auf Yolaras Zügen. Sie sah zärtlich auf O'Keefe. Er saß nur schwankend da und sang leise vor sich hin.
»Bittet die Priester herein«, befahl Yolara und wandte sich dann an die immer noch schweigenden Gäste. »Durch die Riten von Siya und Siyana nimmt Yolara deren Sohn zum Gefährten!« Sie legte Larry besitzergreifend eine Hand aufs Haupt und war sanft zu ihm wie eine lockende Schlange.
Die Vorhänge wurden weit aufgezogen. In Zweierreihen schritten zwölf Gestalten in grünen Kutten herein. Sie hatten Kapuzen über ihre Köpfe gezogen und wirkten in ihrem Grün wie eine Abordnung von Waldschraten. Jedes Paar trug eine milchigweiße Kri-

stallkugel, wie ich sie in der Kammer des Schreins gesehen hatte, und eine kleine Harfe, die in ihrer Form denen der alten Druiden ähnelte.
Zu zwei und zwei stiegen sie die Plattform hinauf und legten dort vorsichtig die Kugeln hin. Dann ließen sie sich paarweise dahinter nieder. Sie bildeten nun einen sechsstrahligen Stern und zogen sich simultan die Kapuzen herunter.
Der Anblick riß mich von der Couch: je sechs hellhaarige Mädchen und Jungen; allesamt schöner als alle, die ich bereits von dieser Rasse gesehen hatte, denn in ihren Zügen fand sich noch keine Spur der hier weit verbreiteten, eigentümlichen Boshaftigkeit. Das hellgoldene Haar der jungen Priesterinnen war zu leuchtenden Kronen geflochten. Die hellen Locken der Jungen waren mit Perlenketten, die an Mondsteine erinnerten, durchzogen und verbunden. Dann nahmen die Mädchen die Harfen hoch, die Jungen hoben vorsichtig die Kugeln vom Boden, und gemeinsam begannen sie zu singen.
Was das für ein Lied sein mochte, konnte ich nicht erkennen und würde es wohl auch nie erfahren. Eine archaische Weise aus undenkbar vergangener Zeit, aber viel lebendiger als andere Erinnerungen aus der Vorzeit, die längst vom Wind der Jahrtausende zu Staub zerblasen worden waren. Hier paarten sich Vorzeit und goldhaarige Jugend zu betörenden Liebesliedern von zeitloser Schönheit. Neugeborene Sonnen schienen aufzugehen und sich auf der unendlichen Wiese des Alls zu paaren. Die Götter und Göttinnen des Frühlings, des neuen Erwachens der Welt flüsterten und hauchten einander Worte und Lieder zu. Angenehme Mattigkeit erfüllte mich. Die rosafarbenen Lichtkugeln schienen zu verschwimmen, während die milchweißen Kugeln immer heller erstrahlten. Yolara trat hinter die Couch, reichte O'Keefe eine Hand und führte ihn zu den jungen Priestern. Im Zentrum des sechszakkigen Sterns standen die beiden einander gegenüber.
Das rosafarbene Licht erstarb, und in der ganzen Halle war es bis auf den Kreis der Priesterkugeln dunkel. Und deren Leuchten wurde immer noch heller. Die eigentümliche Melodie war nur

noch als Flüstern zu verstehen. Ein zitterndes Arpeggio tropfte von den Harfen, und mit den Klängen wuchsen die Spitzen von Mondfeuer-Kegeln aus den Kugeln, wie ich sie vor Yolaras Altar gesehen hatte. Auf unheimliche Weise zärtlich schossen sie im Rhythmus der Harfenklänge auf und nieder. Und dabei stiegen die Mondflammen höher, glichen zitternden Schäften.
Yolara breitete die Arme aus. Und ihre Hände hielten fest die von Larry. Sie hob sie über ihre beiden Köpfe und bewegte sich langsam, ohne O'Keefes Finger loszulassen, in einem kreisenden, anmutigen Schritt, glich bald einer tanzenden Ranke, dann dem Wogen kleiner Wellen auf sanft fließendem Wasser.
Während die beiden sich so drehten, wurden die Harfenklänge lauter, und die Mondlichtschäfte beugten sich hinab, bis sie den Boden erreichten, strömten zu einem leuchtenden Ring um die beiden zusammen und stiegen langsam zu einer schimmernden Zauberkuppel hoch, bis Yolara und Larry darunter verborgen waren.
Mit einer raschen Bewegung löste die Schöne das Saphirband und schüttelte das prachtvolle Haar. Es fiel in einer unnachahmlichen Kaskade hinab und verdeckte sie und O'Keefe bis zum Bauch, während die Wände aus Mondlicht schon bis zu ihren Knien standen und höher stiegen.
Ich hatte keine Angst mehr, sondern empfand nur schiere Verzweiflung!
Aber was war das? Ich sprang auf und hörte überall in der dunklen Halle Bewegung. Von draußen ertönte ein lauter Trompetenstoß. Die Hellhaarigen waren ebenfalls aufgesprungen, rannten herum und stießen Rufe aus. Die Unruhe wurde von Sekunde zu Sekunde größer, und dann verstand ich, was die Gäste riefen: »Lakla! Lakla!« Nun hatten die Geräusche von draußen den Eingang der Halle erreicht, und etwas Neues hatte sich daruntergemischt: ein donnernder, widerhallender Baß, der den Tumult unter den Gästen spielend übertönte.
Abrupt endete das Harfenspiel. Die Mondschäfte erzitterten und sackten zusammen, als hätte jemand die Luft aus ihnen herausge-

lassen. Yolara beendete augenblicklich ihren Tanz und stand starr da, während sie zu lauschen schien. Als sie das lange Haar aus dem Gesicht schob, glühte ihr Gesicht wie eine antike griechische Theatermaske.
Die süßen Lippen, die selbst im Moment, in dem sie Liebesschwüre sprachen, nie ganz den Zug von Grausamkeit verloren, waren nun hart und brutal, verzerrt wie bei einem Medusenhaupt. In Yolaras Augen schienen die Flammen der Hölle zu lodern, und ihre Haare wanden sich wie die Schlangen der Gorgo. All ihre Schönheit hatte etwas unfaßbar Grauenhaftem Platz gemacht. Etwas Unmenschlichem, Tückischem, Zerstörerischem. Mir kam kurz der Gedanke, daß hier das wahre Gesicht von Yolara zum Vorschein gekommen war, und dann dachte ich nur noch, daß Gott uns beistehen möge!
Ruckartig riß ich meinen Blick von ihr los und sah zu Larry. Alle Trunkenheit war von ihm gewichen. Er starrte nur auf seine Braut, und in seinen Augen war unaussprechlicher Schrecken. So standen die beiden sich gegenüber, während das milchige Licht der Kugeln verging.
Die darauf einsetzende Dunkelheit währte nur einen Augenblick. Durch den offenen Eingang strömte wie eine Sturmflut silbrig funkelndes Licht herein.
Und dann marschierten durch das Portal in Zweierreihen unmögliche Alptraumgestalten in die Halle. Riesige Froschmenschen, jeder von ihnen noch einen Meter größer als O'Keefe. Die gewaltigen Telleraugen wurden von grün und rot gefleckten Bändern durchzogen, in denen es phosphorn leuchtete. In den langgezogenen Schnauzen, deren Lippen zu einem monströsen Grinsen geöffnet waren, zeigten sich glitzernde, spitze Fänge. Über den funkelnden Augen saßen Hornhelme, Gebilde aus schwarzen und orangefarbenen Schuppen, aus denen fußlange Hörner ragten.
Sie postierten sich zu beiden Seiten des langen Gangs zwischen den Tischen. Ich erkannte nun, daß sie auch auf Schultern und Rücken Hornpanzer trugen, die sich vor der Brust zu einer Art Harnisch vereinten und an Hand- und Fußgelenken in mörderi-

schen Dornen ausliefen. Die mit Schwimmhäuten versehenen Hände und Füße endeten in gelben, dreieckigen Klauen.
Die Froschmenschen trugen Speere, die mindestens drei Meter lang waren und in spitzen Kegeln ausliefen, deren Enden mit der sonderbaren Flüssigkeit bedeckt waren, vor deren tödlicher Wirkung ich vor einigen Tagen Rador gerettet hatte.
Ein grotesker Anblick, unfaßbarer als alles Fremde, das ich hier bereits gesehen hatte. Und ein Anblick, der mehr als nur Angst einflößte.
Während ich noch mit offenem Mund auf diese Armee starrte, marschierte eine junge Frau durch den Gang. Ihr folgte eine Froschfrau, die die Soldaten an Körpergröße noch überragte. Ihr gewaltiger Kehlsack schwoll an und ab, und in einer Pranke trug sie eine dornbewehrte Keule von den Ausmaßen eines Birkenstamms. Ich sah allerdings nur sehr kurz auf die Froschfrau, denn die, die dort den Gang hinunterschritt, fesselte meine ganze Aufmerksamkeit.
Denn sie war die Goldäugige, die uns in der Halle des Mondteichs zum erstenmal erschienen war. Und während ich sie betrachtete, fragte ich mich verwirrt, wie ich je die Priesterin für schöner hatte halten können. O'Keefes Augen füllten sich mit Freude... und mit Scham.
Von überall ertönte Tuscheln und Murmeln; mal ärgerlich, mal erstaunt und manchmal auch ein wenig erfreut.
»Lakla!«
»Lakla!«
»Die Dienerin!«
Die Goldäugige blieb kurz vor mir stehen. Vom festen kleinen Kinn bis zu den zierlich gestiefelten Füßen trug sie ein kupferfarbenes, feines Gewand. Der linke Arm war irgendwo darin verborgen, der rechte dagegen ausgestreckt und mit einem langen Handschuh bedeckt. Eng darum gewickelt eine der Reben, wie wir sie auf den Symbolen an der Wand und auf Lugurs Ring gesehen hatten. Die fünf Ranken verliefen zwischen ihren Fingern und endeten in fünf blühenden Blüten, die wie Rubine glühten.

So stand sie da und betrachtete Yolara. Dann schien sie mich zu bemerken und drehte den Kopf zu mir. Goldene, durchscheinende Augen mit kleinen, bernsteinfarbenen Flecken in der Iris. Ihre Seele schien aus diesen Augen zu schauen, und was ich dort sah, war so weit entfernt vom Wesen der Priesterin wie der Zenit vom Nadir.

Ich bewunderte die niedrige, breite Stirn, die stolze, kleine Nase, den zarten Mund und den sanften Schimmer wie Sonnenlicht, der von ihrer Haut kam. Und plötzlich trat zaghaft ein Lächeln in ihren Blick. Ein ehrliches, freundliches und menschliches, aber auch leicht schelmisches Lächeln, das mich stärkte und meine Sorgen vertrieb. Mein Herz fühlte sich frei, als seien plötzlich alle Fesseln von ihm genommen, und mein Vertrauen in die Realität kehrte zurück. So als würde ich mitten in einem furchtbaren Alptraum ein liebes, vertrautes Gesicht entdecken und damit erkennen, daß alle Gefahren nur ein Traum waren. Und ohne darüber nachzudenken, lachte ich sie an.

Sie hob den Kopf und sah Yolara an. Zweifel und Ungewißheit standen in ihrem Blick. Dann betrachtete sie O'Keefe, und ein Schatten des Kummers trieb in ihren weichen Blick, gefolgt von tiefem Interesse und schließlich einer naiven Zuneigung; so rein und ehrlich wie ihr wunderbares Lachen.

Die Goldäugige sprach, und ihre tief tönende Stimme war wie Gold gegen das Silber von Yolara. In ihr schwang all die Schönheit mit, die ihr Körper ausstrahlte.

»Die Stummen haben mich geschickt, Yolara«, erklärte sie. »Ich soll dir einen Befehl von ihnen überbringen: Du übergibst mir drei der vier Fremden, die den Weg hierher gefunden haben, damit ich sie vor sie führen kann. Doch den hier, der sich mit Lugur verschwört«, sie zeigte auf Marakinow, und Yolara wurde bleich, »wollen sie nicht sehen. Denn die Stummen haben dem Vierten ins Herz gesehen, und was sie dort vorfanden, hat sie mit Widerwillen erfüllt. Daher mögen Lugur und du, Yolara, ihn behalten.«

Süßes Gift troff von ihren letzten Worten.

Doch Yolara hatte sich vom ersten Schrecken erholt. Als sie antwortete, war der Zorn in ihrer Stimme schrill und laut:
»Seit wann besitzen die Stummen die Macht, solches zu verlangen, *Choya?*«
Ich kannte mittlerweile eine ganze Reihe von Wörtern aus der hiesigen Sprache und wußte, daß der letzte Begriff eine schlimme Beleidigung darstellte. Rador hatte den Ausdruck einmal benutzt, als er sich über eine Dienerin ärgerte. Wörtlich übersetzt bedeutete er zwar nur soviel wie »Küchenmagd«, aber wenn man ihn so betonte, wie Yolara das getan hatte, steckte weitaus Schlimmeres dahinter. Ich sah, wie Laklas elfenbeinernes Gesicht rot anlief.
»Yolara«, sagte sie leise, »du weißt, es hat keinen Sinn, mich danach zu fragen. Ich bin nur die Botin der Stummen. Und ich überbringe lediglich ihren Befehl. Doch will ich es in einer Frage formulieren: Willst du mir die drei Fremden übergeben?«
Lugur stand da und ließ sich nichts entgehen. Sardonische Freude, Eifer und boshafte Erwartung spiegelten sich auf seiner Miene wider. Dann entdeckte ich Marakinow, der sich halb verborgen hielt, an seinen Fingernägeln kaute und die Goldäugige wütend anstarrte.
»Nein!« sagte Yolara mit der Schärfe einer Messerschneide. »Nein und nochmals nein! Bei Thanaroa und bei dem Leuchtenden, ich übergebe sie dir nicht!« Ihre Augen funkelten, ihre Nasenflügel waren aufgebläht, und die Adern in ihrem hübschen Hals pochten wütend. »Du, Lakla, darfst meine Botschaft den Stummen überbringen. Erkläre ihnen, daß ich diesen hier behalte«, sie zeigte gebieterisch auf Larry, »denn er gehört mir. Sag ihnen auch, daß ich den Riesen behalte, und den da«, damit war ich gemeint, »weil es mir so gefällt.
Und richte ihnen aus, daß ich ihnen mit meinem Fuß die Münder stopfe, und zwar so!« Sie stampfte heftig auf der Plattform auf. »Und ich spucke ihnen ins Gesicht. Und als letztes, Küchenmagd, bestellst du ihnen folgendes: Falls sie es noch einmal wagen sollten, dich zu Yolara zu schicken, werfe ich dich dem Leuchtenden vor! Und nun pack dich, verschwinde!«

Lakla war starr und kalkweiß.
»Die drei Stummen haben solches Gebaren von dir erwartet, Yolara«, entgegnete sie. »Und da du das gesprochen hast, was sie für wahrscheinlich erachteten, soll ich dir dies mitteilen.« Sie atmete aus, und danach klang ihre Stimme noch tiefer. »Du hast drei *Tal* Zeit zur Besinnung. Und danach mußt du zu folgenden Dingen einen Entschluß gefaßt haben; gleich ob dafür oder dagegen.
Erstens, schicke die drei Fremden vor die Stummen. Zweitens, gib zusammen mit Lugur und den anderen den Plan auf, die Welt zu erobern. Und drittens, schwöre dem Leuchtenden ab! Und wenn du nicht alle drei Dinge tun willst, wird es mit dir vorbei sein, ist das Gefäß deines Lebens zerbrochen, rinnt der Wein deiner Existenz hinaus.
So lautet die Botschaft der drei Stummen, Yolara, und sie richtet sich auch an den Leuchtenden, an Lugur, an den Rat der Neun und an all die, die euch die Treue halten. Denn ebenso wie du gehen auch sie in den Untergang. Dies waren die Worte der Stummen: ›Alle, die von ihrer Art sind, sollen ausgelöscht werden, ganz und gar ausgelöscht, bis nichts mehr an sie erinnert!‹«
Die Hellhaarigen an den Tischen keuchten vor Zorn und Furcht, aber die Priesterin warf nur den Kopf in den Nacken und lachte lange und laut. Dann brach Lugurs Gelächter in ihren Glockenklang, und bald wurden alle Vornehmen davon angesteckt, bis die ganze Halle von ihrem Spott erbebte. Larry bewegte sich mit zusammengepreßten Lippen auf Lakla zu. Aber unmerklich und doch entschieden winkte sie ihn zurück.
»Das waren wirklich große Worte, *Choya*, gewaltige Worte fürwahr«, kicherte Yolara. Und wieder lief Lakla bei dem Schimpfwort rot an. »Seit Laya um Laya ist der Leuchtende von den Stummen befreit. Und seit dieser Zeit sitzen die Drei rat- und tatlos herum und faulen langsam vor sich hin. Ich frage dich nun noch einmal, woher wollen sie die Macht nehmen, mir ihren Willen aufzuzwingen. Und woher wollen sie die Kraft bekommen, um den Leuchtenden zu bekämpfen, und auch die, die der Leuchtende liebt?«

Sie brach wieder in lautes, schrilles Gelächter aus, in das Lugur und die anderen Vornehmen rasch einfielen.
Ich glaubte, Zweifel in Laklas Blick zu erkennen, so als seien die Fundamente ihres Glaubens doch nicht so fest.
Sie zögerte und wandte sich O'Keefe zu, in dessen Blick Flehen und so etwas wie Verzweiflung standen. Das entging Yolara nicht. Triumph leuchtete in ihren Augen auf, und sie zeigte mit ausgestrecktem Finger auf die Dienerin.
»Seht nur!« rief sie. »Seht nur, sie selbst glaubt nicht an ihre Herren!« Ihre Stimme klang süßlich, und war doch mit gnadenloser Grausamkeit angefüllt. »Ich überlege, ob ich den drei Stummen eine neue Botschaft senden soll. Ja, aber nicht durch dich, Lakla, sondern durch jene dort!« Sie zeigte auf die Froschmenschen, und dann fuhr ihre Hand so rasch, daß man es kaum mit dem Auge verfolgen konnte, in ihren Ausschnitt und zog den kleinen Kegel heraus.
Doch bevor die Priesterin mit der Waffe zielen konnte, hatte Lakla den verborgenen Arm hochgerissen und sich mit einer Falte des metallischen Gewands das Gesicht bedeckt. Rascher als Yolara hatte sie den Arm mit der Ranke gehoben, und nun wurde mir klar, daß es sich dabei keinesfalls um ein totes Symbol handelte.
Die Ranke lebte!
Sie schlängelte sich Laklas Arm hinunter, und die fünf rubinhaften Blüten richteten sich auf die Priesterin. Sie vibrierten und zitterten und wurden nur durch die Hand der Dienerin am Ende der Ranke zurückgehalten.
Aus dem Kehlsack der Froschfrau hinter ihr dröhnten in rascher Folge dumpfe Laute. Die Froschsoldaten hoben ihre Lanzen und zielten damit auf die Menge. Von den Blüten der Ranke löste sich ein leichter Nebel.
Der silberne Kegel fiel Yolara aus den starren Fingern, und in ihre Augen trat ein Ausdruck großer Angst. Alle überirdische Schönheit wich von ihr, und ihre wunderbaren Lippen erblaßten.
Lakla senkte die schützende Falte, und jetzt war sie es, die laut lachte.

»Es will mir so vorkommen, Yolara, daß es zumindest eines gibt, das du an den Stummen fürchtest!« rief sie. »Nun, für deine Einladung zur Umarmung durch den Leuchtenden revanchiere ich mich mit dem Versprechen eines Kusses von *Yekta*!«
Die Dienerin sah O'Keefe lange und suchend an, bevor sie ihm unvermittelt wieder ihr einmaliges Lächeln schenkte, das wie Sonnenlicht in einem dunklen Raum wirkte. Sie nickte keck, und sah dann auf mich. Ein kleines, lustiges Feuer tanzte in ihren Augen, und sie winkte mir mit einer Hand zu.
Lakla wandte sich an die riesige Froschfrau. Sie fuhr bei den Worten der Dienerin zu Yolara herum, hob die Keule und ließ die Fänge blitzen. Die Truppe bewegte sich keinen Millimeter, als Lakla sich langsam und wie es mir vorkam, leicht spöttisch entfernte. Kurz bevor sie das Portal erreichte, sprang Larry vom Podium.
»*Alanna!*« rief er. »Du kannst mich nicht verlassen, wo ich dich endlich gefunden habe!«
In seiner Erregung hatte er in Englisch gesprochen. Die Dienerin blieb stehen, drehte sich um, betrachtete O'Keefe und zögerte, angefüllt von Verlangen und widerstrebend wie ein kleines Kind, das nicht genau weiß, ob es das angebotene Geschenk nun nehmen sollte oder nicht.
»Ich gehe mit dir«, erklärte Larry jetzt in ihrer Sprache. »Komm schon, Doc!« Er streckte eine Hand nach mir aus.
Doch dann sprach Yolara. Ihre Schönheit war zurückgekehrt, und sie schien sich wieder gefangen zu haben. Aber in den roten Augen hatten sich etliche Teufelchen versammelt.
»Hast du denn schon vergessen, was ich dir vor Siya und Siyana versprochen habe? Ja glaubst du denn, du könntest jetzt einfach gehen? Mich verlassen, mich, als wäre ich eine ebensolche *Choya* wie sie?« Denkst du wirklich...«
»Nun höre mir einmal zu, Yolara«, unterbrach Larry sie fast schon kläglich. »Ich habe dir kein Versprechen gegeben. Was sollte mich also hier binden?« Ohne daß er es bemerkte, sprach er in Englisch weiter. »Versuch mal, ein guter Sportsmann zu sein, Yolara. Du hast ein ganz schön höllisches Temperament, weißt du, aber da-

mit kann ich notfalls auch dienen. Das würde was geben, wenn wir beide mal längere Zeit beisammen wären, das kannst du mir glauben, die Teller und Tassen würden pausenlos durch die Luft fliegen. Warum gibst du deinem Schoßhündchen da nicht den Laufpaß und versuchst dann, ein artiges Mädchen zu sein?«

Die Priesterin starrte ihn nur verwirrt an. Marakinow beugte sich vor und übersetzte alles für Lugur. Der rote Zwerg lächelte maliziös und trat neben Yolara. Er flüsterte ihr ohne Zweifel das ins Ohr, was er soeben von dem Russen erfahren hatte.

Yolara verzerrte den Mund.

»Höre meine Worte, Lakla!« rief sie. »Ich werde dir diesen Mann nicht überlassen, und wenn ich dafür zehntausend Laya lang in der Agonie von Yektas Kuß vor mich hindämmern muß. Bei Thanaroa, bei meinem Herzen und bei meiner Stärke schwöre ich dir: meine Stärke soll zerfallen, mein Herz in meiner Brust verfaulen und Thanaroa sich von mir abwenden, wenn ich dir diesen Mann jemals überlassen sollte!«

»Nun hör doch mal, Yolara«, begann O'Keefe.

»Du hältst den Mund!« rief sie laut, und es klang wie ein Kreischen. Ihre Hand suchte am Busen nach dem Kegel des Todes.

Lugur faßte sie am Arm und flüsterte ihr wieder etwas zu. Verschlagenheit leuchtete in den Augen der Priesterin auf. Endlich lachte sie beruhigt.

»Die Stummen haben dir aufgetragen, mir mitzuteilen, ich hätte drei Tal lang Zeit, mich zu entscheiden«, erklärte sie katzig. »So zieh nun in Frieden ab, Lakla, und erkläre deinen Herren, Yolara habe die Botschaft empfangen und werde nun drei Tal lang mit sich selbst Rat halten.«

Die Dienerin zögerte an der Tür.

»Die Stummen haben es so verlangt«, erklärte Lakla endlich. »So bleibt dann einstweilen hier, Fremdlinge.« Die langen Wimpern senkten sich, als ihr Blick sich mit dem von Larry kreuzte, und kurz erschien ein sanftes Erröten auf ihren Wangen. »Bleibt drei Tal lang hier, Fremdlinge. Aber vergiß du nicht bei der Stärke und bei dem Herz, auf die du geschworen hast, daß diesen Männern kein Leid zugefügt wird. Andernfalls soll alles das, was du eben beschworen hast, über dich kommen, und zwar sehr rasch. Das schwöre ich dir.«

Die Augen der beiden Frauen sahen sich an, fuhren wie mächtige Schilde gegeneinander und brannten sich in denen der jeweils anderen fest. Hier die schwarze Flamme von Abaddon und dort das goldene Lodern des Paradieses.

»Vergiß es nicht!« sagte Lakla und trat durch die Tür. Die riesige Froschfrau dröhnte einen donnerhaften Befehl, und die monströsen Soldaten folgten ihrer Herrin. Zuletzt verschwand die Riesin mit der Keule.

XXI

Larrys Verweigerung

Geschrei erhob sich in der Halle, wurde aber jäh durch eine knappe Handbewegung Yolaras zum Verstummen gebracht. Die Priesterin stand kerzengerade da und betrachtete O'Keefe nicht unbedingt mit blinder Rachsucht, sondern mehr mit Bedauern und der Bitte um Verzeihung.

Doch der Ire hatte seine Selbstbeherrschung verloren.

»Yolara!« Seine Stimme war schwer vor Zorn, und er schien alle Vorsicht über Bord werfen zu wollen. »Yolara, jetzt hörst du mir einmal zu. Ich gehe, wohin ich will und wann ich will. Wir bleiben hier, bis die festgelegte Zeit abgelaufen ist. Danach folgen wir ihr, ob du das nun willst oder nicht. Und wenn jemandem von euch die Idee kommen sollte, er könne uns aufhalten, dann läßt er sich vorher besser von der Priesterin die Geschichte von der zerschmetterten Vase erzählen.«

Alle Wärme schwand aus Yolaras Augen. Sie starrte ihn kalt an, gab ihm aber keine Antwort.

»Was Lakla hier vorgetragen hat, muß vom Rat erwogen werden«, wandte sie sich an die Hellhaarigen. »Nun, meine Freunde und auch die von Lugur, muß alle Fehde, alle Ranküne zwischen uns enden.« Sie warf einen raschen Blick auf Lugur. »Die Ladala werden immer unruhiger, und die Stummen bedrohen uns. Doch wir wollen sie nicht fürchten, denn steht hinter uns nicht der Leuchtende? Und nun, verlaßt uns.«

Ihre Hand sank auf den Tisch, was offensichtlich ein Signal war, denn nun marschierte ein Trupp grüner Zwerge herein.

»Bringt diese beiden zu ihrem Quartier«, befahl sie, und damit waren O'Keefe und ich gemeint.

Die Soldaten drängten sich um uns. Ohne noch einen Blick an die

Priesterin zu verschwenden, marschierte Larry neben mir und zwischen den Grünen aus der Halle. Erst als wir den Eingang unseres Hauses erreicht hatten, sprach Larry zu mir.

»Ich hasse es, so mit einer Frau reden zu müssen, Doc«, sagte er. »Und erst recht mit einer so atemberaubend schönen Frau. Aber sie hat von Anfang an nicht ehrlich gespielt, hat mir dann alle Chips weggenommen und mich zu guter Letzt auch noch mit einer Pistole bedroht. Und, bei allem was mir recht ist, fast wäre ich mit ihr verheiratet gewesen! Ich habe keine Ahnung, was für ein Zeugs sie mir zu trinken gegeben hat. Aber wenn ich das Rezept dafür kennen würde, könnte ich es in Fläschchen für tausend Dollar das Stück auf dem Times Square verscherbeln.

Ein kleiner Schluck davon, und man vergißt, daß es auf dieser Welt so etwas wie Ärger gibt. Nach drei Schlucken hat man vergessen, daß es überhaupt eine Welt gibt. Ich will mich nicht entschuldigen, Doc, und es ist mir auch gleich, was du jetzt einwenden willst oder was Lakla sagen mag. Es war nicht meine Schuld, und ich laß mir das auch nicht anhängen!«

»Ich muß gestehen, daß mich Yolaras Drohungen doch ein wenig beunruhigen«, antwortete ich, ohne auf seine Erklärungen einzugehen. O'Keefe blieb abrupt stehen.

»Wovor hast du Angst?«

»Ich habe ganz und gar keine Lust, mit dem Leuchtenden zu tanzen«, erwiderte ich.

»Paß mal auf, Goodwin.« Er marschierte ungeduldig weiter. »Ich liebe und bewundere dich wie keinen zweiten auf der Welt. Aber ich fürchte, die Gegend hier ist nicht besonders heilsam für deine Nerven. Deshalb wird von nun an Larry O'Keefe aus Irland und aus den guten alten USA die Truppe anführen. Kein Zittern und Bangen mehr und Schluß mit dem Aberglauben. O'Keefe krempelt jetzt die Ärmel hoch. Alles klar, Doc?«

»Ja, alles klar«, antwortete ich gereizt. »Aber um eine deiner eigenen Phrasen zu benutzen: Stell bitte die dauernden Anspielungen auf den Aberglauben ab.«

»Warum sollte ich?« Er kam mir so vor, als geriete er in Rage. »Ihr

Wissenschaftler baut ganze Philosophien auf der Grundlage von Dingen auf, die ihr noch nie gesehen habt. Gleichzeitig aber rümpft ihr die Nase über Leute, die an Dinge glauben, von denen ihr denkt, daß sie sie noch nie gesehen haben können und die dafür von euch nicht das Etikett ›wissenschaftlich‹ erhalten. Ihr gebt fast nur Paradoxa von euch. Ein Wissenschaftler, der sich selbst für den größten Skeptiker, für die gewaltigste Ansammlung materialistischen Denkens hält, das je den Boden dieser sich dafür glücklich preisenden Welt betreten hat, besitzt mehr blinden Glauben, mehr Aberglauben als ein Derwisch, als eine alte Zigeunerin oder als ein Totengräber nachts auf dem Friedhof, wenn sich gerade eine Wolke vor den Mond schiebt!«
»Larry, bitte!« rief ich empört.
»Mit Olaf ist es nicht besser«, fuhr er fort. »Aber bei ihm kann ich es ja noch einsehen. Schließlich ist er ein Seemann. Nein, Sir, was diese Truppe an ihrer Spitze braucht, ist ein Mann ohne Aberglauben. Und an eines möchte ich dich erinnern: Der Kobold hat mir versprochen, ich würde eine eindeutige Warnung erhalten, bevor es hier knallt. Und wenn wir von hier verschwinden, sorgen wir dafür, daß die Banshee-Familie diesen Ort gründlich aufräumt, damit wir in Glanz und Gloria zurückkehren können. Und noch eins sollst du nicht vergessen: Von nun an bin ich hier der Chef!«
Mittlerweile waren wir ins Haus gelangt. Keiner von uns war in einer besonders ansprechenden Laune. Rador erwartete uns mit seinen Männern.
»Niemand darf ohne ausdrückliche Erlaubnis herein«, befahl er barsch. »Und niemand geht nach draußen, ohne daß ich ihn begleite. Einer der schnellsten Coria soll vorfahren und bereitstehen.«
Doch nachdem die Vorhänge hinter uns zugezogen waren, verlor er alle Barschheit und bestürmte uns voller Neugierde mit tausend Fragen. Kurz erzählten wir ihm, was auf dem Fest vorgefallen war, von Laklas dramatischem Auftritt und von dem nachfolgenden Streit.

»Drei Tal«, grübelte Rador. »Drei Tal haben die Stummen ihr gewährt, und Yolara hat sich einverstanden erklärt.« Er sank nachdenklich in seinen Diwan zurück.
»*Joh!*« meldete sich Olaf zu Wort. »Ich habe euch doch gewarnt, daß die Priesterin des Leuchtenden eine Teuflin ist. Nun will ich noch einmal die Geschichte erzählen, mit der ich begann, als der da kam.« Er warf einen Seitenblick auf Rador, der über den Zeitraum von drei Tal nachdachte – etwa neunzig Stunden unserer Zeit. »Und sagt ihm nicht, was ich erzählt habe, wenn er euch danach fragt. Denn in diesem Trollheim traue ich niemandem, mit Ausnahme der Weißen Jungfrau!
Nachdem sie diesen Alten zerstäubt hat«, der Norweger meinte Songar, »sagte ich mir, die Zeit ist reif, um ein paar geheime Pläne zu schmieden. Also ersann ich folgende List: ›Wenn sie glauben, meine Ohren könnten sie nicht verstehen, werden sie in meiner Gegenwart um so ungenierter sprechen. Und vielleicht finde ich so einen Weg, meine Helma und auch Dr. Goodwins Freunde zu finden.‹ *Joh*, und sie haben gesprochen.
Der rote Troll fragte den Russen, wie es denn käme, daß er Thanaroa verehre.« Ich warf O'Keefe einen raschen, triumphierenden Seitenblick zu. »Und Marakinow«, fuhr Huldricksson fort, »nun, dieser durchtriebene Russe erklärte, sein ganzes Volk verehre Thanaroa und kämpfe gegen andere Völker, die Thanaroa leugneten oder lästerten.
Später kamen wir in Lugurs Palast. Sie brachten mich in eine Kammer, wo Männer erschienen, die mich badeten, mit Öl einrieben und massierten. Am nächsten Tag mußte ich mit einem großen Zwerg namens Valdor ringen. Er war ein starker Mann, und wir mußten lange kämpfen, bevor ich ihn besiegen konnte. Lugur hatte großes Vergnügen daran, so daß ich beim Fest neben ihm sitzen durfte. Und der Russe war auch da. Und wieder unterhielten sich die beiden, weil sie ja glaubten, ich würde ohnehin kein Wort verstehen.
Marakinow kam rasch zum Punkt. Lugur sollte Kaiser von Europa werden und der Professor sein Stellvertreter sein. Sie unterhielten

sich auch über das grüne Licht, das den Alten in seine Bestandteile aufgelöst hat. Lugur erklärte, diese Waffen stammten von den Alten, und nur sie würden das Geheimnis kennen. Leider besäße der Rat nur wenige Exemplare. Doch der Russe versicherte ihm, in seinem Land gebe es viele weise Männer, die weitere Kolben herstellen könnten, sobald sie eine solche Waffe erst einmal studiert und erforscht hätten.

Am nächsten Tag mußte ich gegen einen Zwerg namens Tahola antreten, der noch stärker war als Valdor. Den konnte ich erst nach sehr langer Zeit zu Boden schleudern und bezwingen. Das erfreute Lugur wieder sehr. Am Abend durfte ich dann erneut mit dem Roten und Marakinow an einem Tisch sitzen. Diesmal sprachen die beiden von etwas, das diese Trolle besitzen und mit dem sich ein *Svaelc* öffnen läßt; Abgründe, in deren Reichweite alles zum Himmel hinauffällt.«

»Wie bitte?« entfuhr es mir.

»Ich habe schon davon gehört«, sagte Larry.

»Lugur hat an diesem Abend sehr viel getrunken«, fuhr Huldricksson fort. »Er fing an zu prahlen, und der Russe ließ natürlich nicht locker und drängte ihn immer eindringlicher, ihm dieses Ding zu zeigen. Nach einer Weile stand der Rote auf, schwankte nach draußen und kehrte mit einer kleinen, goldenen Kiste zurück. Die beiden gingen in den Garten, und ich folgte ihnen. Dort erhob sich ein *lille Hoj*, ein kleiner Steinhügel, auf dem Blumen und kleine Bäume wuchsen.

Lugur drückte auf die Kiste, und ein Funke sprang heraus, der kaum größer war als ein Sandkorn. Lugur drückte noch einmal, und ein blaues Licht schoß aus der Kiste und entzündete den Funken, der neben die Steine gefallen war. Der Funke, der so winzig gewesen war, wuchs unter dem blauen Licht enorm an. Dann entstand ein Seufzen wie von einem Wind... Im nächsten Augenblick waren Steine, Blumen und Bäume nicht mehr da. Einfach fort!

Lugur, der die ganze Zeit gelacht und gegrölt hatte, wurde schlagartig wieder nüchtern. Er stieß den Russen fest an, so daß der weit zurückfiel. Plötzlich regnete es im Garten Steine, Blumen und Bäume. Doch alles war zerschmettert und zerbrochen, wie es eben mit Gegenständen geschieht, die aus großer Höhe aufprallen. Der Rote erklärte, von solchen Geräten hätten sie sehr viele, denn das Geheimnis ihrer Herstellung sei von Generation zu Generation weitergegeben worden und nicht im Besitz der Alten verblieben.

Lugur erklärte, sie hätten Angst davor, solche Geräte einzusetzen, denn ein Funke von nur der dreifachen Größe wie der, den die Kiste eben noch ausgespuckt hatte, würde ausreichen, den ganzen Garten zum Himmel zu schicken. Und das hätte vielleicht einen Weg nach draußen geöffnet, bevor... und seine genauen Worte waren: ›bevor wir zum Hinausgehen bereit sind!‹

Marakinow stellte unzählige Fragen, aber Lugur verlangte nur nach mehr zu trinken und wurde noch lauter und ausgelassener. Schließlich bedrohte er den Russen sogar, und Marakinow schwieg aus Angst. Danach lauschte ich weiter, wann immer sich mir Gelegenheit dazu bot, konnte aber nicht mehr allzuviel erfahren. Nun, zumindest das: Lugur ist ganz verrückt auf einen Eroberungsfeldzug. Genauso steht es mit Yolara und dem Rat. Sie sind es müde, hier ihr Dasein zu fristen, und die Stummen beunruhigen sie doch erheblich, auch wenn sie sich öffentlich über sie lustig machen. Ihr Feldzug dient einem Ziel: Zusammen mit dem Leuchtenden die Welt zu beherrschen!«

Der Norweger schwieg einen Moment lang, dann fuhr er mit dunkler, zitternder Stimme fort:

»Trollheim ist erwacht. Helvede kriecht vor dem Tor zur Erde umher und will befreit werden, um in eine vom Bösen beherrschte Welt zu gelangen. Und wir sind nur drei!«

Ich spürte, wie das Blut aus meinem Herzen fuhr. Aber Larry trug nun die kämpferische Miene, wie sie die O'Keefes schon seit tausend Jahren aufsetzen, wenn es hart auf hart kommt. Rador starrte ihn kurz an, erhob sich und verschwand hinter den Vorhängen. Dann kehrte er mit der Uniform des Fliegers zurück.

»Leg sie an«, erklärte er knapp und verfiel dann wieder in dumpfes

Brüten. Was immer O'Keefe vorher hatte sagen wollen, ging jetzt in wildem und freudigem Jubelgeheul unter. Er riß sich die glitzernde Tunika und die silberne Hose vom Leib.
»Richard ist wieder er selbst!« brüllte er. Und jedes Stück der Uniform, das er sich anzog, steigerte sein Selbstvertrauen, das weder Tod noch Teufel fürchtete. Als die letzte Litze saß, baute er sich vor uns auf.
»Verbeugt euch, ihr Hundesöhne!« brüllte er. »Schlagt die Köpfe auf den Boden auf und erweist Ehre eurem Herrscher: Larry dem Ersten, Kaiser von Großbritannien, Autarch von Irland, Schottland, England und Wales und von den angrenzenden Wassern und Inseln. Kniet nieder, ihr Lümmel, kniet tief!«
»Larry!« rief ich besorgt, »hast du den Verstand verloren?«
»Nicht ein bißchen«, lachte er. »Ich habe nur meinen Auftritt für den Moment geprobt, in dem Marakinow glaubt, er sei am Ziel. Auf, Burschen, schafft die Kronjuwelen herbei und spannt neue goldene Saiten auf Taras Harfe. Nieder mit den englischen Hunden! Auf, auf!«
Er stieß einen irischen Kriegsschrei aus.
»Großer Gott, wie gut sich die alten Sachen anfühlen«, grinste er. »Ist mir glatt zu Kopf gestiegen. Aber was ich euch über mein Reich erzählt habe, war nicht gelogen.«
Er wurde wieder ernst.
»Für Späße ist im Moment nicht die rechte Zeit. Eine ganze Menge von dem, was Olaf erzählt hat, habe ich aus kleinen Bemerkungen von Yolara aufgeschnappt. Aber die eigentliche Aufklärung erhielt ich erst, als dieser Russe mich beiseitenahm, bevor... bevor...« Er lief rot an. »Nun, bevor mich diese neue Schnapsmarke sturzbesoffen machte.
Vielleicht hatte Marakinow einen Hinweis bekommen, vielleicht glaubte er aber auch nur, ich wüßte mehr, als es tatsächlich der Fall war. Und er vermutete wohl, Yolara und ich würden für die nächsten Wochen und Monate nur noch schnäbelnde Turteltäubchen sein. Außerdem sagte er sich wohl, die Priesterin habe entschieden mehr über dieses unheilige Feuerwerk zu bestimmen als Lugur.

Und da sie eine Frau ist, glaubte er wohl, deutlich einfacher mit ihr fertig zu werden. Mit diesen Gedanken im Hinterkopf blieb ihm bei logischem Vorgehen nur eins zu tun übrig: Wir zwei machen gemeinsame Sache, was Larry? Ich lasse Lugur fallen und verbünde mich mit dir.
Tja, das tat er dann auch. Er flüsterte mir zu, den roten Zwerg zu beseitigen, wenn ich ihm dafür Yolara überlassen würde. Und als Lohn dafür sollte ich Kaiser werden. Ist das zu fassen? Großer Gott!«
Er brach in so lautes Gelächter aus, daß es wie Donnergrollen klang. »Aber angesichts des Bürgerkriegs in Rußland und auch im Hinblick auf die Greueltaten der Weißen in diesem Riesenland erschien mir Marakinows Vorschlag gar nicht mehr absurd. Ich spürte vielmehr, daß eine gewaltige Katastrophe heraufzog.
Und jetzt habe ich ein bißchen Angst«, fuhr O'Keefe deutlich ruhiger fort. »Sie haben den Keth und diese Antigravitationsbomben...«
»Anti was?« keuchte ich.
»Klar doch, Antigravitationsbomben«, antwortete er. »Die bezaubernde kleine Fee, die Bäume und Steine aus Lugurs Garten in den Himmel geschickt hat. Das hat Marakinow natürlich gekitzelt. Diese Funken heben die Schwerkraft auf, genauso wie diese Schattenschirme das Licht aussperren. Alles, was in der Reichweite des Funkens und des blauen Lichts liegt, schießt wie eine Rakete zum Mond...
Das hat auch mein Interesse geweckt, warum es verleugnen? Mit solchen Bomben und dem Keth und auch den leise und unsichtbar marschierenden Soldaten könnte ich jeden aus dem Weg räumen. Niemand wäre mir gewachsen, was, Doc?«
O'Keefe lachte, aber es klang nicht sehr lustig. »Den Leuchtenden fürchte ich nicht. Einmal einen New Yorker Feuerwehrschlauch auf ihn abspritzen lassen, und vom Leuchtenden bleibt nur ein Häufchen Asche übrig. Aber diese Waffen, das sind die wirklich wesentlichen Dinge hier, glaubt es mir!«
Doch diesmal fand Larrys Optimismus keinen Widerhall in mir.

Ich konnte dieses gräßliche Wesen, den Bewohner, nicht auf die leichte Schulter nehmen wie er. Und vor meinem geistigen Auge erschien die Vision einer Apokalypse, wie sie sich die Evangelisten in ihren wirresten Träumen nicht vorgestellt haben.
Die Vision des Leuchtenden, wie er über unserer Welt schwebte, ein monströser, unfaßbarer Flammennebel, das fleischgewordene ewige Böse. Die Vision von Menschen, die nach seiner strahlenden Umarmung in das furchtbare, unirdische Todleben übertreten, wie ich es bei den Opfern gesehen hatte.
Die Vision von Armeen, die in tanzende Atome zerfallen, während der rhythmische Tod des grünen Strahls sie bestreicht.
Die Vision von Städten, die von den Schwingen der anderen dämonischen Macht, deren Zeuge Olaf geworden war, in den Himmel hinaufschießen.
Die Vision einer verfluchten Welt, über die die unsichtbaren Mörder eilen, um Vernichtung und Grauen zu bringen.
Die Vision vom Zulauf, wo jede finstere Seele, jeder Schwache und Unausgeglichene, jeder Mystiker und Wahnsinnige der Menschenvölker zum Leuchtenden eilen würde, um ihn zu preisen und zu verehren. Keine Macht auf Erden konnte seine Schutzbefohlenen zurückhalten, sobald der neue Gott sich in all seiner teuflischen Pracht zeigte.
Dann blieb nur noch eine Welt übrig, die von einem Sumpf aus Grausamkeit und Terror überzogen war. Ein Tohuwabohu aus Lüsten und Begierden, aus Haß und Folter. Ein Chaos des Schrekkens, in dem der Leuchtende immer prächtiger gedieh, in dem die Horden der Todlebenden weiter anschwollen, in dem er unersättlich gierig immer mehr Menschen fraß.
Und endlich zum Schluß eine ruinierte Welt, eine kosmische Pest, die sich am bebenden Himmel dreht. Die grünen Täler, die dichten Wälder, die Wiesen und die Berge dieser Erde wurden nur noch von einer Armee seelenloser, verstandloser Zombies bevölkert, deren körperliche Hüllen den infernalischen Ruhm des Leuchtenden vermehrten. Und über dieser zerfetzten und ausgeplünderten Erde schwebte wie eine Flamme aus der weitesten Hölle, so weit,

daß kein Mensch sie sich je vorstellen konnte, ihr Vernichter, der Leuchtende!
Rador sprang plötzlich auf und lief zur flüsternden Kugel. Er beugte sich tief hinunter, betätigte irgend etwas am Sockel und winkte uns heran. Ein leises Summen ertönte, verwandelte sich in ein Murmeln, und dann hörten wir laut und deutlich die Stimme Lugurs.
»Dann gibt es also Krieg?«
Ein Chor der Zustimmung ertönte. Wahrscheinlich vom Rat, wie ich mir sagte.
»Ich nehme den Großen namens Larrihh.« Das war Yolara. »Nach drei Tal magst du ihn auch haben, Lugur, und mit ihm anstellen, was dir beliebt.«
»Nein!« Wieder Lugur, diesmal voller Zorn. »Alle müssen sterben.«
»Er soll auch den Tod finden.« Die Priesterin. »Aber zuvor soll er noch Laklas Ende mitansehen dürfen. Und sie soll auch erfahren, wie sein Schicksal aussehen wird.«
»Nein!« Ich erschrak, denn dies war eindeutig die Stimme von Marakinow. »Dies ist nicht der rechte Zeitpunkt für persönliche Rache, Yolara. Ich möchte euch folgendes raten: Sobald die drei Tal vorüber sind, kommt Lakla, um deine Antwort zu hören. Eure Männer aber legen ihr einen Hinterhalt und erschlagen sie und ihre Eskorte rasch mit dem Keth. Erst dann, und nicht einen Moment vorher, dürfen die drei Fremden getötet werden. Haben wir erst einmal Lakla erledigt, nehmen wir uns die Stummen vor. Und ich verspreche euch, eine Waffe zu finden, mit der sie beseitigt werden können!«
»Das hört sich vernünftig an!« sagte Lugur.
»Ja, es ist der beste Plan, Yolara.« Eine Frauenstimme, die ich als die von der Alten identifizierte, deren einstige Schönheit noch immer wie ein Hauch über ihr lag. »Verbanne alle Gedanken an den Fremden aus deinem Kopf, wie immer sie auch aussehen mögen. Der Rat stimmt mit Lugur und dem Mann der Weisheit überein.«

Schweigen. Dann sprach die Priesterin, und sie klang so, als würde sie sich geschlagen geben, obwohl ich mir bei ihr da nicht so sicher war.
»Einverstanden.«
Nun wieder Lugur: »Rador soll die drei zum Tempel bringen und dort dem Hohepriester Sator übergeben, bis ihre Stunde schlägt.«
Rador drückte etwas am Fuß des Gestells, und abrupt hörte die Farbbewegung auf der Kugel auf. Er drehte sich zu uns um und wollte gerade etwas sagen, als von der Kugel ein Glockenton kam und die Farben sich wieder in Bewegung setzten.
»Ich höre«, flüsterte der grüne Zwerg. »Sie werden sofort dorthin geführt.« Die Kugel schwieg wieder. Der Zwerg stellte sich vor uns hin.
»Ihr habt es gehört«, sagte er leise.
»Wir lassen es nicht zu, Rador, daß du in Gefahr gerätst«, sagte Larry. »Und jetzt wirst du schön brav sein.« Dann fuhr er in Murianisch fort: »Wir folgen Lakla, Rador, und du bringst uns dorthin.« Er stieß dem Zwerg die Pistole in die Seite.
Rador rührte sich nicht von der Stelle.
»Es hat doch keinen Wert, Larry«, sagte er traurig. »Mich kannst du umbringen, aber am Ende ist die Übermacht auch für dich zu gewaltig. Ein Leben gilt hier in Muria nicht sehr viel. Meine Männer und dann auch die, die zu ihrer Verstärkung heraneilen, werden dich nicht unbehelligt passieren lassen; und wenn du noch so viele von ihnen ausschalten kannst. Am Ende mußt du aufgeben.«
Eine Spur von Ungewißheit erschien auf O'Keefes Miene.
»Und wenn ich dich gehen lasse«, fügte Rador leise hinzu, »darf ich zur Belohnung mit dem Leuchtenden tanzen ... oder Schlimmeres.«
Larry ließ die Hand mit der Pistole sinken.
»Du bist ein prima Kumpel, Rador, und das letzte, das ich wollte, wäre, dich in Schwierigkeiten zu bringen«, erklärte der Ire. »Bring uns zum Tempel, und wenn wir dort angelangt sind, bist du doch wohl von der Verantwortung für uns entbunden, oder?«

Der grüne Zwerg nickte, und plötzlich zog ein Lächeln über seine Züge. War es Erleichterung? Oder mehr?
Er wandte sich der Tür zu.
»Folgt mir.« Wir verließen den hübschen kleinen Pavillon, der uns in dieser fremden Welt zu einem Heim geworden war. Draußen standen Soldaten.
»Sattoya, du beziehst an der Kugel Posten«, befahl der Grüne. »Sollte die Afyo Maie sich melden, sage ihr, daß ich, wie sie es befohlen hat, mit den drei Fremdlingen unterwegs bin.«
Wir gelangten zu einem Corial, der sich wie eine große Muschel von der Seitenstraße erhob, die zum Hauptverkehrsweg führte.
»Du wartest hier«, erklärte Rador dem Fahrer. Er kletterte in den Steuersitz, ließ uns einsteigen, und schon sausten wir los über den glitzernden Obsidian.
Als wir die Hauptstraße erreicht hatten, drehte Rador sich zu uns um und lachte breit.
»Larry, ich liebe dich für deine Pfiffigkeit«, rief er. »Glaubst du wirklich, Rador würde einen Mann in die Gefangenschaft des Tempels überführen, der alle Unbilden auf seinen breiten Schultern tragen würde, bloß um mich zu retten? Oder dich, Goodwin, der mich vom faulenden Tod bewahrte? Wozu habe ich mich ans Steuer des Corial gesetzt oder den Schleier des Schweigens gehoben, um zu hören, welche Gefahren euch drohen...«
Er lenkte den Wagen nach links; fort von der Tempelstraße.
»Ich breche mit Lugur, mit Yolara und mit dem Leuchtenden!« rief Rador. »Meine Hand gehört euch dreien und Lakla, und denen, die hinter ihr stehen!«
Der Wagen wurde schneller, schien zu fliegen.

XXII

Der Schatten fällt

Nun brausten wir über die letzte Brücke, deren ungeheures Alter sie von allen anderen unterschied. Die Geschwindigkeit des Wagens ließ jedoch bald deutlich nach, so als würden wir uns vorsichtig anschleichen.

»Wollen wir dort hindurch?« fragte O'Keefe.

Der Grüne nickte und zeigte nach rechts, wo die Brücke in einer breiten Plattform auslief, die hoch auf zwei gigantischen Piers ruhte. Zwischen den beiden letzteren führte eine Abzweigung der glitzernden Straße hindurch. Auf der Brücke und auf der Plattform wimmelte es von Bewaffneten. Sie bemannten die Brustwehre und starrten neugierig zu uns hinab, ohne jedoch Mißtrauen oder Feindseligkeit zu zeigen. Rador atmete tief durch, und ich wußte, daß dies aus Erleichterung geschah.

»Dann müssen wir uns also nicht hindurchkämpfen?« Enttäuschung klang aus Larrys Stimme.

»Ist genau so, Larry.« Rador lächelte und hielt den Corial direkt unter der Brücke neben einem der Piers. »Nun hört mir gut zu. Sie haben keinerlei Warnung erhalten, also glaubt Yolara immer noch, wir befänden uns auf dem Weg zum Tempel. Dies ist der Weg zum Portal, und das Tor ist vom Schatten verschlossen. Ich war einmal als Befehlshaber hier eingesetzt und kenne mich daher mit den Gebräuchen aus. Ich muß folgendes tun, um den Schatten zu lüften: Entweder geschickt genug Serku, den Wächter des Tors, überreden, es für mich zu tun, oder den Schatten selbst hochziehen. Beides ist ziemlich schwierig, und es könnte durchaus sein, daß wir vier dabei unser Leben verlieren. Doch es will mir besser erscheinen, kämpfend den Tod zu finden, als mit dem Leuchtenden zu tanzen!«

Er steuerte den Wagen um den Pier herum. Vor uns öffnete sich eine weite Plaza, die mit Platten aus vulkanisiertem Glas belegt war; doch sie waren so schwarz wie der Schacht, durch den wir von der Kammer des Mondteichs aus gerast waren. Die Plaza leuchtete wie ein spiegelblanker See aus Gagat. Zu beiden Seiten ragten dort Gebilde hoch, die auf den ersten Blick wie natürliche Bollwerke aus Obisdian aussahen. Bei näherem Hinsehen entpuppten sie sich jedoch als Gebäude, die von Menschenhand dort errichtet worden waren. Glänzende Fassaden, die an einigen Stellen von hohen, engen Fenstern unterbrochen wurden.
Von jeder offenen Gebäudeseite führte eine Treppe hinab. In regelmäßigen Abständen zeigten sich dort Absätze mit Türen, die ins Innere führten. Die Stufen liefen in einen breiten Saum aus grauem Stein aus, der die ganze Plaza umfriedete. Von der Brükkenplattform fielen zwei breite Treppen zum Saum herab. Alle diese Treppen wurden stark bewacht, und hier und da parkten entlang des Saums Coria; womit sie auf absonderliche Weise an unsere Parkplätze erinnerten.
Die dunklen Mauern wölbten sich hoch empor. Den Abschluß bildeten zwei Obelisken, zwischen denen sich wie ein gewaltiger Vorhang eine Fläche aus diesem schwarzen Schein erstreckte. Ein Gebilde, so gewichtlos wie Schatten und doch so unüberwindlich wie die Grenze zwischen Leben und Tod. Hinter diesem Nebel glaubte ich, eine Bewegung ausmachen zu können. Ein konstantes und rhythmisches Rucken oder Zittern. Und ich konnte es nicht mit den Augen erkennen, sondern mit einem anderen, subtileren Sinn. So als würde in diesem dunklen Vorhang schwarzes Licht pulsieren.
Rador steuerte den Wagen langsam zur rechten Seite des Saums und kroch von dort aus geradezu weiter, bis er dreißig Meter vor dem Schleier zum Stehen kam, wo sich im Fort eine niedrige, breite Öffnung auftat. Zwei Wächter standen dort, die mit Bihändern bewaffnet waren, deren Enden halbkreisförmig in mörderischen Spitzen ausliefen. Sie erhoben diese Schwerter zum Salut, als durch die Öffnung ein Zwerg trat, der mindestens so kräftig

war wie Rador, der ähnliche Kleidung trug und als Zeichen seiner Offizierswürde einen langen Dolch im Gürtel stecken hatte.
Der Grüne ließ den Corial an der Mauer stehen und sprang hinaus.
»Sei gegrüßt, Serku!« rief er. »Ich suche nach dem Wagen von Lakla.«
»Lakla?« rief Serku. »Wieso, die Dienerin fuhr mit ihrem Akka vor nicht einmal einer Va hier durch.«
»Fuhr durch?« Das Erstaunen Radors klang so echt, daß ich fast selbst davon getäuscht worden wäre. »Du hast sie *durch*gelassen?«
»Aber selbstverständlich habe ich...« Rador sah ihn so ernst und ehrlich an, daß der Wächter etwas versöhnlicher gestimmt wurde. »Warum sollte ich denn nicht?« fragte er und klang besorgt.
»Weil Yolara etwas ganz anderes befohlen hat«, antwortete Rador streng.
»Ich habe nichts dergleichen gehört.« Kleine Schweißperlen erschienen auf Serkus Stirn.
»Mein Freund, das Herz blutet mir für dich«, sagte Rador. »Es handelt sich um eine Angelegenheit von Yolara, Lugur und dem Rat, ja, und auch des Leuchtenden! Von dort wurde eine Botschaft ausgesandt... und möglicherweise hängt nun das Schicksal von ganz Muria von deinem Gehorsam und der Rückkehr von Lakla mit den Fremdlingen zum Rat ab. Es zerreißt mir ehrlich das Herz, Serku, und es gibt kaum jemanden, den ich weniger gern mit dem Leuchtenden tanzen sehen würde«, endete er leise und zutiefst bewegt.
Dem Wächter war es sichtlich mulmig geworden, und er zitterte am ganzen mächtigen Körper.
»Begleite mich zu Yolara und sprich du mit ihr«, bat er. »Zu mir ist keine Botschaft gekommen, das mußt du ihr sagen, und...«
»Warte, Serku!« Rador tat so, als sei ihm gerade die Erleuchtung gekommen. »Mein Corial hier ist einer der schnellsten, während der von Lakla eher zu den langsameren Typen gehört. Wenn sich die Dienerin, wie du sagst, nur eine Va voraus befindet, können

wir sie noch einholen, bevor sie durch das Portal gelangt. Heb du den Vorhang, und dann bringen wir sie zurück. Das wäre doch wohl das mindeste, das ich für dich tun kann, Serku.«
Leider mischten sich nun Zweifel in den Schrecken des Wächters.
»Warum fährst du nicht allein, Rador, und läßt die Fremdlinge hier bei mir?« wollte er wissen, und ich muß gestehen, daß ich das an seiner Stelle auch gefragt hätte.
»Nein, das geht nicht!« erklärte der Grüne barsch. »Lakla kommt nicht mit mir, wenn ich ihr nicht diese drei Männer als Beweis für die guten Absichten des Rats präsentiere. Aber wenn du so mißtrauisch bist, können wir ja gleich vor Yolara treten, und dann kannst du ihr ja alles erklären...« Er drehte sich um und wollte gehen, aber Serku hielt ihn am Arm zurück.
»Nein, Rador, nein, bitte!« flüsterte er, und jetzt hatte sich die Panik gegen die Zweifel durchgesetzt. »Du darfst durch und alles so tun, wie du es für richtig hältst, wenn du Lakla nur zurückbringst. Aber beeile dich, Rador!« Er sprang auf den Eingang zu. »Ich hebe den Vorhang...«
Der Grüne war mit einemmal sonderbar wachsam, und er eilte an Serkus Seite.
»Ich komme mit dir«, sagte er, »denn ich muß dir noch etwas anvertrauen...«
Mehr hörte ich nicht, denn die beiden waren im Eingang verschwunden.
»Saubere Arbeit!« lobte Larry. »Wenn wir hier heil herauskommen, werde ich ihn zum Ehrenbürger von Irland vorschlagen...«
Der Schatten zitterte und zerfiel zu – nichts. Die Obelisken, die ihn gehalten hatten, säumten nun eine breite Straße mit einer hohen, dicht bewachsenen Böschung, die sich endlos weit erstreckte.
Dann ertönte ein furchtbarer Schrei vom Portal... ein Todesschrei. Wie ein aus dem Hinterhalt geschossener Pfeil fuhr er in die Stille, die sich über die Plaza gesenkt hatte. Noch bevor er

verklungen war, ergossen sich schon unzählige Soldaten über die Treppen. Die beiden Wächter an der Schwelle hoben ihre sonderbaren Schwerter und starrten in die Öffnung. Aber schon war Rador über ihnen. Einer ließ seinen Bihander fallen und packte den Grünen. Da blitzte Radors Dolch auf und vergrub sich im Hals des Wächters. Die zweite furchtbare Klinge schwebte über Radors Kopf, als aus Larrys Hand eine Flamme blitzte. Das Schwert schien eigenes Leben zu entwickeln und vor allem bestrebt zu sein, sich den Händen des Wächters zu entwinden. Ein zweiter Schuß, und der Soldat brach zusammen. Rador kam herbeigerannt, warf sich ans Steuer und schoß mit dem Wagen zwischen den Säulen des Schleiers hindurch.

Ein Krachen ertönte, und Dunkelheit wie von titanischen Schwingen senkte sich über uns. Die Fahrt des Corials wurde wie von einer Riesenfaust aufgehalten. Der Wagen ächzte und schwankte. Metall splitterte, riß... und dann flog das Gefährt geradezu weiter. Halb betäubt rappelte ich mich auf und blickte zurück.

Der Schattenschleier war wieder gefallen, aber zu spät, einen Sekundenbruchteil zu spät. Und während er hinter uns immer kleiner wurde, schien er sich wie ein gefesselter Afrit aus der arabischen Sage zu wehren, schien von gewaltigem Zorn durchtost zu werden, trachtete mit aller boshaften Macht, die er besaß, danach, loszubrechen und uns zu ergreifen. Nicht lange danach erfuhren wir, daß es die Hand des sterbenden Serku gewesen war, der noch über den Tod hinaus in steter Pflichterfüllung die schwarzen Schatten des Schleiers wie einen Falken auf eine Taube hinter uns hergeschickt hatte.

»Klasse, mein Junge!« lobte Larry, »aber dein Taxi hat dabei sein Hinterteil verloren!«

Das ganze hintere Viertel des Wagens war nicht mehr da, war sauber vom Rest abgetrennt. Rador blickte besorgt drein.

»Das ist übel«, murmelte er, »aber vielleicht geht es ja auch so. Kommt nur drauf an, wie rasch uns Lugur und seine Schergen folgen können.«

Übergangslos strahlte er den Iren an.

»Ich schulde dir mein Leben, Larry. Nicht einmal der Keth hätte rasch genug zuschlagen können, um mich vor dem Todeshieb zu bewahren... mein Freund!«
O'Keefe winkte bloß ab.
»Serku...« Der Grüne zog den blutigen Dolch aus seinem Gürtel... »Leider mußte ich Serku töten. Im gleichen Augenblick, als er den Schatten hob, gab die Kugel Alarm. Lugur folgt uns mit zwanzigmal zehn von seinen Elitesoldaten...« Er zögerte. »Wir haben zwar den Schleier hinter uns gebracht, dabei aber viel Zeit verloren. Vielleicht können wir das Portal erreichen, bevor es sich hinter Lakla schließt. Aber wenn nicht...« Wieder hielt er inne. »Nun, es gäbe da möglicherweise noch einen Weg, aber ich bin nicht allzu wild darauf, ihn zu gehen... nein!«
Rador öffnete den Verschluß, unter dem sich die Kugel befand, die in dem dunklen Kristall herumraste. Sein Blick verriet Besorgnis. Ich kroch an das abgetrennte Ende des Wagens. Die Enden waren zerfetzt und wie abgebissen. Die Ränder zerfielen zu Staub, wenn ich mit den Fingern darüberstrich. Tief in Gedanken versunken krabbelte ich zu Larry zurück, der eine geradezu unverschämte Fröhlichkeit ausstrahlte. Er pfiff leise vor sich hin und polierte seinen Revolver. Einmal fiel sein Blick auf das grimmige, traurige Gesicht von Olaf, und das Lachen verschwand von seinen Zügen.
»Nun reiß dich mal zusammen, alter Freund«, sagte er. »Wir haben eine große Chance, bald zu kämpfen. Sobald wir uns mit Lakla und ihrer Truppe zusammengetan haben, befreien wir ganz sicher deine Frau, wer wollte uns da noch aufhalten? Und das Baby...«
Er zögerte unbehaglich. Die Augen des Norwegers füllten sich mit Tränen. Er streckte hilfesuchend eine Hand nach dem Iren aus.
»Der *Yndling* ist von *de Dode*«, flüsterte er, »sie ist tot. Um sie sorge ich mich nicht, denn sie will ich rächen. Aber um meine Helma! ... sie gehört zu den Todlebenden... genauso wie die, die wie Blätter im Licht des leuchtenden Teufels herumgewirbelt sind. Fast wünschte ich mir, sie wäre auch tot. Und ich weiß nicht, wie ich den leuchtenden Teufel bekämpfen soll...«
Huldricksson war voller Verzweiflung.

»Olaf, glaub mir«, erklärte Larry sanft, »wir sind es, die am Ende lachen. Das weiß ich ganz genau. Und vergiß eines nicht: All dieses Zeugs, das uns jetzt so mysteriös erscheint, vielleicht auch ein bißchen übernatürlich, ist nichts anderes als ein Sack voll Tricks, die wir noch nicht beherrschen. Stell dir nur mal vor, Olaf, du hättest einen Polynesier während des Krieges mit nach London genommen. Wie hätte der sich wohl inmitten von herumrasenden Autos und heulenden Sirenen gefühlt? Zwischen explodierenden Bomben, deutschen Flugzeugen und Suchscheinwerfern, die die Himmel abtasten? Würde er nicht glauben, mitten in die tiefste Hölle versetzt worden zu sein? Ganz sicher würde er das denken. Und doch war alles natürlich, was er gesehen hat. Genauso natürlich wie all das hier, und irgendwann lüften wir auch diese Geheimnisse. Ich will damit natürlich nicht sagen, wir wären nicht besser als so ein polynesischer Eingeborener, aber ich denke, du verstehst, was ich meine.«
Der Norweger dachte darüber nach und nickte endlich schwer.
»*Joh!* Zumindest können wir kämpfen. Das ist auch der Grund, warum ich zum Anhänger von Kriegsgott Thor geworden bin. Und auf eine setzte ich meine ganze Hoffnung für Helma, auf die Weiße Jungfrau. Seit ich mich den alten Göttern zugewandt habe, wird mir immer klarer, daß ich Lugur und diese Hexe erschlagen muß. Doch die weiße Jungfrau will ich um Rat angehen.«
»Alles ist in Ordnung«, sagte Larry, »und mach dir keine Sorgen mehr um das, was du noch nicht verstehst. Da gibt es allerdings noch eine Sache...« der Ire wirkte etwas nervös, »die du vielleicht nicht für möglich hältst, wenn wir Lakla begegnen... ich meine ihre... äh, Frösche...«
»Wie die Froschfrau, die wir an der Wand gesehen haben?« fragte Olaf.
»Ja«, fuhr Larry rasch fort, »genau wie die. Ich denke es mir so, daß die Frösche in der Gegend, in der Lakla lebt, eben besonders groß werden und sich etwas... na ja, etwas anders entwickeln als die Frösche, die wir kennen. Nun, die Dienerin scheint sie ja gut trainiert zu haben. Sie tragen Speere, Keulen und solche Sa-

chen … genauso wie dressierte Seehunde oder Affen im Zirkus. Vielleicht ist das dort gerade groß in Mode. Im Grunde ist nichts daran verwunderlich, Olaf. Bei uns oben auf der Erde halten die Leute ja die unglaublichsten Haustiere … Gürteltiere, Schlangen, Kaninchen, Känguruhs, Elefanten und sogar Tiger.«

Als ich mich erinnerte, wie fassungslos Larry auf die Froschfrau an der Wand gestarrt hatte, glaubte ich, daß diese Worte mehr zu seiner eigenen Beruhigung gedacht waren als zu der von Huldricksson.

»Ich erinnere mich, einmal in Paris einen Schatz gehabt zu haben, der sich vier Pythons als Hausgefährten hielt …«

Ich hörte nicht mehr zu, denn ich war nun davon überzeugt, mit meinem Verdacht richtig zu liegen.

Die Straße wand sich nun zwischen hohen Felszinnen und runden Felshaufen hindurch, die dicht mit bernsteinfarbenem Moos bewachsen waren.

Bäume hatte ich schon längere Zeit nicht mehr gesehen, und bis auf das Moos waren hier nur noch weidenartige Büsche zu erblikken, an denen ganze Trauben von weißen, wächsernen Blüten hingen. Auch das Licht hatte sich verändert. Die funkelnden und tanzenden Atome blieben aus, und der silberne Schein hatte sich in ein sanftes Grau wie von Asche verwandelt. Vor uns marschierte ein Wall von hohen, kupferfarbenen Klippen, der wie alle Bergketten, die wir hier gesehen hatten, nach oben in dem alles bedeckenden Nebel verschwand. Etwas, das mir schon lange im Unterbewußtsein herumgespukt hatte, kam urplötzlich hoch: Die Geschwindigkeit des Wagens ließ immer mehr nach. Die Klappe, unter der der Ionisationsmechanismus angebracht war, stand weiterhin offen. Ich warf einen Blick hinein. Der wirbelnde Ball schoß immer noch umher, aber die Funken ergossen sich nicht mehr planmäßig in den Zylinder, sondern wirbelten herum, stießen hier und dort an und bewegten sich so hilflos, als wollten sie in die Geborgenheit ihrer Quelle zurückkehren.

»Der Schatten verlangt seinen Tribut«, nickte der Grüne grimmig.

Wir erreichten den höchsten Punkt einer Steigung. Larry packte mich am Arm.

»Da!« rief er und zeigte nach hinten. Weit entfernt, so weit, daß man von der Straße nur noch ein Glitzern sah, eilten etliche leuchtende Punkte heran.
»Lugur und seine Männer«, erklärte Rador.
»Kannst du ihm nicht die Sporen geben?« drängte Larry.
»Die was geben?« fragte der Zwerg verwirrt.
»Na, mehr Gas geben, schneller fahren«, erläuterte O'Keefe.
Rador starrte ihn nur an. Der kupferfarbene Wall war sehr nahe, kaum fünf Kilometer entfernt. Vor uns stieg die Ebene sanft an, und dennoch mußte der Corial kämpfen. Von Sekunde zu Sekunde ließ die Geschwindigkeit merklich nach. Bald ertönten hinter uns Rufe, zwar leise und schwach, aber untrügliches Zeichen dafür, wie rasch Lugur mit seinen Männern aufholte. Und vor uns war nicht das geringste Anzeichen von Lakla und ihren Froschsoldaten auszumachen.
Wir hatten die nächste Steigung zur Hälfte bewältigt. Der Wagen kroch nur noch, und von der Unterseite ertönte ein pfeifendes Zischen. Etwas kreischte leise, dann schlingerte der Corial. Der Wagen hatte auf der gläsernen Straße aufgesetzt, schwebte nicht mehr darüber.
»Unsere letzte Chance!« rief Rador. Er drückte auf den Kontrollhebel und zog ihn aus der Verankerung. Augenblicklich expandierte der kreisende Ball, wirbelte mit mehr als verdoppelter Geschwindigkeit an den Wänden entlang und sandte ganze Wolken von Funken in den Zylinder. Der Corial stieg etwas an und machte einen Satz nach vorn. Der dunkle Kristall zersplitterte in unzählige Teile, und der unruhige Ball trübte sich, sandte nur noch vereinzelte Funken aus und war dann ganz still. Aber der letzte Stoß hatte ausgereicht, uns über den Kamm zu bringen. Ich warf einen Blick nach draußen. Die Straße verlief an der Seite eines dicht mit Moos bewachsenen, schüsselförmigen Tals hinunter, das direkt am Grund der Bergbarriere auslief.
Nun sausten wir, ohne Möglichkeit, das Gefährt zu steuern, mit der Geschwindigkeit eines Meteors hinunter, näherten uns gnadenlos den tödlichen, diamantharten Klippen.

In diesem Moment kamen uns Larrys Reaktionsfähigkeit und fliegerische Ausbildung zugute. Während der Wall bedrohlich rasch vor uns wuchs, kletterte er nach vorn neben Rador, packte den Zwerg und warf sich mit ihm zusammen gegen die Seitenwand des rasenden Gefährts. Unter dem Aufprall kam der Wagen vom Kurs ab, streifte die Böschung, sauste darüber hinweg, landete auf dem Moosteppich, drehte sich wie ein Derwisch um sich selbst und kam auf der Seite zum Liegen. Wir flogen aus dem Corial und krachten ein paar Meter weiter auf, aber das weiche Moos bewahrte uns vor Knochenbrüchen und ernsteren Schrammen.
»Rasch!« rief der Zwerg. Er streckte einen Arm aus, zog mich damit hoch und rannte dann auf die Klippenwand zu, die kaum noch hundert Meter entfernt war. Neben uns rannten Olaf und O'Keefe. Zu unserer Linken lag die Straße. Abrupt hörte sie auf, war wie abgeschnitten von einem glatten roten Fels von mindestens dreißig Metern Höhe, der in der kupferfarbenen Wand steckte. Zu beiden Seiten des Steins waren Säulen aus den Klippen gemeißelt; gewaltige Gebilde, die fast so immens waren wie die, die den Schleier des Bewohners hielten. Auch der Stein war verziert. Unfaßliche Darstellungen, auf die ich kaum mehr als einen kurzen Blick werfen konnte, denn der Grüne packte mich schon wieder.
»Nun mach schon!« brüllte er. »Die Dienerin ist schon hindurch!«
Rechts vom Portal erstreckte sich eine niedrige Wand aus zerbrochenen Felsen. Und über die rannte Rador mit uns wie Hasen auf der Flucht. Hinter der Mauer lag ein enger Pfad. Wir konnten dort nur in gebückter Haltung weiterlaufen. Drei-, vierhundert Meter, dann endete der Pfad in einer Sackgasse. Lautes Geschrei drang an unsere Ohren.
Die ersten verfolgenden Wagen hatten den Taleingang erreicht, blieben dort einen Augenblick lang stehen und traten dann vorsichtig den Weg nach unten an.
»Kommt nur noch ein bißchen näher«, flüsterte Larry boshaft und zog seinen Revolver, »dann krieg ich euch schon.«

In einem der ersten Wagen entdeckte ich Lugur. Larry streckte den Pistolenarm vor, wurde aber zurückgerissen. Rador sah ihn mit funkelnden Augen an.
»Nein!« krächzte er. Er warf sich mit einer Schulter gegen einen der Felsen, die den Pfad begrenzten. Bald schwankte der Stein zur Seite, und dahinter zeigte sich ein schmaler Spalt.
»Rein mit euch«, befahl der Zwerg, während er den Fels hielt. O'Keefe schlüpfte hindurch. Olaf direkt hinter ihm und dann ich. Mit einem gewaltigen Sprung war Rador an unserer Seite. Der gewaltige Fels verpaßte Rador beim Zurückrollen nur um Haaresbreite.
Wir standen in archaischer Dunkelheit. Ich suchte nach meiner Taschenlampe, ehe mir einfiel, daß ich sie zu meinem Leidwesen mit der Erste-Hilfe-Tasche bei unserer Flucht im Garten zurückgelassen hatte. Doch der Grüne schien nicht auf Licht angewiesen zu sein.
»Wir halten uns an den Händen!« befahl er. Wie kleine Kinder, die sich aneinander festhalten, stapften wir durch die Finsternis. Endlich blieb Rador stehen.
»Wartet hier auf mich«, flüsterte er. »Rührt euch nicht von der Stelle. Und bei allem was euch lieb ist, gebt keinen Mucks von euch!«
Er verschwand in der Dunkelheit.

XXIII

Drachenwurm und Moostod

Eine kleine Ewigkeit verging – zumindest kam es mir so vor –, bis er völlig geräuschlos wieder unter uns weilte.

»Alles in Ordnung«, sagte er, und etwas von seiner inneren Anspannung hatte sich gelegt. »Faßt euch wieder an den Händen und folgt mir.«

»Einen Moment, Rador«, sagte Larry. »Kennt Lugur diesen Seiteneingang? Und wenn ja, warum sollten dann nicht Olaf und ich dorthin zurückgehen und sie mit den Pistolen begrüßen? Wir könnten sie alle aufhalten, da ja doch immer nur einer durch den Spalt kann. In der Zwischenzeit könntest du mit Goodwin zu Lakla eilen und Hilfe holen.«

»Lugur kennt diesen Geheimeingang, ich weiß nur nicht, ob er es wagt, ihn zu benutzen.« Der Grüne schwieg und schien über etwas nachzudenken. »Aber da sie nun die Stummen herausgefordert haben, wird er wohl kaum noch davor zurückschrecken. Außerdem findet er draußen unsere Spuren. Hm, er wird uns wohl nachkommen.«

»Himmel Donnerwetter nochmal!« entfuhr es dem Iren. »Wenn er sich hier so gut auskennt und du das die ganze Zeit über gewußt hast, warum warst du dann dagegen, als ich ihn schon draußen abschießen wollte?«

»Larry«, der Zwerg klang sonderbar kläglich, »zuerst hielt ich das ja auch für eine gute Idee. Doch dann hörte ich einen Befehl, in meinem Innern, aber klar und deutlich, der mir auftrug, dich daran zu hindern. Lugur darf jetzt noch nicht sterben, damit eine größere Rache nicht zunichte gemacht wird.«

»Ein Befehl? Von wem denn?« Der Ire klang aufs äußerste verwirrt.

»Pscht!« warnte Rador, begann dann aber selbst zu flüstern: »Einen halben Va lang bewegen wir uns über den Pfad des Todes. Danach gelangen wir auf einen anderen Weg, vor dessen Gefahren ich euch jedoch beschützen kann. Doch der kann zum Teil auch von der Straße draußen eingesehen werden, und wir müssen immer damit rechnen, daß Lugur uns aufspürt. Dann müssen wir uns eben, so gut es geht, unserer Haut wehren. Doch wenn wir beide Wege unbeschadet passiert haben, liegt der rote See deutlich vor uns, und dann brauchen wir auch Lugur nicht mehr zu fürchten. Und dann gibt es da noch etwas – von dem übrigens auch Lugur nichts weiß –, wenn jemand sich am Portal zu schaffen macht, hören das die Stummen, und dann eilen Lakla und die *Akka* herbei, um einen solchen Gast gebührend zu empfangen.«
»Woher weißt du das denn alles, Rador?« fragte ich.
»Die Dienerin ist die Tochter meiner Schwester«, antwortete Rador.
O'Keefe pfiff durch die Zähne.
»Onkel«, sagte er dann auf Englisch, »umarme den Mann, der in Bälde dein Neffe wird!«
Von nun an sprach Larry den Zwerg nie anders als mit dem englischen Wort für Onkel an, was Rador offensichtlich für eine ehrenvolle Anrede zu halten schien und sich das gern gefallen ließ.
Mir waren bei Radors Erklärung nicht unbedingt zukünftige Verwandtschaftsverhältnisse eingefallen, sondern einige andere Dinge klargeworden: Nun war es kein Geheimnis mehr, woher er von Laklas Erscheinen auf dem Fest gewußt hatte, bei dem Larry nur mit knapper Not Yolaras Fittichen entkommen war. Ich brauchte mich auch nicht mehr darüber zu wundern, warum er sich auf die Seite von uns Fremden geschlagen hatte. Und schließlich hegte ich nicht mehr den geringsten Zweifel an den mysteriösen Gefahren, von denen er uns eben erzählt hatte.
Meine Spekulationen darüber, warum Onkel und Nichte in diesem Fall äußerlich so wenig miteinander gemein hatten, wurden durch den Umstand gestört, daß wir in eine Zone trüben Halblichts gerieten und uns in einem recht breiten Tunnel wiederfanden. Nicht

weit von uns entfernt wurde der Schein gefiltert; wie bei Sonnenlicht, das durch einen herbstlichen Laubwald fällt. Als wir näher herankamen, entdeckte ich, daß der Schein wirklich durch einen Blättervorhang fiel, der über dem Tunnelende hing. Rador zog den Vorhang vorsichtig beiseite und winkte uns zu, ihm hindurch zu folgen.

Wir gelangten in einen Korridor, der durch so etwas wie weiches, grünes Erdreich geschnitten zu sein schien. Der Boden war gerade einen Meter breit, und die Wände bogen sich zu einer perfekten zylindrischen Form bis an die Decke. Sie waren glatt und eben, als würde hier wöchentlich eine Kolonne vorbeikommen, um alle Unebenheiten zu glätten. Die Breite betrug an der weitesten Stelle neun Meter und verjüngte sich danach, ohne etwas von der Symmetrie zu verlieren. Zwar wurde die Röhre immer enger, doch nie so eng, daß uns ein Weiterkommen unmöglich gewesen wäre. Oben stand ein etwa drei Meter breiter Spalt mit unverständlicherweise unebenen Rändern offen, durch den bernsteinfarbenes, manchmal buttergelbes Licht hereindrang und bronzefarbene Schatten verbreitete.

»Rasch, beeilt euch!« drängte Rador und verdoppelte seine Schritte.

Als meine Augen sich an das sonderbare Licht gewöhnt hatten, entdeckte ich, daß die Tunnelwände dicht mit Moos bewachsen waren, in dem verfranste und gebogene Blätter (Physcomitrium), große Flecken, die aus scharlachrot berandeter Cladonia zu bestehen schienen, Spuren von Moosveilchen, Zackenblättern (Peristome) und andere Gewächse steckten; und Sporenkapseln: braune, weiße, safrangelbe und elfenbeinweiße, zinnoberrote und tiefblaue, die allesamt so wirkten, als seien sie von einer Titanenhand zu einem Mosaik zusammengepreßt worden.

»Nun mach schon!« drängte der Grüne, denn ich war bei meinen Betrachtungen ein gutes Stück zurückgefallen.

Im Laufschritt eilten wir weiter. Bald ging es so steil hinauf, daß wir ins Keuchen gerieten. Bernsteinlicht wurde heller, und der Spalt in der Decke verbreiterte sich. Nun machte der Gang einen

Knick, und zur Linken tat sich eine schmale Öffnung auf. Der Zwerg eilte darauf zu, schob uns hindurch und kletterte mit uns zusammen eine steile, felsige Kluft hinauf, die eher ein Kamin war. Mühsam war der Weg nach oben, bis ich fürchtete, meine Lungen würden bersten, und ich schon aufgeben wollte. Doch endlich hatten wir auch diese Mühsal hinter uns gebracht. Wir krabbelten aus der Kluft und ließen uns auf eine blattbedeckte Lichtung, die von Farnbäumen umstanden war, niedersinken, sogar Rador.

Keuchend und mit schmerzenden Beinen lagen wir alle viere ausgestreckt da und bemühten uns, wieder zu Kräften zu kommen. Rador war als erster wieder auf den Beinen. Dreimal verbeugte er sich wie zum Gebet, dann...

»Dank den drei Stummen, denn ihre Macht war mit uns!« rief er freudig.

Noch etwas benommen fragte ich mich, was er damit wohl meinte. Dann konzentrierte ich mich auf etwas an den Farnbäumen, das mir schon die ganze Zeit über im Kopf herumgespukt hatte. Ich erhob mich und rannte auf den Rand des Waldes zu. Dies war kein Farn! Nein, Farnmoos. Das größte Exemplar dieser Spezies, das ich je in einem tropischen Dschungel aufgespürt hatte, war gerade fünf Zentimeter hoch gewesen. Aber in diesem Wald hier erreichten die Gewächse eine Höhe von sechs Metern! Das wissenschaftliche Feuer, das schon in dem grünen Tunnel in mir entfacht worden war, brannte nun lichterloh. Ich teilte die Farnwedel und starrte hindurch.

Mir bot sich ein kilometerweiter Anblick... und was für ein Anblick! Eine Fata Morgana des Pflanzenreichs. Ein Land der Fauna-Magie!

Wälder aus baumhohen Moosen, die mit Blumen in allen nur vorstellbaren Formen und Farben überschüttet waren. Katarakte, Trauben, Lawinen und Netze von Blüten in Pastell-, metallischen und grellen Tönen. Manche von ihnen phosphoreszierten und leuchteten wie Juwelen. Manche funkelten, als seien sie mit Staub von Opalen, Saphiren, Rubinen, Topasen oder Smaragden über-

sät. Dickichte wie Convolvuli, die an die Trompeten der sieben Erzengel von Mara erinnerten; an farbenprächtige Bögen des Königs der Illusion, die aus purer Pracht bestehen und bis in den höchsten Himmel reichen.
Und Moosschleier wie die Banner eines marschierenden Titanenheeres; Wimpel und Standarten flatterten im Sonnenuntergang; Gonfalons der Dschinne; Flammenfahnen des Elfenlands; seidige Schleier der Feen.
Aus dieser vielfarbigen Flut ragten Myriaden von Blütenstengeln empor. Schlank und glatt wie Speerschäfte, gebogen und verdreht wie Spiralen oder sich anmutig schlängelnd wie die weißen Schlangen von Tanith in den Gewölben des antiken Karthago. Und das ganze umgeben von Sporenkapseln wie Minarette oder Türme, Dome, Spiralen oder Kegel... assyrischen Helmen oder Bischofsmitren. Formen in unbenennbarer Groteskheit und zierliche, wunderhübsche Gebilde.
Schwebend, nickend oder schwankend erhoben sie sich wie Kobolde am Hofe Titanias. Eine Kakophonie von Cassiae, die die Musik des Blumenmädchens aus Parzifal wiedergaben; eine Bizarrerie der engelgleichen, phantastischen Wesen, die den javanesischen Pantheon bevölkern, während sie ein Bacchanal der Huris in Mohammeds Paradies beobachten.
Und über allem die Flut von bernsteinfarbenem Licht, die nur in weiter Ferne von riesigen, treibenden Dunkelfeldern beeinträchtigt wurde. Gespenstische Flächen wie die fliegenden Mäntel eines Hurrikans.
Und durch das Licht ergoß sich wie ein unendlicher Edelsteinschauer ein Heer von Vögeln, die tauchten, fortschossen, aufstiegen und anmutig landeten. Und dazwischen noch größere Heerscharen von riesigen, schimmernden Schmetterlingen.
Ein sonderbares Geräusch erreichte uns, zuerst wie das schwache Grollen der hereinkommenden Flut. Ein Seufzen, ein Rauschen, das anschwoll, ein klagendes Wispern, das um uns herum durch die Luft schwankte und uns fast in Panik versetzte... dann zog es vorbei wie eine Geistererscheinung und verlor sich in der Ferne.

»Das Portal!« sagte Rador. »Lugur ist hereingekommen!«
Auch der Zwerg teilte nun die Farnwedel und sah auf den Weg, den wir gekommen waren. Wir taten es ihm nach und entdeckten die Mauer, durch die wir gekommen waren. Die grün bewachsenen Klippen standen etwa fünf Kilometer von uns entfernt. Wie ein Maulwurfsgang zog sich der Korridor auf uns zu. An einigen Stellen konnten wir auch die Ritze in der Decke einsehen. Und an einer Stelle glitzerten Speere.
»Sie kommen!« flüsterte Rador. »Rasch! Hier dürfen sie uns auf gar keinen Fall stellen!«
Und dann...
»Heilige St. Brigida!« entfuhr es Larry.
Kaum anderthalb Kilometer von der Stelle entfernt, an der wir den Tunnel verlassen hatten, erhob sich eine Krone mit aufrechtstehenden Hörnern; mit wachsamen Tentakeln mit goldenen und blutroten Sprenkeln. Die Krone stieg höher, und aus dem monströsen, purpurroten Kopf darunter starrten zwei gigantische, langgestreckte Augen, in deren Tiefe es purpurn leuchtete. Höher hob sich der Kopf, an dem Nüstern, Ohren und Kinn fehlten. Ein zukkender Wurmmund, aus dem eine dünne rote Zunge wie Flammen schoß. Langsam erhob das Ungeheuer sich weiter. Der mächtige Nacken war mit einem Panzer aus goldenen und roten Schuppen bedeckt, auf deren glänzenden Oberflächen sich das bernsteinfarbene Licht wie Flammenschein widerspiegelte. Und unter dem Nackenpanzer schimmerte etwas wie ein blaßsilberner Schutzschild. Der Kopf dieses Alptraumwesens stieg weiter an, und im Zentrum des Schildes von etwa drei Metern Breite glühte, flackerte und leuchtete eine kalte Rose: die Rose mit der weißen Flamme, die »Blume des kalten Feuers«, wie der Zwerg sie genannt hatte.
Nun beeilte sich das Wesen mit dem Aufstehen und stand bald wie ein dreißig Meter hoher Turm über dem Korridor. Seine Augen suchten nach der Bewegung, die ich dort auch ausgemacht hatte. Ein gräßliches Zischen ertönte. Die Krone sank zurück, und die Hörner drehten sich und schlugen aus wie die Tentakel eines Oktopus. Dann fuhr der ganze Turmleib zusammen.

»Rasch!« keuchte der Grüne, und schon rannten wir durch das Farnmoos über einen Pfad die andere Seite der Anhöhe hinunter.
Hinter uns ertönte einen kurzen Augenblick lang das Toben eines Sturms. Dann ein schwacher Todesschrei und schließlich Stille.
»Diese Verfolger brauchen wir nicht mehr zu fürchten«, flüsterte der Zwerg, als er einen Moment lang stehenblieb.
»Beim heiligen St. Patrick!« Larry sah nachdenklich auf seinen Revolver. »Und ich sollte damit dieses Ungeheuer erledigen! Na ja, wie schon der gute alte Fergus O'Connor meinte, als sie ihn nur mit einem Kartoffelmesser bewaffnet aussandten, einen wilden Bullen zu töten: ›Ihr könnt euch nicht vorstellen, wie ich das Vertrauen zu schätzen weiß, das ihr in mich setzt!‹«
»Was war das?« fragte ich.
»Der Drachenwurm!« antwortete Rador.
»Der *Helvede Orm* – der Höllenwurm!« knurrte Olaf.
»Jetzt geht das schon wieder los...« schimpfte der Ire. Der grüne Zwerg eilte schon wieder weiter, und wir rannten ihm nach; Larry schimpfend, Olaf grübelnd und ich als letzter.
Rador signalisierte uns, vorsichtig zu sein. Er zeigte durch eine Schneise in einem Wald aus fünfzehn Meter hohen Zedernmoosen. Wir bewegten uns am Rand der Obsidianstraße entlang. Alle vier spähten wir auf ihr nach Lugur und seinen Soldaten, konnten aber keine Spur von ihnen entdecken. Wir fragten uns, ob Lugur bei dem Trupp gewesen war, den der Wurm angegriffen hatte. Kurz darauf eilten wir schon wieder weiter und entfernten uns dabei von der Coriabahn. Die Moose wurden dünner und dünner und gaben klumpiges Erdreich frei, das uns kaum eine Möglichkeit zum Versteck bot. Unerwartet breitete sich plötzlich ein weiterer Vorhang aus Farnmoos vor uns aus. Langsam ging Rador hindurch und blieb dann zögernd stehen.
Der Anblick, der sich uns nun bot, war unheimlich und bedrükkend; auf unerklärliche Weise schaurig. Ich konnte später nicht erklären, warum, aber im ersten Moment fuhr ich unwillkürlich davor zurück. Dann fragte ich, ob es vielleicht daran liegen

mochte, daß die Haufen von moosartigen Fungi, die dort überall herumlagen, eine so grauenhafte Ähnlichkeit mit Tieren und Vögeln hatten... ja, und auch zu Menschen. Unser Weg führte uns an einigen dieser Haufen vorbei. Zu unserer Linken traten sie dichter auf. Grünliche, leicht metallisch schimmernde Gebilde wie die verzerrten Abbilder von Hunden und Hirschen und Vögeln. Auch Zwerge waren darunter und hier und da die mächtige Gestalt eines Riesenfroschs. Gelbgrüne Sporenkapseln wie Tiaren ragten aus den Haufen empor. Mein Ekelgefühl verwandelte sich in Brechreiz.

Rador sah uns mit einem Gesicht an, das fahler war als eben, als wir den Drachenwurm erblickt hatten.

»Bei eurem Leben«, sagte er leise, »tretet genauso vorsichtig und sanft auf, wie ich das tue, und gebt keinen Laut von euch.«

Auf Zehenspitzen und mit äußerster Vorsicht ging er los. Wir taten es ihm nach und kamen so an den Haufen entlang des Pfads vorbei. Ich bekam eine Gänsehaut und zuckte immer wieder zusammen. Den anderen ging es vor furchtbarem Entsetzen nicht anders. Der Zwerg blieb erst stehen, als wir die Kuppe eines kleinen Hügels hundert Meter weiter erreicht hatten. Nie zuvor hatte ich den Grünen so erbärmlich zittern gesehen.

»Und wie heißt unser nächster Gegner?« knurrte O'Keefe.

Der Zwerg streckte eine Hand aus und erstarrte. Langsam ließ er dann seinen Blick nach links schweifen bis zu einem noch kleineren Hügel, auf dessen breiter Kuppe eine ganze Gruppe der Moosgebilde lag. Sie umgaben den Hügel wie ein Kranz, und die Sporenkapseln schienen wie Tentakel auf das zu lauern, was unten auf der Straße vorbeikommen mochte. Von der glitzernden Straße ertönte ein Ruf. Ein Dutzend Coria fuhr dort, angefüllt mit Lugurs Elitesoldaten. In einem saß der Schurke selbst und lächelte teuflisch.

Die Soldaten sprangen aus den Wagen, und schon rannte ein Trupp über den niedrigen Hügel auf uns zu.

»Lauft!« brüllte Rador.

»Nicht so hastig!« grunzte Larry und zielte mit dem Revolver auf

Lugur. Krachend löste sich ein Schuß und erhielt ein Echo aus Olafs Waffe. Doch beide Kugeln verfehlten ihr Ziel, denn Lugur hatte sich immer noch lachend auf den Boden seines Corials fallen lassen. Aber nicht nur er reagierte auf die Schüsse. Von den Moos-haufen auf dem Hügel ertönten einige gedämpfte Explosionen. Durch die Erschütterung der beiden Schüsse waren die Sporenkap-seln aufgeplatzt, und von einem Augenblick auf den nächsten wa-ren die heranstürmenden Soldaten in einer Wolke von kleinen, weißen Sporen eingehüllt. Durch diese Wolke sah ich ihre Gesich-ter: weit aufgerissene Augen, verzerrte Züge, Todesschreie auf den Lippen.
Manche wandten sich zur Flucht, doch bevor sie einen zweiten Schritt machen konnten, waren sie schon wie gelähmt.
Die Wolke trieb und wirbelte um die Zwerge. Regnete auf ihre Köpfe und halbnackten Oberkörper herab, bedeckte ihre Kleider und fing augenblicklich damit an, sie zu verändern. Ihre Züge wurden undeutlich und liefen ineinander über. Die Sporen färbten sich gelb und dann grün. Sie schwollen an und wurden dabei im-mer dunkler. Die Augen eines Soldaten blitzten noch einmal, dann waren sie von rasch wachsendem Moos bedeckt.
Wo vor wenigen Momenten noch etwa zwanzig Elitesoldaten ge-standen hatten, waren nun nur noch groteske Haufen zu erken-nen, die rasch schmolzen und bald den Gebilden immer ähnlicher sahen, deren Land wir eben so vorsichtig überquert hatten. Und schon breitete sich der metallisch grünliche Glanz über sie aus.
Der Ire zerrte wie verrückt an meinem Arm. Der Schmerz riß mich aus meiner Betäubung.
»Olaf hat recht«, ächzte er. »Dies ist die Hölle! O Gott, ist mir schlecht!« Den Worten folgten bald Taten.
Lugur und seine verbliebenen Soldaten erwachten wie aus einem Alptraum. Sie stürzten sich in ihre Wagen, wendeten mit ihnen auf der Stelle und rasten mit Höchstgeschwindigkeit davon.
»Weiter!« sagte Rador rauh. »Zwei Gefahren haben wir überstan-den. Die Stummen wachen über uns.«
Kurz darauf befanden wir uns wieder zwischen den fremdartigen

und nach allem anderen mittlerweile doch so angenehmen Moosbäumen. Ich wußte, was ich gesehen hatte, und diesmal konnte Larry mich nicht wieder als abergläubisch beschimpfen. In den Dschungeln von Borneo hatte ich rasch wachsende Fungi studiert, mit deren Hilfe sich einige der dortigen Bergstämme an denen rächten, die ihnen ihre Frauen raubten. Mit mikroskopisch kleinen Widerhaken steckten diese Fungi sich ins Fleisch, sandten winzige Wurzeln durch die Haut bis zu den Kapillarien und saugten dem Opfer das Leben aus. Sie gediehen in seinem Fleisch und ließen sich nicht mehr davon entfernen, bis das Opfer leergesaugt war. Das Moos hier war wohl eine verwandte Art, die sich nur durch größeres Wachstum und raschere Ausbreitung von ihren oberirdischen Vettern unterschied. Ich erzählte Larry beim Weiterlaufen davon, um ihn zu beruhigen.

»Aber sie haben sich vor unseren Augen in Moos verwandelt!« rief er.

Noch einmal erklärte ich es ihm, diesmal ausführlicher und geduldiger. Aber ich schien ihn überhaupt nicht beruhigen zu können und verschwieg lieber, wie sehr jedem Botaniker bei einem solchen Anblick das Herz vor Eifer übergegangen wäre.

»Ich weiß«, sagte er, als ich ihm gerade die Natürlichkeit dieses Phänomens darzulegen versuchte, »aber stell dir doch nur einmal vor, diese Dinger wären explodiert, als wir gerade vorbeigehüpft sind... Großer Gott!«

Ich fragte mich gerade, wie es mir möglich sein mochte, ohne allzu große Gefahr diese Spezies zu untersuchen, als Rador stehenblieb. Vor uns breitete sich wieder die Coriabahn aus.

»Nun sind die Hauptgefahren vorüber«, erklärte er. »Der folgende Weg ist relativ sicher, und Lugur ist mit seinen Mannen geflohen.«

Ein Blitz leuchtete auf der Straße auf. Er flog wie ein Lichtlasso an mir vorbei und traf Larry mitten zwischen die Augen, breitete sich über seinem ganzen Gesicht aus und zog sich dort wieder zusammen.

»Runter!« rief Rador und riß mich zu Boden. Mein Kopf schlug leider schwer auf, und ich war reichlich benommen. Olaf fiel neben mir hin, und ich sah, wie der Grüne an Larry zog. Der Ire brach lautlos und steif zusammen. Sein Gesicht war starr, und die Augen hatte er weit aufgerissen. Ein Schrei, und dann stand ein Trupp von Lugurs Soldaten auf der Straße. Ich hörte den Erzschurken brüllen.

Kleine, trippelnde Füße, sanfte Stoffe, die zärtlich über mein Gesicht strichen, und dann Lakla, die sich über O'Keefe beugte.

Sie richtete sich wieder auf, breitete die Arme aus, und die zukkende Rebe mit ihren rubinroten Blüten, von denen nun eine nebelige Strahlung ausging, schoß auf die Gesichter der Soldaten zu, die uns am nächsten gekommen waren. Die Blüten trafen auf ihre Kehlen, umschlangen sie mit unfaßbarer Geschwindigkeit, wanden sich um Gesichter und Oberkörper, als besäßen sie eigene Gefühle wie Haß und Rache, und verwandelten die Opfer in Stein; Gesichter wie Masken, auf denen Furcht und Todesangst eingemeißelt waren. Die, die dahinter kamen, drehten auf dem Absatz um und flohen.

Wieder Fußgetrampel, und nun fiel die Armee der Froschmänner über Lugurs verbliebene Streitmacht her. Die Riesin mit den gewaltigen Kehlsäcken führte sie an, und schon stachen Lanzen, schlugen Keulen und hieben Fänge und Klauen auf die Zwerge ein.

Gegen diese Übermacht konnten die Soldaten sich nicht lange halten. Sie versuchten, zu ihren Coria zu entkommen. Lugur brüllte wütend. Doch da ertönte Laklas Stimme wie eine Fanfare des Zorns:

»Verschwinde, Lugur. Verschwinde und verkrieche dich mit Yolara und dem Leuchtenden. Doch wohin ihr euch auch wendet: Der Tod ist euch gewiß! Tod dir, Lugur, Tod allen, die deines Sinnes sind! Und denke von nun an in jedem Augenblick daran, daß der Tod dich ereilt!«

Ein unangenehmes Getöse machte sich in meinem Kopf breit. Doch was machte das schon, jetzt, wo Lakla bei uns war... Lakla war hier... aber zu spät... Lugur hatte uns doch noch in eine Falle gelockt... weder der Moostod noch der Drachenwurm waren stark genug gewesen... Lugur hatte sich nicht davon aufhalten lassen und hatte uns in einen Hinterhalt gelockt... Lakla war zu spät gekommen...Larry war tot... Larry... Aber ich hörte keine Todesfee ihr Klagelied erheben... und der Ire hatte gesagt, ohne dieses Lied könne er nicht sterben... Dann war Larry ja gar nicht tot...

Ein hornbewachsener Arm hob mich hoch. Zwei riesige, seltsam sanftmütige Telleraugen studierten mich. Mein Kopf fiel zur Seite. Ich sah noch, wie die Goldäugige sich über O'Keefe beugte.

Dann schwoll der Lärm in meinem Kopf zu einem lauten Donner an. Wütete wie ein Orkan, trug mich auf gewaltigen Armen davon und entführte mich in sanfte, tiefe Dunkelheit.

XXIV

Der rote Teich

Ich schwebte und pendelte im Herzen einer rosafarbenen Perle. Nein, ich befand mich in einer rosafarbenen Wolke, die im Raum schwebte und pendelte. Mein Bewußtsein kehrte langsam zurück. In Wahrheit lag ich in den Armen eines Froschmanns, der mich wie einen Säugling trug, und wir bewegten uns durch einen Raum, in dem ein rosafarbener Perlmuttschein herrschte, der meine halb benommene Vorstellung hervorgerufen hatte.

Vor uns marschierte Lakla und unterhielt sich ernsthaft mit Rador; und ich war froh, sie einige Zeit sehen zu können. Die Dienerin hatte ihre metallische Robe abgelegt. Die dicken, goldbraunen Zöpfe mit dem bronzefarbenen Schimmer hatte sie unter einem grünen Seidennetz zu einer Krone zusammengeflochten. Kleine Löckchen hatten sich daraus gelöst und hingen sanft auf dem stolzen, weißen Nacken, als wollten sie ihn zärtlich küssen. Von Laklas Schultern fiel ein loses, ärmelloses Gewand aus glänzendem Grün, das von einem goldenen Gürtel zusammengehalten wurde. Der Saum reichte bis knapp unter die Knie.

Sie hatte sich auch ihrer Stiefel entledigt und dafür schmale Sandalen mit hohen Absätzen angezogen. Zwischen den Falten ihres Gewands entdeckte ich elfenbeinfarbene Haut, so wunderbar geformt, so exquisit gerundet wie die an Fuß und Unterschenkel.

Etwas hämmerte an der Pforte meines Bewußtseins, und es schien sehr dringlich und wichtig zu sein. Was mochte es... Larry! Wo war Larry? Ich erinnerte mich und hob abrupt den Kopf. An meiner Seite trug ein anderer Froschmann O'Keefe, und dem folgte mit kummervollem Blick Olaf. Er trottete hinter dem Frosch her wie ein treuer Hund, der seinen über alles geliebten Herrn verloren hat. Mein Träger blieb stehen, sah mich fragend an und mur-

melte etwas Tiefes und Dröhnendes, das offensichtlich eine Art von Erkundigung nach meinem Zustand sein sollte.
Lakla drehte sich um. Ihre klaren, goldfarbenen Augen blickten traurig drein, und der wunderschöne Mund hatte sich vor Kummer verzogen. Aber dennoch waren ihre Schönheit und Anmut, die sie wie eine strahlende Göttin aussehen ließen, immer noch dazu angetan, alle meine Sorgen zu vertreiben.
»Trink dies«, sagte sie und hielt ein Fläschchen an meine Lippen.
Die Flüssigkeit war aromatisch, schmeckte fremd, war aber sehr wirksam; denn kaum war sie in meine Kehle gelaufen, als ich neue Kraft spürte und in meinem Kopf deutliche Klarheit eintrat.
»Larry?« fragte ich sofort. »Ist er tot?«
Lakla schüttelte den Kopf, aber in ihren Augen war Trauer.
»Nein«, antwortete sie, »aber er ähnelt einem Toten, ist wie die, die...«
»Setz mich ab«, befahl ich dem Froschmann.
Er verstärkte nur seinen Griff um mich und starrte mit seinen Telleraugen die Dienerin an. Sie sagte ihm etwas in einer sonoren, einsilbigen Sprache, und plötzlich stand ich wieder auf meinen eigenen Füßen. Sofort sprang ich an die Seite des Iren. Er lag lahm in den Armen des Froschmanns, alle Muskeln waren erschlafft, und er wirkte insgesamt auf erschreckende Weise wie ein loses Bündel. Gott sei Dank das genaue Gegenteil der Totenstarre, aber mindestens ebenso besorgniserregend. Eine Art Ohnmacht, wie ich sie noch nie bei jemandem gesehen hatte. Seine Haut war kalt wie Stein, der Puls kaum wahrnehmbar und die Atmung kaum noch vorhanden. Die Pupillen waren unnatürlich vergrößert. Er kam mir so vor, als sei ihm aus jedem einzelnen Nerv das Leben ausgesaugt worden.
»Ein Licht blitzte auf der Straße auf«, erklärte ich. »Es traf sein Gesicht und machte sich darauf breit.«
»Das habe ich auch gesehen«, sagte Rador, »aber ich habe keine Ahnung, um was für einen Strahl es sich dabei gehandelt hat. Und ich dachte, ich würde alle Waffen unserer Herrscher kennen.« Er

sah mich neugierig an. »Es läuft das Gerücht, daß der vierte Fremdling, der mit euch kam und den wir Doppelzunge nennen, neue tödliche Waffen für Lugur entwickelt!«
Marakinow! Der Russe war also schon an der Arbeit, um aus den hier vorhandenen Mitteln neue Waffen für seine schurkischen Pläne zu konstruieren. Die apokalyptische Vision von vor einiger Zeit schob sich wieder in mein Bewußtsein.
»Er ist nicht tot.« Laklas Stimme klang schneidend scharf. »Und die Drei verfügen über wundersame Heilmittel. Sie können ihn wieder gesund machen, falls sie das wollen. Auch die Drei wollen es... sie wollen es!« Sie hielt einen Moment inne. »Mögen Lugur und Yolara Beistand von ihren Göttern erlangen«, flüsterte sie unheilvoll, »denn ob die Stummen schwach sind oder immer noch stark, ich werde über diese beiden herfallen und sie mit eigenen Händen umbringen, wenn Larry nicht wieder ins Leben zurückkehren sollte! Ja, ich werde ihnen den Tod bringen, und wenn ich selbst dabei untergehen sollte!«
»Yolara und Lugur sollen beide sterben.« Olafs Augen brannten. »Aber Lugur gehört mir.«
Das Mitleid, mit dem Lakla den Norweger zu betrachten pflegte, verbannte den hellen Zorn aus ihrem Blick. Sie drehte sich hastig um, so als könne sie seinen furchtbaren Anblick nicht länger ertragen.
»Komm zu uns nach vorn«, sagte sie mir, »außer wenn du dich dazu noch zu schwach fühlst.«
Ich schüttelte den Kopf und warf noch einen letzten Blick auf O'Keefe. Im Moment konnte ich nichts für ihn tun. Ich marschierte neben Lakla her. Sie legte wie eine englische Lady einen Arm in meinen, und die wunderbar langen und exzellenten Finger umfaßten mein Handgelenk. Mein Herz glühte für sie.
»Deine Medizin ist außerordentlich stark, Dienerin«, parlierte ich. »Und die Berührung deiner Finger versorgt mich mit zusätzlicher Kraft, auch wenn ich sie nicht trinken durfte«, versuchte ich, Larry zu imitieren.
Ihre Augen tanzten und verloren allen Kummer.

»Das waren aber nette Worte von einem so ausgezeichneten Mann der Wissenschaft, wie Rador mir versicherte«, lachte sie. Ein kleiner Schmerzstoß durchfuhr mich. Traute man einem Kenner der Wissenschaft denn nicht zu, einmal eine Aussage zu machen, die sich nicht gleich in eine mathematische Formel umsetzen ließ?
Doch ich gab meine philosophischen Betrachtungen bald auf und lächelte Lakla an. Wieder fiel mir die breite, klassische Stirn mit den kleinen Bronzelöckchen darüber angenehm auf. Auch die zierlichen, nußbraunen Brauen, die dem lieblichen Gesicht einen Zug von unschuldiger Schelmenhaftigkeit verliehen, beeindruckten mich. Doch erst das Gesicht... diese reine, vornehme Blume mit der Blässe, über der ein leichter Hauch von Röte lag, diese Mischung aus Verlockung und jungfräulicher Madonnenhaftigkeit, eingerahmt in goldbraune Locken... und die zarten, schwarzen, leicht gebogenen Wimpern... die wunderbar runde, bloße linke Brust...
»Ich habe dich immer gemocht«, sagte sie leise und in aller Unbefangenheit, »seit ich dich zum erstenmal an dem Ort sah, von dem aus der Leuchtende in eure Welt gelangt. Und ich freue mich, daß du meine Medizin so gern magst wie die, die du in der schwarzen Tasche zurückgelassen hast«, fügte sie rasch hinzu.
»Woher weißt du davon?« fragte ich verblüfft.
»So oft kam ich zu ihm und zu dir, wenn ihr beide geschlafen habt. Wie nennt ihr ihn?« Sie schwieg erwartungsvoll.
»Larry«, antwortete ich.
»Larry!« Die Aussprache schien ihr nicht die geringste Mühe zu bereiten. »Und wie nennt man dich?«
»Goodwin«, antwortete Rador.
Ich verbeugte mich artig, als würde ich einer charmanten jungen Dame in meiner Heimatwelt vorgestellt, die mir nun weiter entfernt denn je erschien.
»Goodwin... ja«, sagte sie. »Ich kam oft, so oft. Manchmal dachte ich schon, du hättest mich entdeckt. Und *er*... hat er nicht wenigstens manchmal von mir geträumt?«

»Doch, das hat er getan«, sagte ich, »und er hat überall nach dir Ausschau gehalten.« Doch dann konnte ich meine Neugier nicht mehr zügeln. »Wie bist du zu uns gekommen?«

»Über eine seltsame Straße«, flüsterte sie. »Ich kam, um zu sehen, ob mit *ihm* alles in Ordnung war... und um ihm ins Herz zu sehen. Denn ich fürchtete Yolaras Schönheit. Zu meiner großen Freude entdeckte ich, daß sie nicht in seinem Herzen wohnt.« Kurz errötete sie bis hinab zu der blanken Brust. »Eine eigenartige Straße«, fuhr sie rasch fort. »Viele Male bin ich sie schon gegangen und habe den Leuchtenden beobachtet, wie er seine Opfer zum blauen See trug. Auch die Frau war darunter, die er sucht.« Sie zeigte kurz auf Huldricksson. »Und mit aller Mutterliebe, die noch in ihr war, hielt sie ein Baby in den Armen. Ich sah eine andere Frau, die sich dem Leuchtenden in die Arme warf, um damit den Mann zu retten, den sie liebte. Und es war furchtbar, denn ich konnte keinem von ihnen helfen.« Ihre Stimme klang nun düster. »Dieser Mann war wohl der, um dessenwillen du hierher gekommen bist, Goodwin, ist dem nicht so?«

Sie schwieg nun und bewegte sich wie jemand, der Bilder sieht und Stimmen hört, die andere nicht wahrnehmen können. Rador warnte mich mit einem Handzeichen. Ich hielt meine weiteren Fragen zurück und sah mich um. Wir liefen über einen glatten Strand, der mittlerweile hart verkrustet war, weil der Ozean sich schon vor undenklichen Zeiten von ihm zurückgezogen hatte. Er sah aus wie zerriebener Granitstein, und jedes einzelne Korn war tief rot gefärbt und funkelte leicht. Zu beiden Seiten konnte man weit in die Ferne schauen. Nur wenig Vegetation war auf diesem Boden zu erkennen. Die Sandfläche erstreckte sich endlos fort, bis sie in einen rosafarbenen Nebel eintauchte, wie er auch am Himmel zu erkennen war.

Neben und hinter uns marschierten die Riesenfrösche, mindestens hundert an der Zahl. Die schwarzen und roten Schuppen glitzerten in der rosafarbenen Strahlung. Telleraugen leuchteten wie phosphoreszierende Scheiben aus Grün, Purpur und Rot. Die Sporne an den Rüstungen klickten gegeneinander, während die

Frösche sich mit einer grotesken und gleichzeitig eleganten Gangart fortbewegten.
Voraus verdichtete sich der Nebel zu einem rötlichen Glühen, und in ihm war eine dunkle Linie zu erkennen. Ich hielt sie für den Ausgang der Höhle, durch die wir uns bewegten. Jetzt hatten wir ihn erreicht, und wir wurden in einer rötlichen Lichtflut gebadet.
Ein See breitete sich vor uns aus. Ein roter See, der das Korallenrot und Blutrot des Flammendrachens wie der verlorene See aufwies, aus dem Fu Tse die Laube für seine geraubte Sonnenmaid gebaut hatte; so daß sie, wenn sie es sah, glauben sollte, es sei die Sonne selbst, die dort aufging.
Unbewegt von Wellen oder Plätschern lag der rote See so ruhig da wie ein Gewässer im tiefen Wald, wenn die Nacht sich über die Erde senkt. Er sah aus wie eine geschmolzene Masse... oder als wenn eine Hand so gewaltig, daß sie die Weltkugel selbst schütteln konnte, ein Tuch aus dem Leuchten herbstlicher Sonnenuntergänge destilliert hätte.
Doch da stieß ein Fisch durch die Oberfläche. Groß wie ein Hai, mit einer stumpfen Nase blitzte er wie Bronze, als wenn er einen Panzer trüge. Er sprang hoch in die Luft, und ein Rubinregen löste sich von ihm. Er stürzte wieder ins Wasser und löste dabei einen Geysir aus Edelsteinen aus.
Eine leuchtende, durchsichtige Halbkugel, die sich gemächlich über den See bewegte, fiel mir ins Auge. Ihr Schillern wechselte von Türkis zu Amethyst, war dann orange- und endlich rosafarben mit einem Hauch von Purpur, war bald zinnoberrot und bald durchscheinend grün und zeigte sich schließlich farblos. Ihr folgten vier weitere Halbkugeln. Die kleinste von ihnen maß drei, die größte zehn Meter im Durchmesser. Wie Seifenblasen aus den Pfeifen der Titanenjungen trieben sie vorüber. Dann löste sich von einer ein Bündel schimmernder Strähnen, lange, dünne Schnüre, die durch die Luft wirbelten und dann langsam ins rote Wasser eintauchten.
Ich konnte es noch immer nicht fassen. Der Fisch war ein Ganoid

gewesen; jene unfaßbar alte Panzerfischart und wahrscheinlich die intelligenteste Lebensform des Devon, die vor undenklichen Zeiten ausgestorben war, abgesehen von den Fossilfunden im Stein, der vielleicht einmal ihre weiche, warme Bettstatt gewesen war. Und bei den Halbkugeln handelte es sich um *Medusae*-Quallen, aber von einer Größe, Leucht- und Farbkraft, wie man es in unserer Welt noch nicht gesehen hatte. Nun legte Lakla die Hände trichterförmig vor den Mund und stieß einen trompetenhaften Laut aus. Der Streifen, auf dem wir uns nun befanden, erstreckte sich noch etwa hundert Meter nach vorn und fiel dann abrupt zum roten See ab. Zur Rechten wie zur Linken breitete er sich zu einem langgezogenen Halbkreis aus. Nachdem die Dienerin ihr Signal gegeben hatte, sah ich nach rechts und entdeckte etwa zwei Kilometer entfernt einen leicht verhangenen Regenbogen, einen gigantischen prismatischen Halbbogen. Er entsprang dem roten Strand, überspannte das Wasser und endete fünf Kilometer weiter auf einer vorstehenden, zerklüfteten Klippe, die dunkel und drohend aus dem See aufragte.

Und darüber spannte sich eine ungeheure, stumpf goldene Kuppel, ein Zyklopengebilde, das so übermenschlich wirkte, daß Augen und Verstand sich weigerten, es wahrzunehmen. Nur tastend wagte sich der Geist heran, wie durch die leeren Weiten des Alls, wie an einen weiten Stern, wie an einen Schauer von Tönen, die zusammenhängen, eine Bedeutung haben und an etwas erinnern, das man schon einmal gehört hat, doch das nie in die Sprache oder Symbolik unserer Welt übersetzt werden kann.

Dieser so eigentümlich rot gefärbte See mit seinen dahintreibenden Monden aus leuchtenden Farben... dieser regenbogenartige Stein, der sich zu der unheimlichen Klippe spannte... die gewaltige Goldkuppel darüber... die halb humanoiden Froschmenschen... das Feenland mit all seinen Schrecken und Wundern, durch das wir gereist waren... all das reichte aus, an den Grundfesten meiner wissenschaftlichen Weltsicht zu rütteln. Träumte ich dies nur? Lag mein Körper irgendwo und kämpfte mit einem Fiebertraum? Waren alle diese Wunder nichts anderes als Bilder,

die aus verborgenen Kammern meines Unterbewußtseins hochtrieben? Meine Knie begannen zu zittern, und unfreiwillig stöhnte ich.
Lakla drehte sich sofort um und sah mich besorgt an. Ein weicher Arm legte sich um meine Seite, bis das Schwindelgefühl vergangen war.
»Hab noch etwas Geduld«, sagte sie. »Die Träger sind schon unterwegs. Bald wirst du Ruhe haben.«
Vom Ende des Regenbogens sprangen rasch etwa zwanzig Froschmänner heran. Einige trugen Sänften.
»Asgard!« Olaf stand mit einemmal neben mir und zeigte mit funkelnden Augen auf den Regenbogen. »Die Bifrost-Brücke, so schmal wie die scharfe Schneide eines Schwerts, über die die Seelen der Krieger nach Walhall gehen. Und sie ist eine Walküre, eine Schwertjungfer, *Joh!*«
Ich ergriff die Hand des Norwegers. Sie fühlte sich heiß an, und Gewissensbisse plagten mich. Wenn mich dieser Ort schon so durcheinandergebracht hatte, wie mußte es da erst Olaf ergangen sein? Ich beobachtete mit einiger Befriedigung, wie er auf Laklas sanftes Drängen hin in eine Sänfte stieg und dort die Augen schloß. Zwei der Frösche hoben die Holme auf ihre gepanzerten Schultern. Und noch mehr Erleichterung verschaffte es mir, als ich mich selbst auf den weichen Kissen in einer anderen Sänfte niederlassen durfte.
Unsere Karawane setzte sich in Bewegung. Lakla hatte O'Keefe in ihre Sänfte legen lassen. Dort saß sie im Lotossitz und beugte sich über den bleichen Kopf auf ihrem Schoß, während ihre Finger sanft durch sein Haar fuhren.
Dann griff sie sich ans Haupt, löste die Krone, schüttelte die Zöpfe auseinander und ließ die Haare wie einen Schleier über sich und ihn fallen.
Sie beugte den Kopf tief, und ich hörte ein leises Schluchzen. Ich mußte meinen Blick abwenden, und Gott weiß, daß ich mich nie in meinem Leben so einsam gefühlt habe.

XXV

Die drei Stummen

Der Bogen kam näher, und in meinem Staunen vergaß ich wenigstens für kurze Zeit Larry und alles, was dazugehörte. Dies war kein wahrer Regenbogen, kein Gebilde aus Nebel und gebrochenem Licht und auch nicht die Bifrost-Brücke aus der Sage. Nein, vielmehr handelte es sich dabei um eine hoch fliegende Steinbrücke, und in ihr flackerten Flammen aus Purpur von Tyrus, Königsrot, dem Dunkelblau des Golfstroms, Saphiren wie der Mittagshimmel im Mai, Grün und Chrom... eine Palette für Riesen, eine Zauberbrücke. Hundert-, nein tausendmal größer als die in Utah, die die Navajos Nonnegozcho nennen und gottgleich verehren; bei der es sich ebenfalls um einen Regenbogen im ewigen Fels handelt.

Der hier entsprang dem Ufersaum und wand seine gewaltige Länge in einem nicht allzu hohen Bogen über die Oberfläche des roten Sees; als wäre er vor Urzeiten bei einem Vulkanausbruch hochgeschleudert worden, habe sich in der Luft kristallisiert und hielte heute immer noch die Feuer in sich, die ihn einst geschmolzen hatten.

Näher und näher kamen wir heran, während ich wie gebannt auf den Bogen starrte. Nun hatten wir das eine Ende erreicht, und die Sänftenträger stiegen hinauf. Der steinerne Bogen hatte eine Breite von hundertfünfzig Metern, seine Oberfläche war so glatt wie die Coriabahnen in der Stadt, und die niedrigen Seitenmauern wölbten sich nach innen, so als hätten die Kanten sich im Moment der Erstarrung gekräuselt.

Rasch kamen wir auf der Brücke voran, und schon starrte uns die Klippenformation am anderen Ende finster an. Der rätselhafte goldene Dom ragte hoch empor. Nun hatten wir den Steinbogen

überquert und liefen – beziehungsweise wurden getragen – über einen ebenen Platz, der bis auf einen Spalt vor uns von den an Fänge erinnernden Klippen umspannt wurde.
Hinter diesem Spalt erstreckte sich ein weiterer Steinbogen von schätzungsweise achthundert Metern Länge, der sich in der Mitte zu einer weiten Plattform verbreiterte und von dort aus auf zwei massive Tore zulief, die wie Panele in eine zweite Klippenwand eingelassen waren und aus dem gleichen Gold wie die Kuppel angefertigt zu sein schienen. Diese kleinere Brücke überwand einen Abgrund, dessen Rand die steilen Felsen bildeten und die gleichzeitig verhinderten, daß der rote See sich in diese Tiefe ergießen konnte.
Schon hatten wir die Plattform erreicht. Meine Träger liefen gleichmäßig und unermüdlich. Ich beugte mich aus meiner Sänfte, und mir wurde gleich schwindlig, als ich in ein Loch sah, das keinen Grund zu haben schien. Ein Schlund, der bis zum Grund der Erde fiel; wie der, von dem die alten Babylonier vermutet hatten, daß dort Talaat hause, die Schlangenmutter des Chaos. Ein Abgrund, der ins Herz der Erde reichte.
Aber was war das, dort unten in der unermeßlichen Tiefe? Ein überwältigendes Glühen wie das grüne Feuer des Lebens. Was mochte das sein? Und dann kam mir die Erinnerung: wie die Corona unseres Sterns bei Sonnenfinsternis; jenes Aufknospen, das aus unserer Licht- und Lebensquelle ein blühendes Wunder am schwarzen Himmel werden läßt, sobald der Mond sich zwischen sie und uns schiebt.
Und auf befremdliche und eigentümliche Weise erinnerte dieser Schein an die Schönheit des Leuchtenden, wenn er mit seinen strahlenden und sich windenden Tentakeln unter dem Klang eines Glockensturms dahineilt.
Nun hatten wir auch den Schlund hinter uns gebracht und standen vor den goldenen Portalen. Sie öffneten sich nach innen. Ein breiter Korridor, der von angenehm weichem Licht angefüllt war, lag vor uns, und an seiner Schwelle stand, behangen mit bizarren und glitzernden gelben Edelsteinen und das gewaltige Maul zu etwas

verzerrt, das offenbar ein Willkommenslächeln sein sollte... die Froschfrau von der Wand in der Halle des Mondteichs.
Lakla hob den Kopf, schob den seidigen Haarvorhang beiseite und sah mich mit Augen an, die von vielen Tränen getrübt und gerötet waren. Die Froschfrau trat an ihre Seite, sah auf Larry hinab und sprach zu der Dienerin. Eine rasche Folge von sonoren, widerhallenden und einsilbigen Begriffen. Und Lakla antwortete ihr in derselben Sprache. Die Klauen fuhren sanft über O'Keefes Gesicht und legten sich auf sein Herz. Die Froschfrau schüttelte den Kopf und marschierte vorneweg durch den Gang, während unsere Karawane ihr folgte.
Unsere Sänften wurden über einen ansteigenden Weg getragen, bis man uns endlich in einer gewaltigen Halle absetzte, die mit wohlduftendem Binsenkraut ausgelegt war. Von hoch eingelassenen Schlitzen strömte das rote Licht von draußen herein.
Ich sprang aus meiner Sänfte und eilte zu Larry. Sein Zustand war unverändert. Immer noch die furchtbare Erschlaffung, immer noch der viel zu langsame Pulsschlag. Rador trat neben mich und dann auch Olaf, von dem alles innere Fieber gewichen war.
»Ich gehe zu den Dreien«, erklärte Lakla. »Ihr wartet hier.« Sie verschwand hinter einem Vorhang. Kurz darauf war sie wieder da, hatte die Haare wieder zu einer Krone geflochten und sich ein Gewand aus goldener Gaze übergezogen.
»Rador«, sagte sie, »du trägst Larry, denn dir wollen die Stummen ins Herz sehen. Doch fürchte nichts«, fügte sie rasch hinzu, als sie die besorgte, erschrockene Miene des Zwergs bemerkte.
Rador verbeugte sich, doch da stellte Olaf sich vor ihn.
»Nein«, erklärte der Norweger, »ich werde ihn tragen!«
Er hob O'Keefe wie ein Kind und hielt ihn vor der Brust. Der Grüne warf einen raschen Blick auf Lakla. Sie nickte.
»Kommt!« sagte sie und hielt uns den Vorhang auf.
An die nun folgende Reise kann ich mich nur dunkel erinnern. Wir liefen durch Korridor um Korridor, kamen an Hallen und Kammern in allen Größen vorbei, traten manchmal über Binsen, andere Male über Matten, in die die Füße wie in sanfte Wiesen

einsanken. Einige Orte waren in tiefrotes Licht getaucht, in anderen waren weichere Töne vorherrschend.
Wir hielten vor einer Steinplatte aus dem gleichen roten Material, das der Zwerg das Portal genannt hatte. Und auf seiner spiegelglatten Oberfläche fanden sich wieder die Rankensymbole. Die Goldäugige drückte auf eine Stelle neben der Platte, und der Stein glitt weich zurück. Ein Orkan opalisierenden Lichts strömte wie nach langer Gefangenschaft heraus, und wie im Traum trat ich über die Schwelle.
Ich wußte, daß wir uns unter der goldenen Kuppel befanden. Unter dem Ansturm der Strahlung konnte ich einige Zeit lang nichts sehen. Ich kam mir vor wie inmitten eines Feueropals, so grell war das Licht. Ich schloß die Augen und öffnete sie erst nach einigen Momenten wieder. Das Licht ergoß sich von riesigen, gewölbten Wänden. Vor mir befand sich eine lange, enge Öffnung, durch die ich weit entfernt das Ende der Zauberbrücke erkennen konnte, über die man uns getragen hatte. Das Licht in der Kuppel wehrte vehement den roten Schein von draußen ab, sperrte es wie eine feste Barriere aus.
Ich spürte Laklas Berührung an meinem Arm und drehte mich um.
Hundert Schritte vor mir erhob sich einen Meter über dem Boden ein Podest. Aus dem Zwischenraum strömte ein funkelnder, opalisierender Nebel hinauf. Er war geädert wie das glänzende Zentrum des Leuchtenden und ebenso von milchigen Schatten durchzogen, die an geronnenes Mondlicht erinnerten. Wie eine Mauer baute er sich vor dem Podest auf.
Über ihm schwebten drei Gesichter, die auf mich herunterstarrten. Zwei männliche und ein weibliches Gesicht, wie ziemlich deutlich zu erkennen war. Zuerst hielt ich sie für Statuen, doch dann belehrten mich ihre Augen eines Besseren. Denn sie lebten; auf unfaßbare Weise, auf übernatürliche Weise ging Leben von ihnen aus.
Die Augen waren mindestens dreimal so groß wie die eines Menschen und dreieckig, mit der Spitze nach oben. Schwarze, pupil-

lenlose Augen, die mit winzigen und tanzenden Flammen angefüllt waren.
Darüber die Stirnen, doch ganz anders als unsere: hoch, breit und behelmt. Die Seiten waren in einem vertikalen Kamm nach vorn gezogen. Ein Vorsprung wie ein aufrecht stehender Keil, was sie den Köpfen größerer Eidechsen ähnlich machte. Und die langen und schmalen Häupter, die sich nach hinten verjüngten, wiesen die doppelte Größe unserer Schädel auf.
Über den Stirnen saßen Kappen – auch wenn mir im gleichen Augenblick klar wurde, daß es sich dabei nicht um so etwas wie einen Hut handeln konnte. Lange dicke Bänder aus glitzernden und gelben, gefiederten Schuppen, dünn wie Spangen. Scharf gebogene Nasen wie die Schnäbel von Kondoren; strenge, dünne Münder; langgezogene und mächtige Kinnspitzen; und Haut von weißestem Marmor; und um sie herum waberte unablässig das opalisierende Nebelfeuer.
Olaf stand wie erstarrt da. Mein Herz hämmerte wie von Sinnen. Was waren das für Geschöpfe?
Ich zwang mich dazu, sie noch einmal anzusehen, und nun strömte von ihrem Blick etwas Beruhigendes aus; so etwas wie guter Willen oder vielmehr geistige Kraft, die auf einen überströmte. Ich erkannte nun, daß diese Wesen nicht grimmig, nicht gnadenlos und trotz aller Fremdartigkeit nicht unmenschlich waren. Nein, es waren freundliche Wesen, waren gütig und teilnahmsvoll... so unglaublich teilnahmsvoll. Ich richtete mich gerade auf und sah sie furchtlos an. Olaf atmete tief ein und richtete seinen Blick ebenfalls auf sie, und alle Härte und Verzweiflung wichen aus seiner Miene.
Nun trat Lakla näher an das Podest heran. Die drei Augenpaare suchten ihren Blick. Die Augen der Frau strahlten endlose Zuneigung aus. Eine Botschaft schien zwischen den Dreien und der Dienerin ausgetauscht zu werden. Endlich verbeugte sich Lakla tief und wandte sich an Huldricksson.
»Setz Larry hier ab«, sagte sie sanft, »hier zu Füßen der drei Stummen.«

Sie zeigte auf den strahlenden Nebel. Olaf zögerte einen Moment, blickte von Lakla zu den drei Gesichtern, suchte in ihren Augen, und ein Lächeln zeigte sich auf ihren Zügen. Der Norweger trat vor und stellte Larry genau ins Licht. Es fuhr zurück, rollte hoch, schloß sich dann um den Körper des Iren und beruhigte sich wieder. Von Larry war nichts mehr zu sehen.

Wieder kam Unruhe in den Lichtnebel. Er stieg höher, verdeckte die Kinnspitzen, die Nasen und endlich die Stirnen der unfaßbaren Dreiheit. Doch bevor der Nebel anhielt, glaubte ich erkannt zu haben, wie sich die gefiederten Köpfe hinabgebeugt hatten; und eine Bewegung, so als wenn sie etwas entgegengenommen hätten.

Der Nebel senkte sich wieder, gab die unerforschlichen Augen frei.

Und aus dem Licht sprang Larry. Er blieb kurz am Rand des Podests stehen. Lachend und voller Leben stand er da und blinzelte wie jemand, der in hellen Sonnenschein gerät. Endlich entdeckte er die Dienerin, sprang herunter und hielt sie in den Armen.

»Lakla!« rief er. »*Mavourneen!*« Sie entglitt seiner Umarmung, errötete, blickte schüchtern auf die Drei und hielt sich verschämt bedeckt. Und wieder trat die Liebe in die Augäpfel des Frauengesichts. Auch die beiden anderen drückten verständnisvolle Genugtuung aus, als würden sie ein eigenes Kind beim Spiel beobachten.

»Du hast in den Armen des Todes gelegen, Larry«, sagte Lakla. »Aber die Stummen haben dich seiner Umklammerung entrissen. Ehre sie dafür, Larry, denn sie sind mächtig und gut.«

Sie drehte mit ihren langen, weißen Händen seinen Kopf, und er sah in die Gesichter der Drei. Lange blickte er hinauf und war ebenso ergriffen wie eben noch Olaf und ich; wurde bewegt von der Woge ihrer Macht und von der – mir fällt kein anderer Begriff dafür ein – Heiligkeit ihrer Ausstrahlung.

Zum erstenmal entdeckte ich in Larrys Zügen so etwas wie Ehrfurcht. Nach einem weiteren Moment des Anstarrens fiel er auf die Knie und senkte das Haupt wie ein Gläubiger vor dem Schrein seines Heiligen. Und ich schäme mich nicht zu gestehen, daß ich es ihm gleichtat. Dann knieten auch Olaf und Lakla mit uns, und sogar der hartgesottene Rador.

Der milchige Nebel schwebte wieder nach oben und verbarg die drei Götter.

Mit einem langen, tiefen und glücklichen Seufzen nahm Lakla Larrys Hand, zog ihn hoch und schritt sanft mit ihm davon. Schweigend folgten wir dem Paar aus dieser Halle der Wunder.

Warum nur, fragte ich mich im Hinausgehen, konnten die Drei von ihrem Thron aus den Höhleneingang sehen, der Einlaß zu ihrer Halle war? Was bewegte sie, in den furchtbaren Abgrund zu starren, in dem die mystische Blume gewaltig und atemberaubend brannte; jene Flamme, die mir wie das Feuer des Lebens erschienen war?

XXVI

Laklas Werben

Ich hatte tief und traumlos geschlafen und erwachte in einer großen Halle, in die Rador O'Keefe und mich nach diesen unfaßbaren Stunden der Wunder und des Schreckens geschoben hatte.
Während ich so dalag und an die hohe Decke starrte, hörte ich Larrys Stimme:
»Sie sehen aus wie Vögel.« Offensichtlich meinte er die Stummen. Nach einer kurzen Pause fuhr er fort: »Ja, wie Vögel. Und gleichzeitig sehen sie auch aus wie Eidechsen, ohne ihnen damit zu nahe treten zu wollen.« Wieder ein kurzes Schweigen. »Aber sie sehen auch wie Götter aus, gleichzeitig aber, bei Brian Borus starkem Schwertarm, auch wie Menschen. Dennoch sind sie keines davon... also was, in Dreiteufelsnamen, sind sie?« Eine kurze Pause, dann im Tonfall vollkommener Ehrfurcht und Überzeugung: »So ist es, ganz genau so! Das sind sie... man muß es nur von dieser Warte aus sehen... Nein, etwas anderes können sie gar nicht sein...«
Er stieß einen Freudenschrei aus. Ein Kopfkissen flog wie eine Granate heran und traf mich mitten im Gesicht.
»Aufgewacht, Meister der Wissenschaften!« rief Larry. »Aufgewacht, du brodelnder Kessel überholten Aberglaubens! Aufgewacht, du heimgesuchter Tropf wissenschaftlichen Nichtwissens!«
Das Kissen und solche Beschimpfungen zwangen mich hoch, und ich mußte einen Augenblick lang gegen aufbrausenden Zorn ankämpfen. Aber der Ire lag so jungenhaft da und schüttelte sich vor Lachen, daß ich ihm nicht länger böse sein konnte.
»Doc«, bemerkte er kurz darauf relativ ernst, »ich weiß, wer diese drei Stummen sind!«

»Aha?« bemerkte ich sarkastisch.
»Aha«, äffte er mich nach. »Jawohl, ja doch, ganz gewiß.« Er hielt kurz inne, als er meine strenge Miene bemerkte, und grinste. »Doch, ich weiß es. Sie gehören zu den Tuatha De, zu den Alten, zum großen Volk von Irland. Das und nichts anderes sind sie.«
Ich hatte natürlich schon über die Tuatha De Danann, die Stämme des Gottes Danu, gelesen, einen halb legendären, halb historisch verbürgten Clan, der ungefähr viertausend Jahre vor der Christianisierung in Irland gelebt hatte und seitdem aus den Mythen und Gesängen der Kelten buchstäblich nicht mehr wegzudenken war.
»Jawohl«, sagte Larry wieder, »Die Tuatha De, die Alten, deren Zaubersprüche sogar Manana bezwingen konnten, den Geist der Meere und aller Gewässer; und auch Keithor, den Gott über alles grüne Leben; und sogar Hesus, den unsichtbaren Gott, dessen Herzschlag der Puls des Himmels ist; und ebenso Orchill, die in der Erde wohnt und dort an ihrem geheimnisvollen Webstuhl Geburt, Leben und Tod eines jeden Lebewesens spinnt... ja, auch Orchill mußte sich den Befehlen der Tuatha De beugen.«
Er dachte kurz nach und fuhr dann fort:
»Die Stummen sind von ihrer Art. Warum sonst hätte ich vor ihnen knien sollen wie vor dem Geist meiner toten Mutter? Warum sonst sollte Lakla, deren goldbraunes Haar das von Eilidh der Schönen ist, deren Mund die süßen Lippen von Deirdre besitzt und deren Seele vor langer Zeit gemeinsam mit der meinen unter der duftenden, grünen Myrthe von Erin wandelte, ihnen so bereitwillig dienen?« Seine Augen waren voller Träume und Visionen.
»Hast du eine Vorstellung, wie sie von Irland hierhergelangt sein könnten?« fragte ich.
»Darüber habe ich noch nicht nachgedacht«, antwortete er leicht pikiert. »Aber gemach, Titan der Wissenschaften, mir fällt sofort ein ganzer Sack von Erklärungen ein. Nummer eins: Eine kleine Reisegesellschaft, bestehend aus diesen dreien, hat hier auf dem langen Weg nach Irland eine Rast eingelegt, und weil es ihnen hier

so gut gefiel, sind sie noch ein Weilchen länger geblieben. Nummer zwei: Sie sind noch gar nicht so lange hier und eigentlich nur gekommen, weil es bis an ihre Ohren drang, was diese Schufte hier für finstere Pläne schmieden. Jetzt wollen sie bleiben, bis sie diese Ratten mit Stumpf und Stiel ausgerottet haben und es an der Zeit ist, wieder auf die grüne Insel zurückzukehren. Natürlich erweisen sie damit der ganzen Welt einen Dienst«, fügte er überschwenglich hinzu. »Na ja, das wäre es fürs erste. Gefällt dir eine von meinen Erklärungen?«

Ich schüttelte den Kopf.

»Was hältst du denn für wahrscheinlich?« fragte er ohne großes Interesse.

»Ich vermute«, erklärte ich zögernd, »daß wir es hier mit hochintelligenten Lebewesen zu tun haben, deren Evolution radikal anders war als die der Menschheit. Auch diese hochentwickelten, halb humanoiden Batrachianen, die Froschmenschen, die hier *Akka* genannt werden, beweisen, daß die Evolution in diesen unterirdischen Höhlen einen ganz anderen Weg gegangen ist, als dies auf der Erdoberfläche der Fall war. Der Engländer Wells hat ein sehr phantasievolles und anregendes Buch geschrieben, in dem die Marsianer über die Erde herfallen. Bei Wells sind die Marsianer hochentwickelte Tintenfische von der Gattung Sepia. Und das ist keinesfalls Blödsinn. Daß der Mensch heute über die Tiere herrscht, ist einzig und allein einer Reihe von Zufällen zu verdanken. Wäre es zu anderen Zufällen gekommen, wären heute vielleicht Spinnen oder Ameisen, Elefanten oder Pelikane die dominante Rasse.

Ich vermute weiter, daß die Rasse, zu der die drei Stummen gehören, nie auf der Erdoberfläche erschienen ist. Ihre Entwicklung, ihre Evolution verlief hier unten und wurde Äonen lang von keinen äußeren Einflüssen gestört. Falls ich damit nicht falsch liege, müßten damit die Gehirnstrukturen und die Reaktionen dieser Wesen von unseren sehr verschieden sein. Daher kommt auch ihr Wissen und ihre Kontrolle über uns unbekannte Energieformen. Und daraus abgeleitet kommt die furchtbare Vorstellung, daß auch

ihre Ethik, ihr Wertesystem, ihr Gerechtigkeitsempfinden ganz anders ist als bei uns.«
Larry schüttelte nun den Kopf.
»Die letzte Bemerkung bringt dein ganzes Argumentationsgebäude zum Einsturz, Doc«, erklärte er. »Die Stummen besaßen genug Gerechtigkeitssinn, um mir zu helfen. Und ganz sicher kennen sie das Gefühl der Liebe, denn mir ist nicht entgangen, wie sie Lakla angesehen haben. Und in ihren Gesichtern war auch Kummer zu erkennen.
Nein, ich habe da meine eigene Theorie. Sie sind vom Alten Volk. Der kleine Kobold hat ja auch seinen Weg hierher gefunden, und ich wette, es waren die Stummen, die ihn hierher befohlen haben. Und wenn die O'Keefe-Todesfee in dieses Wunderland kommt – was Gott noch lange verhüten möge! –, stattet sie den Dreien sicher vorher einen Höflichkeitsbesuch ab, bevor sie mit ihrer Truppe an die Arbeit geht. Warum auch nicht, ist doch nett, ein paar Kumpels aus der Heimat wiederzusehen. Nein, Doc, ich habe recht«, schloß er, »es paßt alles zu gut zusammen.«
Ich unternahm einen letzten verzweifelten Versuch.
»Läßt in Irland irgend etwas irgendwo darauf schließen, die Tuatha De hätten so ausgesehen wie die Stummen?« fragte ich und begriff im selben Moment, daß ich es nicht falscher hätte formulieren können.
»Ob irgend etwas darauf hindeutet?« rief er. »Irgendwo irgend etwas? Beim Kilt von Cormack MacCormack, ich bin froh, daß du das ansprichst, denn ich denke selber schon die ganze Zeit darüber nach. Da gab es zum Beispiel Daghda, der sein Haupt in einen Eberkopf und seinen Körper in einen Fischleib verwandeln konnte, um so durch die Fluten zu eilen und jeden Feind in Stücke zu zerreißen, der sich Erin in böser Absicht näherte. Und dann war da Rinn...«
Wie viele Metamorphosen des Alten Volks er mir nun auftischte, weiß ich nicht mehr. Ich wurde nach einer Weile erlöst, als sich die Vorhänge teilten und Rador hereinschritt.
»Ich sehe«, strahlte er, »daß ihr euch gut erholt habt. Die Dienerin

schickt mich, euch zu ihr zu bitten. Sie möchte mit euch im Garten speisen.«

Wir liefen durch lange Korridore und traten schließlich hinaus auf eine Gartenterrasse, die mindestens ebenso prachtvoll war wie die in Yolaras Stadt. Schattig, blühend und wohlduftend lag sie hoch auf den Klippen neben der Kuppel. Ein Tisch aus milchiger Jade stand in einer Ecke, aber die Goldäugige war nirgendwo zu sehen. Ein kleiner Pfad schlängelte sich durch die üppige Vegetation nach oben. Ich starrte neugierig darauf. Rador bemerkte meinen Blick, verstand ihn und führte mich den Hang hinauf, bis wir auf einem Felsen-Ausguck standen.

Ich befand mich oberhalb des Blattwerks und hatte eine weite Sicht in jede Richtung. Unter mir spannte sich die unglaubliche Brücke. Froschmenschen eilten auf ihr hin und her. Ein Felsvorsprung versperrte die Sicht auf den Schlund. Mein Blick folgte dem Höhlensaum. Darüber wuchs bloßer Fels empor, aber an den Enden des halbkreisförmigen Strands sproß üppige Vegetation, die sich ungebrochen bis in weite Ferne erstreckte. Blätterdächer in Gelb, Braun und Rot wie bei einem Herbstwald, dazwischen eingesprenkelt ein paar grüne Tupfer wie von Koniferen. Zehn Kilometer weit erstreckten sich die Wälder in alle Richtungen, bis der Dunst sie dem Blick entzog.

Ich drehte mich um und schaute auf eine gewaltige rote Wasserfläche. Kein See, eher ein Meer, ein Ozean. Eine Brise fuhr darüber, der erste Wind, den ich in dieser unterirdischen Welt erlebte. Unter seiner Wirkung kräuselte und wellte sich die spiegelglatte Oberfläche. Kleine Wellen mit einer rosafarbenen Schaumkrone rollten, störten damit aber nicht die treibenden Medusae, die leuchtenden Elfenmonde.

Tief unten entdeckte ich hinter einer vorspringenden Klippe einen treibenden Garten, der sich synchron zum Schaukeln der Wellen bewegte. Die Blumen in ihm funkelten wie rote Juwelen, waren aber heller und strahlender als das Wasser unter ihnen. Und da waren auch andere in Mauve- und Lilatönen wie kleine Edelsteinseen.

Rador unterbrach meine Betrachtung.

»Lakla kommt. Laß uns wieder hinuntergehen.«

Die Dienerin wirkte ungewohnt schüchtern, als sie um die Ecke bog, heftig errötete und ihre Hände nach Larry ausstreckte. Der Ire ergriff sie gern, legte sie auf sein Herz und küßte sie mit einer Zärtlichkeit und Hingabe, die allen leichten Spott vermissen ließ, mit dem er bei ähnlichen Gelegenheiten Yolara bedacht hatte. Lakla errötete noch mehr und preßte dann die langen, schlanken Finger an ihr Herz.

»Ich mag deine Lippen, Larry«, hauchte sie. »Sie wärmen mir das Herz, und sie senden funkelnde Lichter durch meinen Körper.« Sie zog die Brauen zusammen, was den Ausdruck von unschuldiger Schönheit auf ihren wunderbaren, blütenhaften Zügen nur noch verstärkte.

»Wirklich?« flüsterte Larry voller Glut. »Wirklich, Lakla?« Er kam ihr näher. Sie bemerkte den halb amüsierten Blick von Rador und zog sich halb lächelnd ein Stück von Larry zurück.

»Rador«, sagte sie, »ist es nicht an der Zeit, daß du dich mit dem starken Olaf auf den Weg machst?«

»Doch, dem ist so, Dienerin«, antwortete er voller Respekt, aber in seinen Augen war ein spöttisches Funkeln. »Doch Olaf wollte gern seine Freunde noch einmal sehen, bevor wir aufbrechen. Und da kommt er ja auch schon.« Er sah auf den Pfad, auf dem der Norweger heranmarschierte.

Als er uns gegenüberstand, bemerkte ich eine grundlegende Veränderung an ihm. Der kummervolle, suchende Blick war verschwunden und mit ihm die hilflose Hoffnung. Seine Züge waren nicht mehr so starr, und er blickte richtiggehend freundlich drein, als er sich vor der Dienerin verbeugte. Er reichte O'Keefe und mir die Hand.

»Ein Krieg steht bevor«, erklärte er. »Ich breche mit Rador auf, um die Truppen der Froschmenschen zusammenzuziehen. Was mich persönlich angeht, so hat Lakla lange mit mir gesprochen. Es besteht keine Hoffnung mehr, meine Helma lebend wiederzusehen. Aber wir haben die große Chance, den Leuchtenden zu vernichten

und so meiner Helma ihren Frieden zu geben. Und damit will ich zufrieden sein. *Joh*, damit will ich mich zufriedengeben.« Er drückte unsere Hände. »Wir werden kämpfen, und ich nehme meine Rache!« Wieder wurde sein Blick grimmig. Er salutierte noch einmal vor der Dienerin und war dann rasch mit Rador verschwunden.
Zwei große Tränen lösten sich aus Laklas goldenen Augen.
»Nicht einmal die Stummen vermögen die zu heilen, die der Leuchtende geholt hat«, sagte sie. »Er hat mich gefragt, und ich dachte, es wäre besser, ihm die Wahrheit zu erzählen. Dies gehört zur... zur Bestrafung der Drei... doch davon später mehr. Fragt mich jetzt bitte nicht nach den Stummen. Ich hielt es für eine gute Idee, Olaf mit Rador gehen zu lassen, damit er beschäftigt ist, damit er auf andere Gedanken kommt und nicht immer nur um Helma trauert.«
Fünf Froschfrauen kamen heran und brachten Platten und Krüge. Ihre Armbänder und Fußketten klirrten beim Gehen. Sie hatten kurze Röcke aus einem gewebten Stoff an, der mit glitzernden Ornamenten verziert war.
Und an dieser Stelle möchte ich mich dafür entschuldigen, die Akka bislang lediglich als Riesenfrösche dargestellt zu haben. Sicher, die Ähnlichkeit zu Fröschen war nicht zu übersehen, aber sie waren doch viel weiter entwickelt, so weit etwa wie der Mensch vom Schimpansen. Sie stammten von den Stegocephalia ab, den Vorfahren der Frösche, aber ihre Evolution war anders verlaufen. Sie gingen aufrecht, um nur den augenfälligsten Unterschied zu nennen.
Die großen Augen und die Maulform waren deutlich froschartig, aber ihr hochentwickeltes Gehirn hatte dem Kopf eine andere Form gegeben. Die Stirn war nicht mehr flach, niedrig und fliehend, sondern hoch und gewölbt wie bei uns. Der Akkakopf war wohlgeformt. Bei den Frauen war der große Hornschild, der wie ein Helm auf dem Kopf saß, anders geformt als bei den Männern; ähnlich verhielt es sich mit den Spornen, die bei den Männern angsteinflößend, bei den Frauen hingegen mehr zierlich waren.

Der Rumpf war aufrecht, die Beine hingegen leicht geknickt, was für ihren eigentümlichen Gang verantwortlich war. Doch ich fürchte, ich schweife ab.

...Die Akka gehören zu den Arten, die lebend gebären. Die Frauen können alle fünf Jahre Kinder in die Welt bringen, doch nie mehr als Zwillinge. Die Akka sind monogam, wie auch einige unserer Ranidae-Arten. Ich beschränke mich in meiner Beschreibung auf das wenige, das mir meine begrenzte Zeit gestattete, über die interessanten Sitten und Gebräuche dieser Rasse in Erfahrung zu bringen. Der interessierte Leser kann sich jedoch erschöpfend von den Bänden Brandes und Schvenichens BRUTPFLEGE DER SCHWANZLOSEN BATRACHIER, S. 395 ff., und Lilian V. Sampson UNUSUAL MODES OF BREEDING AMONG ANURA, Amer. Nat. XXXIV, 1900, unterrichten lassen.

W. T. G.

Die Froschfrauen setzten Platten und Krüge ab. Larry sah voller Interesse zu.
»Du hast diese Biester ja ganz schön trainiert, Lakla«, sagte er.
»Biester!« Die Dienerin sprang auf und sah ihn empört an. »Die Akka sind keine Biester!«
»Na ja«, meinte der Ire etwas kleinlauter, »wie nennst du sie dann?«
»Meine Akka sind Intelligenzwesen, und genauso anzusehen und anzusprechen wie die Menschen aus deinem und aus meinem Volk. Die Akka sind gut und loyal, sie haben Sprache und Künste, und sie töten niemanden, außer zur Selbstverteidigung. Und in meinen Augen besitzen sie Schönheit, Larry!« Sie stampfte mit dem Fuß auf. »Und du nennst sie Biester!«
Schön? Diese Wesen schön? Und doch hatte Lakla recht. Auf ihre Weise waren die Akka schön. Für die Dienerin, die seit Kindheit an sie gewöhnt war, waren sie schön und überhaupt nicht fremdartig. Larry mußte ähnliche Überlegungen angestellt haben wie ich, denn er verzog das Gesicht wie ein ertappter Sünder.

»Ich halte sie auch für schön, Lakla«, erklärte er reuevoll. »Ich fürchte, es liegt daran, daß ich eure Sprache noch nicht so gut beherrsche... da kommen Dinge manchmal ganz anders über meine Lippen, als ich sie gemeint habe. Doch, ehrlich, ich halte sie für schön. Ich würde es ihnen selbst dagen, wenn ich ihre Sprache sprechen könnte.«

Lakla verzog kurz das Gesicht, doch dann lachte sie. Sie sagte etwas zu den Froschfrauen, und wenn die Töne aus ihrem Mund doch sehr fremd klangen, so waren sie unzweifelhaft eine Sprache. Sie hoben die Köpfe, sahen O'Keefe kokett an und unterhielten sich kichernd untereinander.

»Die Akka sagen, du gefällst ihnen besser als die Männer von Muria«, lachte Lakla.

»Ich hätte es nie für möglich gehalten, einmal ein paar Fröschinnen Komplimente zu machen«, raunte er mir zu. »Aber nun reiß dich zusammen, Larry, und sieh lieber die irische Prinzessin an«, sagte er zu sich selbst.

»Rador trifft sich mit einem Ladala, der uns mit Nachrichten versorgt«, erklärte die Goldäugige, während wir uns mit den Speisen und Getränken anfreundeten. »Zusammen mit Nak und Olaf ruft er dann die Akka zusammen. Nak war übrigens auch dabei, als du mit Yolara getanzt hast, Larry.« Sie bedachte ihn mit einem raschen, boshaften Blick. »Nak ist der oberste aller Akka.«

»Wie viele Soldaten können wir denn aufbieten, wenn es soweit ist, Darling?« erkundigte sich Larry.

»Darling?« Die Dienerin hatte erkannt, daß es sich dabei um ein Kosewort handelte, kannte dessen genaue Bedeutung aber nicht.

»Ein liebes kleines Wort, das soviel wie Lakla heißt«, erklärte O'Keefe. »Es... nun, wenn ich es sage, heißt es Lakla, und wenn du es sagst, heißt es Larry.«

»Das Wort gefällt mir.«

»Du könntest sogar Larry-Darling sagen«, schlug der Ire vor.

»Gut, Larry-Darling, wenn der Feind kommt, haben wir erst einmal alle meine Akka...«

»Wie gut können sie kämpfen. *Mavourneen*?« unterbrach Larry sie. »Wie gut sie kämpfen können! Meine Akka!« Wieder blitzten ihre Augen auf. »Sie kämpfen bis zum letzten Blutstropfen. Ihre Speere bringen raschen Tod, denn sie sind mit dem Saft von diesen dort bestrichen.« Sie zeigte auf den roten See, auf dem gerade einige der Halbkugeln vorbeidrifteten. »Saddu nennen wir sie, und ihre Galle sondert ein besonderes Sekret aus. Meine Akka... Mit Speeren, Keulen, Fängen und Klauen und Spornen bringen sie Tod und Vernichtung. Sie sind ein starkes und mutiges Volk, Larry-Darling. Und auch wenn der Feind den Keth auf sie richtet, kämpfen sie weiter, denn der Keth braucht lange, um sie zu vernichten.«

»Haben wir denn keine Keth?« fragte O'Keefe.

»Nein, keine dieser Waffen sind in unserer Hand. Obwohl es die Alten waren, die sie gemacht haben.«

»Aber die drei Stummen gehören doch auch zu den Alten, oder?« rief ich. »Sie müßten doch wissen...«

»Nein«, antwortete die Dienerin langsam. »Nein, da ist etwas, das ihr wissen müßt, und ihr werdet es bald schon erfahren. Danach versteht ihr alles, besonders du, Goodwin, der du das Wissen verehrst.«

»Also gut, wir haben die Akka«, sagte Larry. »Und wir sind mit Rador vier. Wir haben drei Pistolen und einige hundert Schuß Munition. Dann wären da noch die Drei... Aber was ist mit dem Leuchtenden und seinem Feuerwerk?«

»Ich weiß es nicht.« In ihrer Miene war wieder die Unentschlossenheit wie damals, als Yolara höhnisch an den Fähigkeiten der Stummen gezweifelt hatte. »Der Leuchtende ist sehr stark... und er hat seine Sklaven.«

»Dann spucken wir wohl mal besser in die Hände und denken uns einen tollen Schlachtplan aus!« rief der Ire. Aber Lakla wollte aus Gründen, die nur ihr bekannt waren, nicht länger über dieses Thema sprechen. Plötzlich schwand aller Kummer aus ihrem Blick, und ein Lachen trat in ihre Augen.

»Larry-Darling«, murmelte sie, »ich mag die Berührung deiner Lippen.«

»So?« flüsterte er und vergaß beim Anblick dieses wunderbaren Gesichts, das ihm jetzt so nahe war, alle anderen Gedanken. »Dann will ich sie dir schenken. Dreh dich um, Doc!«
Und ich wandte mich ab. Ein langes Schweigen trat ein, das nur gelegentlich von leisem Kichern der Froschfrauen unterbrochen wurde. Ich warf verstohlen einen Blick zurück. Laklas Kopf ruhte auf Larrys Schulter, und die goldenen Augen waren wie Sonnenseen von Liebe und Zuneigung. O'Keefe trug eine neue Miene der Kraft und Stärke. Er starrte verzaubert in diese Augen, und in seinem Blick war das, was direkt aus dem Herzen kommt, wenn es wirklich und wahrhaftig in Liebe entbrannt ist. Und diese Liebe ist der Pulsschlag des Universums, die Musik der Sphären, von der einst Plato träumte. Liebe, die stärker ist als der Tod, unsterblich wie die Götter und die eigentliche Seele dessen, was wir Leben nennen.
Dann hob Lakla die Hände, schob Larrys Kopf sanft zurück und küßte ihn zwischen die Augen. Leise kichernd entzog sie sich seiner Umarmung.
»Die zukünftige Frau O'Keefe«, erklärte Larry mir, klang aber noch leicht benommen.
Ich ergriff die Hände der beiden... und Lakla küßte mich!
Dann wandte sie sich an die strahlenden Froschfrauen und gab ihnen einen Befehl. Augenblicklich eilten sie über den Pfad davon. Plötzlich kam ich mir doch etwas überflüssig vor.
»Wenn es euch nichts ausmacht«, erklärte ich, »möchte ich gern zum Ausguck hinauf.«
Sie waren so miteinander beschäftigt, daß sie meine Worte gar nicht hörten. Also marschierte ich zu dem Ort hinauf, an den Rador mich geführt hatte. Die Brücke war nicht mehr so belebt. Verschwommen sah ich in der Ferne die Häuser und Anlagen der Garnison. Meine Gedanken kehrten zu Larry und Lakla zurück.
Wie würde die Zukunft aussehen?
Wenn wir siegen würden und wenn wir diesen Ort verlassen konnten, konnte Lakla dann mit in unsere Welt? Sie war das Leben hier in den Höhlen gewohnt, kannte nur die hiesige Atmosphäre,

das hiesige Licht, die hiesigen Speisen... Wie würde sie auf eine völlig fremde Umgebung reagieren? Mir war aufgefallen, daß es in Muria keine bösartigen Bazillen gab. Lakla würde kaum genügend Abwehrkräfte besitzen, um den Viren zu widerstehen. Schließlich hatte es uns oberirdische Menschen lange Perioden der Krankheit, des Siechtums und des Todes gekostet, bevor wir ein Minimum an Schutz gegen diese Erreger entwickelt hatten. Das Herz wurde mir schwer. Dann sagte ich mir, daß die beiden jetzt lange genug allein gewesen waren. Ich machte mich auf den Rückweg.

Da hörte ich die Stimme des Iren.

»Es ist ein wunderbares grünes Land, Darling. Rundherum rollt die Brandung dagegen an. Darüber spannt sich ein blauer Himmel, und das Wasser ist manchmal so blau wie der Himmel und manchmal so grün wie das Land. Schaumrösser mit wehenden Gischtmähnen tanzen darauf. Starke, reine Winde wehen darüber, und eine Sonne scheint herab, die sich nur mit deinen Augen vergleichen läßt, Geliebte...«

»Und bist du ein König in Irland, Larry?« fragte sie.

Genug davon!

Endlich brachen wir auf, und als wir um eine Biegung kamen, entdeckte ich ein Stück der Fläche, die ich als Edelsteinsee bezeichnet habe. Ich zeigte darauf.

»Das sind einzigartige Blumen, Lakla«, sagte ich. »Ich habe solche in unserer Welt nie gesehen.«

Sie sah hin und fing an zu lachen.

»Komm mit, ich will sie dir zeigen«, strahlte sie.

Sie rannte einen Seitenweg hinunter, und wir folgten ihr. Wir erreichten einen kleinen, gerade einen Meter breiten Vorsprung am Rand des Blumensees. Die Dienerin stieß einen hohen Ruf aus.

Das Blumenfeld geriet in Bewegung, als wenn ein Wind darüber fuhr. Dann setzte es sich in Bewegung, eine ganze Flut von glitzernden Blumen rollte auf uns zu. Lakla rief wieder, und die Bewegung wurde schneller. Die Reihen der Blüten schwankten und schwebten, bis sie zu unseren Füßen waren. Über ihnen hing ein strahlender Nebel. Die Dienerin beugte sich vor, rief leise etwas, und aus der funkelnden Masse löste sich eine grüne Ranke, die in fünf rubinrote Blüten auslief. Die Ranke flog hoch, landete in Laklas Hand, ringelte sich um ihren Arm und beobachtete uns mit den Blütenköpfen!

Lakla hatte dieses Gebilde als Yekta bezeichnet, damals als sie die Priesterin bedrohte. Dieses Gebilde brachte den Tod, einen furchtbaren Tod. Und die Goldäugige hielt sie zärtlich wie eine Rose.

Larry fluchte. Ich betrachtete das Gebilde eingehender. Ein Hydroid, ein Wesen, das halb Pflanze und halb Tier war, wie man sie in der Tiefsee findet, auf dessen Boden sie zu ganzen Trauben hokken und die vorbeischwimmenden Opfer lähmen, mit einem Gift, das aus ihren Köpfen kommt.

... Die Yekta sind eine ebenso erstaunliche Weiterentwicklung der hybriden Formen wie die Riesenmedusae des roten Sees. Beide Arten sind miteinander verwandt. Die größte Ähnlichkeit mit oberirdischen Lebensformen findet sich bei den gymnoblastischen Hydroiden, besonders bei den *Clavetella prolifera*, einer höchst interessanten, beweglichen Lebensform mit sechs Tentakeln. Jeder, der einmal in südlichen Gewässern gebadet hat – in nördlichen ebenfalls, wenn auch weniger häufig –, kennt den Schmerz, den eine Berührung mit Quallen hervorruft. Die Yekta hatten sich, für unsere Begriffe, auf geradezu monströse Weise entwickelt. Die Sekrete in den fünf Köpfen enthalten ein unglaublich rasch wirkendes Gift, das das ganze Nervensystem des Opfers zerstört und ihm schreckliche Todesschmerzen zufügt; gleichzeitig hat das Opfer das Gefühl, diese Folter würde nie mehr aufhören. Lachgase und Äther erzeugen ein ähnliches Gefühl der Endlosigkeit. Was Lakla den ›Kuß der Yekta‹ genannt hatte, kommt meiner Vorstellung von Hölle so nahe wie sonst nichts auf der Welt. Leider erhielt ich nie die Gelegenheit, Laklas Geheimnis der Kontrolle über diese Gebilde zu enträtseln. Sie selbst wußte von der tödlichen und unendlich schmerzreichen Wirkung nur von solchen Menschen, die nach ihren Worten lediglich ›leicht von Yekta geküßt‹ worden waren; leicht genug jedenfalls, um davon wieder zu genesen. Und nichts, nicht einmal der Leuchtende, wurde von den Murianern so gefürchtet wie die Yekta. W. T. G.

»Leg sie wieder weg, Lakla!« O'Keefe wirkte sehr besorgt. Die Dienerin lächelte schelmisch und entdeckte dann in seinen Augen die tiefe Sorge um sie. Lakla öffnete die Hand, rief leise etwas und sah zu, wie die Ranke zu ihren Gefährtinnen zurückflog.

»Sie hätte mir nichts getan, Larry«, protestierte die Dienerin. »Die Yekta kennen mich.«

»Schick sie fort!« sagte er heiser.

Lakla seufzte und stieß einen fremdartigen Befehl aus. Das Meer der Blumen schwankte und trieb dann in seiner Edelsteinpracht rasch zurück.

Arm in Arm gingen die beiden über den Pfad. O'Keefe hatte sich noch immer nicht wieder beruhigt, und Lakla lachte fröhlich, als wir uns der goldenen Kuppel näherten.

Einmal fiel mein Blick auf das jenseitige Ende der Brücke. Viele Froschmänner drängten sich dort. Wie grünes Feuer funkelten ihre Speerspitzen. Ich fragte mich, was diesen Effekt hervorrufen mochte. Aber dann drängten sich weitere Gedanken in mein Bewußtsein, und reichlich grüblerisch folgte ich dem Pärchen, das an diesem Ort, der für Olaf die Hölle war, sein Glück gefunden hatte.

XXVII

Yolara kommt

»Nie hat es ein zweites Mädchen gegeben wie sie!« seufzte Larry verträumt, während er auf einem bequemen Diwan in der Kammer lag, in der Lakla uns zurückgelassen hatte, um einem Ruf der Stummen nachzukommen.

»Und beim Glauben und bei der Ehre der O'Keefes, bei der Seele meiner toten Mutter und bei allem, was mir sonst noch heilig ist, möge Gott mich schwer strafen, wenn ich sie je vernachlässigen sollte!« hauchte er inbrünstig.

Dann hörte ich nichts mehr von ihm. Er starrte mit offenen Augen Löcher in die Luft, und ein Lächeln war wie eingemeißelt auf seinen Zügen.

Ich sah mich in dem Raum um; immerhin war es für mich die erste Gelegenheit, die Verhältnisse im Reich der Drei zu studieren. Die Kammer war achteckig und mit dicken Matten ausgelegt, die mir vorkamen, als wären sie aus einer mineralischen Wolle gewebt. Sie schimmerten leicht in fahlem Blau. Ich durchquerte den Raum diagonal. Die Strecke maß etwa fünfzig Meter. Die Decke war gewölbt und mit rosafarbenen Platten bedeckt. Diese sammelten das Licht, das aus hohen, engen Fenstern eindrang, und verteilten es im ganzen Zimmer.

Entlang den Wänden verlief eine einen halben Meter hohe Galerie, auf der dicht nebeneinander schlanke Säulen standen. Die Galerie wurde von zwei gegenüberliegenden Eingängen durchbrochen, die von dicken, mattgoldenen Vorhängen bedeckt waren, die aus einem ähnlichen Material wie die Matten zu bestehen schienen. An jeder der acht Seiten waren immense Platten aus Lapislazuli eingelassen, die mit Intarsien in Purpurrot und Saphirblau verziert waren.

Ein großer Diwan stand in diesem Raum, auf dem Larry seinen Träumereien nachhing. Daneben fanden sich hier zwei kleinere Couchen, ein halbes Dutzend niedriger Sessel und einige Stühle aus Elfenbein und Gold. Am meisten interessierten mich jedoch die Tripoden, stabile Gebilde aus Gold und von hundertzwanzig Zentimetern Höhe, die kleine Scheiben aus Lapislazuli trugen. Diese Scheiben enthielten ein sonderbares Symbol, das eine gewisse Ähnlichkeit mit chinesischen Schriftzeichen aufwies.
Kein Körnchen Staub war hier zu entdecken. Nirgendwo in dieser Höhlenwelt hatte ich Anzeichen des ständigen Begleiters in unserer hochzivilisierten Welt ausmachen können. Dann fiel mir in einer Ecke ein Funkeln ins Auge. Ich trat darauf zu und fand auf einem der niedrigen Sessel ein flaches Kristalloval, das eindeutig an eine Linse erinnerte. Ich nahm sie und trat damit auf die Galerie. Als ich mich auf die Zehenspitzen stellte, konnte ich durch einen Fensterschlitz die Brücke erkennen. Doch nirgendwo war die Garnison noch das Heer der Froschmänner zu sehen. Dann hielt ich die Linse vor die Augen, und mit beunruhigender Abruptheit sprang der Höhleneingang vor mir auf. Er schien kaum hundert Schritte entfernt zu sein. Ich kam zu dem Schluß, daß ich ein ausgezeichnetes Vergrößerungsglas in Händen hielt. Doch dann fragte ich mich, wo die Wachen geblieben waren.
Ich sah durch die Linse die Brücke ab. Nichts! Dann entdeckte ich vor der Öffnung einige winzige, tanzende Punkte. Eine Sinnestäuschung, sagte ich mir, und sah in eine andere Richtung. Dort waren keine Lichtpunkte. Also wieder zurück, und da waren sie wieder. Woran erinnerten sie mich nur? Sie waren wie kleine, tanzende Atome, wie die, die noch einige Zeit zu sehen gewesen waren, nachdem Yolara Sangor in Nichts verwandelt hatte! Und das grüne Licht stammte aus dem Keth!
Mit einem Schrei auf den Lippen drehte ich mich zu Larry um. Der Schrei erstarb, als sich die schweren Vorhänge am Eingang bauschten und teilten, als wäre jemand hindurchgeschlüpft. Sie bauschten und teilten sich wieder und wieder. Irgend etwas Unsichtbares kam herein oder ging hinaus!

»Larry!« brüllte ich. »Hierher! Rasch!«
Der Ire sprang auf die Füße, starrte wild um sich und war verschwunden. Direkt vor meinen Augen verschwand er wie eine eben ausgelöschte Kerzenflamme; so, als wenn jemand ihn mit Lichtgeschwindigkeit fortgetragen hätte.
Dann ertönten vom Diwan Geräusche wie von einem Handgemenge. Jemand keuchte, ein anderer ächzte, und dann ein unterdrückter Fluch von Larry. Ich sprang von der Galerie, riß meine Pistole heraus und fühlte mich von zwei mächtigen Armen festgehalten. Die Ellenbogen wurden mir gegen die Seite gepreßt, und ich wurde hinuntergezogen, bis mein Gesicht einer breiten, stark behaarten Brust ganz nahe war. Sonderbarerweise konnte ich durch dieses Hindernis hindurchsehen.
Zwei Schüsse krachten. Das Handgemenge kam abrupt zu einem Ende. Mitten aus der Luft, knapp einen halben Meter über dem Diwan, tropfte Blut, tropfte immer schneller.
Und aus dieser Luft, diesem Nichts erschien Larrys Gesicht. Nur sein Gesicht, ohne Körper. Ein zornrotes Gesicht, das hin und her schwankte. Unheimlich bewegte es sich durch die Luft.
Jetzt tauchten auch seine Hände auf, aber die Arme fehlten. Sie reckten sich, wurden wieder zurückgezogen, tauchten wieder auf... so als wollten sie etwas von sich losreißen. Dann O'Keefes Beine, denen die Füße fehlten. Plötzlich wieder eine Hand, die eine Pistole hielt.
Und immer noch rann die rote Flüssigkeit aus dem Nichts, breitete sich auf dem Diwan aus, tropfte zu Boden.
Ich unternahm eine gewaltige Anstrengung, den starken Armen und der behaarten Brust zu entkommen. Aber der Griff wurde nur noch fester. Nun tauchte mit der Unvermitteltheit wie bei ihm Yolaras Gesicht neben dem von Larry auf. Das Lächeln auf ihren Lippen war so teuflisch höhnisch, daß mir das Blut in den Adern gefror. Grausamkeit funkelte aus ihren Augen wie Höllenflammen. Und dennoch wirkte sie unvergleichlich schön.
»Haltet euch zurück! Keine Waffen, solange ich nichts anderes befehle!« Nun wußte ich, wer uns da angegriffen hatte. Yolara

hatte ihre Worte ins Nichts gesprochen, also mußten sie an die unsichtbaren Zwerge gerichtet sein, die sie uns in ihrem Pavillon einmal vorgeführt hatte. Der aristokratische Kopf, dessen kornseidiges Haar zu einer Krone geflochten war, schwebte auf den Iren zu. Er fuhr einen Schritt zurück. Die Augen der Priesterin verfärbten sich in tiefes Rot; und darin funkelte boshafter Triumph.

»Na bitte«, rief sie, »da ist ja unser Larrihh, der glaubte, er könne einfach so von mir fortgehen.« Sie lachte. »In meiner verborgenen Hand halte ich den Keth. Bevor du deine tödliche Waffe gegen mich richten kannst, habe ich dich schon vernichtet; und ich werde keinen Augenblick zögern, es zu tun. Auch mußt du bedenken, Larrihh, daß ich sofort unsichtbar bin, wenn die Dienerin, die Choya erscheinen sollte, einfach so!« Der wunderschöne Kopf verschwand von einem Moment auf den anderen und tauchte ebenso rasch wieder auf. »Und wenn sie hier im Zimmer steht, kann ich sie mit dem Keth vernichten; oder meinen Männern befehlen, sie zu ergreifen und vor den Leuchtenden zu zerren!«

Schweißperlen erschienen auf O'Keefes Stirn, und ich wußte, daß er nicht so sehr an sich, sondern an Lakla dachte.

»Was willst du von mir, Yolara?« fragte er heiser.

»Nein, Larrihh«, spottete sie, »nenn mich nicht Yolara. Gib mir die anderen Namen, die du mir beigebracht hast. Nenn mich ›Honig der wilden Bienen‹ oder ›unergründlicher Bergsee‹!« Ihr Lachen klang glockenhell.

»Was verlangst du von mir?« Seine Stimme war angespannt, und er hatte die Lippen zusammengepreßt.

»Oho, hast du etwa Angst, Larrihh?« Wieder der diabolische Triumph in ihrer Stimme. »Was könnte ich armes Weib schon anderes wollen, als daß du zu mir zurückkehrst? Warum sonst habe ich die Mühsal auf mich genommen, durch das Lager des Drachenwurms und vorbei an den anderen Gefahren zu laufen, als um dich darum zu bitten? Und nicht zu vergessen die Wachen der Choya. Als wir aus der Höhle gelangten, standen dort ihre Akka. Die Akka können uns sehen, allerdings nur als Schatten. Und da-

bei wollte ich dich doch so gern mit meiner Ankunft überraschen, Larrihh.« Ihre Stimme klang nun sanft wie Seide. »Ich mußte doch befürchten, daß sie sofort davoneilen würden, um dir als erste die frohe Botschaft von meinem Kommen zu überbringen. Also mußte ich den Keth auf sie richten. Nun ruhen sie in Frieden im Nichts. Doch wir hatten auch Glück: das Portal stand offen... fast so, als wenn man uns willkommen heißen wollte!«
Sie lachte siegesgewiß, und ihre Augen blitzten.
»Ich frage dich noch einmal, was willst du von mir?« Zorn stand in Larrys Gesicht, und er schien darum zu ringen, die Kontrolle über sich zu behalten.
»Was ich will?« zischte die glockenhelle Stimme. »Leiden Siya und Siyana nicht großen Kummer, weil der Ritus, den ich ihnen weihte, nur halb durchgeführt wurde? Glaubst du nicht, daß sie nichts sehnlicher wünschen, als daß er vervollständigt wird? Bin ich denn gar so unansehnlich? Kann ich mich denn nicht mit der Choya vergleichen lassen?«
Das Diabolische wich aus ihrem Blick. Ihre Augen verfärbten sich blau. Der Schleier der Unsichtbarkeit glitt hinab und entblößte ihren Hals, ihre Schultern und zur Hälfte die Brust. So unheimlich, so unaussprechlich unheimlich schwebte der Kopf in der Luft, und gleichzeitig so schön, so atemberaubend schön. So mochte sich Lilith, die Schlangenfrau, Adam präsentiert haben, als sie ihn verführen wollte.
»Vielleicht will ich dich zurück«, schnurrte die Priesterin, »weil ich hasse. Vielleicht aber auch, weil ich dich liebe. Vielleicht aber auch für Lugur... oder für den Leuchtenden.«
»Und wenn ich mit dir komme?« Der Ire klang gefaßt.
»Dann will ich die Dienerin verschonen und vielleicht, je nachdem, wie es kommt, auch meine Truppen zurückziehen, die vor dem Portal aufmarschiert sind. Und so gewähre ich vielleicht den Stummen die Gnade, weiter vor sich hin zu faulen; denn sie haben keine Macht, mich zurückzuhalten«, fügte sie giftig hinzu.
»Willst du es schwören, Yolara? Willst du schwören, die Dienerin bei deinem Abzug unbehelligt zu lassen?« fragte der Ire erregt.

Die kleinen Teufelchen kehrten in ihre Augen zurück. Ich konnte mit einiger Mühe mein Gesicht von der behaarten Brust lösen.
»Glaub ihr kein Wort, Larry!« rief ich und hatte im gleichen Moment das Gefühl, die starken Arme wollten mich zerdrücken.
»Steht der Gnom vor dir oder hinter dir, Alter?« fragte O'Keefe leise, ohne dabei den Blick von der Priesterin zu wenden. »Wenn er vor dir steht, verpasse ich ihm eine Kugel. Dann läufst du, was deine Wissenschaftlerbeine hergeben, und warnst Lakla.«
Aber ich konnte kein Wort über die Lippen bringen. Und wenn ich an Yolaras Drohung dachte, hätte ich das wohl auch gar nicht gewollt, wenn ich dazu in der Lage gewesen wäre.
»Entscheide dich rasch!« Eiseskälte in ihrer Stimme.
Der Vorhang, zu dem sich Larry langsam, Schritt für Schritt zurückgezogen hatte, öffnete sich plötzlich. Die Dienerin stand dort!
Die Miene der Priesterin verwandelte sich wieder in eine Gorgonenfratze wie damals, als Lakla unerwartet auf ihrem Fest erschienen war. In blindem Zorn vergaß Yolara, den Schleier der Unsichtbarkeit aufrechtzuerhalten. Jäh wie eine Schlange stieß die Hand mit dem Keth vor. Der silberne Kegel zielte genau auf die Dienerin. Doch noch schneller war die Dienerin. Ehe Yolara abdrücken konnte, war die Dienerin über ihr. Behende wie ein Wolf war sie heran und würgte mit einer Hand Yolaras Kehle, während die andere den zuckenden Rankentod über der Priesterin hielt. Die Hand mit dem Keth ruckte hoch, der goldene Kopf fuhr rasch herab, und Laklas Zähne gruben sich ins Handgelenk der Priesterin. Blut spritzte, und Yolara kreischte. Der Keth flog ziellos durch die Luft und fiel mir vor die Füße. Ich bekam eine Hand frei, zog damit meine Pistole, richtete sie auf die behaarte Brust und drückte ab.
Der gräßliche Griff verschwand, und ein roter Regen kam über mich. Ein kleiner Wasserfall aus Blut ergoß sich auf meine Schuhe. Eine verkrallte Hand tauchte aus dem Nichts auf, zog sich wie unter Schmerzen zusammen und war dann starr.
Nun war Yolara unten. Ihre Glieder verschlangen sich mit denen Laklas, und beide kämpften wie ein Muttertier, deren Junge von einer Schlange bedroht werden. O'Keefe stellte sich breitbeinig

über die beiden und hielt ein Bein von einem Tripod in der Hand. Damit schlug und wirbelte und hieb er wie mit einem Bihander nach den Dolch bewehrten Händen, die aus dem Nichts nach ihm stachen. Der Ire duckte sich, parierte und vergaß dabei nie, Lakla mit seinem Leib zu schützen. Er wirkte wie ein Höhlenmensch, der sein Heim und sein Weib gegen eine Horde von Neandertalern verteidigt.

Die Eisenstange traf hart auf einen Widerstand, und dann lag der halbe Körper eines Zwergs auf dem Boden. Seine Beine und Arme wanden sich und verschwanden immer wieder in der Unsichtbarkeit. Neben ihm war der zerschmetterte Tripod, von dem Larry ein Bein abgebrochen hatte. Ich eilte darauf zu, um ein weiteres Bein abzubrechen, stolperte aber über einen der Unsichtbaren. Ein Dolch näherte sich mir. Das Gestell, das ich gerade noch erreicht hatte, zersplitterte unter meinem Körper und ließ in meiner Hand eine Stange zurück. Ich stieß den Zwerg damit, sprang Larry zur Seite und deckte ihm mit meiner neuen Waffe den Rücken. Ein-, zweimal krachte sie durch Knochen und Muskeln.

Jemand donnerte an die Tür. Sie flog auf, und ein Dutzend Froschmänner stürmte herein. Einige von ihnen kamen uns sofort zu Hilfe, während die anderen den Eingang und die Flanken deckten. Sie bildeten einen Außenkreis um uns und fingen an, mit Speeren, Klauen und Dornen auf die Unsichtbaren einzuschlagen, die es nun mit der Angst zu tun bekamen und nach einem Fluchtweg suchten. Hier und da tauchten auf den blauen Matten Blutflecke auf, die sich rasch zu Lachen verbreiterten. Köpfe von Zwergen, abgerissene Arme und aufgeschlitzte Leiber, halb sichtbar, halb verborgen, bedeckten den Boden. Endlich lag auch die Priesterin still da. Sie wußte, daß sie besiegt war, und ihr weißer Körper glühte in unfaßbarer Unvollständigkeit aus der zerrissenen Robe. O'Keefe griff hinab und zog Lakla von ihr. Leicht verwirrt rappelte sich die Priesterin auf. Die Dienerin war immer noch voller Zorn, als sie sofort auf sie zutrat.

»Yolara«, sagte sie, »du hast es gewagt, den Stummen die Stirn zu bieten. Du hast ihr Heim entweiht. Du hast dich hierher geschlichen, um Männer zu ermorden, die die Gäste der Drei sind, und auch um mich zu töten, die ich ihre Dienerin bin. Was hast du zu deiner Verteidigung vorzubringen?«

»Ich kam nur seinetwegen!« ächzte die Priesterin und zeigte auf O'Keefe.

»Warum?« fragte Lakla.

»Weil er mir versprochen ist«, antwortete Yolara und war jetzt wieder ganz die alte. »Weil er um mich geworben hat! Weil er mir gehört!«

»Das ist eine Lüge!« bebte Lakla vor Zorn. »Eine verdammte Lüge! Aber gut, Yolara, dann soll er sich hier und jetzt entscheiden. Und wenn er dich erwählt, sollst du unbehelligt mit ihm von hinnen ziehen. Denn sein Glück ist es, Yolara, das mir am meisten am Herzen liegt. Und wenn du sein Glück bist, so sollt ihr euch bekommen. Und nun, Larry, triff deine Wahl!«

Lakla stellte sich neben die Priesterin und riß ihr rasch die letzten Reste des Unsichtbarkeitsschleiers vom Körper.

Dort standen sie.

Yolara, angetan mit einem Hauch von Gaze über dem atemberaubenden Körper. Das glänzende Fleisch leuchtete durch den Stoff. Die Schlangenfrau, eine Schönheit jenseits aller männlichen Träume. Und in ihren Augen brannte das Feuer der Hölle.

Lakla, wie eine Königstochter der Wikinger, wie eine der Kriegerinnen von Larrys grüner Insel, die Seite an Seite mit ihrem Mann Haus und Hof verteidigten. Elfenbeinerne Haut, die durch die Falten ihres zerfetzten Gewands schien. Weite, goldene Augen, in denen der Zorn funkelte. Nicht die diabolischen Flammen der Priesterin, sondern der gerechte Zorn wie in den Augen des Erzengels am Tor zum Paradies.

»Lakla«, erklärte O'Keefe dumpf und verletzt, »es bleibt mir keine andere Wahl. Ich liebe dich, und nur dich... und das vom ersten Moment an, an dem ich dich sah. Es... ist so verdammt schwierig. Großer Gott, Goodwin, ich komme mir vor wie der gemeinste Schuft. Es bleibt mir keine andere Wahl, Lakla«, endete er und sah sie zärtlich und kummervoll an.

Die Miene der Priesterin verfärbte sich.
»Was werdet ihr mit mir anstellen?« fragte sie.
»Wir behalten dich als Geisel«, erklärte ich.
O'Keefe schwieg. Die Dienerin schüttelte den Kopf.
»Wie gern würde ich das tun.« Sie verzog kurz den Mund. »Aber die Stummen sagen nein. Sie bitten mich, dich gehen zu lassen, Yolara...«
»Die Stummen!« lachte die Priesterin. »Ha, du bist es, Lakla, denn du fürchtest, ich könnte hier das eine oder andere entdecken, wenn ich noch länger bleibe!« Der Zorn in Lakla wurde wieder stärker. Aber sie zwang ihn zurück.
»Nein, die Stummen haben es so angeordnet... aus Gründen, die nur sie kennen. Doch glaube ich, Yolara, daß dir nicht mehr viel Zeit bleibt, deine Ränke zu schmieden. Bestell das auch Lugur und dem Leuchtenden!«
Hohn und Unglaube breiteten sich auf der Miene der Priesterin aus. »Soll ich denn ganz allein gehen, einfach so?« fragte sie.
»Nein, Yolara, du erhältst eine Eskorte«, sagte Lakla. »Und die, die dich begleiten, werden ständig ein Auge auf dich halten. Deine Eskorte wartet draußen.
Der Vorhang öffnete sich, und herein traten Olaf und Rador.
Die Priesterin sah den Haß und die Verachtung in den Augen des Norwegers und verlor zum erstenmal ihren Stolz.
»Nein, nicht *der*!« keuchte sie, und ihre Augen suchten den Boden ab.
»Er begleitet dich«, erklärte Lakla und warf Yolara einen Umhang zu, um damit den glänzenden Körper zu bedecken. »Ihr geht durch das Portal, damit ihr euch nicht am Drachenwurm vorbeischleichen müßt.«
Sie flüsterte Rador etwas zu. Er nickte. Ich vermutete, sie hatte ihm erklärt, wie das Portal zu öffnen sei.
»Komm«, sagte der Zwerg. Die Priesterin folgte ihm, und hinter ihr kam der grimmige Norweger. Yolara ging mit gesenktem Haupt durch die Vorhänge, durch die sie sich vor kurzem noch so siegessicher hereingeschlichen hatte.

Lakla ging nun zum unglücklichen Larry, legte ihm die Hände auf die Schultern und sah ihm tief in die Augen.

»Hast du sie begehrt, wie sie es eben behauptet hat?« wollte sie von ihm wissen.

Der Ire errötete leicht und wirkte noch elendiger.

»Das habe ich nicht«, erklärte er. »Ich war nur nett zu ihr, weil ich hoffte, durch sie schneller zu dir zu kommen.«

Sie sah ihn an, als müsse sie überlegen, ob sie ihm Glauben schenken durfte.

»Ich schätze, du bist *sehr* nett zu ihr gewesen«, sagte sie nur, beugte sich vor und küßte ihn verzeihend auf die Lippen. Eine außergewöhnlich direkte Frau, diese Lakla, mit einer souveränen Geringschätzung für alles, was sie als unwesentlich ansah. In diesem Moment kam ich zu dem Schluß, daß sie noch viel gescheiter war, als ich das bisher von ihr angenommen hatte.

O'Keefe stolperte, und seine Füße verschwanden. Er bückte sich und hob etwas auf, das seine Hand verbarg. »Einer der Unsichtbarkeitsschleier«, erklärte er. »Wahrscheinlich sind hier noch mehr davon. Ich wette, Yolara hat ihre ganze Mörderbande mitgebracht. Nun ja, die Mäntel sind vielleicht ein wenig ramponiert, aber immer noch besser, wir haben sie, als die Priesterin. Und wer weiß, möglicherweise sind sie uns irgendwann von großem Nutzen.«

Jemand würgte zu meinen Füßen. Der halbe Kopf eines Zwergs erschien, schlug zweimal schwer auf den Boden und lag dann still. Lakla zitterte und gab rasch einen Befehl. Die Froschmänner liefen im Zimmer umher, bückten sich hier und dort und hoben unsichtbare Bündel auf, in denen immer wieder Teile der zerfetzten Mörderzwerge sichtbar wurden.

Lakla hatte nicht übertrieben: Ihre Akka waren große Krieger.

Die Dienerin rief etwas, und herein kam die Froschfrau, die ihr am nächsten stand. Lakla sagte ihr etwas und zeigte auf die Krieger. Die Zofe nahm ihnen die Schleier ab und marschierte mit ihnen hinaus. Ein grotesker Anblick, wie immer wieder Teile ihres Körpers, ihrer Schuppen und ihres Schmucks verschwanden und wieder auftauchten.

Die Soldaten machten sich nun daran, die toten Zwerge einzusammeln – oder besser das, was von ihnen übriggeblieben war –, und gingen damit hinaus.
Plötzlich fiel mir der Keth wieder ein, den Yolara im Handgemenge verloren hatte. Und ich wußte jetzt, daß sie nach ihm gesucht hatte, bevor sie mit Rador und Olaf gegangen war. Wir suchten nach der Waffe, suchten in jeder Nische und in jeder Ecke, konnten sie aber nirgendwo entdecken. Ob einer der sterbenden Zwerge ihn ergriffen hatte und jetzt zusammen mit dem Keth davongetragen worden war? Kaum war uns dieser Gedanke gekommen, da rannten Larry und ich schon den Kriegern hinterher. Wir suchten die Leichen Stück für Stück ab, aber auch hier war kein Keth zu finden. Vielleicht hatte die Priesterin ihn doch entdeckt und in einem unbeobachteten Moment eingesteckt.
Wie dem auch sei, der Keth war fort. Wie sehr hätte uns dieser kleine Todbringer nützen können!

XXVIII

In der Höhle des Bewohners

Ich kann das folgende Kapitel nur mit einigem Zögern beginnen, denn es befaßt sich mit Geschehnissen, die so im Widerspruch zu den uns bekannten Naturgesetzen stehen, daß man es kaum für möglich halten möchte. Bis zu diesem Moment war mir hier nichts begegnet, ausgenommen vielleicht der Leuchtende, für das es keine wissenschaftliche Erklärung gab; nichts, bei dem ich Zweifel gehabt hätte, es meinen Kollegen vom Internationalen Wissenschaftlerverband mitteilen zu dürfen. Natürlich waren viele der hiesigen Phänomene erstaunlich und auch ein wenig unmöglich, aber keinesfalls so gestaltet, daß sie die Grenzen dessen gesprengt hätten, was wir wissenschaftlich für möglich halten. Mochte einiges darunter auch ungeheuer weit entwickelt sein, es war für uns immer noch faßbar. Beim Folgenden jedoch habe ich eine Theorie, die sich so abstrus anhört, sich so auf Konzepte stützt, denen selbst der brillanteste Geist kaum folgen kann und sich in dem geringen mir zur Verfügung stehenden Raum so schwierig darstellen läßt, daß ich schier verzweifeln möchte.

Ich beschränke mich hier also darauf, die Ereignisse wiederzugeben, und zwar genau so, wie sie sich zugetragen haben und wie ich sie erlebte.

Doch um mein Gewissen etwas zu erleichtern, muß ich vorausschickend einige Pfade beschreiten, die eine Vorahnung des Problems geben. Zunächst die Vorstellung, daß die Welt nicht unbedingt und allein so ist, wie wir sie sehen. Ich verweise hier auf »Schwerkraft und das Prinzip der Relativität« zurück, ein Vortrag, den der angesehene englische Physiker Dr. A. S. Eddington vor der Königlichen Gesellschaft hielt (ich hatte das große Vergnügen, diesem Vortrag beizuwohnen).

Mir ist natürlich bewußt, daß es einer Behauptung deutlich an Logik mangelt, die da lautet: »Die Welt ist nicht so, wie wir sie uns vorstellen« und daraus ableitend »Daher ist alles, das wir für unmöglich halten, in ihr möglich«. Wie verschieden oder anders sie auch sein mag, sie wird doch von Naturgesetzen regiert. Das wahre Unmögliche steht außerhalb des Gesetzes, und da nichts außerhalb dieser Gesetze existieren kann, kann auch das Unmögliche nicht existieren.

Das Problem liegt also darin, ob unsere Bestimmung, was unmöglich ist oder nicht möglich sein kann, im Einklang mit unserem Wissen um die Naturgesetze steht; will sagen, daß es vielleicht weitere Naturgesetze gibt, von denen wir noch keine Ahnung haben. Ich hoffe, ich habe mit dieser Erklärung nicht allzusehr gelangweilt, aber ich konnte mich diesem Zwang nicht entziehen, und in gewisser Weise ist jetzt meine wissenschaftliche Ehre einigermaßen zufriedengestellt. Doch nun zurück zu unseren Abenteuern.

Larry und ich hatten zugesehen, wie die Soldaten die Leichen von Yolaras Mörderzwergen in den roten See warfen. Wie Geier, die sich aus den Lüften auf die Sterbenden stürzen, trieben nun rasch etliche der leuchtenden Halbkugeln über das Wasser heran. Schlanke, vielfarbene Tentakel fuhren aus, und die Mondkugeln stiegen auf die Leichen. Damit begann ihr Festmahl. Fleisch und Knochen der Zwerge vergingen zusehends. Die Medusae verdauten pulsierend und wechselten dabei ihre vielen Farben, bis sie wirklich an Elfenmonde erinnerten. Doch diese glänzenden Wesen lebten vom Tod. Farbenfrohe Gebilde, die ihren Glanz vom Leid anderer erhielten.

Der Anblick bereitete mir bald Übelkeit, und ich mußte mich abwenden. O'Keefe war im Gesicht genauso käsig wie ich. Wir liefen ins Gebäude zurück und trafen unterwegs Lakla, die uns suchte. Doch bevor sie etwas sagen konnte, ertönte um uns herum ein ungeheuerliches Seufzen, das sich in ein wisperndes Murmeln verwandelte. Es umhüllte uns und trieb dann wie ein Gespenst davon.

»Das Portal hat sich geöffnet«, erklärte die Dienerin. Wieder ertönte das Seufzen, doch diesmal schwächer und weiter entfernt. »Yolara ist draußen, und das Portal hat sich wieder geschlossen. Doch nun müssen wir uns sputen, denn die Drei haben angeordnet, daß du, Goodwin, und auch du, Larry, zusammen mit mir die fremde Straße betreten, von der ich bereits gesprochen habe. Die Straße, auf die Olaf nicht darf, solange sein Herz noch davorsteht, zu brechen. Wir müssen wieder zurück sein, bevor er und Rador die Brücke überquert haben.«

Ihre Hand suchte die von Larry.

»Kommt«, sagte Lakla, und wir marschierten los. Der Weg führte vorbei an Hallen und Kammern, durch Korridore und über Treppen immer weiter nach unten. Ich schätzte, daß wir uns unter der Kuppel befanden, als Lakla vor einem gewölbten roten Stein stehen blieb, der in den Gang hineinragte. Sie drückte auf eine Stelle an seiner Seite. Der Stein drehte sich, wir traten über die Schwelle, und hinter uns drehte er sich wieder zurück.

Der Raum, besser gesagt die Grotte, in der wir nun standen, hatte Facetten wie ein Diamant. Und ebenso glitzerten und funkelten seine Seiten. Die Halle war von ovaler Form, und unser Weg führte zu einer kreisrunden, polierten Fläche hinab. Als ich zurücksah, war bis auf die Stufen, die von ihm abgingen, nichts mehr vom Eingang zu entdecken. Als wir die runde Fläche erreicht hatten, blickte ich noch einmal zurück und entdeckte, daß die Stufen sich fortbewegten und uns isoliert zurückließen. Wir spiegelten uns in jeder einzelnen Facette wider. Ich kam mir vor wie in einem Diamantenei, dessen Ecken und Kanten nach innen gerichtet waren.

Aber das Oval war nicht perfekt. Zu meiner Rechten wurde es von einer Wand zerschnitten, die in flüchtiger Leuchtkraft erstrahlte und sich von unserem Standort bis zur Spitze des Gebildes erstreckte. Sie war leicht konvex und wurde von Millionen von Linien durchzogen. Das Ganze erinnerte an eine Spektroskop-Scheibe, wies aber einen deutlichen Unterschied auf: In jeder einzelnen Linie fanden sich ungezählte kleinere, und selbst die setzten sich wiederum aus noch winzigeren zusammen; ein Prozeß, der sich in

ultramikroskopische Unendlichkeit fortsetzte. Welches Instrument auch immer diese Linien gezogen haben mochte, verglichen dazu war unser feinstes Präzisionswerkzeug grob wie ein Vorschlaghammer.
Knapp einen halben Meter davor stand ein Gerät, das an einen Kompaß erinnerte. Eine Art schwebendes Zifferblatt war zu erkennen, auf dem sich blaßblaue, konzentrische Kreise bewegten. An der Kante ragte eine Kristalltastatur hervor, in die acht kleine Vertiefungen eingeschnitten waren.
Die Dienerin legte ihre schlanken Finger in diese Vertiefungen und starrte auf die Scheibe und drückte. Die konvexe Wand drehte sich ein Stück.
»Leg deinen Arm um meine Taille, Larry-Darling, und halte mich fest«, sagte sie. »Und du, Goodwin, legst deine Hände auf meine Schultern.«
Verwundert kam ich ihrer Aufforderung nach. Sie drückte wieder in die Vertiefungen. Drei Dampfringe wirbelten ins Licht und kreisten immer schneller umeinander. Von der Wand wuchs eine Strahlung, die alle Spektren in sich enthielt. Die Strahlung wurde konstant stärker, saugte alles in sich auf und durchdrang mich wie Sonnenlicht eine Fensterscheibe.
Die Facetten um uns herum entzündeten sich zu einer blitzenden Explosion, und in jeder einzelnen sah ich unsere Gesichter, zitternd und flatternd wie Fähnchen im Sturm. Ich wollte mich umsehen, wurde aber von Laklas Befehl daran gehindert. »Dreh dich nicht um, wenn dir dein Leben lieb ist!«
Weiter schwoll die helle Strahlung an und war nun wie ein Orkan, in dem ich kaum mehr war als der Schatten eines Schattens. Ich hörte ein gewaltiges Dröhnen; doch nicht mit den Ohren vernahm ich es, sondern mitten in meinem Kopf. Ein geordneter Geräuschtumult, der aus den Tiefen des Alls herantobte. Ein Hurrikan aus dem Herzen des Kosmos, der genau auf uns zukam. Endlich umarmte er uns mit unglaublichen Extremitäten.
Und währenddessen schien die grelle Strahlung noch immer nicht ihren Höhepunkt erreicht zu haben.

Die Facettenwände wurden trübe, und die, die uns am nächsten waren, schmolzen wie Gelatine im Feuer. In ihrem Vergehen, im Tornado des Lichts und im Sturm aus dem All begann ich mich zu bewegen... langsam zuerst, doch dann immer schneller.
Unfaßbares Dröhnen, unerträgliche Strahlung, und wir sausten geradezu dahin. Eine Felswand durchschnitt mich der Länge nach, war aber nur eine Projektion ihrer selbst und schrumpfte nach dem Kontakt mit mir zusammen. Ich erhaschte kurz einen Blick auf die Elfengärten. Sie wirbelten durcheinander und verzogen sich zu einer dünnen, fast zweidimensionalen Farbscheibe, die sich als Teil von mir entpuppte. Eine weitere Felswand, die sich zu einem dürren Keil verdünnte, durch den ich flog und die darauf in mir Einzug hielt wie eine Spielkarte, die in einen Stapel gemischt wird.
Rings um mich herum und auch um Lakla und O'Keefe blitzten Strahlenkränze von purpurroten Flammen auf. Und stetig das Fortschleudern, das Weiterschleudern, so konstant wie ein Mechanismus.
Die nächste Felswand... ein Schein von weißem Wasser, das Teil meines Körpers – meines langgezogenen Leibes – wurde, genau wie die blühende Mooslandschaft... die glatten Klippenwände... noch ein Felsvorsprung, der im Moment des Vorbeiflugs zu einer zweidimensionalen Ebene zusammenschrumpfte. Unser Flug wurde abgebremst. Wir schwebten auf der Stelle und glitten dann weiter, aber diesmal langsam und behutsam.
Vor mir tanzte ein Nebel, der sich immer weiter verdünnte. Wir hielten an und schwankten. Der Nebel hatte sich aufgelöst.
Ich sah hinaus auf eine leuchtende, grüne Weite, durch die hier und da Farben glänzten. Wellen und Pulsschläge von Helligkeit wie Mittagssonne, die durch grüne, tropische Wasser scheint. Tanzende, funkensprühende Schleier aus Atomen, die durch Flächen von nebelhafter Pracht tollten.
Lakla, Larry und ich befanden uns wie Schatten auf einem schmalen Steinsims, das sich gut sechs Meter über der grünen Fläche erhob. Winzige weiße Blüten lagen wie ausgestreut auf

der Weite, die schwach durch kriechende Leuchtschleier glänzten, die sich wie Rauch von Mondfeuer erhoben. Wir waren Schatten, und doch besaßen wir Substanz. Wir waren zum Teil jedenfalls eins geworden mit dem Fels und zum anderen Teil Wesen aus Fleisch und Blut. Wir streckten uns – und ich habe gar nicht vor, das näher zu verifizieren – Kilometer um Kilometer durch einen Raum, der bizarrerweise die absolute horizontale Ausdehnung aufwies, gleichzeitig aber vertikal so gut wie nicht existent war. Wir standen auf diesem Steinsims und waren gleichzeitig immer noch in dem facettenreichen Oval vor der Schirmwand.

»Ganz ruhig!« Das war Lakla, und sie stand nicht mit mir vor der Weite, sondern vor der Wand. »Ganz ruhig, Goodwin. Und jetzt schau.«

Der funkelnde Nebel lichtete sich. Enorme Weiten erstreckten sich vor mir. Über ihnen schimmerte, so als wüchse es aus einem Medium, das dichter war als Luft, eine Masse von Grün. Blühende Bäume, Bäume, deren Äste sich vor Früchten bogen, Bäume, die mit blassen Blüten behangen waren... wie Meeresfrüchte des Vergessens... wie die Früchte des Lethe, die an den flutumtosten Höhlenwänden der Hebriden wachsen.

Durch sie, unter ihr und überall um sie herum zog und trieb eine wilde Horde heran. So gewaltig wie Attilas Hunnenhorde, wie Dschingis Khans Goldene Horde... Männer, Frauen und Kinder, die nur Fetzen am Leibe trugen, kaum etwas anhatten oder ganz nackt waren. Schlitzäugige Chinesen, mandeläugige Malayen, schwarze, braune und gelbe Insulaner, grimmige Krieger von den Salomonen, über deren Gesichter phantastisch herausgeputzte, fettverklebte Locken hingen; Papuas, katzenhafte Javaner und Berg- und Küsten-Dajak; hakennasige Phönizier, Römer und Griechen mit klassischen Zügen; Wikinger, schwarzhaarige Murianer; die Siedler des Wilden Westens mit den geröteten Gesichtern. Greise und Säuglinge, Männer und Frauen, alle rannten, stürmten, drängten... im Gesicht jedes einzelnen stand gewaltige Angst geschrieben, und gleichzeitig Verzückung, die Augen waren voller Ekstase und Furcht, allüberorten hatten sich Gott und Satan

vereint... jeder trug das Siegel des Leuchtenden... die Todlebenden... die Verlorenen.
Das Volk des Bewohners.
Das Herz wurde mir immer schwerer, während ich weiter hinsah. Sie zeigten uns Mienen des Grauens. Sie strömten heran und vorbei, gruppierten sich in gewaltigem Halbkreis vor uns und starrten unentwegt zu uns hinauf. Eine mächtige Woge, hinter der weitere, ebenso mächtige heranrollten.
Wie Wellen, die sich zu einer mächtigen, anschwellenden Mauer auftürmten. Reihe um Reihe kam unter uns zum Stehen, und jedes neue Gesicht starrte auf uns!
Weit, weit hinten entstand Bewegung. Das Leuchten verdichtete sich. Die Zombies schwankten, taumelten, teilten sich und bildeten eine lange, lange Gasse, an deren Rändern sie sich mit hungriger Intensität drängten.
Zuerst kam nur eine leuchtende Wolke, dann eine wirbelnde Säule der Pracht... der Leuchtende. Während er durch die Gasse eilte, wirbelten die Todlebenden dahinter wie Laub in einem starken Herbstwind durch die Luft. Und die, an denen er gerade vorbeikam, streichelte er mit seinen Spiralen und Tentakeln, woraufhin sie überirdisch und ehrfurchtsvoll zu strahlen begannen – wie offene Benzinkanister, in die ein Streichholz fällt. Und wenn der Gott vorüber war, wirbelten sie durch die Luft, fielen zu Boden, stellten sich wieder in Reih und Glied auf und starrten weiter auf uns.
Der Bewohner blieb unter uns stehen.
Aus der treibenden Masse schwamm der Körper Throckmartins! Throck, mein alter Freund, um den zu finden ich dieses Abenteuer angetreten hatte. Mein lieber Freund, dessen Ruf ich erst so spät gefolgt war. Auf seinem Gesicht war der furchtbare Abdruck vom Siegel des Leuchtenden. Seine Lippen waren blutleer, die Augen standen weit offen, leuchteten, und so etwas wie fahle Leuchtkraft drang aus ihnen. Aber nirgends spiegelte sich seine Seele wider.
Throckmartin sah mir direkt ins Gesicht, schien mich jedoch nicht wiederzuerkennen. Eine Frau tauchte an seiner Seite auf. Eine

junge und freundliche Frau; und eine hübsche Frau, deren Ausstrahlung auch die furchtbare Maske auf ihren Zügen nicht viel anhaben konnte. Ihre Augen standen wie die von Throck weit auf, und unheilige Feuer glühten in ihnen. Sie drängte sich dicht an Throck. Und obwohl die Menge stieß, schob und drängte, diese beiden blieben stets zusammen, als wären sie durch unsichtbare Fesseln verbunden.

Ich erkannte die Frau als Edith wieder. Throcks Gattin, die sich in der verzweifelten Hoffnung, ihren Mann damit retten zu können, selbst in die Arme des Leuchtenden geworfen hatte.

»Throckmartin!« schrie ich. »Throckmartin, hier bin ich!«

Er schien mich nicht zu hören, und erst später erfuhr ich, daß die Todlebenden nicht hören konnten.

Aber damals wartete ich, und die Hoffnung in mir musterte alle ihre Kräfte, um den alptraumhaften Griff zu lösen, der mein Herz umfangen hielt.

Ihre weiten Augen wandten sich keinen Augenblick von mir ab, ganz gleich, welches Gedränge um sie herum herrschte. Andere schoben sich vor, dann wurden Throck und seine Frau wieder in die erste Reihe geschoben. Doch andere waren stärker, und bald gerieten sie immer weiter nach hinten. Aber selbst, als sie schon hilflos mitten im Gewühl steckten, starrten sie mich immer noch an.

Bald mußte ich mich anstrengen, sie noch auszumachen. Ich hoffte, in ihren Mienen doch noch ein Zeichen des Wiedererkennens zu entdecken, einen Beweis dafür, daß noch ein Funke des menschlichen Lebens in ihnen steckte. Doch ich konnte sie nicht mehr sehen. Ich hielt nach Stanton, Throcks Assistenten, Ausschau. Aber weder er noch die Norwegerin Thora, die als erste aus der kleinen Expedition vom Leuchtenden geholt worden war, waren zu erkennen.

»Throckmartin!« brüllte ich voller Verzweiflung. Die Tränen quollen so rasch aus meinen Augen, daß ich kaum noch etwas sehen konnte.

Lakla faßte mich sanft am Arm.

»Ganz ruhig!« befahl sie streng, obwohl ihre Miene voller Mitleid war. »Ganz ruhig, Goodwin. Du kannst ihnen nicht helfen ... jetzt nicht. Beruhige dich und schau.«
Unter uns stand der Leuchtende. Spiralen und Tentakel tanzten und wanden sich, und dieses unheimliche Wesen vibrierte in all seiner glänzenden, teuflischen Schönheit. Er war stehengeblieben, um uns in Augenschein zu nehmen. Ich konnte deutlich den Kern seines Lichtnebels ausmachen, den Kern, der von glänzenden Strahlenadern durchzogen war; diese sich ständig in Bewegung befindliche Gloriengestalt, eingehüllt in schimmerndes, nebelhaftes Gefieder, in zitternde, opalisierende Farben, in neblige Spiralen aus gespenstischen Feuern in allen erdenklichen Farben. Und über dem Bewohner schwebten die sieben Monde – Amethyst, Safrangelb, Smaragdgrün, Azurblau, Silber, Rosarot und Mondweiß – wie ein wunderschönes Diadem. Von ihnen rannen unzählige, winzige Lichtfäden, Lichtstrahlen, feiner als das feinste Garn, auf den Leuchtenden hinab und durchdrangen die Spiralen, die Federn, die Tentakel und den Kern. Glänzende Fäden, durch die Macht floß. Sieben Monde wie eine Miniaturausgabe der sieben Kugeln über dem Mondteich.
Und aus dem funkelnden Nebel schwamm das Gesicht.
Sowohl männlich wie auch weiblich, wie eine uralte androgyne Gottheit der Etrusker – und doch von keinerlei Geschlecht. Zugleich menschlich und nichtmenschlich; Züge eines Engels und Züge eines Teufels; ein Ausdruck der Güte neben einem Ausdruck der Boshaftigkeit ... und doch nichts von alledem, sondern mehr wie eine Flamme, die aus sich heraus schön ist, gleich ob sie wärmt oder zerstört; schön wie der Wind, ob er nun die Bäume streichelt oder zerfleddert; schön wie die Woge, gleich ob sie zart umspielt oder verschlingt.
Auf sinnbetörende Weise war dieses Gesicht nicht von unserer Welt, und dann doch wieder. Die Züge stammten aus einer anderen Sphäre, nahmen mal vertraute Formen an und zerflossen sofort wieder zu etwas anderem. Etwas Amorphes, Nichtirdisches wie bei unbekannten, unsichtbaren Gottheiten, die ohne Hast

durch die Tiefe des Alls treiben; und doch auch ein Gott dieser Erde, aus dem die Seele der Welt strahlt, in dem sie wohnt und in dem sie auf furchtbare Weise gefangen ist.
Dieses Gesicht hatte Augen... Augen, die in diesem Moment bloße Schatten waren, die in der Leuchtkraft des Nebels verblaßten wie hinter Schleiern verborgen; dann wieder strahlten sie auf wie Fenster, durch die man ins Unerforschte, ins Unbekannte blickt; mal verwandelten sie sich in sanfte blaue Seen und gaben ein Abbild des Mondteichs wieder; mal blitzten und funkelten sie, aber nur dann, wenn das Gesicht einem menschlichen Antlitz am ähnlichsten war; mal leuchteten sie wie Zwillingssterne; und mal erschienen sie wie kleine Gucklöcher, durch die man auf eine fremdartige und lebensfeindliche Welt spähen konnte.
»Ganz ruhig!« Wieder Lakla. Sie lehnte sich sanft an meinen Rükken.
Ich riß mich wie aus einer Betäubung los, und meine Gedanken beruhigten sich wieder. Ich sah noch einmal hinunter. Ich sah den Körper des Bewohners – auch wenn der Leuchtende keinen Körper in unserem Sinne besitzt – als bloßen zuckenden, vibrierenden Kern, der von blitzenden Adern in allen Farben des Regenbogens durchzogen ist.
So verwirrend und so fremd stand der Bewohner dort unten.
Dann fuhr ein suchender Tentakel zu uns hoch.
Ich spürte, wie Lakla am ganzen Körper zusammenzuckte. Die Todlebenden und ihr Gott verschwanden. Ich tanzte und zuckte *im* Fels. Schrumpfte rasch zusammen, zog mich zurück. Schicht um Schicht, Scheibe um Scheibe fielen Felsen, Gärten und Wasser von mir ab wie Karten von einem Stapel. Ich glitt, drehte mich, verflachte und dehnte mich aus, während ich durch sie hindurchfuhr und sie durch mich.
Keuchend, benommen und matt fand ich mich in dem facettenreichen Oval wieder. Meine Hände ruhten immer noch auf der Schulter der Dienerin. Larry hatte sie immer noch um die Taille gepackt und hielt sie fest.
Der wütende Sturm aus dem Kosmos zog sich rasch von der Erde

zurück, bis es ganz still war. Die grelle Helligkeit ermattete und verging.

»Nun habt ihr es geschaut«, sagte Lakla, »und habt die Straße betreten. Und nun sollt ihr erfahren, wie die Stummen es angeordnet haben, was der Leuchtende ist und wie er entstand.«

Die Stufen kehrten zurück, und die Ausgangstür öffnete sich.

Larry war genauso schweigsam wie ich, als wir zusammen mit ihr das Oval verließen.

XXIX

Die Entstehung des Leuchtenden

Wir gelangten in die Räumlichkeiten, die Laklas Gemächer waren. Sie waren kleiner als die anderen Zimmer in der Kuppel, die ich bislang gesehen hatte. Ihre Intimität wurde nicht nur durch den leichten Duft, sondern auch durch die hohen Spiegel aus poliertem Silber und die unzähligen, wenn auch in ihrer Form fremdartigen Artikel betont, ohne die eine Frau ihre Toilette nicht verrichten kann. Auch andere Gegenstände standen hier, Kunstwerke der Akka, wie ich später erfuhr. Metallgegenstände von einiger Eleganz und Vollendung. Einer der Fensterschlitze reichte bis fast auf den Boden hinab, und an seiner Basis stand ein breites, bequem gepolstertes Sofa. Man hatte von hier einen wunderbaren Ausblick auf die Brücke und die Höhlen. Lakla winkte uns zu diesem Sofa. Sie ließ sich dort nieder, zog Larry an ihre Seite und bedeutete mir, mich neben ihn zu setzen.

»Nun hört«, begann sie, »was ich euch auf Wunsch der Stummen sagen soll: Du, Larry, der du es verstehst, die Dinge in Gedanken sorgfältig abzuwägen, erhältst von den Dreien Wissen. Und sie stellen dir eine Frage, die du so beantworten sollst, wie es dir dein Geist eingibt. Allerdings weiß ich nicht, um was für eine Frage es sich dabei handelt. Und sie wollen, daß ich ebenfalls antworten muß... und das macht mir Angst.«

Sie riß die großen, goldenen Augen weit auf. Furcht erschien in ihnen. Dann seufzte sie und schüttelte ungeduldig den Kopf.

»Niemals waren sie wie wir, und niemals werden sie wie wir sein«, sagte sie leise und verwundert, »so sprechen die Stummen. Auch waren die, von denen sie abstammen, nicht von der Art, aus der wir entstanden sind. Alt, älter als alle Vorstellungskraft sind die Taithu, die Rasse der Stummen. Tief, tief unten, weit unter dem

Ort, an dem wir uns befinden, nahe dem Herzen der Erde, wurden sie geboren. Und dort lebten sie äonenlang, Laya um Laya um Laya. Andere waren bei ihnen, die nicht von ihrer Art waren. Einige davon verschwanden vor langer, langer Zeit, andere sind immer noch dort, unten, an ihrem Geburtsort.
Es ist nicht leicht, dies zu erzählen«, sagte sie langsam, »denn dies alles taucht plötzlich in meinem Bewußtsein auf... denn ich weiß so wenig darüber... selbst als die Drei mir davon erzählten, vergaß ich vieles davon wieder, weil ich kein Wissen besaß, an dem ich dieses Neue festmachen konnte.« Sie schloß kurz die Augen und fuhr dann fort. »Sie sprechen von einer Zeit, als Erde und Sonne noch kalte Nebel am... am Himmel waren... diese Nebel zogen sich zusammen, immer schneller, immer rascher... zogen sich beim Drehen zusammen... wurden dichter und wärmer... formten sich endlich zu den Kugeln, wie wir sie heute kennen... auch andere wirbelten um die Sonne herum... einige Zonen in diesen Kugeln... in denen gewaltige Feuer eingeschlossen waren, die hervorbrachen und an diesem jungen Planeten zerrten, ihn zernarbten... bei einem solchen Ausbruch, bei dem das, was ihr heute den Mond nennt, fortflog und seitdem die Erde begleitet... dieser Mond ließ die Räume zurück, in denen wir heute leben...
Die Drei sprechen von Lebenspartikeln, aus denen sich die Stummen und die anderen entwickelten. Doch nicht die Akka, denn die kamen von oben... Leider habe ich von all dem kaum ein Wort verstanden, du vielleicht, Goodwin?« wandte sie sich an mich.
Ich nickte. Was Lakla so fragmentarisch von sich gegeben hatte, war in Wahrheit eine exzellente Darlegung der Theorie von Chamberlain und Moulton, die besagte, zusammenströmende Nebel hätten sich zur Sonne und zu den Planeten verdichtet.
Eine so deutliche Bestätigung dieser Theorie hätte ich nicht erwartet. Noch erstaunlicher war der Hinweis auf die Lebenspartikel. Der große Schwede Arrhenius hatte bereits die Theorie entwikkelt, das Leben auf der Erde habe sich durch winzige Sporen entwickelt, die von der Kraft des Lichts durch den Raum getrieben wurden und sich in einer günstigen Umgebung niederließen, so-

bald sie auf eine solche trafen. Und aus solchen winzigen Samenkörnern seien nach unzähligen Jahrmillionen der Mensch und alle anderen Lebensformen entstanden. Natürlich nicht nur auf der Erde, sondern vermutlich auch in anderen Welten.

... Professor Svante August Arrhenius entwickelte in seinem Werk ›Das Entstehen der Welten‹ das Konzept, daß das Leben über das ganze Universum verteilt worden ist. Von allen bewohnbaren Welten steigen demgemäß unablässig Lebenssporen auf, die durch Jahre und Äonen den Kosmos durchstreifen. Die meisten von ihnen werden zerstört, wenn sie in die Hitze eines Sterns geraten, aber einige kommen immer durch und lassen sich auf den Welten nieder, die einen bewohnbaren Status erreicht haben.

W. T. G.

Es war auch nicht unwahrscheinlich, daß sich in den Nebeln, die die Urform unseres Sonnensystems darstellten, bereits ähnliche oder besser unähnliche Partikel sammelten, die die Essenz dessen enthielten, was wir Leben nennen. Alle Katastrophen hatten sie überstanden, genauso wie auch den absoluten Nullpunkt des freien Alls. Und erst in diesen unterirdischen Höhlen hatten sie die geeignete Umgebung gefunden, um sich niederzulassen und zur Rasse der Stummen fortzuentwickeln. Und nur diese konnten uns heute sagen, was sonst noch daraus entstanden war.
»Die Drei erklären«, erzählte die Dienerin nun weiter, »daß sie ihre Kindheit und Jugend in der Nähe des Erdherzens verbrachten. Und ihre Zeit dort war friedlich und unbehelligt vom Chaos und der Unordnung auf der Oberfläche dieses Planeten. Licht und Stärke kamen zu ihnen aus dem Zentrum der Erde. Eine Stärke wie ihr und alle eure Vorfahren sie nie von der Sonne erfahren habt.
Und dann, auch dies geschah vor undenklichen Zeiten, fingen sie an... zu begreifen... sich selbst wahrzunehmen. Und damit entwickelten sie die Weisheit. So stiegen sie aus ihrer Heimstatt, weil sie nicht länger mit den anderen leben wollten, und gelangten hierher.

Als die Oberfläche der Erde vollkommen mit Wasser bedeckt war, in dem nur kleine Wesen schwammen, die nichts als Fressen und Fortpflanzung kannten, hatten die Stummen bereits so viel Wissen angesammelt, daß sie solche Straßen bauen konnten, wie die, auf der wir eben gewesen sind, um damit aufs Wasser hinauszuschauen. Lange Zeit später entdeckten sie, daß die Fluten sich zurückzogen. Dampfende Schlickflächen blieben zurück, in denen sich Lebewesen tummelten, die aus den winzigen Tieren entstanden waren. Die wasserfreien Stellen wurden breiter, größer und höher, und bald waren sie von grünem Leben bedeckt. Die Stummen sahen weiter hin. Berge stiegen auf und vergingen wieder.

Das grüne Leben gedieh prächtig, und auch die Lebewesen entwickelten sich weiter und nahmen verschiedene Formen an. Endlich kam die Zeit, in der sich die dampfenden Nebel auflösten, und die Lebewesen, die sich aus winzigen Freßgeschöpfen entwickelt hatten, waren nun riesig und monströs geworden; so groß, daß mein längster Akka ihnen nicht bis ans Knie reichen würde.

Aber in keiner dieser Lebensformen war... Wahrnehmung... war Erkenntnis ihrer selbst. Nur der Hunger und die Fortpflanzung trieben sie an.

Da beschlossen die Stummen, die Pfade oder Straßen nach draußen nicht mehr zu benutzen, und verwarfen auch die vage Idee, direkt einen Weg an die Oberfläche zu bahnen, so wie sie ihren Weg vom Herzen der Erde hierher gebahnt hatten. Sie strebten nur noch danach, ihr Wissen zu vergrößern. Und nach einer weiteren langen Zeit war von dieser vagen Idee nicht mehr der leiseste Hauch übriggeblieben. Denn mittlerweile waren sie tief in die Geheimnisse von Leben und Tod eingedrungen. Sie hoben den Schleier der Schöpfung, beherrschten die Vorstellung des Raums, durchschauten das Gesetz der Zerstörung und zogen alle Vorhänge vom flammenden Juwel der Wahrheit. Aber ich soll dir sagen, Goodwin, daß sie hinter diesen Geheimnissen neue Rätsel entdeckten, die ihnen wie Nebel die Sicht versperrten. Und nach-

dem sie den Juwel der Wahrheit entkleidet hatten, mußten sie feststellen, daß der über unendlich viele Facetten verfügte und daher nicht vor dem Ende aller Ewigkeit enträtselt werden konnte.
Und nach der ersten Enttäuschung waren sie froh darüber, denn nun konnten sie und ihre Nachfahren über undenkbare Entfernungen die Suche nach Wissen und Wahrheit bis in alle Ewigkeit fortsetzen.
Bald beherrschten sie das Licht. Licht entsprang auf ihr Wort hin dem Nichts; aus dem Nichts, das allen Dingen Leben gibt und in dem alle Dinge schlummern oder geschlummert haben, die sind, die einmal waren und die einmal sein werden. Sie fanden das Licht, das ihre Körper durchspülte und sie von allem befreite, was sie nicht mehr brauchten ... von Schlacke und Ungemach. Licht war ihnen Essen und Trinken. Licht erweiterte ihre Sicht in unvorstellbare Fernen oder brachte ihnen Bilder von den entlegensten Orten. Licht, das ihnen Fenster öffnete auf Tausende von Welten, auf denen Leben existierte. Licht, das die Flamme des Lebens war und in dem sie dann badeten, um ständig erneuert zu werden. Sie versetzten strahlende Lampen in den Stein und schufen auch das schwarze Licht, aus dem sie Schutzvorhänge und todbringende Schleier webten.
Aus diesem Volk sind die Drei entstanden, die drei Stummen. Das Volk leitete sie, lehrte sie Weisheit, und so entwickelte sich in ihnen Stolz. Die Drei schufen diesen Ort, in dem wir uns befinden. Sie errichteten das Portal und zogen sich von ihrem Volk zurück, um in aller Ruhe Geheimnisse zu enträtseln und die Facetten des Wahrheits-Juwels zu erforschen.
Dann erschienen die Vorfahren der Akka. Sie waren noch nicht so, wie wir sie heute kennen, und nur schwach glomm in ihnen der Funke der Selbsterkenntnis. Und da die Taithu diesen Funken erkannten, betrachteten sie sie nicht als Eindringlinge und ließen sie am Leben. Statt dessen erinnerten sie sich der uralten Straßen nach oben und blickten wieder auf die Erdoberfläche. Nun war das Land von dichten Wäldern und einer Unzahl von grünen Lebensformen bedeckt. An den Ufern bekämpften sich Wesen mit Schup-

pen und Fängen und fraßen einander. Und im Grün wimmelte es von großen und kleinen Lebewesen, die sich gegenseitig umbrachten oder vor denen davonrannten, die sie fressen wollten.
Sie suchten nach der Passage, durch die die Akka den Weg zu ihnen gefunden hatten, und verschlossen sie. Dann brachten die Drei die Akka hierher. Sie unterrichteten sie und vergrößerten den Funken, bis er eine Flamme war, und nach einiger Zeit war aus diesem Volk die Akka geworden, wie wir sie heute kennen.
Nun berieten sich die Drei und sagten sich: ›Wir haben diese gestärkt, bis die Selbsterkenntnis in ihnen sich artikulieren konnte. Warum sollen wir nun nicht darangehen, selbst Leben zu erschaffen?‹« Lakla hielt inne, und ihr verträumter Blick war in weite Ferne gerichtet. »Die Drei sprechen miteinander«, murmelte sie. »Sie haben meine Zunge...«
Und dann sprach Lakla mit einer Sicherheit, Leichtigkeit und Schnelligkeit, als wäre sie nur eine Stimme, durch die überlegene, mächtigere Geister ihre Gedanken schickten.
»Ja, wir sagten uns, wir wollten den Geist des Lebens selbst erschaffen. Und der sollte zu uns mit den Zungen der weitesten Sterne, der Winde, der Wasser und von allem anderen sprechen. Wir arbeiteten an der universellen Matrix der Materie, an der Mutter aller Dinge, die ihr den Äther nennt. Glaubt nicht, daß ihre wundersame Fruchtbarkeit auf das beschränkt ist, was ihr auf der Erde seht oder was früher einmal auf der Erde war. Unendlich und unbegrenzt sind die Formen, die die Mutter in sich trägt, und zahllos sind die Energien, die zu ihr gehören.
Kraft unserer Weisheit hatten wir viele Fenster geschaffen, durch die wir von unserem Heim aus auf die Gesichter von Myriaden von Welten blicken konnten. Und auf allen diesen tummelten sich die Kinder des Äthers, genauso wie diese Welten selbst Kinder der Mutter sind.
Durch diese Beobachtungen lernten wir, und aus diesem Studium entstand das Wesen, das ihr den Bewohner nennt und das hier der Leuchtende heißt. Aus der universellen Mutter formten wir ihn, hofften mit ihm die Stimme geschaffen zu haben, die uns alle Ge-

heimnisse aufdecken könnte; hofften, er wäre das Licht, das für uns die Finsternis von den Geheimnissen wehen würde. Aus dem Äther haben wir ihn gemacht. Wir gaben ihm die Seele des Lichts, die ihr noch nicht kennt, vielleicht auch niemals kennenlernen werdet. Und wir füllten ihn mit der Essenz des Lebens, die ihr am Abgrund gesehen habt und die der Pulsschlag der Erde ist. Wir arbeiteten mit Schmerzen und mit Liebe an ihm, ächzten und waren voller Stolz, und alle diese Mühe wurde mit dem Leuchtenden belohnt – unserem Kind!

Jenseits und über dem Äther existiert eine Energie, eine bewußte, empfindende Macht, die bis an den entferntesten Stern reicht und alles Leben und alle Formen im Äther durchströmt. Eine Kraft, die in uns und in euch sieht, spricht und fühlt, die in Vögeln, Tieren und Reptilien, im Baum, im Gras und in allen anderen Pflanzen wohnt; die in Felsen und Steinen schlummert, die sich funkelnd in Edelsteinen und Sternen und allen anderen Körpern am Himmel offenbart. Und dies ist die Macht, die ihr Bewußtsein nennt.

Wir krönten den Leuchtenden mit den sieben Kugeln des Lichts, die die Verbindungswege zwischen ihm und dem Gefühl bilden, das wir artikulieren wollten; die Tore, durch die seine Ströme fließen und sich dadurch in unserem Kind artikulieren und manifestieren konnten.

Doch während wir den Leuchtenden noch schufen, ging etwas von der Essenz unseres Stolzes mit in dieses Wesen ein. Damit versahen wir ihn auch mit der Fähigkeit, sich frei nach seinem Willen für das Gute oder das Böse zu entscheiden; gaben ihm den Willen, zu sprechen oder zu schweigen und das zu berichten, was wir hören wollten und das durch die sieben Kugeln zu ihm kam, oder dieses Wissen für sich zu behalten! Und da wir unser Kind aus den unsterblichen Energien des Kosmos erschaffen hatten, war er auch mit deren Indifferenz versehen. Offen für alle Arten des Bewußtseins, wohnten ihm der Pol der vollkommenen Freude und der Pol des unendlichen Schmerzes inne und natürlich auch alles, was dazwischenlag. Alle Ekstasen ungezählter Welten und alles Leid unter den Sonnen, alles, was ihr als Götter oder als Dämonen symbolisiert, war in ihm. Und sie negativierten sich nicht gegenseitig, denn in letzter Wahrheit gibt es so etwas wie Negation nicht. Unser Kind hielt sie zusammen, balancierte sie aus und umschloß sie von Pol zu Pol.«

Jetzt begriff ich endlich, warum auf so unfaßbare Weise die gegensätzlichen Gefühle sich auf Throckmartins Gesicht widergespiegelt hatten, und auch auf denen von allen anderen Sklaven des Bewohners.

Die Augen der Dienerin leuchteten auf, und sie schien wieder zu wissen, wo sie war. Die goldene Stimme, die eben so fremd geklungen hatte, war jetzt wieder die altvertraute.

»Ich habe zugehört«, sagte sie, »während die Drei zu euch sprachen. Nun wurde der Leuchtende nicht in kurzer Zeit erschaffen. Sehr viel Zeit mußten die Stummen dafür aufwenden, und währenddessen vergingen auf der Oberfläche der Erde ungezählte Laya. Der Leuchtende war es danach eine Weile lang zufrieden, hier unten zu bleiben, sich mit Licht füttern zu lassen und den Augen der Drei Geheimnis um Geheimnis zu öffnen; ihnen Facette um Facette des Wahrheits-Juwels zu entziffern. Doch während immer mehr vom kosmischen Bewußtsein in ihn einströmte, blieben bald Schatten und Widerhalle seiner Laster zurück. Der Leuchtende wurde stärker, wurde aus sich selbst heraus ständig stärker. Gleichzeitig gewann sein Wille an Kraft, und bald deckte er sich nicht immer mit dem der Drei. Auch der Stolz, den die Stummen ihm mitgegeben hatten, wuchs, und zwar in dem Maße, wie die Liebe in ihm, die die Drei ihm ebenfalls mitgegeben hatten, schwächer wurde.

Den anderen Taithu blieb die Schöpfung der Drei natürlich nicht verborgen. Zuerst waren es nur wenige, doch bald waren es sehr viele, die den Leuchtenden begehrten und verlangten, daß die Drei ihr neuerworbenes Wissen mit ihnen teilten. Doch die Drei waren zu stolz und wollten ihr Wissen lieber für sich behalten.

Dann kam die Zeit, in der der Leuchtende nur noch seinen eigenen Willen hatte. Er rebellierte gegen seine Schöpfer und richtete seinen Blick auf die größeren Räume jenseits des Portals. Und er bot

sich denen an, die ihn begehrten. Nun war er endgültig der Kontrolle und der Umgebung der Drei müde.
Aber auch der Leuchtende hat seine Grenzen, wie alle Lebewesen. Er kann durch Wasser, Luft und Feuer gehen. Aber er kann nicht durch Gestein oder Metall hindurch. Da kam ihm eines Tages eine Idee, und er sandte eine Botschaft an die Taithu, die nach ihm verlangten. Die Drei wußten nicht, wie ihm das möglich gewesen war. Jedenfalls verriet er seinen Anhängern das Geheimnis, wie das Portal zu öffnen ist. Und als sie die Zeit für günstig hielten, rissen sie das Portal auf, und der Leuchtende ging zu ihnen. Obwohl sie es ihm befahlen und ihn darum baten, es half nichts, der Leuchtende wollte nicht mehr zu den Dreien zurück. Als sie versuchten, ihn zur Rückkehr zu zwingen, mußten sie feststellen, daß er ein geheimes Wissen angesammelt hatte, gegen das sie nicht ankamen.
Nun hätten die Drei allerdings die Möglichkeit gehabt, die sieben Lichtkugeln zu zerstören. Aber das wollten sie nicht, denn sie liebten ihr Kind immer noch.
Die, zu denen der Leuchtende gegangen war, erbauten ihm den Ort, den ich euch gezeigt habe. Als sie anfingen, ihn zu preisen und zu verehren, ließ er sie an seinem Wissen teilhaben. Seine Anhänger wandten sich immer mehr von den traditionellen Wegen der Taithu ab. Und bald kam immer weniger Gutes von dem, das durch die sieben Kugeln auf ihn einströmte. Zwar gab er seinen Anhängern immer noch Wissen und Verstehen, aber nicht mehr von dem, was zum klaren und reinen, zum lichten Pfad der Weisheit führt. Vielmehr zeigte er ihnen die Wege der Finsternis, die Pfade, die zum ultimaten Bösen führten.
Doch nicht alle Taithu folgten dem Leuchtenden. Es waren sogar recht viele, die an seiner Art der Weisheit nicht teilhaben wollten. So spaltete sich diese Rasse. Und über das Volk kamen Dinge, die es vorher nicht gekannt hatte: Haß, Furcht und Mißtrauen. Die, die an den alten Wegen festhielten, begaben sich zu den Dreien und baten sie, ihre Schöpfung zu vernichten. Aber das wollten diese nicht, denn sie liebten ihr Kind auch weiterhin.

Die Verehrung hatte den Leuchtenden noch stärker gemacht, und weniger und weniger ließ er seinen Anbetern, denn das waren sie inzwischen geworden, die Früchte seiner Weisheit zukommen. Der Bewohner wurde rastlos, richtete seinen Blick auf die Erdoberfläche und wandte ihn von seinen Verehrern ab, wie er das vorher schon bei den Dreien getan hatte. Er flüsterte den Taithu ein, sie sollten die alten Straßen reaktivieren und auf die Welt sehen. Oben war das Land fruchtbar geworden, und darauf hatte sich eine unbekannte Rasse ausgebreitet, die sich auf Handwerk und Künste verstand und nach Wissen suchte. Die Menschheit. Sie waren große Baumeister und hatten große Städte errichtet, in deren Zentren große Tempel standen.
Die Menschen nannten ihr Land Muria und beteten den Gott Thanaroa an, den sie für den Schöpfer aller Dinge hielten und der nach ihrem Glauben weit oben am Himmel wohnte. Sie verehrten auch andere, nähere Götter mit Gebeten und Opfern; den Mond und die Sonne. Zwei Könige herrschten über dieses Volk, und jeder hatte einen eigenen Rat und einen eigenen Hof. Der eine von beiden war der Hohepriester der Sonne, der andere der Hohepriester des Mondes.
Das Volk war schwarzhaarig. Der König der Sonne und seine Edlen hatten aber rotblondes Haar wie ich, und der König des Mondes und seine Adligen waren blond wie Yolara. Und dies war so gekommen, erklären die Drei, Goodwin: Vor langer Zeit war ein Gesetz erlassen worden, daß jedes rotblonde oder hellblonde Kind, das in einer Familie der Schwarzhaarigen geboren wurde, dem Sonnen- oder dem Mondgott geweiht werden sollte. Später kamen weitere Gesetze hinzu, vor allem das, daß nur Menschen von der gleichen Haarfarbe heiraten und Kinder bekommen durften. Und eines Tages gebaren die Schwarzhaarigen keine hellhaarigen Kinder mehr, während die mit rötlichem Schopf, die stärker waren, häufiger bei ihren Geburten auftraten.«

XXX

Die Errichtung des Mondteichs

Lakla fuhr sich mit den Fingern durch die bronzefarbenen Locken. Selektive Zucht, dachte ich mir, und in welchem Ausmaße! Ein uraltes Vererbungsexperiment, das im Lauf der Zeit alle Typenunterschiede und alle anderen Typen, die in allen Organismen enthalten sind, auf die drei Formen reduzieren würde, die man im Volk der Muria fand: die Schwarz-, die Rot- und die Blondhaarigen. Während ich noch darüber nachdachte, durchfuhr mich wie ein Schock die Erkenntnis, daß dies die akkurate Erklärung dafür war, warum die Ladala schwarzhäuptig waren, während ihre Beherrscher blond waren und Lakla rotgelbe Haare hatte.

Doch warum... Unzählige Fragen strömten in mein Bewußtsein. Aber die Dienerin brachte mich mit einer Handbewegung zum Schweigen.

»Ganz oben«, fuhr sie fort, »weit, weit über dem Heim des Leuchtenden, erhob sich ein gewaltiger Tempel, in dem die Schreine von Sonne und Mond aufbewahrt wurden. Und rings herum standen geschützt hinter mächtigen Wällen weitere Tempel. Jeder hatte sein eigenes Terrain und stand inmitten eines Sees. Dies war die heilige Stadt, die Heimstatt der Götter in diesem Land...«

Nan-Matal, fuhr es mir durch den Kopf.

»...Hinaus auf dieses Land sahen die Taithu, die mittlerweile die Diener des Leuchtenden geworden waren. Als sie zurückkehrten, um dem Bewohner von ihren Beobachtungen zu berichten, versprach er ihnen danach die Herrschaft über alles Land, das sie erblickt hatten. Ja, die ganze Erde sollte ihnen untertan sein, und später noch andere Welten!

Der Leuchtende hatte inzwischen auch Geschick und List erworben. Und er wußte nun auch, wie er seinen Willen immer durchsetzen konnte. Er erzählte seinen Taithu – und wahrscheinlich belog er sie nicht einmal –, daß jetzt noch nicht der rechte Zeitpunkt für einen Eroberungszug auf dem Land wäre. Langsam durften sie nur nach oben, denn sie waren aus dem Zentrum der Erde gekommen, und selbst er, der Leuchtende, könne nicht so ohne weiteres und ohne Eingewöhnung nach draußen treiben. Dann fing er an, sie zu unterweisen und zu instruieren, wie sie das anstellen mußten. Sie höhlten die Halle aus, in der ich euch zum ersten Mal sah, und verbanden sie und ihren Wohnort mit dem Schacht, durch den ihr so rasch gereist seid.

Der Bewohner erklärte ihnen nun, daß die Kraft, die dem Mondlicht innewohnt, mit seiner eigenen Kraft verwandt sei. Denn die Kammer, in der er zur Welt gekommen war, war dieselbe, in der auch der Mond entstanden war, und die gleichen Kräfte und Essenzen, die im Mond steckten, befanden sich auch im Kind der Drei. Der Leuchtende lehrte seine Anhänger, die Flüssigkeit herzustellen, die den Mondteich anfüllt. Dessen anderes Ende liegt direkt hinter dem riesigen Schleier zwischen den glänzenden Klippen.

Als dies vollbracht war, lehrte er sie, wie man die sieben Kugeln herstellt und anbringt, durch die die Mondflamme in den Mondteich strömt. Diese sieben Lichter waren seinen sieben Kugeln sehr ähnlich. Und so wurde für ihn ein Weg gebaut, über den er nach oben gelangen konnte. Und die Taithu kamen freudig seinen Anweisungen nach. Und sie arbeiteten in aller Heimlichkeit, so daß keiner der Taithu, die sich auf die Seite der Drei geschlagen hatten, oder die Menschen oben auf der Erde etwas davon bemerkten.

Sobald alles fertig war, gingen sie nach oben und versammelten sich in der Halle des Mondteichs. Mondlicht strömte durch die sieben Kugeln und ergoß sich in den See. Sie sahen, wie Nebel hochstiegen, miteinander verschmolzen und eins wurden mit der Mondflamme. Und endlich erschien aus dem Mondteich, eingehüllt von den Nebellichtern, der Leuchtende.

Fast war er frei, fast war er schon auf der Welt, die er begehrte.

Wieder unterrichtete er seine Anhänger, und sie schufen die Passage, deren Portal ihr als erstes entdeckt habt. Sie brachten das Feuer in die Steine und gingen nach draußen. Sie traten vor den Mondkönig und seine Priester und sprachen zu ihnen die Worte, die der Leuchtende ihnen aufgetragen hatte.

Nun bekam es der Mondkönig natürlich mit der Angst zu tun, als er die Taithu vor sich sah; denn sie waren in die schützenden Nebel des Mondteichs eingehüllt. Wie erstarrt hörte er ihre Worte. Doch da er nicht dumm war, dachte er an die Macht, die sein sein würde, wenn er den Worten der Fremden gehorchte, und wie rasch dann die Macht des Sonnenkönigs schwinden würde. Daher zögerte er nicht lange, mit den Boten des Leuchtenden einen Pakt zu schließen.

Als der Mond voll und rund war und seine Flammen in den Mondteich ergoß, versammelten sich die Taithu wieder in der Halle und sahen zu, wie das Kind der Drei unter den sieben Kugeln Gestalt gewann und durch das Tor davoneilte. Sie hörten wildes Geschrei, Tumult und Furcht und Schrecken. Dann Stille, ein mächtiges Seufzen... Und sie warteten, eingehüllt im Lichtnebel, denn sie wagten es nicht, dem Leuchtenden zu folgen, und auch waren sie weit entfernt von den Straßen, die ihnen einen Blick auf die Welt ermöglichten.

Dann wieder Tumult und Geschrei... der Leuchtende kehrte zurück. Er war voller Freude, pulsierte triumphierend und hielt in seinem Griff einen Mann und eine Frau: beide hatten rotblonde Haare und goldene Augen, und in ihren Mienen wohnten Schrekken und Freude nebeneinander. Und während er sie im Griff hielt, tanzte er über dem Mondteich und versank darin.

Nun ging der Leuchtende Lat für Lat nach draußen und kehrte regelmäßig mit neuen Opfern zurück. Nach jedem Ausflug wuchs seine Kraft und gab er sich fröhlicher und grausamer. Jedesmal, wenn er mit seinen Opfern zum Mondteich schwebte, durchfuhr die anwesenden Taithu ein Rausch, eine Art Trunkenheit. Und der Leuchtende hatte bald vergessen, was er seinen Anhängern versprochen hatte. Und im Rausch vergaßen auch sie, daß sie die Erde beherrschen sollten.

Im Land Muria herrschten Haß, Zank und Gewalttätigkeit. Der

Mondkönig und seine Gefolgschaft waren durch die Hilfe der Taithu und die Gunst des Leuchtenden sehr mächtig geworden, während der Sonnenkönig und seine Anhänger sich immer weiter zurückziehen mußten. Die Mondpriester verbreiteten im ganzen Land, der Leuchtende sei der Mondgott selbst und wäre erschienen, um unter seinem Volk zu wohnen.
Eines Tages erhoben sich gewaltige Fluten, die große Teile des Landes mit sich nahmen. Und der Rest begann zu sinken. Der Mondkönig erklärte seinem Volk, der Mondgott habe den Ozean gerufen, weil er erzürnt sei, daß neben ihm noch andere Götter verehrt würden. Daraufhin erhob sich ein großes Gemetzel. Als die Schlächtereien vorüber waren, gab es keinen Sonnenkönig und keinen rotblonden Adligen mehr. Die Mondanbeter hatten sie alle erschlagen, vom Greis bis zum Säugling.
Dennoch hörten die Fluten nicht auf, das Land zu fressen.
Als Muria versank, wurden viele seiner Menschen durch die Kammer des Mondteichs hierher geführt. Aus ihnen entwickelten sich die Ladala. Sie bauten sich Städte und gingen bald ihrer Arbeit nach. Dann kamen viele Blonde, und auch ihnen baute man Häuser. Sie durften neben den bösen Taithu sitzen und berauschten sich nach kurzer Zeit auch am Tanz des Leuchtenden. Sie durften auch am Wissen teilhaben, wenn auch nicht viel, gerade eben ausreichend. Und immer noch tanzte der Bewohner, jetzt jedoch in dem schwarzen Amphitheater. Er wurde weiterhin stärker, und ebenso wuchs die Menge seiner Sklaven hinter dem großen Schleiervorhang an.
Die Taithu, die den alten Wegen anhingen, geboten diesem Treiben keinen Einhalt; denn das konnten sie nicht. Durch das Absinken des Lands Muria war ihr eigener Lebensraum bedroht, und sie mußten all ihre Kraft und all ihre Weisheit aufbieten, um dieses Land vor der völligen Vernichtung zu bewahren. Auch konnten sie dabei nicht auf Hilfe von denen hoffen, die zuviel vom Gift des Leuchtenden geschluckt hatten. Und so blieb ihnen keine Zeit, sich mit den Bösen oder den Erdmenschen zu befassen, die sich mit ihnen zusammengetan hatten.

Und dann kam die letzte, die gewaltigste Flut. Sie brandete bis an die mit hohen Mauern versehenen Inseln der Stadt der Götter. Und auf diese hatten sich die letzten meines Volkes zurückgezogen, die noch auf der Erdoberfläche weilten.
Ich gehöre zu diesem Volk!« Lakla hielt inne und sah mich stolz an. »Ich bin eine Tochter des Sonnenkönigs, dessen Same in den Ladala weiterlebt.«
Larry sperrte den Mund weit auf, doch als er etwas sagen wollte, hieß sie ihn mit einer Handbewegung, zu schweigen.
»Diese Flutwelle zog sich nicht mehr zurück. Und nach einiger Zeit gesellte sich der Rest unter Führung des Mondkönigs zu denen, die unten eine neue Heimat gefunden hatten. Die Felsen beruhigten sich wieder, die Erde bebte nicht mehr, und endlich konnten die guten Taithu etwas verschnaufen.
Doch bald erfüllte sie Ärger, als sie sahen, was ihre bösen Artgenossen angerichtet hatten. Wieder suchten sie die Drei auf. Diese hatten nun endlich erkannt, welcher Schade durch ihr Kind entstanden war, und ihr Stolz war der Demut gewichen. Sie wollten jedoch nicht selbst Hand an den Leuchtenden legen, denn er war ja immer noch ihr Kind. Aber sie unterrichteten die, die zu ihnen gekommen waren, wie das anzufangen sei; wie sie ihn und die bösen Taithu vernichten könnten.
Gewappnet mit der Weisheit der Drei zogen die guten Taithu los. Doch der Leuchtende hatte gewaltige Kraft angesammelt, und sie konnten ihn nicht zerstören.
Schlimmer noch: der Bewohner wußte von ihren Plänen und hatte sich darauf vorbereitet. Sie konnten die Schleier nicht durchdringen, sie andererseits aber auch nicht verschließen. Unfaßbar gewaltig, willensstark, geschickt und listig war der Leuchtende geworden. So wandten sie sich gegen die von ihrer Art, die vom rechten Weg abgekommen waren, und vernichteten sie bis auf den letzten. Der Leuchtende kam seinen Anbetern nicht zu Hilfe, so sehr sie ihn auch riefen. Denn der Bewohner hatte erkannt, daß sie ihm nicht mehr von Nutzen sein konnten. Er beschloß, eine Weile zu ruhen und nur noch mit den Menschen zu tanzen, die so wenig

von der Macht und der Weisheit der Taithu besaßen und ihm daher niemals gefährlich werden konnten. Und während dies geschah, liefen Schwarz- und Hellhaarige umher, verbargen sich und kannten nur noch Angst und Schrecken.
Die Guten berieten sich untereinander und kamen endlich zu diesem Beschluß: Sie wollten die silbernen Wasser verlassen und den Leuchtenden, da sie ihn nicht vernichten konnten, mit seinen Anbetern in Frieden lassen. Sie versiegelten den Pfad, der zur Kammer des Mondteichs führt, und veränderten das Gesicht der Klippen, so daß danach niemand mehr herausfinden konnte, wo der Eingang einmal gewesen war. Den Gang selbst zerstörten sie nicht; vielleicht ahnten sie, daß in ferner Zukunft einmal jemand kommen würde, der von großer Wichtigkeit wäre; nicht ausgeschlossen, daß ihr, mein Larry und Goodwin, diese wichtigen Personen seid. Aber sie ebneten alle anderen Wege ein, bis auf den, auf dem wir drei das Land des Leuchtenden sehen konnten.
Ein letztes Mal begaben sie sich zu den Dreien. Doch diesmal, um ihr Urteil über sie zu fällen. Und dies lautete so: Sie mußten hierbleiben unter den Akka und sich von ihnen dienen lassen, bis die Zeit gekommen war, in der sie den Willen gefunden hatten, ihre Schöpfung zu vernichten. Sie dürften bis dahin weder den Tod suchen noch ihren Richtern folgen. So lautete das Urteil, das die Guten über die Drei fällten, weil so etwas Böses aus ihrem Stolz entstanden war. Die Guten verstärkten das Urteil mit allen ihnen zur Verfügung stehenden Mitteln, damit niemand es durchbrechen konnte.
Dann wanderten sie in ein fernes Land, wohin der Leuchtende ihnen nicht folgen konnte, hinter den Schwarzen Felsen von Doul, ein grünes Land...«
»Irland!« rief Larry begeistert. »Ich wußte es doch!«
»Seitdem ist sehr viel Zeit vergangen«, fuhr Lakla fort, ohne auf den Einwurf einzugehen. »Die Menschen nannten diesen Ort bald Muria wie ihren versunkenen Kontinent und vergaßen schließlich, wo sich der Korridor befand, den die Taithu verschlossen hatten. Der Mondkönig wurde zur Stimme des Leuchtenden, und

stets steht seitdem der Stimme eine Frau zur Seite, die als Priesterin des Leuchtenden gilt.
Der Leuchtende hat seitdem auch nicht damit aufgehört, durch den Mondteich nach oben zu schweben und mit neuen Opfern zurückzukehren.
Und vor einiger Zeit ist der Bewohner wieder ruhelos geworden. Diesmal hat er Yolara und Lugur die Herrschaft über die Erde versprochen, wie damals schon den Taithu. Seit damals ist der Leuchtende natürlich nicht schwächer geworden; er hat inzwischen sogar die Macht, auf dem Mondpfad so weit zu wandeln, wie er nur will. So ist es ihm auch gelungen, deinen Freund zu übernehmen, Goodwin, und auch Olafs Frau und Kind. Yolara und Lugur planen, den Weg an die Erdoberfläche wieder zu öffnen, mit ihrem Gefolge hinaufzugehen und unter dem Leuchtenden die Welt zu erobern.
Dies war die Geschichte, die ich euch auf Geheiß der Stummen erzählen sollte, und nun habe ich sie euch erzählt.«
Atemlos hatte ich dem ungeheuerlichen Epos einer längst vergangenen Welt gelauscht. Es dauerte noch eine ganze Weile, bis ich die Frage stellen konnte, die mir schon so lange am Herzen lag. Eine Angelegenheit, die mir genauso wichtig war wie Larrys Wohlergehen; die Frage, die eigentlich der Sinn meiner Suche war: das Schicksal von Throckmartin und den vielen anderen, die in der Umarmung des Leuchtenden gelandet waren.
»Lakla«, begann ich, »können wir meinen Freund, um dessenwillen ich hierher gekommen bin, und dessen Frau und Freunde ebenfalls vom Leuchtenden gefangen wurden, auf irgendeine Weise retten?«
»Die Stummen sagen nein, Goodwin.« In ihren Augen war das Mitleid, mit dem sie sonst Olaf ansah. »Der Leuchtende ernährt sich von der Flamme des Lebens, setzt seinen eigenen Willen und seine eigenen Feuer an dessen Stelle. Seine Sklaven sind nicht mehr als Hüllen, durch die er leuchtet. Der Tod ist das beste, was diesen Todlebenden widerfahren kann, sagen die Drei. Wahrscheinlich wäre es sogar ein Segen für sie.«

»Aber sie besitzen Seelen, Mavourneen«, erklärte Larry ihr. »Und in gewisser Weise ist doch auch noch Leben in ihnen. Wie dem auch sei, ihre Seelen sind noch in ihnen.«
Seine Worte erfüllten mich mit Hoffnung; mich, der ich doch sonst so ein Skeptiker war, erfüllte die Erwähnung von Seelen mit Hoffnung, wo doch das Unsterbliche nie durch einwandfreie wissenschaftliche Methoden oder im Labor nachgewiesen worden war. Oder lag es an der Erinnerung, wie nahe sich Edith und Throck auch als Zombies noch gewesen waren, als sie beide in der ersten Reihe gestanden hatten?
»Tage vergingen«, rief ich, »bis der Leuchtende nach Edith auch Throckmartin geholt hat. Wenn ihnen dadurch wirklich der Wille, das Leben genommen wurden, wie konnten sie dann in all der Masse von Todlebenden dennoch zueinander finden? Wie haben sie sich im Reich des Leuchtenden entdeckt?«
»Das weiß ich nicht«, antwortete die Dienerin langsam. »Du sagst, sie haben sich geliebt. Aber damit wäre ja vielleicht bewiesen, daß Liebe stärker ist als der Tod!«
»Ich hätte da auch etwas, das ich nicht verstehe«, sagte Larry. »Wie kommt es, daß immer wieder Kinder mit deiner Haarfarbe aus dem Volk der Schwarzhaarigen entspringen? So wie du es berichtet hast, kommt das gar nicht einmal selten, fast sogar regelmäßig vor. Und dann hast du nur von rothaarigen Mädchen gesprochen, gibt es denn keine rothaarigen Knaben? Und wenn doch, was geschieht dann mit ihnen?«
»Das kann ich nicht beantworten«, erklärte sie offen. »Irgendwann wurde ein Pakt geschlossen. Aber um was es dabei ging oder zwischen wem er geschlossen wurde, entzieht sich meiner Kenntnis. Lange Zeit fürchteten die Murianer die Rückkehr der Taithu, und noch mehr fürchteten sie die Drei. Selbst der Leuchtende war ja nicht ohne Angst vor seinen Schöpfern. Zwar hat sich das bei ihm inzwischen deutlich gelegt, aber er ist immer noch nicht allzu begierig darauf, ihnen gegenüberzutreten. Auch Yolara und Lugur würden einer solchen Begegnung lieber aus dem Weg gehen. Aber um auf deine Frage zurückzukommen: Es ist möglich, daß

die Stummen etwas mit dem Pakt zu tun haben. Ich weiß leider nicht mehr, als daß eben immer wieder rothaarige Mädchen bei den Schwarzhaarigen zur Welt kommen, und das weiß ich auch nur, weil ich ja selbst ein solches rotblondes Mädchen bin. Und woher sonst hätte ich kommen mögen als von den Ladala?«
»Zum Beispiel aus Irland«, sagte Larry unverblümt. »Zumindest ist das das Land, in das du gehen wirst. Denn das hier ist nicht der rechte Ort für eine junge Frau wie dich, Lakla. Was gibt es hier: Froschwesen, Halbgötter, die zu drei Vierteln Teufel sind, rote Seen und was weiß ich noch. Das einzige Irische hier sind die drei Stummen und du selbst. Also mußt du hier schleunigst fort, und bei der Seele von St. Patrick, ich sorge dafür!«
Larry, ach, Larry! Wenn es doch nur wahr geworden wäre und ich euch beide neben mir sitzen sehen könnte!

XXXI

Larry und die Froschmenschen

Lange hatte die Geschichte der Dienerin gewährt, und noch länger habe ich wahrscheinlich dafür gebraucht, sie wiederzugeben. Doch schließlich kommt es nicht jeden Tag vor, daß ein Geheimnis enthüllt wird oder jemand die Schleier über den Rätseln der Frühgeschichte der Erde lüftet. Deshalb habe ich hier die Erzählung so wiedergegeben, wie ich sie hörte, habe nichts hinzugefügt und nichts ausgelassen. Zugegeben, die Übersetzung mag etwas frei sein, aber dies geschah nur, um meinen Lesern den Bericht besser verständlich zu machen; und ich habe lange daran gearbeitet, neben der Verständlichkeit auch den Geist von Laklas Worten zu vermitteln. Und ich darf an dieser Stelle darauf verweisen, daß ich es bei dieser ganzen Niederschrift stets so gehalten habe, wann immer es nötig war, eine Unterhaltung mit Murianern wiederzugeben.

Als ich mich erhob, mußte ich feststellen, daß mir die Knochen steif geworden waren. Und ich hatte Muskelkater, als ob ein Lauf über viele Kilometer hinter mir liegen würde. Larry tat es mir nach und stöhnte unwillkürlich.

»Weißt du, Mavourneen«, brummte er und bemerkte wohl gar nicht, daß er Lakla in Englisch ansprach, »bei euren Pfaden und Straßen muß man zwar nicht befürchten, sich Löcher in die Schuhe zu laufen, aber so ganz ohne sind sie auch nicht, was?«

Sie mochte seine Worte nicht verstanden haben, begriff aber sofort, wo uns der Schuh drückte. Sie stieß einen kleinen Schrei aus Mitleid und Bedauern aus und drängte uns zurück in die Kissen.

»Oh, das tut mir aber leid«, sagte sie und beugte sich über uns. »Ich hatte ganz vergessen ... für die, die diesen Pfad nicht kennen, erweist er sich als sehr strapaziös ...«

Sie eilte zur Tür und rief etwas hinaus in den Flur. Zwei Froschmänner erschienen. Lakla redete auf sie ein. Sie beugten sich eigentümlich über uns und verzogen auf groteske Weise ihre großen Mäuler, was wohl als freundschaftliches Grinsen gemeint war. Während ich sie noch anstarrte, denn sie waren für mich ein immerwährendes Wunder, schoben uns die Monster in aller Gelassenheit einen Arm unter die Knie und hoben uns wie Kleinkinder von der Couch. So als wögen wir nichts, spazierten sie mit uns davon.

»Runter! Laß mich sofort runter! Hörst du nicht, runter!« O'Keefe war außer sich und zornig. Ich sah, wie er mit Händen und Füßen strampelte, um sich aus dem Griff zu befreien. Dem Akka schien das kaum etwas auszumachen. Er brummte ihm etwas Beruhigendes zu und sah mit seinen Telleraugen fragend auf das stark gerötete Gesicht des Iren.

»Aber, Larry-Darling!« Lakla klang mütterlich besorgt. »Deine Glieder sind steif und schmerzen. Kra macht das nichts aus, dich zu tragen.«

»Ich will aber nicht getragen werden!« platzte es wütend aus Larry heraus. »Verflucht und zugenäht, Goodwin, selbst in diesem Höhlenland gibt es so etwas wie einen Ehrenkodex. Und einem Leutenant des Königlichen Fliegerkorps steht es außerhalb der Würde, herumgetragen zu werden wie... wie ein Haufen schmutziger Wäsche! Setz mich sofort ab, du Knalltüte, oder ich poliere dir die Fresse!« brüllte er Kra an, der ihm nur sanft etwas zubrummte. Allerdings warf er einen Blick auf Lakla, ob sie neue Instruktionen für ihn hätte.

»Ach, Larry-Darling!« Lakla klang bekümmert. »Es tut dir doch zu weh, auf deinen eigenen Beinen zu gehen. Und ich möchte nicht, daß du dir weh tust, Larry-Darling!«

»Beim heiligen Schatten von St. Patrick!« stöhnte Larry. Er nahm noch einmal alle Kraft zusammen, um sich zu befreien. Er gab ächzend auf. »Höre, Lakla«, sagte er schwer atmend, »sobald wir in Irland sind, wir beide, nur du und ich, brauchen wir keine Fleischberge mehr, die uns hochheben und herumtragen, sobald

wir ein wenig erschöpft sind. Und um uns das ja nicht anzugewöhnen, fangen wir gleich damit an!«
»O ja, das wollen wir tun, Larry!« freute sich die Dienerin. »Denn viele, sehr viele von meinen Akka kommen mit mir nach Irland!«
»Wirst du diesem verblödeten Einfaltspinsel endlich befehlen, mich abzusetzen!« knurrte O'Keefe zwischen den Zähnen und war nun deutlich außer sich. Ich konnte mir ein Lachen nicht verkneifen, und wenn Blicke töten könnten, hätte er mich in diesem Moment mit seinen Augen erdolcht.
»Ein-falz-pin-sell?« fragte Lakla.
»Ja, genau. Ein-falts-pin-sel!« knurrte der Ire, »und in meiner momentanen Position habe ich nicht die geringste Lust, dir diesen Begriff zu erläutern, du Licht meines Herzens!«
Die Dienerin seufzte bestürzt. Aber endlich erteilte sie Kra einen Befehl, und der ließ Larry sanft hinab.
»Ich verstehe das nicht«, sagte sie bekümmert. »Wenn du unbedingt gehen möchtest, dann bitte, niemand hindert dich.« Sie wandte sich an mich. »Wie steht es mit dir, Goodwin?«
»Ich möchte lieber hier oben bleiben«, erklärte ich bestimmt.
»Dann ist ja alles gut«, murmelte Lakla. »Ihr beide geht mit Kra und Gulk und laßt euch von ihnen versorgen. Danach schlaft ihr ein Weilchen, bis Rador und Olaf zurückgekehrt sind. Ach, Larry, laß mich deine Lippen noch einmal spüren, bevor du gehst.« Sie bedeckte zärtlich seine Augen mit ihren Händen und schob ihn nach ein paar Momenten fort.
»Nun geht und rastet!« flötete sie.
Ohne die geringste Scham zu verspüren, lehnte ich mich gegen die hornige Brust von Gulk. Mit einem kleinen Lächeln registrierte ich, daß Larry zwar nicht getragen werden wollte, es nun aber nicht verschmähte, daß Kra seinen langen, mit schwarzen Schuppen bedeckten Arm um seine Hüften legte und ihn mehr trug als stützte.
Die Froschmänner zogen einen Vorhang auf und legten uns sanft neben einem Becken ab, in dem klares Wasser funkelte. Nun fin-

gen Kra und Gulk an, uns zu entkleiden. An diesem Punkt angelangt, gab Larry auf.
»Was immer sie mit uns vorhaben mögen, Doc, wir können sie nicht aufhalten«, brummte er. »Ich komme mir vor, als hätte man mich durch ein Astloch gezogen, und ich pfeif drauf... ehrlich, ich pfeif drauf, wie es in dem schönen alten Lied heißt.«
Nachdem sie uns ausgezogen hatten, ließen sie uns vorsichtig ins Wasser rein. Aber wir durften nicht lange dort planschen, dann wurden wir wieder herausgehoben, abgerubbelt und mit Ölen eingerieben.
In all diesem Durcheinander aus grotesken Gestalten, tragischen Situationen, verwirrenden Erlebnissen und unfaßbaren Erfahrungen war nichts bizarrer als diese Fürsorge unserer beiden Kammerdiener. Plötzlich überkam mich ein Lachanfall, und Larry fiel sofort mit ein. Auch Kra und Gulk teilten unsere Fröhlichkeit mit dumpfem Brummen und grunzendem Quaken. Als sie uns zu Ende gehegt und gepflegt hatten, entließen uns die Froschmänner in einen Raum, dessen runde Wände mit Kissen, Couchen und Diwanen ausstaffiert waren; wir kicherten übrigens immer noch, und mit einem Lächeln auf den Lippen schlief ich sofort ein.
Ich weiß nicht, wie lange ich dort schlummerte. Ein tiefes Donnern drang durch einen Fensterschlitz, hallte im Zimmer wider und weckte mich. Larry gähnte und war sofort auf den Beinen.
»Hört sich so an, als hätten sich alle Jazz-Schlagzeuger von New York zusammengetan, um uns ein Ständchen zu bringen!« meinte er. Wir sprangen beide gleichzeitig zum Fensterschlitz und starrten nach draußen.
Unser Zimmer befand sich nicht allzu hoch über der Brücke, und wir konnten sie in ihrer ganzen Länge übersehen. Abertausende Akka drängten sich auf ihr, und weit hinten füllten weitere Massen wie ein dicker Teppich den halbkreisförmigen roten Strand von einem Ende des Halbkreises bis zum anderen. Das rote Licht fiel auf schwarze und orangefarbene Schuppen, ließ sie wie tanzende Schmetterlinge aus einem dunklen Meer erscheinen.
Auf der Plattform, von der aus sich die kleinere Brücke über den

Abgrund spannte, standen Lakla, Rador und Olaf. Die Dienerin fungierte als Übersetzerin zwischen ihnen und dem Riesen Nak, dem König der Froschmenschen.

»Komm!« rief Larry.

Wir rannten aus dem Zimmer, eilten über den schmalen Steg über dem Herzen der Welt und erreichten die kleine Gruppe.

»Oh!« machte Lakla nur. »Ich wollte dich nicht so früh wecken, Larry-Darling!«

»Jetzt hör mir mal gut zu, Liebste!« Die Empörung in O'Keefes Stimme war nicht zu überhören. »Ich lasse mich doch nicht wie ein Baby einwickeln und in eine Wiege legen, damit dem Bübchen auch ja nichts passiert, während draußen gekämpft wird. Glaube ja nicht, daß Larry O'Keefe so etwas mit sich machen läßt! Also, warum hast du mich nicht gerufen?«

»Du brauchtest doch Ruhe!« Mütterliche Entschiedenheit klang aus der Dienerin, und die Mutter strahlte auch aus ihren Augen. »Du warst müde und ausgelaugt. Und du hättest noch nicht aufstehen dürfen!«

»Müde und ausgelaugt!« äffte er sie nach. »Was denkst du denn, was ich bin, Lakla?«

»Du bist alles, was ich mir wünsche«, erklärte sie bestimmt, »und ich werde dafür sorgen, daß ich dich nicht verliere, Larry-Darling! Glaube ja nicht, daß ich je davon abkommen werde.«

»Aber natürlich, mein Rosenmäulchen. Eingedenk meiner kränkelnden Natur und meines schwächlichen Körperbaus, meinst du, es würde mich zu sehr überanstrengen, mir zu erzählen, was eigentlich los ist?«

»Überhaupt nicht, Larry«, antwortete sie ernsthaft. »Yolara ist durch das Portal gegangen, und sie war sehr, sehr wütend...«

»Sie ist eine wahre Teuflin!« knurrte Olaf.

»Rador hat den Boten getroffen«, fuhr die Goldäugige fort, »die Ladala sind bereit, sich zu erheben, sobald Lugur und Yolara ihre Truppen gegen uns führen. Die Schwarzhaarigen wollen sich auf die werfen, die zurückbleiben. Und in der Zwischenzeit stellen wir die Regimenter der Akka auf, um Yolaras Soldaten zu begegnen.

Und über die Aufstellung unserer Truppen müssen wir uns beraten.«

»Hat der Bote mitgeteilt, wo Yolara ihr kleines Stelldichein plant?« fragte Larry.

»Ja«, antwortete die Dienerin. Sie nannte einen Ort und fügte hinzu, daß die gegnerische Armee in etwa sechsunddreißig Stunden unserer Zeitrechnung dort sein wollte.

»Höre, Lakla«, sagte ich und gab dem Zweifel Ausdruck, der schon die ganze Zeit in mir nagte, »wenn der Leuchtende auch kommt, und mit ihm seine Sklavenarmee, werden die drei Stummen dann mit ihm fertig?«

Ein düsterer Schimmer senkte sich über ihre Augen.

»Ich weiß es nicht«, sagte sie schließlich. »Ihr habt die Geschichte gehört. Sie haben lediglich versprochen, Hilfe zu leisten. Ich weiß da auch nicht mehr als du, Goodwin!«

Ich starrte die Kuppel an. Unter ihrem Dach war die Dreiheit. Trotz aller Ehrfurcht, die ich verspürt hatte, als wir vor ihnen gestanden hatten, kamen mir nun auch Zweifel, wieviel ihre Hilfe wert war.

»Also, dann sollten wir drei, du, Olaf, und du, Onkel, uns einmal überlegen«, erklärte Larry, »wie wir unsere Truppen in die Schlacht führen ...«

»Schlacht führen!« Die Dienerin erbleichte. »Du, Larry? Nichts da, du bleibst natürlich mit Goodwin und mir hier oben, von wo aus wir alles übersehen können.«

»Ach, Stern meines Herzens«, erklärte der Ire, »mehr als tausendmal habe ich dem Tod ins Auge geschaut, habe das Weiße in seinen Augen gesehen. Tja, in dreitausend Metern Höhe und ringsherum nichts anderes als explodierende Granaten, von anderen Gelegenheiten ganz zu schweigen. Glaubst du, ich bleibe nun hier auf dem Försterhochstand und gucke zu, wie unten ein Spielchen gespielt wird? Du scheinst deinen zukünftigen Ehemann noch sehr wenig zu kennen, mein Täubchen!«

Und damit gingen wir auf die goldene Öffnung zu. Die Regimenter der Akka folgten uns in Marschordnung und verschwanden hinter der Kuppel. Wir liefen, bis wir die Gemächer der Dienerin erreicht hatten, und ließen uns dort nieder.

»Zuerst muß ich zwei Dinge wissen«, begann O'Keefe. »Wie viele Soldaten kann Yolara gegen uns aufbieten, und wie viele Akka stehen uns zur Verfügung?«

Rador nannte eine Zahl, die etwa achtzigtausend entsprach. Mehr könne Yolara nicht aufbieten, ohne ihre Stadt völlig zu entvölkern. Gegen diese Armee könnten wir etwa zweihunderttausend Akka in die Schlacht führen.

»Und die sind nicht die schlechtesten Krieger!« rief Larry. »Verdammt nochmal, wer macht sich denn bei einem solchen Verhältnis Sorgen. Die Schlacht dürfte vorüber sein, noch ehe sie richtig begonnen hat!«

»Du vergißt«, wandte Rador ein, »daß Yolaras Adlige Keths haben... und einige andere Waffen. Yolaras Soldaten haben schon bei früheren Gelegenheiten gegen die Akka gekämpft und wissen, wie sie sich vor deren Speeren und Keulen schützen müssen. Und ihre Klingen und Lanzen durchdringen die Schuppen von Naks Getreuen. Und wer weiß, welche Teufeleien sie sonst noch...«

»Onkel«, unterbrach ihn der Ire, »vor allem haben sie dich nervös gemacht. Was gibt es schon zu fürchten. Wir haben zweieinhalbmal so viele Soldaten wie sie. Also, paßt mal auf...«

Von nun an nahm die Tragödie ihren Lauf!

XXXII

»Eure Liebe – Eure Leben – Eure Seelen«

Lakla hatte sich nicht an unseren Strategieplänen beteiligt, sondern die ganze Zeit über nur nahe bei Larry gesessen. Als ich einmal zu ihr hinübersah, fiel mir auf, daß ihre Miene wieder geistesabwesend wirkte. Sie befand sich wohl in Kommunikation mit den geheimnisvollen Stummen. Die lauschende, leicht entrückte Miene verging, und Lakla erhob sich. Sie unterbrach den Iren ohne Vorwarnung.

»Larry-Darling«, erklärte sie, »die Stummen rufen uns.«

»Wann sollen wir zu ihnen?« fragte ich. Larrys Gesicht leuchtete vor Interesse.

»Jetzt«, sagte sie und zögerte. »Larry, umarme mich bitte. Etwas Kaltes faßt an mein Herz, und ich habe Angst.«

Nach seinem erschrockenen Ausruf schien sie sich wieder zu beruhigen. Sie brachte sogar ein leises Lächeln zustande.

»Weil ich dich so liebe, plagt mich die Angst um dich wie eine gefährliche Krankheit«, erklärte sie ihm.

Ohne ein Wort zu sprechen, beugte er sich zu ihr hinab und küßte sie. Schweigend gingen wir los. Er hatte seinen Arm um ihre Hüfte gelegt, und die beiden Köpfe ruhten aneinander. Bald standen wir vor der roten Platte, die den Eingang zum Heiligtum der Dreiheit bildete. Lakla blieb unschlüssig davor stehen. Dann warf sie trotzig den Kopf in den Nacken, so daß die bronzefarbenen Locken hochflogen, und drückte auf den Öffnungsmechanismus. Die Platte glitt beiseite, und wieder stürmte das opalisierende Licht heraus und umhüllte uns.

Geblendet wie schon bei der ersten Begegnung folgte ich den anderen durch die Leuchtkaskaden, die von den hohen, gewölbten Wänden fielen. Als ich stehenblieb und meine Augen sich an das

Licht gewöhnt hatten, sah ich hoch, direkt in die Gesichter der drei Stummen. Sie richteten ihre Blicke auf die Dienerin und strahlten sie so freundlich an wie beim ersten Mal, als wir vor sie getreten waren. Lakla lächelte zurück und lauschte.

»Kommt näher«, erklärte sie uns. »Tretet direkt vor die Füße der Stummen.«

Wir stellten uns an den Rand des Podests. Der funkelnde Nebel wurde dünner, und die großen Köpfe beugten sich ein wenig zu uns herab. Durch die dünnen Wolken entdeckte ich säulenartige Hälse, gewaltige Schultern und Gewänder aus hellblauem Feuer.

Erschrocken riß ich mich von diesem Anblick los, als Lakla eine Frage beantwortete, die nur sie gehört hatte. Und sie sprach laut und deutlich, damit auch wir alles mitbekamen; denn wie auch immer die Verständigung zwischen diesen Wesen und der Dienerin vonstatten gehen mochte, artikulierte Sprache war dafür nicht erforderlich.

»Er ist unterrichtet worden«, sagte Lakla, »wie es euer Wunsch war.«

Hatte ich da richtig gesehen? War da wirklich ein Anflug von Schmerz in ihren Augen gewesen? Ich sah auf Laklas Gesicht, und in ihrer Miene standen düstere Vorahnung und Verwirrung geschrieben. Eine Weile stand sie nur da und hörte zu. Dann wandten die Drei den Blick von ihr ab und richteten ihn auf O'Keefe.

»So sprechen die Stummen durch Lakla, ihre Dienerin«, erklang verändert die Stimme der Goldäugigen. »Eure Welt oben befindet sich am Rande des Untergangs. Ja, Goodwin, ihr droht der Untergang, den du im Traum gesehen hast. Die Drei sahen einen Schatten davon, als sie in deinen Geist blickten. Nie und nimmer wird es einem Menschen gelingen, den Weg zu finden, auf dem sich der Leuchtende vernichten läßt.«

Lakla schwieg und lauschte. Und die dunkle Vorahnung in ihrer Miene verwandelte sich in offene Furcht.

»Die Stummen sagen«, fuhr sie fort, »daß sie nicht wissen, ob sie die Macht besitzen, den Leuchtenden zu zerstören. Energien, die selbst ihnen unbekannt sind, flossen in ihn und sind Teil seiner Existenz. Und andere Energien hat er in sich gesammelt...« Die Dienerin hielt kurz inne und wirkte verwirrt, »...andere Energien, Kräfte, die ihr kennt und mit bestimmten Namen verseht... Haß, Stolz, Lust und andere Kräfte, die so real sind wie die im Keth. Und unter ihnen ist eine besonders mächtig, die Furcht, denn sie vermag alles andere zu schwächen...« Sie schwieg kurz und schloß dann:

»Doch der Leuchtende besitzt nichts von der größten und gewaltigsten aller Energien. Und diese ist die, die ihr Liebe nennt.«

»Ich wäre gern derjenige, der diesem Ungeheuer ein wenig mehr Angst macht«, flüsterte mir Larry in Englisch zu. Die drei Riesenköpfe beugten sich leicht ein Stück weiter herunter. Ich keuchte, und Larry erblaßte, als Lakla nickte.

»Die Stummen erklären«, sagte sie, »daß du damit den Kern des Problems getroffen hast. Denn mittels der Furcht wollen die Drei versuchen, dem Leuchtenden das Leben zu nehmen!«

Als Larry sich zu mir umdrehte, war er voller Verwunderung, und meine Miene war wohl das genaue Spiegelbild davon. Was mußten diese Stummen für Wesen sein, wenn unser Geist wie ein offenes Buch vor ihnen lag? Uns blieb keine Zeit, Mutmaßungen darüber anzustellen, denn schon sprach die Dienerin wieder.

»Dies wird geschehen, sagen die Stummen. Zuerst werden Lugur und Yolara mit ihren Streitkräften angreifen. Aus Furcht wird der Leuchtende in seinem Reich abwarten. Denn so mächtig der Bewohner auch sein mag, es gibt eins, vor dem er sich fürchtet: die Drei. Die Stimme und die Priesterin werden natürlich versuchen, uns mit ihren Truppen zu überwinden. Wenn sie in der Schlacht siegreich sind, können sie uns alle vernichten. Denn sobald sie das Portal durchbrochen haben und in die Kuppel eingedrungen sind, hat der Leuchtende keine Angst mehr vor seinen Eltern und wird das Ende der Dreiheit einläuten.

Danach ist der Bewohner frei von allem. Er kann dann hinauf auf eure Welt und dort schalten und walten, wie es ihm beliebt.

Doch wenn die gegnerischen Truppen nicht siegen und der Leuchtende ihnen nicht zu Hilfe eilt – wenn er sie so im Stich läßt wie damals seine Anhänger unter den Taithu –, sind die Drei von einem Teil ihres Banns befreit. Sie gehen dann durch das Portal hinaus, suchen den Leuchtenden hinter dem Schleiervorhang, durchstoßen ihn durch den scharfen Speer der Furcht und vernichten ihr Kind.«

»Hört sich vernünftig an«, flüsterte O'Keefe mir zu. »Erst die gegnerische Moral untergraben und dann zuschlagen. In Europa haben wir das oft so gemacht. Solange sie ihre Nerven beisammen haben, kommt man nicht gegen sie an. Aber wenn man es schafft, ihnen auf die Nerven zu gehen, klappt bei ihnen gar nichts mehr.«

Lakla lauschte wieder. Sie drehte sich plötzlich zu uns um, streckte die Arme nach Larry aus und hatte wilde Hoffnung in den Augen. Und doch schien ihr diese Hoffnung auch Scham zu bereiten.

»Die Stummen lassen uns die Wahl«, erklärte sie. »Da das Schicksal eurer Welt auf der Waage liegt, bleibt uns die Wahl: Entweder hierzubleiben und Yolaras Truppen zu bekämpfen – und die Drei sagen, das wird kein einfacher Kampf –, oder aber zu gehen. Solltet ihr euch für das letztere entscheiden, zeigen sie euch einen Weg hinauf in eure Welt.«

Während dieser Worte war O'Keefe rot angelaufen. Nun nahm er sie an den Händen und sah ihr lange in die goldenen Augen. Als ich einen Blick nach oben warf, bemerkte ich, daß die Stummen ungerührt auf das Pärchen hinabstarrten.

»Was meinst du, Mavourneen?« fragte Larry sanft. Die Dienerin senkte den Kopf und zitterte.

»Deine Welt soll auch die meine sein, Liebster«, hauchte sie. »Ob du nun bleibst oder gehst, ich will an deiner Seite sein.«

»Und du, Goodwin?« Er sah mich offen an. Ich zuckte die Achseln. Immerhin wartete auf mich niemand, geschweige davon, daß jemand nicht von meiner Seite weichen wollte.

»Du sollst entscheiden, Larry«, erklärte ich so gelassen, wie es sonst seine Art war.

O'Keefe richtete sich kerzengerade auf, spannte die Schultern zu voller Breite und sah den drei Gesichtern fest in die Augen.
»Wir machen Yolara alle!« erklärte der Ire kurz und bündig.
Ich erinnere mich heute, daß ich damals errötete, weil ich diesen Ausdruck nicht nur für flapsig, sondern auch für reichlich ungehörig hielt. Und dank einer glücklichen Fügung, schien ich der einzige gewesen zu sein, der sich daran störte.
Lakla strahlte Larry voller Begeisterung und Liebe an, und wo vorher Scham in ihren Augen gestanden hatte, war nun Stolz. Die ungerührten Mienen der Drei zeigten sich mit einemmal freundlich.
»Eins muß ich noch sagen«, rief Lakla. »Wir müssen den Stummen noch eine Frage beantworten, bevor sie ihr Versprechen uns gegenüber einhalten wollen...«
Sie hörte zu, und alle Farbe wich aus ihrem Gesicht. Ihre Miene wirkte jetzt fast so starr wie die der Stummen. Sie riß die Augen weit auf, und statt Liebe und Stolz leuchtete nun Panik aus ihnen. Der ganze zierliche Körper schwankte wie ein Schilfrohr im Wind.
»Nicht das!« schrie sie die Drei an. »Bitte nicht das! Nicht Larry! Laßt mich euren Willen erfüllen, aber nicht er!« Sie streckte voller Verzweiflung die Hände nach der Frau unter den Dreien aus. »Ich will es allein auf mich nehmen«, heulte sie. »Allein, Mutter! Mutter!«
Die Stummen sahen auf sie hinab, Kummer und Mitleid waren in ihren Zügen, und aus den Augen der Frau rollten Tränen. Larry lief an Laklas Seite.
»Liebste!« rief er. »Was haben sie gesagt?«
Er starrte wütend zu den drei Stummen hinauf, und seine Hand war schon auf halbem Weg zum Revolver.
Die Dienerin warf ihm die weißen Arme um den Hals, drückte ihren Kopf an seine Brust und beruhigte sich langsam wieder.
»So sprechen die Stummen«, schluchzte sie, gewann dann aber endgültig die Kontrolle über sich zurück. »Ach, mein Liebster, du!« flüsterte sie und sah ihm in die Augen, während sie sein be-

sorgtes Gesicht in den Händen hielt. »So sprechen die Stummen: Sollte der Leuchtende sich doch entschließen, Lugur und Yolara zu Hilfe zu kommen... sollte er seine Furcht überwinden... und doch erscheinen... bleibt nur noch ein Weg, ihn zu vernichten... und damit eure Welt zu retten.« Sie taumelte, aber er fing sie auf.
»Nur einen Weg... und du und ich müssen ihn gehen... zusammen... zusammen in seine Umarmung gehen... Ja, wir müssen uns ihm ergeben, müssen uns lieben und die Welt lieben... im Bewußtsein, im vollen Bewußtsein, daß wir uns und alles andere opfern: unsere Liebe, unsere Leben, auch das, was du Seele nennst... ach, Liebster. Wir müssen uns ganz und gar dem Leuchtenden hingeben. Froh, gelöst und frei. Und unsere gegenseitige Liebe soll hell und hoch in uns brennen, damit wir so seinen Fluch überwinden! Wenn wir das tun, versprechen die Stummen, wird die Macht der Liebe, die wir in den Leuchtenden tragen, alles Böse in ihm überwinden; dann können die Stummen kommen und ihn endgültig zerstören.«
Das Blut in meinem Herzen verwandelte sich in Eis. Als Wissenschaftler, der ich war, weigerte sich alles in mir, eine solche Lösung zur Überwindung des Bewohners ernsthaft ins Auge zu fassen. Wollten die Drei damit nur ihre eigene Schwäche überdecken, schoß es mir durch den Kopf? Und während ich grimmig nach oben sah, ruhten ihre Blicke voller Kummer auf mir. Sie hatten natürlich meine Gedanken gelesen. Dann traten beruhigende Bilder in den Sturm meiner Fassungslosigkeit. Ereignisse der Geschichte, die mittels des Hasses, der Leidenschaft, der Hingabe und vor allem der Liebe von Erfolg gekrönt waren. War denn wirklich dynamische Energie in solchen Gefühlsregungen? Hatte nicht der Menschensohn für die Liebe auf Golgatha am Kreuz gehangen?
»Ach, meine Geliebte, du Trost meines Herzens«, sagte O'Keefe leise. »Ist es dein ehrlicher Wunsch, ja zu sagen?«
»Larry«, antwortete sie, »was du wünschst, soll auch mein Wunsch sein. Ich wäre so gern mit dir in dein Land gegangen, um dort mit dir zu leben... um... Kinder mit dir zu haben. Und um einmal die Sonne zu sehen, Larry.«

Meine Augen waren feucht. Wie durch einen Schleier sah ich, wie Larry sich an mich wandte.
»Wenn die Welt auf der Kippe steht«, erklärte er, »dann bleibt natürlich nur eines zu tun. Gott weiß, daß ich mich nie gefürchtet habe, wenn es in Europa hart auf hart ging. Und mehr als ein braver Mann ist für die gleiche Idee zwischen Kugeln und Bomben gestorben. Doch hier haben wir es nicht mit Granaten und Maschinengewehren zu tun. Und wenn Lakla nicht an meiner Seite wäre... und dann ist da noch dieser verdammte Zweifel, der seit jeher in mir ist.«
Er stellte sich vor die Drei, und ich glaubte in ihrer Haltung eine Erstarrung, eine Besorgnis zu entdecken, die genauso wenig zu ihnen paßte wie Göttlichkeit zu Menschen.
»Sagt mir eins, Stumme«, rief der Ire. »Wenn wir beide, Lakla und ich, uns in die Umarmung des Leuchtenden begeben, seid ihr dann wirklich sicher, dieses Monstrum vernichten und damit meine Welt retten zu können?«
Zum ersten- und letztenmal hörte ich die Stimme der Stummen. Der Mann zur Rechten begann zu sprechen.
»Wir sind uns sicher«, dröhnten Töne in den tiefsten Lagen, die furchtbar gewaltig in den Ohren widerhallten; genauso unfaßbar, wie es der Anblick der Dreiheit für die Augen war. O'Keefe starrte sie noch einen Moment lang an, straffte wieder seine Gestalt und lächelte dann Lakla an. »Wir werden sie vernichten!« erklärte er und nickte den Dreien kurz zu.
Die Gesichter der Stummen erstrahlten in einer Ehrfurcht gebietender Güte. Alle Flammen und Funken wichen aus ihren Augen und hinterließen klare Seen, in denen Hoffnung und Freude schwammen. Die Frau saß aufrecht, und ihr Blick ruhte voller Zärtlichkeit auf dem Menschenpärchen. Ihre gewaltigen Schultern hatten sich erhoben, so als umarme sie die beiden anderen. Die drei Gesichter waren sich kurz sehr nahe, dann richteten sie sich wieder auf. Die Frau hingegen beugte sich hinab, und dann wurden Lakla und Larry wie von einer unsichtbaren Kraft auf das Podest gehoben.

Aus dem funkelnden Nebel erschienen zwei Hände; riesig lang, mit sechs Fingern, aber ohne Daumen, und mit schwachen goldenen Schuppen auf der weißen Haut, wunderschöne Hände, auch wenn sie in nichts menschlich waren. Sie strahlten Kraft und Mütterlichkeit aus.
Die mächtigen Finger berührten die gesenkten Köpfe des Pärchens, streichelten sie, drückten sie sanft zusammen und legten sich mit überirdischer Liebe darüber. Dann waren die Hände wieder im Nebel verschwunden.
Die funkelnde Wand fuhr hoch und verbarg die Stummen. So leise, wie wir gekommen waren, verließen wir die Halle des Lichts, gingen durch den roten Schein hinaus und kehrten zum Gemach der Dienerin zurück.
Nur einmal auf unserem Weg sprach Larry.
»Lach doch wieder, Schatz«, sagte er zu Lakla. »Uns steht noch ein so langer Weg bevor. Glaubst du denn wirklich, Lugur und Yolara könnten den großen Treffer landen? Na, hör mal, das glaubst du doch nicht wirklich!«
Die Dienerin sah ihn nur an, und ihr Blick war voller Kummer und Liebe.
»Sie glauben es!« sagte der Ire. »Verdammt, sie glauben es!«

XXXIII

Aufprall der Titanen

Ich habe gar nicht die Absicht, und es wäre mir auch gar nicht möglich, ganz gleich, wie interessant und wichtig es mir erschiene, die Ereignisse der nächsten zwölf Stunden *ad seriatim* darzulegen. Daher will ich mich nur auf ein paar wenige, besonders wichtige beschränken.

O'Keefe fand bald zu seiner guten Laune zurück.

»Trotz alledem«, begann er, »bekommen wir doch nun endlich die Keilerei, auf die wir uns schon so lange gefreut haben, was, Doc? Und so schlimm kann es gar nicht kommen, schließlich hat mich ja dieser Kobold besucht und mir einiges erzählt. Ich hätte den drei Taitha gern vom Hilfstrupp der Todesfee erzählt, den der Kleine mir in Aussicht gestellt hat. Aber leider hatte ich in dem Moment noch ein paar andere Sorgen. Die alte Dame kommt mit ihrem ganzen Clan herangebraust, hat der grüne Mann mir versprochen, und ich wette, die Stummen werden ganz froh darüber sein, das kannst du mir glauben!«

Lakla lachte ihn in einer Mischung aus Furcht und Sorge an.

»Ich habe andere Nachrichten, Larry-Darling, von denen du wenig erbaut sein wirst. Die Stummen sagen, du darfst nicht persönlich an der Schlacht teilnehmen, sondern mußt mit Goodwin und mir hier bleiben. Denn wenn der Leuchtende erscheint, sollen wir bereitstehen. Und das wäre nicht unbedingt gegeben, wenn du dich ins Schlachtgetümmel stürzt, Larry.« Sie sah ihn halb froh und halb verschmitzt unter den langen Wimpern an.

O'Keefes Unterkiefer klappte nach unten.

»Das ist ja wirklich unerträglich«, antwortete er langsam. »Auch wenn es mir noch so schwerfällt, ich sehe es ein. Das Lamm, das für den Opferaltar vorgesehen ist, darf nicht vorher bei den Löwen

verkehren«, fügte er grimmig hinzu. »Mach dir mal keine Gedanken, Liebes, so lange ich bei einem Spielchen mitmache, halte ich mich auch an die Regeln.«
Olaf gewann der Vorstellung an die bevorstehende Schlacht gewaltige Freude ab.
»Die Nornen haben das Netz fast zu Ende gesponnen«, knurrte er. »*Joh!* Und die Fäden von Lugur und Yolara liegen schon bereit, abgerissen zu werden! Thor wird mit mir sein, und ich habe mir ihm zu Ehren einen Hammer geschmiedet.« In seiner Hand war eine gewaltige Keule aus schwarzem Metall. Sie war anderthalb Meter lang und von einem massiven Kopf gekrönt.

Doch nun zu den folgenden zwölf Stunden: Am Ende der Coriabahn, wo das Land der Riesenfarne sich mit dem Rand des rubinroten Höhlenbodens trifft, lagen einige hundert Akka im Hinterhalt. Sie trugen Speere, deren Spitzen in den faulenden Tod getaucht waren, und die mit Nägeln bestückten Keulen. Sie sollten die Murianer angreifen, wenn sie aus ihren Wagen stürmten. Natürlich war uns bewußt, daß wir hier kaum mehr Schaden anrichten konnten, als einige Verwirrung und Ablenkung in die Reihen des Gegners zu tragen. Außerdem konnten hier die Adligen Yolaras relativ ungehindert ihre Keths einsetzen. Wir hatten erfahren, daß jeder Schmied und Metallhandwerker eingesetzt worden war, um nach den Anweisungen Marakinows Rüstungen herzustellen, die den Waffen der Froschmänner mühelos widerstehen konnten. Und Larry und ich hatten beunruhigend viel Vertrauen in die Fähigkeiten des Russen.
Dennoch würden wir dort ihre Reihen ein wenig lichten können.
Dann hatten unter dem Kommando des Froschkönigs weitere Akka-Abteilungen grobe Mauern auf dem Terrain errichtet, wo die gegnerischen Truppen unserer Schätzung nach durchziehen mußten. Damit besaßen die Froschkrieger ausreichend Deckung, aus der heraus sie ihre Speere und Wurfpfeile verschleudern konnten. Seltsamerweise hatte diese Rasse nie den Bogen erfunden.

Am Eingang der Höhle stand eine starke Barrikade, die bis fast an die Ränder des sichelförmigen Strands reichte. Ich sage hier fast, weil es uns an der Zeit mangelte, sie zu vervollständigen.
Und über die gesamte Länge der gewaltigen Brücke, von der Stelle, wo sie an der Küste des roten Sees begann, bis hin zur goldenen Tür in der Kuppel, stand Sperrmauer hinter Sperrmauer.
Hinter dem Verteidigungswall am Höhleneingang waren einige tausend Akka stationiert. An den nicht fertig gestellten Enden der Barrikade standen sie in dichter Formation. Und links und rechts vom Strand, dort wo die Wälder begannen, standen ganze Regimenter bereit, um je nach Erfordernis einzugreifen, wenn irgendwo eine Lücke in der Verteidigung entstand.
Reihe um Reihe der Froschkrieger stand hinter den Sperrmauern auf der Brücke. Sie hatten die Zinnen besetzt und waren auch in den Höhlen am entgegengesetzten zerklüfteten Ende der Insel. Zahllos blitzten die Speere auf dem Kuppelberg, und ebenso stark standen sie auf den Felsen und in den Gärten ringsherum.
»Nun können wir nichts anderes mehr tun als warten«, sagte die Dienerin.
Sie führte uns aus ihrem Gemach den kleinen Pfad hinauf, der zum Ausguck führte.
Stille hing über dem Land. Plötzlich ein Geräusch. Ein Seufzen, ein halb klagendes Flüstern, das rasch wieder verging.
»Sie kommen!« rief Lakla, und Entschlossenheit trat in ihren Blick. Larry zog sie an sich heran, nahm sie in die Arme und küßte sie.
»Was für eine Frau!« rief der Ire. »Was für eine Frau... und sie gehört mir!«
Nach dem Geräusch, das uns sagte, das Portal sei geöffnet, kam Bewegung in die Reihen der Akka. Sie legten die Wurfspeere bereit, Hornsporne klapperten aneinander. Rufe ertönten, und das Sonnenlicht spiegelte sich auf metallischen Speerspitzen und Keulen wider.
Wir warteten, schienen eine Ewigkeit warten zu müssen, während unsere Blicke sich wie festgeklebt auf die Barrieren am Höhlenein-

gang richteten. Plötzlich fiel mir die Linse wieder ein, durch die ich gesehen hatte, als Yolaras unsichtbare Mörderzwerge in unser Zimmer geschlichen waren. Ich sprach die Dienerin darauf an, und sie lachte verblüfft. Sie gab einer ihrer Zofen einen Befehl, und kurz darauf kehrte die Froschfrau mit einem Tablett voller Linsen zurück. Ich hob eine an die Augen und sah, wie die vordersten Reihen der Akka in Bewegung gerieten. Gepanzerter Krieger nach gepanzertem Krieger sprangen über die Barrikade und darüber hinweg. Felder grünen Lichts, in die sich gebündelte Blitze von Mondschein mischten, tauchten überall an den Wällen auf und trafen die schuppigen Körper der Froschmänner.
»Da sind sie!« rief Lakla.
Am jenseitigen Ende des Strands tobte das Schlachtgetümmel. Aber hier schienen die Akka ihre Stellungen zu behaupten. Reserveabteilung um Reserveabteilung eilte den Verteidigern zu Hilfe und füllte die Lücken, wie ich durch meine Linse erkennen konnte.
Über den Enden und dann entlang des ganzen Walls erhob sich ein Nebel, in dem diamantene Atome funkelten. Kleine, tanzende Punkte, die aufstiegen und davonstoben.
Laklas Getreue lösten sich in nichts auf!
»Großer Gott, wie schwer es doch fällt, untätig hier zu sitzen!« stöhnte O'Keefe. Olaf hatte die Lippen zurückgezogen und bleckte die Zähne so grimmig, wie die Berserker unter seinen Vorfahren, wenn sie auf Wikingerfahrt waren. Rador konnte seine Wut kaum zügeln. Laklas Nasenflügel bebten, und Zorn und Rachsucht blitzten aus ihren Augen.
Während wir noch auf die Mauer sahen, die die Akka am Höhleneingang errichtet hatten, verschwand diese. Verschwand einfach, als hätte eine unsichtbare, gewaltige Riesenhand sie im Bruchteil von Sekunden fortgewischt. Und mit ihr verschwanden ganze Kompanien der Froschkrieger.
Dann setzte ein Steinhagel ein: krachte auf den Strand, platschte in den roten See und schickte Geysire von roter Gischt in die Luft, schlug gegen die Brücke, zerschmetterte Akka... Und dazwischen

waren verzerrte Leiber und Körperglieder, die wie Meteore funkelten, als sie vom Himmel fielen.
»Die Waffe, die Dinge zum Himmel reißt«, zischte Huldricksson. »Die Waffe, die ich in Lugurs Garten erlebt habe!«
Die furchtbare Vernichtungswaffe, von der Marakinow Larry erzählt hatte. Die Waffe, die die Schwerkraft aufhob und alles in ihrer Reichweite in den Himmel sandte.
Und über die Trümmer stürmten nun die mit Schwertern und Dolchen bewaffneten Soldaten Yolaras in geordneten Reihen heran. Zwischen ihnen zeigte sich hier und da ein Adliger, der seinen Keth auf die Verteidiger richtete. Sie drängten Naks Krieger immer weiter zurück. Die Akka kämpften wie Teufel, sprangen den Zwergen todesmutig entgegen und mähten sie mit Speeren und Keulen, mit Fängen und Dornen nieder. Und selbst noch, wenn sie bereits vom grünen Strahl erfaßt waren, stürzten sie sich auf den Feind.
Nun waren die Reihen der Verteidiger bis an den Rand der Klippen zurückgedrängt.
Und dichter noch wuchsen die Wolken aus tanzenden, blitzenden Atomen über ihren Köpfen.
Nun bröckelte auch hier die Front. Doch die Akka kämpften bis zum letzten Atemzug, und keiner von ihnen stürzte von den Felsen, ohne nicht wenigstens einen Murianer mitzureißen.
Ich sah hinab auf die Basis der Klippen. Auf voller Länge breitete sich dort ein weißes Band der Schönheit aus. Eine schimmernde Vielzahl von leuchtenden, pulsierenden Monden.
Heller und heller strahlten sie, wirkten wie unfaßbare Wunder: die gigantischen Medusae, die unter den gefallenen Zwergen und Akka ein Festmahl abhielten, ohne eine Seite zu bevorzugen.
Über das Wasser dröhnte das Siegesgeschrei von Yolaras Soldaten!
Täuschte ich mich oder nahm das rote Licht an diesem Ort tatsächlich an Intensität ab, wurde es schwächer, verwandelte es sich in einen rosafarbenen Schimmer? Ein Schrei von Larry riß mich aus meiner Beobachtung. Hoffnung entspannte die Muskeln in sei-

nem Gesicht. Er zeigte aufgeregt auf den goldenen Dom der Stummen. Und dann sah ich es auch!
Aus dem langen Schlitz, durch den die Drei nach draußen sehen konnten, ergoß sich ein Wasserfall aus opalisierendem Licht. Er stürzte mit gewaltiger Wucht hervor und breitete sich in Säulen und Strudeln, in Wolken und Flocken von gewundenem, blitzendem Schimmer aus. Wie ein Schleier senkte er sich über die Insel, erreichte die letzten Ecken und Winkel und vertrieb das rote Licht, als besäße er mächtige Substanz. Und dennoch warf dieser Lichtwasserfall nicht den leisesten Schatten.
»Allmächtiger!« stöhnte der Ire. »Seht nur!«
Das opalisierende Licht marschierte, rückte regelrecht über die Brücke vor. Es bewegte sich rasch und zielgerichtet, so als besäße es eine, wenn auch unfaßbare, Intelligenz. Es streifte über die Akka und kam der Stelle immer näher, bis zu der Yolaras Truppen vorgedrungen waren.
Die Adligen verschossen Strahl um Strahl aus ihren Keths und deckten die Kuppel geradezu ein. Aber das opalisierende Licht ließ sich davon nicht im mindesten beeindrucken. Im Gegenteil: sobald ein grüner Strahl auf die Wolke traf, erlosch er, wurde aufgesaugt, verschluckt.
Lakla atmete tief ein.
»Die Stummen haben mir vergeben, daß ich an ihnen zweifelte«, flüsterte sie. Und auf ihrem wie auf Larrys Gesicht breitete sich neue Hoffnung aus.
Die Akka sammelten sich wieder. Gepanzert in dieser Lichtrüstung stießen sie den Brückenkopf der Invasoren zurück. Auch an den Enden des Strands gerieten die Fronten in Bewegung, als frische Reserveregimenter der Froschkrieger die Zwerge bedrängten. Auf ein Signal hin verließen die Froschmänner in den Gärten ihre Stellungen und eilten denen auf der großen Brücke zu Hilfe.
»Sie sind geschlagen!« brüllte Larry. »Sie sind...«
So rasch, daß ich seiner Bewegung kaum folgen konnte, riß der Ire den Revolver aus dem Halfter und feuerte; ein-, zwei-, drei-

mal. Rador rannte mit gezücktem Schwert zu dem kleinen Pfad. Olaf folgte ihm und schwang dabei die mächtige Keule über dem Kopf. Ich suchte nach meiner Pistole.
Denn auf dem Pfad rannten etwa vierzig Zwerge heran. Und von unten dröhnte Lugurs Stimme:
»Rasch! Tötet nicht die Dienerin oder ihren Geliebten! Bringt sie zu mir. Aber erschlagt die anderen!«
Lakla rannte an Larrys Seite und pfiff schrill. Wieder und wieder ihr Pfiff. Larry hatte seinen Revolver leergeschossen, doch als die Zwerge ihn packten, streckte ich zwei von ihnen mit meiner Pistole nieder. Dann hatte meine Waffe eine Ladehemmung und war nicht mehr zu gebrauchen. Ich rannte Larry zu Hilfe. Rador lag am Boden und wehrte sich verzweifelt gegen vier oder fünf Zwerge. Olaf stand da wie ein Wikinger, wirbelte seinen Hammer durch die Luft und ließ ihn schwer auf Rüstungen, Fleisch und Knochen niedersausen.
Nun lag auch Larry am Boden. Lakla eilte zu ihm. Doch der Norweger, der bereits aus einem Dutzend Wunden blutete, bemerkte ihr Kommen und stieß sie mit einer kraftvollen Hand zurück, so daß sie das Gleichgewicht verlor. Im gleichen Moment zerschmetterte sein Thorhammer den Schädel eines zu vorwitzigen Zwergs.
Ein Schrei von Lakla. Die Zwerge hatten sie ergriffen und hochgehoben und trugen sie trotz heftiger Gegenwehr davon. Einen von ihnen erledigte ich mit dem Knauf meines Revolvers, bevor ich selbst zu Boden ging.
Plötzlich hörte ich die dröhnenden Rufe von Froschkriegern, die immer näher kamen. Dann einen Schrei von Lugur. Ich bekam nach einiger Anstrengung eine Hand frei und würgte damit den Zwerg, der auf mir lag. Während ich mit ihm rang, bekam ich seinen Dolch zu fassen, stach fest zu und rappelte mich danach wieder auf.
O'Keefe schützte Lakla und wehrte mit einem langen Schwert in der anderen Hand ein halbes Dutzend von Lugurs Schergen ab. Ich lief zu ihm, erhielt einen Schlag und fiel zu Boden. Benommen

richtete ich mich auf, stützte mich auf den Ellenbogen und verblieb in dieser Lage. Denn die Zwerge waren alle tot. Larry starrte mit Lakla am Arm ebenso wie ich auf den Pfad, wo die Akka heraneilten, die Laklas Pfiffen gehorcht hatten.

Viel faszinierender war jedoch ein anderer Anblick. Olaf, der von Kopf bis Fuß von Blut befleckt war, rang mit Lugur. Die beiden hatten sich geradezu ineinander verbissen, schlugen um sich, stachen, traten, zerrten und rollten... rollten über die kleine Fläche vor der Mauerbresche. Ich stolperte auf O'Keefe zu. Er hob den Revolver, ließ ihn aber rasch wieder sinken.

»Zu gefährlich«, murmelte er, »ich könnte Olaf treffen.« Lakla gab den Froschkriegern ein Zeichen. Sie rannten zu den beiden Männern am Boden. Doch als Olaf sie sah, brach er den Griff des Zwergs und schleuderte ihn ein paar Schritte weit fort.

»Nein!« schrie der Wikinger, und in seinen blaßblauen Augen glitzerten Eisflammen. Blut rann ihm über die Stirn und von den Händen. »Nein, Lugur gehört mir! Niemand außer mir darf ihn töten! Denn du bist Lugur, du...« Und damit bedachte er ihn, Yolara und den Bewohner mit gräßlichen Flüchen, die ich beim besten Willen nicht zu Papier bringen kann.

Sie blieben nicht ohne Wirkung auf Lugur. Er wirkte nun genauso vom Wahnsinn befallen wie Huldricksson und stürmte auf den Norweger los. Olaf versetzte ihm einen Hieb, der einen Ochsen gefällt hätte, aber Lugur grunzte nur, fing sich wieder und umfaßte Olaf an der Hüfte. Eine mächtige Hand näherte sich der Kehle des Norwegers.

»Vorsicht, Olaf!« schrie der Ire, aber Huldricksson reagierte gar nicht darauf. Er wartete, bis die Hand des Zwergs seine Schulter erreicht hatte. Dann packte er den Zwerg mit einer unfaßbar raschen Bewegung – ich habe etwas Ähnliches nur einmal bei einem rituellen Ringkampf der Papuas gesehen – und warf ihn herum. Damit lag sein Arm um die Brust des Zwergs, während die andere gegen seinen Nacken drückte. Und Olafs linkes Bein hielt die Oberschenkel Lugurs in der Schere.

Einen Moment lang oder auch zwei sah der Norweger auf den

bewegungsunfähigen Gegner. Dann begann er zu drücken und brach ihm das Genick.

Lakla stieß einen Schrei aus und wollte auf die beiden zurennen. Aber Larry hielt sie zurück, drückte ihren Kopf an seine Brust und deckte ihr die Augen zu. Dann starrte er selbst mit weißem Gesicht auf den Wikinger und seinen Gegner.

Langsam, sehr langsam drückte Olaf zu. Zweimal stöhnte Lugur, dann schrie und brüllte er fürchterlich. Ein Krachen ertönte, als würde ein starker Ast zerbrechen.

Huldricksson bückte sich schweigend. Er hob den schlaffen Körper der Stimme des Leuchtenden. Doch Lugur war noch nicht tot; seine Augen bewegten sich, und die Lippen schienen Worte formulieren zu wollen. Olaf hob den Körper, trat mit ihm an den Rand, wirbelte ihn zweimal über dem Kopf und schleuderte ihn hinab in den roten Teich.

XXXIV

Der Leuchtende erscheint

Der Norweger drehte sich zu uns um. Aller Wahn war aus seinem Blick verschwunden. Er wirkte jetzt nur noch unsagbar müde. Und in seinen Augen stand zum erstenmal seit langer Zeit Friede.

»Helma«, flüsterte er, »ich gehe ein wenig voraus. Bald wirst du wieder bei mir sein. Dann sind wir beide und der Yindling wieder vereint. Helma, *mine* Liebe!«

Blut quoll aus seinem Mund. Er schwankte und stürzte dann um wie ein gefällter Baum. Und dies war das Ende von Olaf Huldrickson.

Wir starrten auf ihn hinab. Weder ich noch Larry noch Lakla konnten die Tränen zurückhalten, versuchten es auch gar nicht. Während wir noch trauerten, trugen die Akka einen anderen gewaltigen Kämpfer heran: Rador. Doch in ihm war noch Leben, und wir versorgten ihn nach besten Kräften.

Dann sprach Lakla:

»Wir wollen ihn in die Kuppelburg bringen, wo man sich besser um ihn kümmern kann. Denn seht, die Armee Yolaras ist zurückgeschlagen, und dort kommt Nak über die Brücke, um uns Nachricht zu bringen.«

Wir sahen über die Brüstung. Die Dienerin hatte recht. Weder am Strand noch auf der Brücke zeigte sich ein lebender Murianer. Statt dessen lagen überall in Haufen die Gefallenen. Und am Höhleneingang tanzen noch die letzten funkelnden Atome von denen, die der grüne Strahl vernichtet hatte.

»Es ist vorüber!« rief Larry. »Wir haben es überlebt, Sonne meines Herzens!«

»Die Stummen ziehen ihr Licht zurück«, antwortete sie und zeigte auf die Kuppel. Ebenso rasch, wie er herausgeströmt war, fuhr der Lichtstrom durch den Fensterschlitz zurück; verließ See und Insel, kehrte über die Brücke zurück, marschierte geordnet, wenn auch schnell. Dahinter machte sich das rote Licht wieder breit, folgte der opalisierenden Kolonne wie eine Bande von Heckenschützen einer Armee auf der Flucht.

»Und doch...«, stammelte die Dienerin, als wir wieder in ihrem Gemach waren. Sie sah O'Keefe mit zweifelnden Augen an.

»Ich glaube nicht«, antwortete der Ire, »daß sie es noch einmal wagen...«

Aber was war das, dieses schwach dröhnende Geräusch, das leise in unser Zimmer drang? Mein Herz machte einen großen Satz und schien dann eine Ewigkeit lang überhaupt nicht mehr schlagen zu wollen. Was war das, das da immer näher heranrückte? Lakla und O'Keefe mußten es auch gehört haben, denn alles Leben wich ihnen aus Lippen und Wangen.

Näher kam das Geräusch... eine Musik von unzähligen winzigen Schellen; ein Pizzicati-Sturm von gläsernen Violinen! Näher und näher, doch nicht so einschmeichelnd oder verlockend, wie ich es in Erinnerung hatte, sondern wütend, rachsüchtig und böse jenseits aller Beschreibung. Noch näher...

Der Bewohner! Der Leuchtende!

Wir sprangen ans Fenster und starrten entsetzt hinaus. Die Glockentöne fuhren wie ein Hurrikan durch uns hindurch. Auf dem halbkreisförmigen Strand gärte es erneut. Die Akka fuhren immer weiter zurück, so als würde ein mächtiger Besen sie davonfegen. Sie stolperten, rannten und stürzten ins rote Wasser. Bald konnte bei ihnen von Widerstand keine Rede mehr sein. Zu Massen fielen und starben sie. Wo sie gerade noch gestanden hatten, stürmte jetzt eine Flut von halb- oder ganz nackten Leibern, die mit ausgestreckten Armen wie die Marionetten des Satans vorwärtstaumelten.

Die Todlebenden! Die Zombies! Die Sklaven des Bewohners!

Sie schwankten und taumelten, aber sie rückten weiter vor. Dann brausten sie wie Wasser durch einen geborstenen Damm über die

Brücke. Wie eine mächtige Woge ließen sie sich durch nichts und niemanden aufhalten. Die Froschkrieger sammelten sich noch einmal zu einem verzweifelten Gegenangriff. Aber selbst die Sklaven, die entsetzlich verwundet wurden, ließen sich nicht aufhalten. Unbezwingbar taumelten sie weiter vor, durchstießen die Reihen der Akka, stießen sie über die Seiten der Brücke. Drängten sie durch die offenen Tore, denn es gab für die Froschkrieger keine Möglichkeit, ihnen auszuweichen.
Die letzten Akka, die diesen Ansturm überlebt hatten, wandten sich zur Flucht. Wir hörten das Krachen der goldenen Flügel des Portals; gerade noch rechtzeitig wurde es vor den ersten Todlebenden geschlossen.
Vom Höhleneingang bis zum Ende der Brücke war nichts anderes mehr zu sehen als die Heerschar der Sklaven. Männer wie Frauen, schwarzhaarige Ladala, mandeläugige Malaien, schlitzäugige Chinesen, Menschen von allen Völkern, die Seefahrt betrieben hatten... Schwankende, taumelnde Massen, wie Blätter in einem Regensturm.
Die Glocken klangen schärfer, eindringlicher. Am Höhleneingang wuchs ein strahlender Schein. Ein Glänzen, vor dem die tanzenden Atome dort zu fliehen suchten. Während die Strahlung wuchs und die Schellen noch näher klangen, wurden die Todlebenden starr. Jeder einzelne Kopf in dieser Masse drehte sich steif nach rechts und starrte auf das jenseitige Ende der Brücke. Auf ihren Mienen machte sich wieder diese furchtbare Mischung aus Leidenschaft und Schrecken breit.
Eine Bewegung durchfuhr die Reihen. Die, die im Zentrum standen, strömten zurück, drängten sich zu dichteren Reihen zusammen, bis sich vom Höhleneingang bis zu den goldenen Toren der Kuppel eine breite Gasse erstreckte, die zu beiden Seiten von den Wällen der Todlebenden begrenzt wurde.
Das weit entfernte Strahlen wurde heller. Nun wirbelte es am Anfang der Gasse. Funkeln und polychromatisches Licht waren darin zu erkennen. Der Schellensturm schwoll zur Unerträglichkeit an, durchstach die Trommelfelle wie mit tausend winzigen Lanzen.

Und nun schwebte aus der Höhle der Leuchtende!
Der Bewohner hielt einen Moment lang inne und betrachtete verächtlich die Insel der Stummen. Dann schwebte er gemächlich und majestätisch zur Brücke. Hinter ihm führte Yolara die Reste der Zwergenarmee an, und an ihrer Seite war die Alte vom Rat, die sehr mitgenommen wirkte und nur noch ein Schatten ihrer selbst war.
Der Leuchtende wurde langsamer. War er sich vielleicht seiner Sache nicht mehr so sicher? Die kristallklaren Schellen, die ihn überallhin begleiteten, reflektierten diesen Zweifel. Ihre Töne waren nicht mehr kräftig und beharrlich. Eher hörte ich aus ihnen Zögern, eine Art Warnung heraus. Dennoch schwebte der Bewohner weiter, bis er deutlich vor uns stand. Er suchte das Terrain mit den Augen ab, die aus unbekannten Sphären kamen und dorthin verschwanden, betrachtete das goldene Tor, die Klippen, die Burg und besonders intensiv die eigentliche Kuppel, in der die Drei waren.
Auch die Gesichter der Todlebenden richteten sich darauf, und die, die dem Leuchtenden am nächsten standen, erstrahlten in seinem Glanz.
Yolara kam näher und blieb knapp außerhalb der Reichweite der Tentakel und Spiralen stehen. Sie murmelte etwas, und der Bewohner beugte sich ihr zu. Die sieben Kugeln standen ganz still in ihrem leuchtenden Nebel, so als hörten sie zu. Der Leuchtende richtete sich wieder auf und ließ erneut den zögerlichen Blick schweifen. Yolaras Miene verdüsterte sich. Sie drehte sich abrupt um und teilte einem Offizier ihrer Soldaten etwas mit. Ein Zwerg rannte durch die Gasse der Todlebenden zurück.
Nun rief die Priesterin etwas mit lauter, klarer Stimme, wie Silber:
»Eure letzte Stunde ist gekommen, ihr Drei! Der Leuchtende steht vor eurer Pforte und verlangt Einlaß! Eure Tierarmee ist geschlagen, und mit eurer Macht ist es vorbei. Wer seid ihr denn noch, fragt der Leuchtende, daß ihr es wagt, ihm den Zutritt zum Ort seiner Geburt zu verwehren?«

Sie machte eine Pause und rief dann:
»Ihr gebt keine Antwort, doch wissen wir, daß ihr uns gehört habt! Der Leuchtende bietet euch folgende Bedingungen an: Ihr schickt die Dienerin und den lügnerischen Fremdling heraus, den sie geraubt hat. Wenn ihr sie uns übergebt, bleibt ihr vielleicht am Leben. Doch wenn ihr sie nicht herausschickt, sterbt ihr auf jeden Fall, und zwar schon sehr bald!«
Wir warteten schweigend, genauso wie Yolara, aber die Stummen gaben keine Antwort.
Die Priesterin lachte laut, und ihre Augen blitzten blau auf.
»Damit ist euer Schicksal besiegelt!« rief sie. »Wenn ihr uns nicht öffnen wollt, müssen wir euch diese Arbeit eben abnehmen!«
Eine Doppelreihe Zwerge marschierte über die Brücke heran. Sie trugen zwischen sich einen geglätteten Baumstamm, an dessen Kopfende eine runde Metallschale angebracht war. Sie trugen sie an der Priesterin und am Bewohner vorbei. Fünfzig Zwerge an jeder Seite des Rammbocks; und hinter ihnen Marakinow.
Larry fuhr hoch.
»Endlich, dem Himmel sei Dank«, krächzte er, »nun kann ich diesen Schurken doch noch erledigen!«
Er zog seinen Revolver und zielte sorgfältig. Als er den Hahn durchzog, erschütterte ein Donnern die Kuppel. Der Rammbock krachte gegen das Portal. O'Keefes Kugel flog weit davon. Der Russe mußte den Schuß gehört haben. Vielleicht war die Kugel gar nicht so weit an ihm vorbeigesaust. Jedenfalls sprang er mit einem gewaltigen Satz hinter die Zwerge; und wir konnten ihn nur noch schlecht ausmachen.
Wieder das furchtbare Krachen.
Lakla richtete sich gerade auf. Sie lauschte auf das, was von oben kam. Demütig senkte sie dann den Kopf.
»Es ist Zeit für uns, mein Liebster«, erklärte sie dem Iren. »Die Stummen sagen, der Weg der Furcht ist geschlossen, aber der der Liebe steht noch offen. Sie fordern uns auf, unser Versprechen einzulösen.«
Hundert Herzschläge lang umarmten sich die beiden. Brust an

Brust, Lippen an Lippen. Das Donnern nahm von Mal zu Mal zu. Der Rammbock schlug fester und schneller gegen die Tore. Jetzt löste sich Lakla sanft aus O'Keefes Armen, und noch einmal sahen die beiden einander an, blickten sich auf den Grund der Seele. Die Dienerin lächelte nervös.
»Ich wünschte mir so sehr, es wäre anders gekommen, Larry-Darling«, hauchte sie. »Aber wenigstens gehen wir zusammen, mein Liebster!«
Sie lief zum Fenster.
»Yolara!« Die goldene Stimme erfüllte die ganze Insel. Der Rammbock kam zur Ruhe. »Yolara, zieh deine Männer zurück. Wir öffnen das Portal und kommen zu dir und dem Leuchtenden hinaus. Wir kommen, Larry und ich.«
Die Priesterin lachte laut, grausam und höhnisch.
»So kommt denn und säumet nicht!« lachte sie. »Denn ich wie auch der Leuchtende sehnen uns nach euch!« Ihr boshaftes Kichern klang so grausam silberhell, daß es uns in den Ohren schmerzte. »Laßt uns bitte nicht zu lange warten!«
Larry atmete tief durch und reichte mir beide Hände.
»Nun heißt es Abschied nehmen, Doc.« Seine Stimme klang angespannt. »Alles Gute und Lebewohl, alter Freund. Wenn du hier wieder rauskommst, und das wirst du ganz sicher, sag den Leuten auf der *Dolphin* Bescheid, wo ich abgeblieben bin. Halt die Ohren steif, alter Junge, und denk immer daran: O'Keefe hat dich wie einen Bruder geliebt.«
Ich drückte voller Verzweiflung seine Hände. Und wie es den Menschen so oft in solchen Momenten ergeht, kam mir eine Idee, die den Abschied nicht ganz so kummervoll machte.
»Vielleicht heißt es noch nicht endgültig Ade, mein Freund!« rief ich. »Ich habe deine Todesfee noch nicht gehört!«
Hoffnung blitzte in seinen Augen auf. Und dann war das lausbubenhafte Grinsen wieder auf seinen Lippen.
»Das stimmt!« rief er. »Donner und Doria, das stimmt!«
Dann beugte sich Lakla zu mir, und zum zweitenmal erhielt ich einen Kuß von ihr.

»Komm!« sagte sie zu Larry. Hand in Hand schritten die beiden davon und traten in den Korridor, der zum Portal führte, vor dem der Leuchtende und seine Priesterin warteten.
Ohne daß sie mich bemerkten, da sie so sehr in ihrer Liebe und Opferbereitschaft eingehüllt waren, schlich ich ihnen nach. Denn ich hatte den Entschluß gefaßt, daß sie nicht allein gehen sollten, wenn gar nichts anderes mehr übrig blieb, als sich vom Leuchtenden umarmen zu lassen.
Sie blieben vor dem goldenen Portal stehen. Die Dienerin zog an einem Hebel. Die massiven Flügel fuhren zurück.
Hoch erhobenen Hauptes und in aller Ruhe traten sie hinaus auf den Vorplatz zur Brücke. Ich folgte ihnen. Überall standen die Sklaven des Bewohners. Sie alle starrten den Leuchtenden an. Hundert Schritte entfernt pulsierte und funkelte dieses unfaßbare Wesen im teuflischen Gloriolenschein seiner blitzenden Federn.
Ohne auch nur einen Augenblick zu zögern, schritten Lakla und Larry Hand in Hand wie Kinder gefaßt auf den Bewohner zu. Ich konnte ihre Gesichter nicht sehen, aber ich bemerkte Ehrfurcht in den Mienen der Zwerge, und selbst in die lodernden Augen Yolaras kroch ein leiser Zweifel. Näher und näher kamen sie dem Leuchtenden, und ich folgte ihnen im gleichen gemessenen Schritt. Das Wirbeln der Leuchterscheinung ebbte ab. Die Glokken waren nur noch so schwach zu vernehmen, daß man zweimal hinhören mußte, um sie überhaupt noch zu bemerken. Der Bewohner sah dem Pärchen leicht besorgt entgegen. Ein tiefes Schweigen senkte sich über den Platz; eine schwere, dumpfe, düstere und fast greifbare Stille. Nun standen die beiden von Angesicht zu Angesicht dem Bewohner gegenüber. Sie waren ihm so nahe, daß er sie mit Leichtigkeit hätte umarmen können.
Aber der Leuchtende fuhr vor ihnen zurück!
Tatsächlich, er fuhr zurück, und mit ihm wich Yolara, deren Augen nun von großen Zweifeln angefüllt waren. Weiter schritten Lakla und Larry, und im gleichen Maße zog sich der Bewohner zurück. Die Schellen klirrten dissonant, klangen verwirrt, fragend und furchtsam!

Weiter wich der Wabernde, zurück, bis er das Zentrum der Brücke über dem Abgrund erreicht hatte, auf dessen Grund das Erdherz grün flammte. Yolara mußte sich am Geländer festhalten. Die Teufelsbrut, die sich in ihrer Seele eingenistet hatte, drang ihr nun aus den Augen. Ein Schrei, ein Kreischen des Zorns explodierte von ihren Lippen.

Als wäre dies ein Signal gewesen, leuchtete der Bewohner turmhoch auf. Seine Spiralen und Tentakel wirbelten wie von Sinnen, und der Kern der Erscheinung blitzte wie eine Bombe auf. Ein Bündel Tentakel schnellte vor auf das Paar, das ungerührt und widerstandslos dastand und die Umarmung erwartete. Und auch auf mich zu, der ich dicht hinter den beiden war.

Erregung durchfuhr mich. Dies war also das Ende. Und ich würde mit den beiden gehen.

Etwas zog uns zurück, zog uns mit gewaltiger Geschwindigkeit zurück und gleichzeitig so sanft wie eine Sommerbrise. Zog uns zurück vor den zuckenden Nebelarmen, als die kaum noch Haaresbreite von uns entfernt waren. Die Glocken des Bewohners stimmten eine wütende Melodie an. Ich hörte, wie Yolara brüllte.

Was war geschehen?

Zwischen uns und den Gegnern entstand ein Ring aus geronnenem Mondlicht, wirbelte auf den Leuchtenden und die Priesterin zu, drängte gegen sie und hüllte sie ein.

Und in diesem Ring entdeckte ich die Gesichter der drei Stummen; unversöhnlich, traurig und voller überirdischer Macht!

Funken und Blitze und weiße Flammen schossen von dem Ring hoch, durchdrangen den strahlenden Schleier des Leuchtenden, schlugen gegen den Kern an und stießen in die sieben Mondkugeln.

Die Strahlkraft des Leuchtenden trübte sich, die sieben Kugeln wurden stumpfer, und die dünnen Strahlensäulen, die von ihnen in den Körper des Bewohners liefen, rissen mitten in der Luft ab und vergingen ganz. In den feindlichen Nebeln tauchte plötzlich Yolaras Gesicht auf... eine verzerrte, unmenschliche Fratze.

Unruhe kam in die Reihen der Zombies. Sie zuckten und bewegten sich wie im Veitstanz, so als spürte jeder einzelne von ihnen die Qualen, unter denen das Wesen litt, das sie versklavt hatte.
Die sieben Monde des Leuchtenden – der bernsteinfarbene, der silberne, der amethystene, der blaue, der grüne, der rosafarbene und der weiße – zersplitterten, zerplatzten, waren nicht mehr! Abrupt verstummte auch der Schellenklang.
Stumpf geworden und aller seelenverwirrenden Schönheit verlustig, matt und von schmutzigen Schatten überzogen, die eben noch strahlenden Federn trübe und ohne tanzende Spiralen und Tentakel – so zeigte sich der Leuchtende nun. Und dieser kümmerliche Rest umarmte Yolara. Umfaßte sie und nahm sie in sich auf. Er zuckte, schwankte und warf sich dann mit seiner Last über den Rand der Brücke. Fiel tief, tief hinab in die grünen Flammen des unergründlichen Schlunds. Und mit ihm stürzte die Priesterin.
Die Zwerge, die dem fassungslos zugesehen hatten, schrien jetzt in Furcht und Panik. Sie drehten sich um und begannen zu laufen. Rannten wie von Sinnen über die Brücke auf den Höhleneingang zu.
Die dichtgeschlossenen Reihen der Todlebenden regten sich. Die furchtbare Mischung aus Ekstase und Furcht wich von ihren Mienen. Friede und Ruhe folgten dem.
Und wie Getreidehalme im Wind geknickt werden und fallen, so kippten auch die Sklaven um. Nicht länger waren sie Todlebende, sondern nun waren sie gestorben, in Freiheit von aller Sklaverei gestorben.
Von einem Moment auf den anderen verschwand der Ring aus geronnenem Mondlicht. Einen kurzen Moment lang waren die Gesichter der drei Stummen noch zu sehen. Sie zogen vor uns hin, waren vor uns. Keine Flammen brannten mehr in ihren schwarzen Augen, denn die waren in den großen Tränen erloschen, die über die marmorweißen Gesichter rannen. Die Drei verbeugten sich vor uns, und ihre Strahlung hüllte uns ein. Vor meinen Augen wurde alles schwarz, ich konnte nichts mehr sehen. Eine sanfte Hand ruhte auf meinem Kopf. Alle Panik, Furcht und Alpträume,

die mich eben noch geplagt hatten, vergingen, wurden von mir genommen.
Dann waren auch die drei Stummen fort.
Die Dienerin schluchzte an Larrys Brust; schluchzte sich das Herz aus der Brust. Doch diesmal nicht aus Kummer, sondern aus Erleichterung und Freude wie jemand, der von der Schwelle zur Hölle ins Paradies aufgestiegen ist.

XXXV

»Lebewohl, Larry!«

»Mein Liebster, mein Larry«, murmelte die Dienerin. »Mein Herz fühlt sich wie ein Vogel, der aus einem Nest voller Sorgen geflogen ist.«

Wir schritten die Brücke hinab. Akka-Krieger begleiteten uns, und dahinter waren die Kompanien der Ladala, die auf unserer Seite gestanden hatten. Vor uns wurde der vielfach verbundene Rador in einer Sänfte getragen. Neben ihm ruhte in einer weiteren Trage der Froschkönig Nak. Viel war von ihm nicht übrig geblieben, aber immerhin lebte er noch.

Stunden waren vergangen, seit der Schrecken sein Ende gefunden hatte. Ohne lange zu überlegen, hatte ich mich gleich daran gemacht, unter den Massen der toten Sklaven nach Throckmartin und seiner Frau zu sehen. Dick wie Herbstlaub lagen sie auf der großen Brücke, am Strand und bis zum Höhleneingang, so weit das Auge reichte.

Endlich fand ich die beiden mit Unterstützung von Larry und Lakla. Sie lagen unweit vom Brückenende, hielten sich aneinander fest, sahen sich gegenseitig ins Gesicht, und ihr Haar lag auf seiner Brust. So als ob nach dem, was der Bewohner ihnen eingepflanzt hatte, für sie noch einmal ein kurzer Moment der alten Liebe gekommen sei. Sie hatten einander wiedererkannt und sich in die Arme genommen, bevor der gnädige Tod sie umfangen hatte.

»Die Liebe ist mächtiger als alles andere.« Die Dienerin weinte leise. »Ihre Liebe hat sie nie verlassen. Ihre Liebe war stärker als der Leuchtende. Und als seine Teuflischkeit verging, nahmen sie ihre Liebe mit... auf den Weg, den alle Seelen gehen.«

Stanton und Thora entdeckten wir nirgends. Und nachdem wir

Throck und seine Edith gefunden hatten, wollte ich auch nicht mehr weitersuchen. Sie waren tot, und sie waren frei.
Wir beerdigten die beiden neben Olaf in Laklas Garten. Doch bevor wir den Körper meines alten Freundes und Kollegen ins Grab legten, untersuchte ich ihn ein letztesmal. Seine Haut war fest und glatt, aber kalt. Doch nicht von der Kälte des Todes; sondern ein Frösteln, das meinen Fingerspitzen ein unangenehmes Kribbeln bescherte. Sein Körper war vollkommen blutleer; und dort, wo einmal Adern und Venen gewesen waren, ließen sich nun nur noch weiße Furchen ausmachen, so als seien die Gefäßwände zusammengefallen. Die Lippen, der Mund und sogar die Zunge waren weiß wie Papier. Kein Zerfall, wie wir ihn kennen, zeigte sich auf ihm. Weder Schatten noch Verfärbungen ließen sich auf der weißen Haut feststellen. Was immer das für eine Kraft gewesen sein mochte, die von ihm auf seine Opfer traf und sie in Todlebende verwandelte, sie sperrte alle uns bekannte Fäulnis aus. Zumindest das stand fest.
Allerdings war diese Kraft kein Abwehrmittel gegen die Medusae. Nachdem wir unsere traurige Pflicht erfüllt hatten, sah ich hinab auf den See, und dort segelten gigantische Monde aus allen Richtungen heran, um sich an der Armee des Leuchtenden gütlich zu tun.
Während die Froschmänner – es handelte sich bei ihnen um die letzten Reserveregimenter – im Land von der Brücke bis zum Höhleneingang die Leichen einsammelten, kamen wir mit dem Führer der Ladala zusammen. Er gab uns einen Bericht. Die Ladala hatten sich erhoben, wie der Bote es Rador versprochen hatte. Eine wilde Schlacht war zwischen ihnen und denen in der parkartigen Stadt entbrannt, die Yolara und Lugur als Garnison zurückgelassen hatten. Die Hellhaarigen waren dahingemetzelt worden, hatten die Ernte des Hasses zu spüren bekommen, den sie so lange gesät hatten. Mit einigem Bedauern hörte ich, wie auch die wunderschönen, wenngleich zutiefst bösen Frauen der Adligen getötet worden waren.
Yolaras Stadt war nur noch ein einziges, riesiges Leichenhaus.

Nicht einmal vierzig aus der ehemaligen Herrscherkaste hatten entkommen können. Und sie waren in Regionen geflüchtet, die so voller Gefahren waren, daß man sich fragen mußte, ob ihre Zuflucht für sie ein Segen sein würde. Auch die Ladala hatten einen hohen Blutzoll entrichten müssen. Von allen Männern und Frauen – die Frauen hatten es sich nicht nehmen lassen, an der Seite ihrer Männer zu stehen –, die an der Schlacht beteiligt waren, hatte nur jeder Zehnte das Gemetzel überlebt.
Dicht hätten die tanzenden Lichtpunkte in der silbrigen Luft gewirbelt, flüsterte der Anführer.
Er erzählte uns auch, daß der Leuchtende wie ein Komet durch seinen Schleiervorhang geeilt sei. Und dann seien unfaßbare Mengen von Todlebenden herausgeströmt.
Er berichtete uns vom Massaker unter den Priestern und Priesterinnen in dem gigantischen Tempel; vom Aufblitzen aller Lichter, vom Zerreißen des Regenbogenvorhangs, von gewaltigen Erschütterungen in den strahlenden Klippen. So viele Trümmer hätten sich dort angesammelt, daß alle Spuren zum Eingang zu diesem verwunschenen Ort, an dem die Sklaven des Leuchtenden vor sich hinvegetiert hatten, beseitigt worden waren. Das Reich des Bewohners war versiegelt.
Als sich dann der Sturm des Hasses in Lara gelegt hatte, hatten die jubelnden Sieger sich mit den Waffen ihrer erschlagenen Gegner versorgt, hatten den Schleier gehoben, waren durch das Portal marschiert und hatten die fliehenden Reste von Yolaras Armee vernichtet. Doch wie groß war ihr Entsetzen gewesen, als sie feststellen mußten, daß der Kampf hier noch nicht sein Ende gefunden hatte.
Nur von Marakinow hatten sie nichts gesehen. War der Russe geflohen, fragte ich mich, oder lag er irgendwo dort draußen unter den Toten und war bislang nur noch nicht entdeckt worden?
Nun hatten sich alle Ladala hier versammelt und bestürmten Lakla, mit ihnen zu gehen und ihre Herrscherin zu werden.
»Das möchte ich nicht, Larry-Darling«, erklärte sie ihm. »Ich will mit dir nach oben, nach Irland gehen. Doch wenn ich so darüber

nachdenke... es wäre sicher der Wunsch der Stummen gewesen, wenn wir noch ein Weilchen bleiben würden, bis hier alles wieder im Lot ist.«
Doch O'Keefe hatte andere Sorgen als die Herrschaft über Muria.
»Wenn sie alle Priester erschlagen haben, wer sollte uns dann trauen, Licht meines Herzens?« fragte er. »Wer soll uns nach den Riten von Siya und Siyana verheiraten?«
»Verheiraten?« entfuhr es der Dienerin ungläubig. »Uns verheiraten? Aber, mein Schatz, wir sind doch längst verheiratet!«
Nie habe ich O'Keefe so verblüfft gesehen. Sein Unterkiefer fiel hinab, und er drohte zusammenzubrechen.
»Wir sind getraut?« krächzte er. »Wann und wie?« konnte er nur noch stammeln.
»Nun, als wir vor der Mutter standen. Als sie uns die Hände auf die Köpfe legte, nachdem wir ihr das Versprechen gegeben hatten. Hast du das denn nicht verstanden?« Die Dienerin war zutiefst verwundert.
Larry starrte sie an, blickte in die Reinheit ihrer goldenen Augen und sah dort die Reinheit ihrer Seele. Und nun breitete sich seine riesige Liebe für sie auf seinem Gesicht aus.
»Und das reicht dir, Mavourneen?« flüsterte er unbeholfen.
»Reicht mir?« Jetzt war Lakla vollends verwirrt. »Aber natürlich, Larry-Darling. Was könnte sich ein junges Paar denn mehr wünschen?«
Er atmete tief durch und umarmte sie.
»Küß die Braut, Doc!« rief O'Keefe. Und zum drittenmal – leider damit auch zum letztenmal – hatte ich das außerordentliche Vergnügen, ihre sanften und festen Lippen zu spüren.
Rasch trafen wir alle Vorbereitungen für unseren Aufbruch. Rador war wieder bei Bewußtsein, und seine immense Vitalität besiegte rasch alle Verwundungen. Er sollte vor uns hergetragen werden. Bevor es so weit war, gingen Lakla, Larry und ich zu dem roten Stein, hinter dem die Halle der Drei lag. Wir wußten natürlich, daß sie nicht mehr waren. Sie waren ohne Zweifel denen ge-

folgt, die in den geronnenen Nebel gekommen waren. Wer mochte wissen, von welch geheimnisvollem Ort sie zu Hilfe geeilt waren, um ihre Kraft gegen den Leuchtenden zur Verfügung zu stellen. Leider hatten wir uns nicht getäuscht. Als die Türplatte beiseite rollte, drangen keine opalisierenden Lichtschwaden heraus. Die riesige Kuppel war still und leer. Das Licht, das vorher so verschwenderisch von den gewölbten Wänden gekommen war, zeigte sich nur noch als matter Glanz. Das Podest war leer. Auch die Strahlung aus Mondflammen war verschwunden.
Einige Zeit blieben wir davor stehen, senkten ehrfürchtig die Köpfe und waren im Herzen voller Liebe und Dankbarkeit. Aber wir spürten auch Bedauern für die fremdartige Dreiheit, die uns so unverständlich und doch so nah gewesen war; ebenso wie wir waren auch diese Wesen Kinder derselben Mutter Erde.
Und ich fragte mich, was wohl das Geheimnis des Versprechens gewesen war, das Lakla und Larry ihnen hatten geben müssen. Wenn alles, was die Stummen gesagt hatten, wahr gewesen war, woher war dann ihre Macht gekommen, das Opfer der beiden im buchstäblich letzten Moment abzuwenden?
»Liebe ist stärker als alles andere«, hatte Lakla gesagt.
Hatten sie die Liebe gebraucht? Waren sie auf die Macht angewiesen gewesen, die der Liebe innewohnt, um ihre eigene Kraft zu verstärken und endlich in der Lage zu sein, das gewaltige, teuflische Wesen zu zerstören, das sie so lange mit ihrer Liebe geschützt hatten? Mußte der Wille, sich zu opfern, die Bereitschaft, sein Leben hinzugeben, so ehrlich und tief sein wie bei Lakla und Larry, die keinerlei Hoffnung mehr auf ein Entkommen gehabt hatten, damit die Drei fähig waren, den Schild des Leuchtenden zu durchstoßen und ihm sein Leben zu nehmen?
Was für ein Geheimnis! Lakla schloß behutsam den roten Stein.
Ein Geheimnis wurde bald aufgedeckt: woher der rote Zwerg gekommen war, um uns zu überfallen. Wir entdeckten in einer kleinen Bucht, nicht weit von der Stelle, wo die Yekta ihre Köpfe mit den lebenden Blüten erhoben, ein halbes Dutzend Wassercoria. Die Zwerge hatten die Boote mit sich getragen, irgendwo ins Was-

ser gelassen und waren unbemerkt zur Rückseite der Insel vorgedrungen. Sie hatten alles auf eine Karte gesetzt. Mochte Lugur auch noch so verdorben und böse gewesen sein, Mut konnte man ihm nicht absprechen.
Die Höhle war noch immer von den Todlebenden übersät, und die Akka schafften sie zu Hunderten hinaus und warfen sie in den roten See. Wir eilten so rasch es ging durch die Gasse, die die Sklaven für den Leuchtenden geschaffen hatten, und erreichten endlich die Straße, wo die Coria standen. Nicht lange danach fuhren wir an dem Ort vorbei, wo einst der Schleiervorhang gehangen hatte, und rasten weiter über den leuchtenden Mitternachtssee.
Auf Laklas Drängen hin fuhren wir zu Lugurs Palast. Ich weiß nicht, warum sie dorthin wollte. Jedenfalls hatte sie nicht das geringste Verlangen nach Yolaras Pavillon. Als wir uns in den Räumen mit den unzähligen Säulen an den Wänden befanden, eilten sogleich Frauen aus dem Volk der Schwarzhaarigen herbei, um uns zu bewirten. Alle Furcht und aller Kummer waren aus ihren Blicken gewichen.
Ich verspürte den großen Wunsch, mir die Zerstörungen anzusehen, die am Heim des Bewohners angerichtet worden waren; denn ich wollte genau wissen, ob nicht irgendwo doch noch ein Zugang zum Innern war. Und gar zu gern hätte ich mich in seinem Reich umgesehen.
Ich faßte mir ein Herz und erzählte von meinem Wunsch, und zu meiner großen Überraschung waren die Dienerin und O'Keefe augenblicklich bereit, auf meinen zögernd vorgetragenen Vorschlag einzugehen.
»Klar doch!« rief Larry. »Bis zum Einbruch der Dunkelheit bleibt uns noch viel Zeit!«
Er hielt inne und machte eine blöde Miene, bevor er einen vorsichtigen Blick auf Lakla richtete.
»Ich vergesse doch immer wieder, daß es hier keine Nacht gibt«, murmelte er.
»Was hast du gesagt, mein Liebster?« fragte sie ihn.
»Ich sagte gerade, ich wünschte, wir säßen schon in unserem Heim

in Irland und sähen dem Sonnenuntergang zu, mein Täubchen«, flüsterte er ihr zu, und ich fragte mich verwundert, warum sie plötzlich errötete.
Doch nun muß ich rasch vom weiteren Verlauf der Ereignisse berichten. Wir begaben uns zum Tempel. Wenigstens hier hatte man die Leichen fortgeräumt. Wir durchquerten die blaue Höhle, liefen über die schmale Brücke, die sich über den brausenden Meeresstrom spannt, und stiegen den Gang dahinter hinauf. Endlich standen wir auf der elfenbeinernen Fläche am Fuß des hoch aufragenden Amphitheaters aus Gagat.
Über dem silbernen Wasser hing kein Regenbogenvorhang mehr. Auch die riesigen Säulen und die anderen Formen waren verschwunden, die ich gesehen hatte, als der Leuchtende herausgeschwebt war, um seine Priesterin und seine Stimme zu begrüßen und mit den Opfern zu tanzen. Nur zerborstene Steinmassen und Trümmer lagen nun am Rand des Sees.
Lange nahm ich diesen Anblick in mich auf. Als ich mich losriß, war ich ein wenig traurig. Obwohl ich nun wußte, was sich hinter dem irisierenden Vorhang verborgen hatte, so war uns doch ein Gebilde von einmaliger Schönheit und Fremdartigkeit genommen worden, daß nie mehr ersetzt werden konnte. Ein Glanz, der für immer erloschen war. Ein Werk der Götter auf immerdar vernichtet.
»Laßt uns zurückgehen«, sagte Larry abrupt.
Ich blieb ein wenig hinter den beiden zurück, um einen letzten Blick auf diese Stätte zu werfen. Und davon abgesehen legten sie im Augenblick ohnehin nicht allzu viel Wert auf meine Anwesenheit. Ich sah ihnen nach, wie sie langsam davongingen, einander im Arm hielten, wie die goldenen Locken sich mit den schwarzen vermischten. Erst nach einer Anstandspause folgte ich. Als ich auf der engen Brücke war, die über den strömenden Abgrund verlief, hörte ich, wie leise mein Name gerufen wurde.
»Goodwin! Dr. Goodwin!«
Verwirrt drehte ich mich um. Hinter dem Sockel einer der gemeißelten Figuren stand halb verborgen Marakinow. Ich hatte also mit meiner dunklen Vorahnung recht behalten. Irgendwie war es

ihm gelungen, zu entkommen, und er hatte sich hierher geflüchtet. Der Russe trat vor und hielt dabei die Handflächen hoch.
»Ich bin am Ende!« flüsterte er. »Erledigt! Und ich weiß nicht, was sie mit mir machen werden!« Er deutete mit einer knappen Kopfbewegung auf die Dienerin und Larry, die in der blauen Höhle angelangt waren und nichts außer sich selbst wahrnahmen. Marakinow kam näher. Seine Augen waren zurückgesunken, und in ihnen brannte der Wahnsinn. Seine Wangen waren eingefallen, und das ganze Gesicht wirkte wie ausgehöhlt. Ich fuhr einen Schritt zurück.
Ein Grinsen voller Teuflischkeit verzerrte das Gesicht des Russen. Er sprang vor, und seine Hände klammerten sich um meine Kehle.
»Larry!« konnte ich noch schreien. Unter Marakinows Ansturm drehte ich mich um die eigene Achse, sah aber noch, wie die beiden stehenblieben, entsetzt zu mir herüberstarrten und dann zur Brücke zurückrannten.
»Du sollst nichts von hier mit nach oben nehmen, du nicht!« heulte der Russe.
Mein Fuß trat ins Leere. Das Donnern des Meeresstroms betäubte meine Ohren. Ich spürte schon die Gischt auf meiner Haut. Mit letzter Kraft stieß ich vor.
Ich fiel und fiel... die Hände Marakinows ließen nicht davon ab, mich zu erwürgen. Ich traf auf Wasser und versank. Die Hände an meiner Kehle lockerten einen Moment lang ihren Griff. Ich versuchte, mich zu befreien. Doch ich wurde mit rasender Geschwindigkeit davongewirbelt... ich erkannte alles mit verblüffend deutlicher Klarheit... raste inmitten des unerbittlichen Stroms, der aus einer Bodenspalte im Ozean gespeist wurde... raste wohin? So wenig Zeit, so wenige atemlose Augenblicke... und ich mußte mich gegen den Teufel wehren, der mir weiterhin nach dem Leben trachtete... ein furchtbarer, ein unüberwindlicher Feind.
Dann ein Kreischen, als seien alle eingesperrten Winde des Universums auf einen Schlag freigesetzt worden... danach Schwärze.

Das Bewußtsein kehrte langsam und unter Schmerzen zurück.
»Larry!« stöhnte ich. »Lakla!«
Helles Licht stach durch meine geschlossenen Lider. Es brannte. Ich öffnete die Augen und schloß sie gleich wieder, als Schwerter, Dolche und Nadeln auf sie einstachen. Erst nach einer Weile wagte ich es wieder, sie zu öffnen. Ich starrte in die Sonne!
Verwirrt rappelte ich mich auf. Hinter mir erhob sich eine Wand aus zerborstenen Basaltmonolithen, die bearbeitet wirkten. Vor mir lag der Pazifik; ein glattes, blaues und lächelndes Meer.
Und nicht weit von mir entfernt lag ein Mensch am Strand... Marakinow!
Er lag dort in so unnatürlicher Haltung, daß ich sofort erkannte, was mit ihm war. Alle Knochen waren ihm zerbrochen, und kein Funke Leben brannte mehr in ihm. Aber alle Wasser dieser Welt hätten nicht das triumphierende Grinsen aus seinem Gesicht waschen können. Mit letzter Kraft zog ich den Leichnam vom Strand in die Wellen und versetzte ihm einen Stoß. Eine Woge rollte gemächlich heran, umspülte Marakinow und trug ihn davon. Eine weitere übernahm den Russen und spielte mit ihm, bis die dritte Welle kam. Er trieb aus meiner Sicht. Und das war das Ende von Marakinow und seinen schurkischen Absichten, die Welt für seine vergeblichen Pläne in eine Hölle auf Erden zu verwandeln!
Allmählich kehrten meine Lebensgeister zurück. Ich fand eine Lichtung und legte mich dort zum Schlafen nieder. Etliche Stunden muß ich dort gelegen haben, denn als ich erwachte, zeigte sich im Osten die rosafarbene Morgendämmerung. Ich will an dieser Stelle nicht auf die Entbehrungen eingehen, die ich hier zu erdulden hatte. Es genügt zu erwähnen, daß ich eine Quelle und ein paar Früchte fand. Kurz vor der Dämmerung fühlte ich mich kräftig genug, die Mauer zu besteigen, um festzustellen, wo ich mich befand.
Ich war auf einer der entfernteren Inselchen von Nan-Matal. Im Norden lagen die Ruinen von Nan-Tauach. Und irgendwo dort ragte die Mondpforte schwarz in den Himmel. Die Mondtür! Ich mußte sie finden, mußte rasch zu ihr!

Am Morgen des nächsten Tages sammelte ich Treibholz und baute mir daraus ein primitives Floß; die Stämme hatte ich mit Lianen zusammengebunden. Mit einem improvisierten Paddel brach ich nach Nan-Tauach auf. Ich kam nur langsam voran. Erst am späten Nachmittag landete mein wackliges Boot an dem kleinen Strand zwischen den zerstörten Toren. Ich krabbelte die Riesenstufen hoch und eilte wie von Sinnen zum Innenhof.
Am Eingang blieb ich stehen und weinte. Die Tränen rannen mir über die Wangen, während der Kummer, die Enttäuschung und die Erschöpfung in mir übermächtig wurden.
Die große Mauer, in der die graue Steinplatte eingelassen war, durch die man ins Reich des Leuchtenden gelangte, lag zerborsten und zerstört da. Die Monolithen waren umgekippt und lagen überall herum. Die Wand war eingesackt und schon halb vom Wasser bedeckt.
Es gab keine Mondtür mehr!
Benommen und weinend stolperte ich näher, krabbelte über die Steinfragmente. Ich starrte hinaus auf das offene Meer. Es war zu einer gewaltigen Bodensenkung gekommen – vielleicht durch ein Seebeben –, und in der Folge war die ganze Seite der Insel abgesunken. Ohne Zweifel ein Widerhall der Verheerung, die das Reich des Bewohners zerstört hatte.
Die kleine, rechtwinklige Insel namens Tau, in der die sieben Mondkugeln verborgen lagen, war nicht mehr. Und das Wasser, das nun darüberströmte, gab sein Geheimnis nicht mehr preis.
Die Mondtür war nicht mehr. Der Weg zum Mondteich war mir versperrt. Seine Halle lag unter dem Meer.
Es gab keinen Weg mehr zu Larry oder zu Lakla.
Und für mich war dort die Welt zuende.

Bibliothek der phantastischen Abenteuer

Eine Auswahl

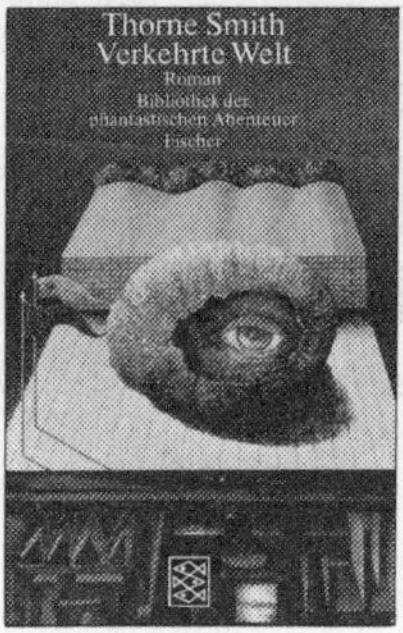

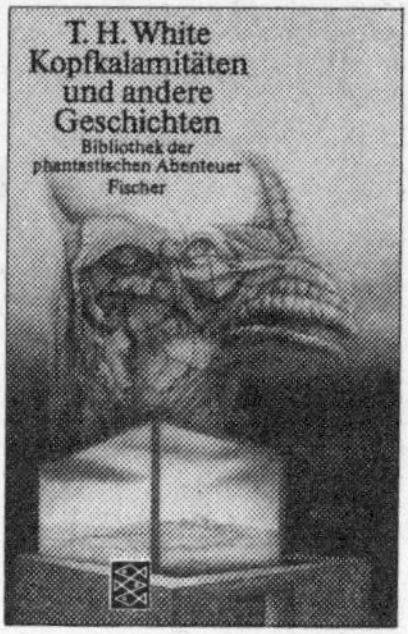

Elizabeth Scarborough
Aman Akbars Harem
Roman. Band 2706
Bronwyns Fluch
Band 2726
Einhornkodex
Band 2725
Die seltsamen Taufgäste
Roman. Band 2734
Zauberlied
Band 2721

Sigfridur Skaldaspillir
Die Hexe von Orkney
Roman. Band 2708

Thorne Smith
Der Jungbrunnen
Band 2729
Das Nachtleben der Götter
Roman. Band 2710
Topper
Roman. Band 2714
Topper geht auf Reisen
Roman. Band 2715
Verkehrte Welt
Roman. Band 2732

Mary Stewart
Wolfswald
Roman. Band 2712

Peter Tremayne
SIE rächt sich
Roman. Band 2733

Frédérick Tristan
Asche und Blitz
Band 2728

T. H. White
Kopfkalamitäten und andere Geschichten
Band 2730
Schloß Malplaquet oder Lilliput im Exil
Roman. Band 2702

Patricia C. Wrede
Schattenzauber
Roman. Band 2716

Marion Zimmer Bradley (Hg.)
Schwertschwester
Magische Geschichten I.
Band 2701
Wolfsschwester
Magische Geschichten II
Band 2718
Windschwester
Magische Geschichten III
Band 2731

Fischer Taschenbuch Verlag

fi 517/1b

fi 1049/1

fi 1050/1

CUM GRANO SALIS